DRAGON LOVE

Feuer und Flamme für diesen Mann

Dragon Love

Band 1: Feuer und Flamme für diesen Mann
Band 2: Manche lieben's heiß
Band 3: Rendezvous am Höllentor
Band 4: Höllische Hochzeitsglocken

Über die Autorin:

Katie MacAlister begann ihre Karriere als Autorin mit einem Sachbuch über Software. Da sie darin jedoch weder witzige Dialoge noch romantische Szenen unterbringen durfte, beschloss sie, von nun an nur noch Liebesromane zu schreiben. Seither sind zahlreiche Romane aus ihrer Feder erschienen, die regelmäßig die amerikanische Bestsellerliste stürmen.

www.katiemacalister.com

KATIE MACALISTER

DRAGON LOVE

FEUER UND FLAMME FÜR DIESEN MANN

ROMAN

Aus dem Amerikanischen von
Margarethe van Pée

Weltbild

Die amerikanische Originalausgabe erschien 2004 unter dem Titel
You slay me bei Onyx, imprint of New American Library,
a division of Penguin Group (USA) Inc.

Besuchen Sie uns im Internet:
www.weltbild.de

Genehmigte Lizenzausgabe für Verlagsgruppe Weltbild GmbH,
Steinerne Furt, 86167 Augsburg

Übersetzung: Margarethe van Pée
Umschlaggestaltung: Johannes Frick, Neusäß/Augsburg
Umschlagmotiv: © Accornero Franco
via Agentur Schlück GmbH, Garbsen/© Fotolia
Gesamtherstellung: CPI Moravia Books s.r.o., Pohorelice
Printed in the EU
ISBN 978-3-86365-501-3

2015 2014 2013 2012
Die letzte Jahreszahl gibt die aktuelle Lizenzausgabe an.

1

„Esling.“

„Nein, Aisling.“

„Ashlee?“

„Aisling. Das ist Irisch.“

Der Mann an der Passkontrolle in Orly blickte mich über den Rand meines Passes misstrauisch an. „In Ihrem Pass steht aber, Sie sind Amerikanerin.“

Ich rang mir ein Lächeln ab, obwohl ich am liebsten vor Ärger laut geschrien hätte. „Das bin ich auch. Meine Mutter war Irin, und deshalb heiße ich Aisling.“

Stirnrunzelnd widmete er sich wieder meinem Pass. „A-sling.“

Ich versuchte, nicht zu offensichtlich zu seufzen. Ich war zwar brandneu im Kuriergeschäft, aber ich wusste instinktiv, dass Antoine, der Passbeamte, seine Befragung ausdehnen würde, wenn ich auch nur das leiseste Zeichen von Ungeduld erkennen ließ, weil er mich mit der Aussprache meines Namens nervte. Also lächelte ich noch eine Spur süßer, schluckte tapfer die Sorge hinunter, dass mit dem Job etwas schiefgehen könnte, und sagte ganz langsam: „Es wird *Äsch-ling* ausgesprochen.“

„Äsch-leen“, wiederholte Antoine und kniff konzentriert die Augen zusammen.

Ich nickte. Er war ganz nahe dran.

„*Bon,* sehen wir weiter“, sagte er und blätterte in meinem Pass. „Sie sind einsfünfundsiebzig groß, haben graue Augen, sind einunddreißig Jahre alt, unverheiratet und leben in Seattle im Staat Washington in Amerika. Das ist alles korrekt, ja?“

„Ja, schon, obwohl meine Augen eigentlich ein bisschen mehr haselnussbraun als grau sind, aber der Typ im Passamt wollte unbedingt ‚grau' schreiben. Haselnussbraun klingt viel exotischer, finden Sie nicht auch?"

Antoine zog die Augenbrauen hoch, überflog das Visum, das mich als Kurierin von Bell & Sons auswies, und wandte dann seine Aufmerksamkeit den Dokumenten für das Aquamanile zu.

Ich blickte mich rasch um, weil mir Onkel Damians Sicherheitsanweisungen durch den Kopf gingen: *Du bist für deine persönliche Sicherheit selbst verantwortlich; sie liegt nicht in der Verantwortung der Polizei, der Regierung oder sonstiger Behörden – du bist selbst deine erste und letzte Sicherheitsvorkehrung. Sei wachsam und achte aufmerksam auf deine Umgebung. Du musst Selbstbewusstsein ausstrahlen. Tu niemals etwas, das auf dich als Beute aufmerksam machen könnte.*

Leichter gesagt als getan, dachte ich, während ich die vielen Menschen betrachtete, die durch die Flughafenhallen strömten. Zum Glück achtete niemand auf mich und meinen Koffer. Ich atmete erleichtert auf und hob das Kinn, um selbstbewusst und überlegen auszusehen, auf jeden Fall nicht wie eine Kurierin mit einer sechshundert Jahre alten, kleinen goldenen Statue in Form eines Drachen, die wesentlich mehr wert war, als ich in den letzten zehn Jahren insgesamt verdient hatte.

Antoines Blick schweifte zu dem kleinen schwarzen Hartschalenkoffer aus Plastik, den ich fest mit der rechten Hand umklammert hielt. „Haben Sie das *Inventaire detaillé*?"

„Selbstverständlich." Ich reichte ihm die Blätter, auf denen das goldene Aquamanile auf Französisch bis ins Kleinste beschrieben war. Das Dokument war vom französischen Konsulat in San Francisco abgestempelt und enthielt sowohl ein Echtheitszertifikat als auch eine Kopie der Rechnung über den Verkauf an Mme Aurora Deauxville, französische Staatsbürgerin und wohnhaft in Paris.

Antoine tippte mit dem Finger auf das Dokument. „Was ist das … ein Aquamanile?"

Ich nahm den Koffer in die linke Hand und bog die Finger meiner rechten Hand, wobei ich sorgfältig darauf achtete, den Koffer zwischen mich und den Zolltisch zu halten, damit ihn niemand sah. „Ein Aquamanile ist eine Art Krug, zumeist aus Metall, ein Gefäß für die rituelle Handwaschung des Priesters oder einer anderen kirchlichen Person. Im Mittelalter wurde es sehr häufig benutzt."

Antoine riss die Augen auf. „Sie haben ein religiöses Artefakt dabei?"

Ich lächelte ihn ein wenig schief an. „Nein, eigentlich nicht. Es heißt, dass Aquamaniles manchmal auch für … äh … dunkle Praktiken verwendet wurden."

Er starrte mich an. „Dunkle Praktiken?"

Ich schenkte ihm ein mitfühlendes Lächeln. „Dämonen", erwiderte ich lakonisch. „Aquamaniles, so wie dieses hier, sollen angeblich von mächtigen Magiern benutzt worden sein, um Dämonenfürsten zu beschwören."

Ich hatte geglaubt, er könnte seine Augen nicht weiter aufreißen, aber bei dem Wort Dämon traten sie ihm fast aus dem Kopf. „Dämonenfürsten?", fragte er. Seine Stimme war nur noch ein heiseres Flüstern.

Ich nahm den Koffer wieder in die andere Hand und beugte mich vor. Leise Verzweiflung schwang in meiner Stimme mit, als ich erwiderte: „Sie wissen schon, Satans Abgesandte. Die großen Tiere aus der Hölle. Die Dämonenfürsten eben. Jeder kann einen Dämon rufen, aber um einen Fürsten zu beschwören, braucht man schon besondere Kräfte."

Antoine blinzelte verwirrt.

„Ja, ich weiß, ich halte es ja auch für ein bisschen daneben, aber Sie würden sich wundern, was die Leute so alles glauben. Trotzdem, es ist ein faszinierendes Thema. Ich habe alles Mögliche über Dämonen gelesen – nicht dass ich glaube, dass sie tatsächlich existieren – und herausgefunden, dass es sogar richtige Kulte um Dämonen und die Macht, die sie über Sterbliche haben, gibt. In San Francisco soll es zum Beispiel eine Gruppe geben, die versucht, einen Dämon in ein öffentliches Amt wählen zu lassen. Ha, ha, als ob das einer merken würde!"

Das Blinzeln hörte auf, und Antoine sah mich mit ausdrucksloser Miene an. Wahrscheinlich hatte mein kleiner Ausflug ins Land der Witze die anglo-französischen Grenzen überschritten. Ganz zu schweigen von den Minuten, die mit rasender Geschwindigkeit dahintickten. „Ja nun, ich gebe keine Garantie für die Nützlichkeit derartiger Gegenstände. Ich bin nur die Kurierin. Also, meinen Sie, ich könnte dann gehen? Ich soll dieses Aquamanile um fünf bei seiner Besitzerin abgeben, und es ist schon nach drei. Das ist mein erster Auftrag als Kurierin, wissen Sie, und mein Onkel – er ist mein Chef – hat mir gesagt, wenn ich es nicht pünktlich abliefere, dann wirft er mich raus, und da ein äußerst dummer Richter in Kalifornien mich dazu verdonnert hat, meinem Exmann Unterhalt zu zahlen, weil Alan, das ist mein Ex, ein fauler Hund ist, der lieber am Strand rumhängt und den Mädchen auf den operierten Busen glotzt, anstatt seinen Surfer-Arsch hochzukriegen und wie wir alle zu arbeiten, um Geld zu verdienen, ist es ziemlich wichtig, dass ich diesen Job behalte, und wenn ich ihn behalten will, muss ich das Aquamanile bei der Frau abliefern, die es von Onkel Damian gekauft hat."

Antoine wirkte ein wenig erschöpft, als ich sanft gegen seine Hand klopfte, in der er meine Dokumente hielt. Er warf mir einen vernichtenden Blick zu und wies unbeirrt mit dem Kinn auf meinen Koffer. „Sie müssen ihn öffnen. Ich muss das Objekt in Augenschein nehmen und mich vergewissern, dass es mit den Fotos übereinstimmt."

Ich unterdrückte einen weiteren Seufzer und kramte den Schlüssel aus meinem Brustbeutel, um den Koffer aufzuschließen. Antoine blieb der Mund vor Staunen offen stehen, als ich die schützende Schaumstoffhülle zurückschlug und das weiche Leinentuch enthüllte, das um das Aquamanile gewickelt war. „*Sacre futur du bordel de Dieu!*"

„Ja, ganz schön beeindruckend, was?" Stolz blickte ich auf den Drachen. Er war ungefähr fünfzehn Zentimeter hoch und bestand hauptsächlich aus einem geringelten Schwanz, glänzenden Schuppen und blitzenden Smaragdaugen. Es war einer der seltenen Drachen ohne Flügel.

Antoine streckte die Hand aus, um den goldenen Drachen zu berühren, aber ich schlug hastig wieder das Tuch darüber. „Tut mir leid – Sie dürfen ihn anschauen, aber nicht berühren." Seine Nüstern blähten sich dramatisch, und ich sprach schnell weiter. „Noch nicht einmal die Typen an der Röntgenkontrolle durften ihn berühren. Wenn Sie mal einen Blick auf das Echtheitszertifikat werfen, dann sehen Sie auch, warum Sie es lieber lassen sollten."

Er sah auf das Zertifikat und stieß einen leisen Fluch aus, bevor er seinen Stempel auf meinen Pass und die Dokumente des Drachen drückte. „Alles in Ordnung. Sie können gehen."

Ich schloss den Koffer, sperrte ihn ab, steckte den Schlüssel wieder in den Beutel zurück und schenkte Antoine ein fröhliches Lächeln, während ich die Reisetasche mit meinen Kleidern wieder über die Schulter warf. „Danke."

„Einen Moment ...", sagte er und hob die Hand. Ich hielt den Atem an. Hoffentlich fiel ihm nicht noch etwas ein, das mich von meiner Verabredung mit Madame Deauxville abhielt. Bei meinem Glück bestand er jetzt sicher noch auf einer Leibesvisitation.

Ich versuchte unschuldig und freundlich dreinzuschauen und

auf keinen Fall wie jemand, der etwas in einer Körperöffnung in ein Land schmuggelt.

Antoine blickte sich rasch um, dann trat er dichter an mich heran und fragte leise: „Sie sind Expertin für Dämonen, glauben aber nicht daran?"

Ich schüttelte den Kopf. An einer philosophischen Unterhaltung hatte ich jetzt absolut kein Interesse. „Ich bin keine wirkliche Expertin – ich habe nur ein paar mittelalterliche Texte studiert."

„Dämonen sind sehr böse."

Ich zuckte mit den Schultern und ging einen Schritt zur Seite. „Eigentlich nicht. In den Texten stand, dass sie an sich ziemlich dumm sind. Ich glaube, die Leute fürchten sich nur vor ihnen, weil sie nicht wissen, wie sie sie in Schach halten sollen."

Er beugte sich noch dichter zu mir. Der abgestandene Geruch von Zigarettenrauch streifte mich, und ich rümpfte die Nase. „Und Sie haben keine Angst vor ihnen?"

Ich schüttelte erneut den Kopf und wich noch einen Schritt weiter zurück.

Seine dunklen Augen leuchteten einen Moment lang tiefrot auf, wodurch er auf einmal viel unheimlicher wirkte als ein einfacher Zollbeamter. „Das sollten Sie aber", sagte er. Dann wandte er sich ab und winkte den Nächsten aus der Warteschlange an seinen Tisch.

„Puh, es gibt wohl überall auf der Welt komische Typen", murmelte ich vor mich hin, während ich mich durch die Menge zum Ausgang drängte. Meinen Koffer hielt ich dabei mit beiden Händen umklammert. Ich konnte es mir zwar leisten, meine Kleider und meine persönlichen Gegenstände zu verlieren, aber dieser Job war meine Chance – meine einzige Chance zu überleben, da das Unternehmen, für das ich gearbeitet hatte, pleitegegangen war. Wenn ich den Auftrag vermasselte, würde ich wieder arbeitslos sein. Da ich kein Arbeitslosengeld bekam und einen Strandheini am Bein hatte, musste ich arbeiten, damit mir auch noch was zum Leben übrig blieb, während ich Alan den Riesenbatzen Geld in den Rachen warf, den das Gericht für angemessen gehalten hatte.

Männer!

Es dauerte fünfzehn Minuten, bis ich die Schilder verstanden und herausgefunden hatte, wo sich die Taxis befanden. Beth, Onkel Damians Sekretärin, hatte behauptet, in Orly seien die Beschilderungen auch in englischer Sprache, aber sie hatte gelogen – sie waren nicht nur nicht auf Englisch, sondern was daraufstand, passte auch überhaupt nicht zu den praktischen kleinen Sätzen in dem Buch *French for Francophobes*, das ich mir gekauft hatte, um die nächsten anderthalb Tage zu überstehen.

„Äh … *bonjour*“, sagte ich zu einem gelangweilt aussehenden Taxifahrer, der an seinem Auto lehnte und sich in den Zähnen herumstocherte. „*Parlez-vous anglais?*“

„*Non*“, erwiderte er, ohne den Zahnstocher herauszunehmen.

„Oh. Hm. Wissen Sie zufällig, ob einer der anderen Taxifahrer *parlez anglais?* Wissen *vous*, ob *le* Taxifahrer *parlez anglais?*“

Er warf mir einen Blick zu, der mir die Schamesröte ins Gesicht hätte treiben müssen, aber ich hatte keine Lust, mich zu schämen, weil ich nach Frankreich gefahren war, ohne ein einziges Wort Französisch zu sprechen, abgesehen von dem, was ich in meinem Reiseführer fand. Ich hatte einen Job zu erledigen – ich wollte ihn nur schnell hinter mich bringen.

„Hören Sie, ich tue mein Bestes, okay? Ich möchte in die Rue … Oh, warten Sie mal – lassen Sie mich mal nachschauen …“ Mit einem Arm drückte ich den schwarzen Koffer an die Brust, während ich in meiner Tasche nach dem Reiseführer kramte. „*Je veux aller à la Rue Sang des Innocents.*“

Der Taxifahrer hörte auf, in seinen Zähnen herumzustochern, und verzog das Gesicht. „Das ist das schlechteste Französisch, das ich je gehört habe, und ich habe schon viel schlechtes Französisch gehört."

„Sie sprechen ja doch Englisch", sagte ich empört und schlug den Reiseführer zu. „Ich kann nichts dafür, wenn ich etwas Falsches gesagt habe. So steht es im Buch."

„Es war nicht falsch, aber Ihr Akzent …" Er schauderte, dann verbeugte er sich schwungvoll und öffnete die Wagentür. „Nun gut, ich werde Sie in die Rue Sang des Innocents bringen, aber es wird Sie einiges kosten."

„Wie viel?", fragte ich und nahm auf dem Rücksitz Platz. Meinen Koffer hielt ich fest umklammert.

Onkel Damian hatte mir zwar Euro mitgegeben, aber ich wusste, dass sie gerade reichten, um die Hotelrechnung für die Nacht, zwei Mahlzeiten und kleinere Ausgaben wie Taxifahrten zu bestreiten.

Der Taxifahrer warf meine Reisetasche auf die andere Seite des Rücksitzes und setzte sich ans Steuer. „Die Fahrt kostet Sie sechsunddreißig Euro, aber die Fahrt mit mir kostet Sie mehr."

„Was?"

Er lächelte mich im Rückspiegel an. „Bis wir in der Rue Sang des Innocents ankommen, können Sie drei Sätze auf Französisch sagen. Mit den drei Sätzen kommen Sie in Paris überall durch."

Ich war einverstanden, und da mir noch Zeit blieb bis zu meinem Termin mit Madame Deauxville, ließ ich ihn warten, während ich rasch in das Hotel ging, in dem Beth mir ein Zimmer reserviert hatte. Ich checkte ein, warf meine Tasche aufs Bett, fuhr mir in Windeseile mit dem Kamm durchs Haar, sodass ich weniger wie eine Verrückte und eher wie eine Kurierin aussah, und stürmte wieder nach unten, wo René und sein Taxi auf mich warteten.

Um fünf vor fünf hielt das Taxi vor einem sechsstöckigen, mattweißen Gebäude mit hohen Tür- und Fensterbögen, vor denen sich ziselierte schwarze Metallgitter befanden.

„Unglaublich!", hauchte ich und beugte mich aus dem Seitenfenster, um das Haus zu betrachten. „Was für ein tolles Gebäude. Es sieht so … so französisch aus!"

René griff durch sein Fenster nach hinten und öffnete mir die Tür. Ich nahm meine Sachen, stieg aus und stand auf altem Kopfsteinpflaster. Mir stand immer noch der Mund offen, als ich zu dem Haus emporblickte.

„Hier stehen nur herrschaftliche Häuser. Es ist eine sehr vornehme Gegend. Die Île Saint-Louis ist nur sechs Häuserreihen lang und zwei breit. Und jetzt geben Sie mir genau sechsunddreißig Euro und sagen mir bitte noch einmal die Sätze, die ich Ihnen beigebracht habe."

Ich riss meinen Blick von dem Haus los und reichte René lächelnd seinen Lohn. „Wenn jemand mich ärgert, sage ich: *Voulez-vous cesser de me cracher dessus pendant que vous parlez.*"

„Hören Sie auf, mich beim Reden anzuspucken", übersetzte René und nickte.

„Und wenn ich bei irgendetwas Hilfe brauche, sage ich: *J'ai une grenouille dans mon bidet*."

„Ich habe einen Frosch im Bidet. Ja, sehr gut. Und der letzte?"

„Den letzten Satz sollte ich mir für jeden Typen aufheben, der mich anmacht, wenn ich es nicht will: *Tu as une tête à faire sauter les plaques des égouts*."

„Du hast ein Gesicht, mit dem man Kanaldeckel sprengen könnte. *Oui, très bon*. Das müsste eigentlich reichen. Und für Ihr Treffen mit der wichtigen Dame: *bonne chance!*"

„Danke, René. Ich weiß die Lektion sehr zu schätzen. Man sollte schließlich jederzeit in der Lage sein, jemandem zu sagen, dass sich eine Amphibie im Bidet befindet."

„Einen Moment, ich habe noch etwas für Sie." Er kramte in einer kleinen braunen Tasche und zog eine zerknitterte Visitenkarte heraus, die er mir mit großartiger Geste, als handele es sich um ein wertvolles Objekt, überreichte. „Sie können mich als Fahrer mieten. Sie bezahlen mich, und ich fahre Sie durch Paris und zeige Ihnen alles, was Sie sehen müssen. Sie können mich jederzeit auf dem Handy erreichen."

„Danke. Ich werde leider keine Zeit zum Besichtigen haben, aber wenn ich jemals einen Fahrer brauchen sollte, rufe ich natürlich Sie an." Ich salutierte mit der Karte und steckte sie in meine Brieftasche.

Freundlich winkend fuhr er in einer schwarzen Auspuffgaswolke davon. Ich wandte mich wieder dem eindrucksvollen Gebäude zu und straffte die Schultern. Nachdem ich mich mit einem raschen Blick vergewissert hatte, dass mich niemand beobachtete, trat ich zur Tür, um auf den Klingelknopf zu drücken, unter dem „Deauxville" stand.

„Ich bin selbstbewusst", murmelte ich vor mich hin. „Ich bin ein Profi. Ich weiß genau, was ich tue. Ich habe überhaupt keine Angst, weil ich mich in einem fremden Land befinde, in dem ich mich lediglich über Frösche beschweren und Leute beleidigen kann. Ich bin ganz ruhig und konzentriert. Ich bin … Da macht ja keiner auf."

Ich läutete erneut. Nichts passierte. Ein rascher Blick auf meine Armbanduhr bestätigte mir, dass ich zwei Minuten zu früh war. Aber Madame Deauxville war doch bestimmt zu Hause.

Ich läutete noch einmal, dieses Mal länger und nachdrücklicher. Ich legte auch das Ohr an die Tür, konnte aber nichts hören. Ein Blick auf die Fenster zeigte mir auch, warum – die Wände des Hauses waren mindestens einen Meter dick.

„Verdammt", fluchte ich und trat einen Schritt zurück, damit ich hinaufsehen konnte. Onkel Damian hatte mir gesagt, Madame Deauxville wohne im ersten Stock. Die roten und beigefarbenen Vorhänge, die durch das geöffnete Fenster sichtbar waren, bewegten sich überhaupt nicht. Nichts bewegte sich im ersten Stock … und in den anderen Stockwerken auch nicht. Da es ein schöner Juninachmittag war, hatte ich eigentlich erwartet, dass die Leute jetzt nach Hause kommen, ihre Abendeinkäufe erledigen, durch die Straßen und an der Seine entlangschlendern würden und so weiter, aber hier war es völlig still.

Ich blickte die Straße hinunter, und so langsam richteten sich die Härchen in meinem Nacken auf. Die Straße war ebenfalls ganz still. Keine Menschen, keine Autos, keine Vögel … nichts. Noch nicht einmal eine Blüte wippte in der leichten Brise, die vom Fluss her kam. Die Straße gegenüber war die Rue Saint-Louis en l'Île, eine belebte Straße mit Geschäften und Restaurants. René hatte zehn Minuten für zwei Straßen gebraucht, weil es von Autos und Menschen nur so gewimmelt hatte, aber hier klang der Lärm auf einmal seltsam gefiltert, als ob die gesamte Rue Sang des Innocents in Baumwolle gehüllt und mitten in der Stadt eine Oase der Stille entstanden wäre.

„Das hier unheimlich zu finden wäre noch untertrieben", sagte ich laut, um wenigstens meine Stimme zu hören. Ich packte meinen Koffer fester und läutete erneut bei Madame Deauxville. Ich bekam Gänsehaut, als ich feststellte, dass die Haustür gar nicht richtig verschlossen war.

„Anscheinend hat jemand heute früh das Haus hastig verlassen", sagte ich zu der Tür, um die Angstschauer zu vertreiben, die mir die stille Straße einjagte. „Und um nicht zu spät zur Arbeit zu kommen, hat er die Tür nicht richtig zugemacht. Mehr nicht. Es ist doch nicht schlimm, wenn eine Tür nicht ganz zu ist. Und es ist auch nichts Unheimliches an einer Straße … ach, Quatsch. Hallo?" Ich stieß die Tür auf und machte einen Schritt vorwärts in eine kleine Eingangshalle, die sich zu einem dunklen Gang verengte, von dem aus eine Treppe an brauner Holztäfelung entlang nach oben führte. „Ist hier jemand? Ich möchte zu Madame Deauxville. Hallllooo?"

Fast erwartete ich das Echo meiner Stimme zu hören, aber seltsamerweise klangen meine Worte gedämpft, als ob die Wände sie verschluckten und mit dem gleichen merkwürdigen Effekt aufsaugten, der die Straße draußen so still wie ein Grab machte.

„Mir fällt mal wieder nichts anderes als ein Grab ein", grummelte ich vor mich hin, während ich sorgfältig die Tür hinter mir schloss und begann, die Treppe zum ersten Stock hinaufzusteigen. „Manchmal zahlt es sich absolut nicht aus, viel Fantasie zu haben."

Von dem schmalen Flur im ersten Stock gingen zwei Türen ab. Eine davon trug ein silbernes Schild mit dem Schriftzug „Deauxville", der so verschnörkelt und verziert war, dass er sehr edel wirkte. Die andere Tür war wahrscheinlich ein zweiter Eingang zu der Wohnung. Den Koffer fest an die Brust gedrückt, trat ich vor die Haupttür und hob die Hand, um zu klopfen. Gerade als meine Knöchel die polierte Eiche der Tür berühren wollten, überkam mich eine Welle von Furcht und Vorahnung, ein Gefühl, dass irgendetwas nicht stimmte. Die Empfindung war so stark, dass ich rückwärts an das Wandpaneel des Ganges zurückwich. Ich umklammerte den Koffer und rang nach Luft. Ein Gefühl der Angst und des Unbehagens hatte schon in dem Moment eingesetzt, als René davongefahren war, und sich in der Zwischenzeit noch verstärkt. Ich hatte Gänsehaut auf den Armen bekommen, und eine warnende Stimme in meinem Kopf hatte gerufen, ich solle sofort das Gebäude verlassen.

In der Wohnung war etwas Schreckliches geschehen. Etwas … Unnatürliches.

„Jetzt stell dich nicht so an", stieß ich zwischen zusammengebissenen Zähnen hervor und zwang mich, auf die Tür zuzugehen.

„Hier gibt es nur eine exzentrische Sammlerin, nichts Böses. Nichts, wovor du Angst haben müsstest. Du bist ein Profi. Du schaffst das."

Ich hatte die Tür noch nicht richtig berührt, da schwang sie schon auf.

Wie erstarrt stand ich auf der Schwelle, und es lief mir kalt den Rücken hinunter, als ich durch die kleine Diele in ein Zimmer blickte, das wahrscheinlich der Wohnraum war. Winzige Staubflocken tanzten träge in der Nachmittagssonne, die durch die hohen Bogenfenster drang und den dunkelroten Teppich zum Leuchten brachte. Ein Strauß frischer Blumen stand auf einem antiken Tisch zwischen zwei Fenstern. Ich konnte ihren köstlichen Duft sogar von der Tür aus riechen. Die Decken waren hoch, in gebrochenem Weiß, und die Wände so blau wie die Eier des Zaunkönigs, mit Stuck in den Ecken. An einer Wand stand ein auf Hochglanz polierter ehrwürdiger alter Schreibtisch mit einem dazu passenden rot gepolsterten Sessel, der zurückgeschoben war, als habe sich gerade jemand daraus erhoben.

Alles war wundervoll, schön und kostbar, genauso, wie man es in der Wohnung einer reichen Frau, die in einer exklusiven Gegend von Paris lebt, erwartete.

Alles, bis auf die Leiche. An einem Kronleuchter hing die Leiche einer Frau, aufgeknüpft an ihren auf dem Rücken gefesselten Händen. Der Körper schaukelte leicht hin und her, über einem schwarzen Kreis aus Asche, der auf dem hübschen dunkelroten Teppich gezogen worden war, ein Kreis mit zwölf Symbolen. Die tote Frau war Madame Deauxville, daran hegte ich nicht den geringsten Zweifel.

„*J'ai une grenouille dans mon bidet*", sagte ich, wobei ich mir glühend wünschte, dass Frösche mein größtes Problem wären.

2

Ich hoffe, ich bekomme ordentlich Bonuspunkte, weil ich nicht schreiend aus dem Haus gerast bin, als mein Blick auf die tote Frau fiel, deretwegen ich um die halbe Welt geflogen war. Wer auch immer für das Karma zuständig ist, belohnt mich hoffentlich dafür, dass ich nicht Fersengeld gegeben habe, solange ich noch die Möglichkeit dazu hatte, denn Madame Deauxvilles Wohnung zu betreten, obwohl ihre Leiche sanft in der warmen Nachmittagssonne hin und her schaukelte, hat mich so viel Kraft gekostet wie nichts sonst in meinem Leben.

Okay, ich gebe es zu, ich habe leise vor mich hingewimmert, und ich habe die Tür angelehnt gelassen, weil etwas in meinem Hinterkopf darauf bestand, einen Fluchtweg offen zu lassen, falls die Tote auf einmal wieder lebendig würde und mich packen wollte (in bester Horrorfilm-Manier), aber das Wimmern war nur leise, und als ich merkte, dass es aus meinem eigenen Mund kam, hörte ich sofort auf.

„Reiß dich zusammen", sagte ich streng zu mir. Der Klang meiner Stimme in der stillen Wohnung ließ mich zusammenzucken. „Wenn sie tatsächlich tot ist, kann sie dir nichts tun. Oh, Mist, wenn sie tot ist … du liebes bisschen. Am besten, ich prüfe das mal nach."

Mir kam es so vor, als ob ich für die sieben Schritte, die nötig waren, um die kleine Diele zu durchqueren, Stunden brauchte. Ich trat um den Aschekreis herum, um ihn nicht zu zerstören und auch, um den Körper nicht anfassen zu müssen. Die Frau konnte doch nicht mehr am Leben sein, wenn sie so aufgeknüpft worden war, nicht wahr? Und es war doch auch sicher ein Zeichen für ihren Tod, dass sie sich so gar nicht bewegte. Ich brauchte bestimmt gar nicht nachzuprüfen, ob sie wirklich tot war.

„Quatsch", sagte ich und stellte meinen Koffer vorsichtig auf das wunderschön bestickte Polster eines kostbaren alten Stuhls. Bemüht, nur ja nichts zu berühren, trat ich näher, bis meine Zehen die äußere Kante des Aschekreises berührten. Ich holte tief Luft, ignorierte das schreckliche Gefühl, dass ich nicht tun sollte, was ich gerade tun wollte, und beugte mich vor, um an Madame Deauxvilles Hals den Puls zu fühlen.

„Non!"

Die Stimme hinter mir erschreckte mich so, dass ich das Gleichgewicht verlor und mit wild rudernden Armen auf die Leiche zusteuerte. Ich schrie und versuchte ihr auszuweichen, aber zum Glück hielt mich jemand fest, sodass ich nicht in den Kreis fiel.

„Ne la touchez pas!"

„Was?" Ich rieb mir die Gänsehaut, die meine Arme bedeckte, und blinzelte den Mann an, der vor mir stand. „Ich … äh … tut mir leid, *non* ich *parlez* Französisch."

„Amerikanerin?", fragte der Mann und blähte die Nüstern, als ob er etwas riechen würde.

„Ja", erwiderte ich. Ich blickte von ihm zu der Leiche, dann wieder zurück zu ihm, und plötzlich schoss mir durch den Kopf, dass ich allein in einer Wohnung mit einem Fremden und einer toten Frau war, was wahrscheinlich bedeutete, dass er …

„Ich habe sie nicht umgebracht", sagte er hastig. Anscheinend konnte er Gedanken lesen. Dann wandte er seine Aufmerksamkeit der Leiche zu.

Ich nutzte den Moment, um ihm einen prüfenden Blick zuzuwerfen. Ich bin ja nicht blöd – wenn ich mich in einem Zimmer mit einem Mordopfer befinde, dann steht ein großer, dunkelhaariger, äußerst gut aussehender, schwarz gekleideter Typ, der nach Gefahr riecht und wie aus dem Nichts plötzlich auftaucht, natürlich ganz oben auf meiner Liste der potenziellen Mörder.

Und das bedeutete, ich musste mit meinem Drachen verschwinden, bevor Mr Killer sich noch einen Mord gönnte.

Ich verzog gerade das Gesicht zu einer kleinen Grimasse, als sich der Mann wieder zu mir umdrehte. In seinen dunkelgrünen Augen blitzte es auf. „Fühlen Sie sich nicht wohl? Sie werden sich doch hier wohl nicht übergeben?"

„Das hatte ich heute Nachmittag eigentlich nicht vor, aber wenn Sie darauf bestehen, könnte ich es durchaus versuchen."

Er legte den Kopf schräg und musterte mich von oben bis unten. „Ich hatte noch nie viel übrig für amerikanischen Humor. Das sollte doch wohl ein Witz sein, oder?"

„Ja, genau." Oh, brillant, Aisling, einfach brillant. Du sitzt hier in einem Zimmer in einem fremden Land mit einem Mörder fest, und dir fällt nichts Besseres ein, als Witze zu reißen, anstatt lieber abzuhauen. Er trat einen Schritt zurück und versperrte mir dadurch den Ausgang. In mir stieg Panik auf, und mir wurde klar, dass ich den grünäugigen Mörder ablenken musste, damit ich fliehen konnte.

Seine Augen glitzerten dunkel, was mir noch zusätzlich Angst einjagte, gleichzeitig jedoch auch den Wunsch in mir auslöste, mich ihm an den Hals zu werfen. „Ah. Ja. Ein Witz. Das habe ich mir doch gedacht."

Ablenkung, Mädel. Lass dich nicht von seinen schönen Augen beeindrucken, schließlich gehören sie einem kaltblütigen Mörder. „Äh, ich wollte gerade nachprüfen, ob Madame Deauxville wirklich tot ist." Einen Moment lang schloss ich die Augen. Das klang ja fürchterlich. „Das heißt, ich wollte mich vergewissern, ob sie nicht noch lebt. Natürlich wollte ich nicht, dass sie tot ist, verstehen Sie. Ich wollte nur sicher sein, dass sie es nicht ist. Oh, Mist, das hört sich alles so falsch an."

„Sie wollten sich vergewissern, dass Sie nichts mehr für sie tun können", sagte der dunkelhaarige Mann neutral. Seine Stimme – sehr sexy, eine Mischung aus englischem Akzent und etwas, das in meinen Ohren irgendwie deutsch klang – war seltsam monoton. Sie klang so, wie ich es von jemandem erwarten würde, der mich für einen gestörten Killer hält.

„Obwohl das eigentlich ein Oxymoron ist. Ich meine, welcher Killer ist denn nicht gestört?"

Die grünen Augen betrachteten mich nachdenklich. „Ist das eine rhetorische Frage, oder möchten Sie die Denkweise von Mördern analysieren?"

Ich stöhnte. „Entschuldigung, das ist mir nur so herausgerutscht. Meinen Sie nicht auch, dass einer von uns … Sie wissen schon, mal nachsehen sollte? Um herauszufinden, ob sie nicht nur schwer verletzt ist?"

Er warf einen Blick auf den Körper. Ich ebenfalls. „Sie glauben nicht, dass sie wirklich tot ist?"

Ich musste zugeben, dass er recht hatte. Die Frau war zu stumm, und die schwere Atmosphäre in der Wohnung (im Haus, auf der Straße, womöglich auf der ganzen Welt) war bedrückend. Ich wusste, ohne nachzudenken, dass sich nur zwei lebende Personen in der Wohnung befanden, und die Frau, die an dem Kronleuchter hing, gehörte nicht dazu.

Der Mann legte wieder den Kopf schief, dann drehte er sich abrupt um und schloss die Tür, die immer noch offen stand. Erneut überfiel mich Angst. Er würde mich töten! Panisch blickte ich mich nach einer Waffe um und schrie auf, als er mich am Arm packte.

„Was ist denn los mit Ihnen? Sie sehen so aus, als wollten Sie jeden Moment in Ohnmacht fallen."

„Ich? Nein, es ist alles in Ordnung. Mir geht es gut. Obwohl, wenn ich so darüber nachdenke, dann fällt mir ein, dass ich schreckliche Gedächtnisprobleme habe. Ich kann mich nie erinnern, wie Leute aussehen. Oder was sie zu mir gesagt haben, oder … oder … oder so. Also, es braucht sich niemand Sorgen zu machen, dass ich etwas gesehen oder gehört haben könnte, wegen dieses Gedächtnisproblems. Und es ist auch dauerhaft."

Er warf mir einen langen, nachdenklichen Blick zu, schnaubte kurz und ließ meinen Arm los. Dann ging er vor dem Aschekreis in die Hocke und betrachtete ihn eingehend. „Ich habe Ihnen doch gesagt, dass ich sie nicht getötet habe. Und ich werde auch Ihnen nichts tun. Sie brauchen keine Angst zu haben."

Verächtlich reckte ich das Kinn bei dem arroganten Tonfall in seiner wieder sexy klingenden Stimme. „Ach ja? Wer hat denn behauptet, dass ich Angst vor Ihnen habe?"

„Ich kann Ihre Angst riechen. Was halten Sie davon?"

Er wies auf den Aschekreis. Ich verschränkte die Arme über der Brust und versuchte an meinen Achselhöhlen zu schnüffeln, ohne dass es zu sehr auffiel. „Das ist ein Aschekreis mit den zwölf Symbolen Ashtaroths. Wie riecht Furcht denn eigentlich?"

Stirnrunzelnd musterte er den Kreis, berührte ihn aber nicht. „Erregend."

Ich blinzelte verwirrt. „Was?"

Er richtete sich auf und drehte sich zu mir, und wieder einmal wurde mir sehr bewusst, dass ich allein in einer Wohnung mit einer toten Frau und einem geheimnisvollen Mann war, der für meinen Seelenfrieden viel zu gut aussah. „Dann erwacht das Raubtier in mir."

Ich riss die Augen auf, als er sich zu mir beugte. Seine faszinierenden grünen Augen schienen mich förmlich einzusaugen. Er war ein Mann, und ich war eine Frau, und es gab gewisse fundamentale Unterschiede zwischen uns, die mein Körper nur zu gerne erforscht hätte, ungeachtet der Tatsache, dass er möglicherweise ein Mörder war. „Oh."

Er nickte. Seine dichten schwarzen Wimpern betonten noch das klare Grün seiner Augen. „Und weil ich so männlich reagiere, fühlen Sie sich auf weiblicher Ebene bedroht. Deshalb machen Sie auch Witze, die andere in solch einer Situation als unpassend empfinden würden."

„Wollen Sie etwa sagen, dass zwischen uns eine Art Anziehungskraft besteht?" Verschiedene Teile meines Körpers bettelten geradezu darum, aber ich forderte sie streng auf, sich zu benehmen und daran zu denken, dass der Mann, den sie begehrten, wahrscheinlich ein Krimineller war. „Wollen Sie etwa behaupten, ich hätte Angst vor Ihnen, weil Sie ein Mann sind und ich eine Frau bin, und nicht, weil wir uns hier in einem Raum mit einer Frau befinden, die offensichtlich ermordet worden ist?"

Seine Lippen zuckten. Er warf einen Blick auf Madame Deauxville. „Nein, das behaupte ich nicht. Ist dieser Kreis offen oder geschlossen?"

Ich sah ihn mir genau an. Er sah geschlossen aus. „Meiner Meinung nach ist er geschlossen. Hmm. Wer sind Sie?"

Sein Blick flackerte. „Das könnte ich Sie genauso gut fragen."

„Ja, das könnten Sie", sagte ich und sah zu, wie er einen großen Bogen um den Kreis machte. Auf der anderen Seite der Leiche blieb er stehen, vor einer Couch in Gold und Scharlachrot, die zu den beiden Stühlen im Zimmer passte. Stirnrunzelnd betrachtete er sie. „Aber ich habe als Erster gefragt. Sie müssen es mir nicht sagen, aber ich nehme an, dass die Polizei es wissen will, deshalb können Sie ja Ihr Alibi schon mal an mir üben."

Wieder warf er mir einen ungeduldigen Blick zu, dann griff er in die Brusttasche seiner schwarzen Lederjacke und zückte einen offiziell aussehenden Ausweis, den er mir hinhielt. „Drake Vireo. Interpol."

Einen Moment lang blieb mir der Mund offen stehen. „Interpol? So was wie der internationale Scotland Yard? Sie sind Detective?"

„So ungefähr." Er wollte seinen Ausweis wieder zuklappen.

„Warten Sie", sagte ich und trat vorsichtig um den Kreis und Madame Deauxville auf ihn zu. „Ich bin auch nicht auf den Kopf gefallen. Das möchte ich mir gern etwas genauer ansehen."

Er schwenkte ihn in Richtung Couch, als ich neben ihn trat. „Wenn der Kreis noch geschlossen ist, wie ist der Dämon dann entkommen?"

Ich starrte ihn mit aufgerissenen Augen an. „Was ist eigentlich hier in dem Land los? Seid ihr alle von Dämonen besessen, oder was? Was für ein Dämon? Von was reden Sie überhaupt?"

Erneut gab er ein Zeichen von Ungeduld von sich. Ich meinte zu sehen, wie er ganz leicht entnervt die Augen verdrehte. „Ich frage Sie doch bloß, was mit dem Dämon passiert ist, den derjenige, der diesen Kreis gezogen hat, gerufen hat. Wenn der Kreis nämlich geschlossen ist, wie Sie ja selber sagen, dann kann der Dämon nicht weg. Und trotzdem haben wir dort den Beweis dafür."

Ich blickte in die Richtung, in die er mit seinem Ausweis zeigte. Zwischen Couch und Wand war ein schwarzer Fleck auf dem Boden, als ob jemand dort Kohlenstaub verrieben hätte. Langsam schwirrte mir der Kopf. War ich nun völlig durchgedreht oder er? Da ich ihn erst seit Kurzem kannte, musste er es wohl sein. „Das meinen Sie ernst, nicht wahr? Sie glauben wirklich, dass ein Dämon etwas damit zu tun hat? Ich muss zwar zugeben, dass es so aussieht, als handle es sich um einen Ritualmord, aber das bedeutet doch nicht zwangsläufig, dass ein Dämon im Spiel ist."

Er zog eine schwarze Augenbraue hoch. „Ritualmord? Wie kommen Sie denn darauf?"

Ich wies auf die Leiche. Endlich zahlten sich all die Jahre aus, die ich auf mein kleines Hobby verwendet hatte. „Der Kreis des Ashtaroth unter ihren Füßen mit den zwölf Rufsymbolen, die Art und Weise, wie ihr Körper an den auf dem Rücken gefesselten Händen aufgeknüpft ist, und ich könnte wetten, dass ihr mit etwas Silbernem das Herz durchbohrt wurde. Mit anderen Worten, sie ist im Stil des ersten der Drei Dämonentode ermordet worden. Nur dass diese Frau keine Dämonin war. Was im Übrigen nicht weiter überraschend ist, da es Dämonen nur im Reich der Fantasie gibt."

Drake blickte mich amüsiert an. „Sie glauben nicht an Dämonen?"

„Nein, keineswegs. Dämonen gibt es nur in den Köpfen ziemlich verwirrter Menschen."

Wieder blähten sich seine Nasenflügel. Wenn ich nicht so überzeugt gewesen wäre, dass er völlig verrückt war, hätte ich mir eingestehen müssen, dass er selbst das toll machte. „Wollen Sie etwa behaupten, dass Sie trotz der eindeutigen Beweise nicht glauben, dass kürzlich ein Dämon in diese Wohnung gerufen worden ist?"

Ich wich vorsichtig einen Schritt zurück. Nur keine schnellen Bewegungen; man durfte gefährliche Wahnsinnige nicht erschrecken. „Okay, wissen Sie was? Ich trete jetzt dort an den Schreibtisch, wo das Telefon steht, und rufe die Polizei. Und während ich anrufe, können Sie Ihrer Arbeit als Detective nachgehen."

„Ich habe schon die Polizei gerufen. Sie müsste in etwa vier Minuten hier sein. Warum wollen Sie mir nicht erzählen, was aus dem Dämon geworden ist? Haben Sie etwas mit Aurora Deauxvilles Tod zu tun?"

Ich blieb vor dem Schreibtisch stehen und überlegte, ob ich es wohl bis zur Tür schaffen konnte, bevor er mich einholte.

Aber dann fiel mein Blick auf den Koffer, der auf dem Stuhl stand. Mist. Ohne das Aquamanile konnte ich nicht weg. „Nein, ich bin eben erst angekommen. Ich bin Kurierin und sollte hier ein Päckchen abliefern. Ich habe keine Ahnung von Dämonen und weiß auch nicht, wer ein Interesse an Madame Deauxvilles Tod haben könnte. Aber da wir gerade dabei sind, was machen Sie denn eigentlich hier? Sie sind ja wohl nicht aus beruflichen Gründen hier, denn sonst wäre die Mordkommission ja auch schon da. Also, wenn Sie sie nicht umgebracht haben, dann müssen Sie gesehen haben, wer es war. Sie sieht nämlich nicht so aus, als ob sie schon lange tot wäre."

„Sie sieht nicht so aus, als ob sie schon lange tot wäre?"

Ich zeigte auf Madame Deauxvilles Arme. „Die Totenstarre hat noch nicht eingesetzt, weil sonst der Winkel zwischen ihren Armen und dem Rücken kleiner wäre. Das bedeutet, sie ist entweder länger als zwölf Stunden tot, und die Totenstarre lässt langsam schon wieder nach, oder sie setzt gerade ein, was bedeutet, sie ist seit … ach, vielleicht fünfzehn Minuten tot. Aber das brauche ich Ihnen ja nicht zu erzählen – Sie sind ja vom Fach."

„Ich bin auf verlorene Gegenstände spezialisiert, nicht auf Mord", erwiderte Drake. „Woher wissen Sie so gut über die verschiedenen Zerfallstadien Bescheid?"

„Aus dem Fernsehen. Es gibt da so eine Sendung über Gerichtsmedizin, von der ich keine Folge verpasse. Es ist wirklich interessant. Sie machen Autopsien und so weiter. Wissen Sie, was mit Knochen passiert, die den Elementen ausgesetzt sind?"

„Ja, sie werden braun."

„Das stimmt. Haben Sie nicht gesagt, Sie bearbeiten keine Mordfälle?"

Wieder blickte er sich im Zimmer um, als ob er etwas suchte. Er ignorierte meine letzte Frage völlig, was mir auch recht war, denn mir wäre lieber gewesen, wenn er die wichtigere Frage beantworten würde. „Ich bin höchstens fünf Minuten vor Ihnen hier eingetroffen. Es geht Sie nichts an, was ich mit ihr zu schaffen hatte. Als ich in die Wohnung kam, war sie schon tot."

„Dann müssen Sie gehört haben, wie ich geläutet habe."

„Ja."

„Aber Sie haben mich nicht hereingelassen!", sagte ich erbost.

Er legte den Kopf in den Nacken, als ob er Witterung aufnehmen wollte. „Hätten Sie das denn an meiner Stelle getan?"

„Vermutlich nicht. Und, warum waren Sie bei Madame Deauxville?"

Er schaute mich eindringlich an. „Ich finde die Frage viel wichtiger, warum Sie mich anlügen. Sie sind eine Hüterin, und doch leugnen Sie die Tatsachen. Sie streiten ab, dass ein Dämon hier gewesen ist. Ich spüre doch, dass die Luft von ihm verunreinigt wurde, und trotzdem leugnen Sie es." Er schüttelte den Kopf und trat langsam auf mich zu. „Ich begreife einfach nicht, warum eine Hüterin etwas so Augenscheinliches abstreitet. Das werden Sie mir erklären müssen."

Ich wich ein paar Schritte gegen den Schreibtisch zurück. „Sie irren sich. Ich bin Kurierin – das habe ich Ihnen doch bereits gesagt. Und ich habe keine Kinder, weder meine eigenen noch die von irgendjemand anderem, für die ich als Hüterin fungiere."

Er runzelte die Stirn. „Was?"

„Ich bin Kurierin. *K-u-r-i-e-r-i-n*. Jemand, der Objekte transportiert. Das ist mein Job oder war es zumindest. Ich weiß noch nicht, wie ich Onkel Damian beibringen soll, dass meine erste Lieferung so in die Hose gegangen ist, aber ich habe das dumpfe Gefühl, ich sollte in der nächsten Zeit nicht auf eine Gehaltserhöhung oder eine Beförderung hoffen."

Drake ging auf die andere Seite des Kreises und blickte mich verwirrt an. „Sie riechen, als ob Sie die Wahrheit sagen, aber auf der anderen Seite kennen Sie die Symbole von Ashtaroth. Sie wussten, dass der Kreis ungebrochen war, und das kann nicht einmal ich mit Gewissheit sagen. Außerdem kennen Sie sich mit den Ritualen zur Zerstörung eines Dämons aus. Solche Dinge weiß nur eine Hüterin. Was für ein Spiel spielen Sie?"

Ich hob die Hände, um meine Unschuld zu beteuern. „Warum erzählen Sie mir dauernd, wonach ich rieche? Ich habe heute früh geduscht! Und was das andere angeht – ich versuche nur, meinen Job zu machen."

„Und was sollen Sie abliefern?"

Ich zuckte mit den Schultern. Das brauchte ich ihm ja nun wirklich nicht auf die Nase zu binden, schließlich wusste ich ja immer noch nicht genau, ob er Madame Deauxville nicht doch ermordet hatte. Seine faszinierend gefährliche Ausstrahlung schien darauf hinzuweisen, ebenso wie das ganze Gerede über Dämonen und ihre Hüterinnen. Und dann schnüffelte er auch noch die ganze Zeit in der Luft herum ... „Es ist nur eine kleine Statue. Auch wenn Sie nicht von der Mordkommission sind, sollten Sie dann nicht trotzdem die Leiche untersuchen?"

„Ich verhöre eine Verdächtige", erwiderte er und trat auf mich zu. Der ruhige Teil meines Verstandes genoss es, ihm beim Gehen zuzusehen. Es war eher eine Art Gleiten, hinter dem Kraft steckte, die aber seine geschmeidigen Bewegungen nicht beeinträchtigte. „Was für eine Statue? Woraus besteht sie?"

„Aus Metall. Es ist eine Figur, nichts Besonderes, nichts Wichtiges", log ich.

Er hob wieder den Kopf, und ich hätte schwören können, dass er prüfend die Luft einsog. „Gold. Die Statue ist aus Gold."

Ich stürzte auf den Stuhl zu und kam knapp vor ihm dort an. „Wissen Sie was? Ich glaube, Sie müssen mir noch mal Ihren Ausweis zeigen. Sie machen das alles nicht richtig. Eigentlich müssten Sie mich nach meinem Namen fragen, wo ich wohne, ob ich Madame Deauxville kenne und so, und stattdessen quatschen Sie von Dämonen und warum jemand mit dem Kreis von Ashtaroth einen der Dämonenfürsten ruft und woraus die kleine, unbedeutende Statue besteht, die ich mitgebracht habe."

„Für jemanden, der angeblich keine Hüterin ist, scheinen Sie ziemlich viel Ahnung von Dämonen zu haben", sagte er in einem leise grollenden Tonfall, bei dem mir ein Schauer über den Rücken lief. Mit einer raschen Bewegung packte er mich am Arm und zog mich an seine Brust. Eine Hand drückte er auf meinen Rücken und mit der anderen zog er mir an den Haaren den Kopf zurück. „Nun gut. Dann spielen wir eben das Spiel, wie Sie es wünschen. Wie heißen Sie?"

„Aisling", erwiderte ich unwillkürlich. Dann jedoch wurde mir klar, dass mein Körper – dieser Verräter – es genoss, an ihn gedrückt zu sein, und mein gesunder Menschenverstand machte sich wieder bemerkbar. „He! Was soll das? Sie können mich doch nicht so anfassen! Lassen Sie mich los!"

„Sie wollten doch, dass ich Fragen stelle – ich komme bloß Ihrem Wunsch nach. Wo wohnen Sie?"

„Im *Hôtel de la Femme Sans Tête*. Lassen Sie mich los!"

„Noch nicht. Kannten Sie Madame Deauxville?"

„Nein, ich habe Ihnen doch gesagt, dass ich Kurierin bin. Lassen Sie mich endlich los, das ist keineswegs p. c."

„P. c.?"

„*Politically correct*. Lassen Sie mich los!"

Er kniff die Augen zusammen. „Eine Hüterin, die behauptet, keine Hüterin zu sein, und die trotzdem die notwendigen Schritte kennt, um einen Dämon zu rufen. Sie sind mir ein Rätsel, aber es lohnt sich wahrscheinlich, dieses Rätsel zu ergründen." Anstatt mich loszulassen, vergrub er seinen Kopf an meinem Hals und holte tief Luft.

„Was machen Sie da?“, kreischte ich und versuchte mich aus seiner Umklammerung zu befreien.

„Ich präge mir Ihren Duft ein.“

„Was?“, schrie ich. Auf einmal wurde mir klar, dass nicht nur meine Stimme zu hören war, sondern auch immer näher kommende Polizeisirenen.

Drake hob den Kopf und warf mir einen Blick zu, bei dem mir die Knie weich wurden. An seinen schönen grünen Augen war irgendetwas anders als bei anderen. Die Pupillen waren eher länglich als rund, fast wie bei einer Katze, aber nicht ganz so ausgeprägt. Aber es lag auch nicht nur an seinen Augen, sondern daran, wie er mich anfasste, wie er sprach, wie er … an mir roch. Irgendetwas an ihm war nicht ganz menschlich, und mein Herz schlug schneller. Ich verstand jetzt, was er mit meiner Angst vor ihm meinte – sie war tatsächlich sexuell gefärbt, aber darunter lag eine tiefere Emotion: die Angst davor, verzehrt zu werden, von einem Wesen zerstört zu werden, das stärker war als ich.

Mit einer sanften Berührung, die seinen bedrohlichen Tonfall Lügen strafte, schob er mir eine Haarsträhne hinters Ohr und sagte: „Die Polizei ist da, Aisling. Deshalb muss ich Ihnen Adieu sagen. Ich weiß zwar nicht, warum Sie die Wahrheit abstreiten, aber ich rate Ihnen, mit der französischen Polizei vorsichtiger umzugehen. Sie sind nicht besonders tolerant den Personen gegenüber, die sich mit dunklen Mächten eingelassen haben.“

Seine Lippen streiften die meinen, aber die Berührung war vorbei, bevor ich die Sprache wiedergefunden hatte.

„He, was soll das? Sie können mich doch nicht einfach küssen! Und was meinen Sie mit vorsichtiger? Und mit dunklen Mächten? Wohin gehen Sie …? Nein! Stopp! Der gehört mir!“

Ich sprang vor, aber es war zu spät. Drake hatte meinen Koffer ergriffen und war aus der Wohnung gerannt, bevor ich noch drei Schritte getan hatte.

Leider führten mich die drei Schritte direkt in den Kreis. Instinktiv streckte ich die Hand aus, um nicht an die Leiche zu stoßen. Ich packte jedoch nicht Madame Deauxville, sondern ein silbernes Objekt, das vermutlich in ihr Herz gestoßen worden war, ein Objekt, das ich nicht gesehen hatte, weil ihr Oberkörper vornübergekippt dort hing. Das kühle Metall glitt ganz leicht aus ihrem Körper heraus, als ich zur Seite taumelte, und ich starrte entsetzt auf die Waffe in meiner Hand. Es war ein langes Messer mit breiter, gebogener Klinge, das fast bis zum Knauf mit Blut beschmiert war. Aus den Texten über Dämonenkunde, die ich gelesen hatte, wusste ich, dass es ein Seax war, ein mittelalterlicher Dolch, der für gewöhnlich zur rituellen Zerstörung von Geschöpfen dunklen Ursprungs verwendet wurde. Dieser Seax hatte einen Griff aus Elfenbein und schien aus Silber zu sein. Es hieß, nur Silber könne das Herz eines Dämons zerstören … in Verbindung mit den zwölf Worten natürlich.

„Ein reales Beispiel für einen der Dämonentode", murmelte ich, während mir die Realität der entschieden unrealistischen Situation langsam aufging. Ich überlegte gerade, ob ich eine Zeichnung von der Anordnung der Symbole anfertigen sollte, damit ich sie zu Hause mit den Abbildungen in einem Buch vergleichen konnte, als plötzlich ein ganzer Haufen von Polizisten, die alle durcheinanderredeten, in die Wohnung gestürmt kam. Als sie mich sahen, blieben sie überrascht stehen, aber dann wich ihre Überraschung professionellem Misstrauen, als sie die tote Frau neben mir erblickten … und den blutigen Seax in meiner Hand.

Seufzend hob ich die Hände, als die Polizisten mich umringten. Der längste Tag meines Lebens wurde gerade noch ein bisschen länger.

3

„Hallo. Ich bin Aisling Grey, Zimmer dreiundzwanzig. Gibt es Nachrichten für mich?"

Der Nachtportier des Hotels blickte von seiner Zeitschrift auf und stieß einen gequälten Seufzer aus, bevor er zögernd den *Paris Match* beiseitelegte und seine massige Gestalt aus dem Sessel hievte. „Dazu muss ich erst nachschauen", erklärte er vorwurfsvoll.

Ich schenkte ihm ein schwaches, um Entschuldigung bittendes Lächeln. Nachdem ich die ganze Nacht damit zugebracht hatte, der Polizei immer und immer wieder zu erklären, wer ich war und was ich in Madame Deauxvilles Wohnung gemacht hatte – mit der Waffe, mit der sie umgebracht worden war, in der Hand –, waren meine „Sei ein guter Amerikaner im Ausland"-Muskeln ziemlich am Ende.

„Ja, es ist eine da."

Der Portier sah mich an. Ich erwiderte seinen Blick. Keiner von uns beiden blinzelte. Als der Raum sich vor meinen Augen zu drehen begann, gab ich schließlich nach. „Hören Sie, es ist sechs Uhr morgens, nach meiner inneren Uhr ist es aber zwei Uhr nachmittags, und ich habe seit über dreißig Stunden nicht mehr geschlafen. Ich bin nicht mehr so ganz fit. Könnten Sie mir vielleicht die Nachricht geben, damit ich sie lesen kann, wenn es Ihnen nicht zu viel Mühe macht?"

Seufzend schlurfte er zu der Wand mit den altmodischen Schlüsselfächern und zog einen gelben Zettel aus dem Fach mit der Nummer 23. Mit einem noch größeren Seufzer reichte er ihn mir, wobei er mir einen Blick zuwarf, der jede weitere Bitte im Keim erstickte.

„Danke“, sagte ich höflich. Es war eine Nachricht von Onkel Damian, der von mir wünschte, ich solle mich melden und ihm sagen, wie die Lieferung vonstatten gegangen war. Ich zerknüllte den Zettel und wandte mich dem kleinen Aufzug zu, dessen sich das winzige, aber exzentrische *Hôtel de la Femme Sans Tête* rühmte. Auf dem Polizeirevier hatte ich erfahren, dass das übersetzt „Hotel zur kopflosen Frau“ bedeutete.

„Der Aufzug funktioniert nicht“, rief der Portier mir mit unüberhörbarer Befriedigung in der Stimme hinterher. Da es fünf Zimmer auf jeder Etage gab, befand sich mein Zimmer im fünften Stock. Ich ließ die Schultern hängen bei dem Gedanken, mich fünf Stockwerke hinaufschleppen zu müssen, aber es war ja nicht zu ändern.

Zehn Minuten später brach ich auf meinem Bett zusammen, nachdem ich zumindest noch so viel Energie aufgebracht hatte, mir die Sandalen von den Füßen zu streifen und aus dem Kleid zu schlüpfen, das leicht und luftig gewesen war, als ich es angezogen hatte, jetzt jedoch nur noch schlaff und blutverschmiert an mir hing. Ich hatte eigentlich gedacht, dass ich nach mehr als zwölf Stunden ununterbrochenen Verhörs auf der Polizeiwache sofort einschlafen würde, aber ich wälzte mich im Bett hin und her, während die Ereignisse des Tages mir immer wieder durch den Kopf gingen.

„Das ist wirklich zu albern. Ich bin so müde, dass ich kaum geradeaus gucken kann, aber ich komme trotzdem nicht zur Ruhe“, sagte ich laut zu mir, setzte mich auf und schaltete die Lampe auf meinem Nachttisch ein. Im Badezimmerspiegel, den ich durch die offene Tür vom Bett aus sehen konnte, erblickte ich mein Gesicht – ich hatte dunkle Schatten unter den Augen, meine Haare, normalerweise nett und lockig, sahen aus wie braunes

Stroh, und meine Haut ähnelte dem Bauch eines Fisches. Eines kranken Fisches.

„Okay. Jetzt dusche ich erst mal, trinke Kaffee, Unmengen von Kaffee, und dann, wenn ich durch ein köstliches französisches Mahl wieder zu Kräften gekommen bin, rufe ich Onkel Damian an."

Das blasse Gesicht, das mir aus dem Spiegel entgegenstarrte, zuckte bei meinen Worten zusammen. Der Gedanke daran, was mein Onkel mir sagen würde, war das Schlimmste, was ich mir vorstellen konnte.

„Das nehme ich zurück", sagte ich einen Augenblick später laut, nachdem ich vergeblich jeden Winkel des Zimmers nach meiner blauen Segeltuchreisetasche durchsucht hatte. „Dass man mir das Gepäck aus dem Zimmer gestohlen hat, macht es noch schlimmer. Oh, zum Teufel!"

Die Tasche war weg. Das Kleingeld, das ich auf den Tisch geworfen hatte, bevor ich zu Madame Deauxville gefahren war, war noch da, ebenso das Magazin der Fluggesellschaft, das ich wegen des Artikels über die Sehenswürdigkeiten von Paris mitgenommen hatte. Ich war also auf jeden Fall im richtigen Zimmer. Aber wo war meine Reisetasche mit den Kleidern und dem Kulturbeutel? Weg. Ich hatte nur noch mein Geld, Renés Karte, einen kleinen Kamm, mein Flugticket und meinen Sprachführer mit den französischen Sätzen, während die Polizei meinen Pass, mein Visum und alle Aquamanile-Dokumente beschlagnahmt hatte. Ich konnte das Land nicht verlassen, geschweige denn nach Hause fliegen.

Hysterisches Lachen kroch meine Kehle hinauf. Ich überlegte ernsthaft, ob ich nicht einfach einen altmodischen Nervenzusammenbruch bekommen sollte, aber mir war klar, dass ich wahrscheinlich nicht mehr damit würde aufhören können, wenn ich erst einmal angefangen hatte. Da ich keine Ahnung davon hatte, wie es in französischen Irrenhäusern aussah, ließ ich es lieber und blieb vernünftig. „Du duschst jetzt erst mal“, sagte ich zu mir. „Du duschst, und dann isst du was. Danach gehst du einkaufen. Billig einkaufen. Und erst danach rufst du Onkel Damian an.“

Mein Kleid hing immer noch schlaff an mir herunter, als ich eine Stunde später die Treppe hinunterging, aber ich war wenigstens sauber, hatte mir die Haare gekämmt und die schlimmsten Blutflecken aus dem Stoff entfernt. Ich folgte meiner Nase in den kleinen Raum im Keller des Hotels, in dem die Mahlzeiten serviert wurden, und blieb auf dem Weg dorthin an der Rezeption stehen, um das Management davon in Kenntnis zu setzen, dass man mir die Reisetasche aus dem Zimmer gestohlen hatte.

Die Frau an der Rezeption wirkte nicht besonders erfreut, als ich ihr das mitteilte, und mir blieb nichts anderes übrig, als noch einmal mit ihr die fünf Stockwerke hinaufzusteigen, damit sie das Zimmer auf Einbruchspuren hin untersuchen konnte.

„Sie haben bestimmt die Tür nicht abgeschlossen, als Sie gegangen sind“, meinte sie schließlich. „Und dann ist ein Fremder in Ihr Zimmer eingedrungen und hat Ihre Tasche mitgenommen. Unter solchen Umständen übernimmt das Hotel keine Haftung.“

Ich beteuerte meine Unschuld, aber sie hatte sich ihre Meinung schon gebildet, und ich war zu erschöpft, um mit ihr zu streiten. Außerdem fragte ich mich im Stillen, ob nicht eventuell die Polizei mein Gepäck konfisziert hatte. Gelegenheit hatte sie ja genug gehabt, während sie mich verhörte. Gemeinsam gingen wir wieder hinunter. „Sagen Sie mir bitte Bescheid, wenn jemand meine Tasche abgibt? Es ist zwar nichts Wertvolles darin, nur meine Kleider und Kosmetika, aber im Moment ist das alles, was ich besitze.“

Naserümpfend kehrte sie hinter den hölzernen Schreibtisch zurück, der als Rezeption diente, und warf mir einen abfälligen

Blick zu. „In der Rue des Mille Décès sind viele Geschäfte. Sie werden sich gewiss mit allem Notwendigen versorgen wollen, bevor Sie ins Hotel zurückkommen."

Ich zupfte an meinem noch feuchten Kleid herum und verzog die Lippen zu einem Grinsen. „Ach, haben Sie etwa Angst, dass ich einen schlechten Eindruck hinterlassen könnte? Ja, ja, ich werde mir schon etwas kaufen, keine Sorge. Später. Zuerst möchte ich jedoch frühstücken."

Sie sah aus, als hätte sie mir am liebsten den Zugang zum Speiseraum verwehrt, aber Frühstück war im Zimmerpreis inbegriffen, und deshalb betrat ich ungehindert einen heiteren, weiß getünchten Raum mit Blick auf einen kleinen Garten. Ich setzte mich an einen Tisch in der Ecke und konzentrierte mich darauf, so viel Koffein und Nahrung zu mir zu nehmen, wie eine einzelne Person in einer halben Stunde bewältigen kann.

Als ich mit dem Frühstück fertig war, hatte ich mehrere Beschlüsse gefasst. Zunächst einmal würde ich Onkel Damian nicht anrufen. Noch nicht. Mein Ausflug aufs Polizeirevier hatte mir deutlich gemacht, dass die Polizei zwar nichts gegen mich in der Hand hatte, mich aber als Verdächtige ansah. Wahrscheinlich als einzige Verdächtige, weil Drake sich ja aus dem Staub gemacht hatte.

Mit dem Löffel malte ich Kreise auf dem Tischtuch, während ich, neu belebt durch das Koffein, noch einmal die Ereignisse des vergangenen Abends überdachte. Der Großteil der letzten zwölf Stunden lag im Nebel, weil ich die meiste Zeit in einem kleinen, stickigen Raum gesessen und darauf gewartet hatte, dass der Dolmetscher endlich eintraf. Dann kam Jean-Baptiste Proust, ein kleiner, kahlköpfiger Mann, der Chef der Mordkommission, und die Dinge gerieten in Bewegung. Die Polizei rief bei der amerikanischen Botschaft an. Man nahm mir Fingerabdrücke ab und von meinem Kleid Proben des Blutes. Sie stellten mir

Fragen, manche auf Englisch, manche auf Französisch. Ich erklärte, wer ich sei, zeigte meinen Pass und mein Visum und die Rechnung des Aquamaniles.

„Wo ist dieses wertvolle Artefakt?", fragte Inspektor Proust leise. Alles an ihm war ruhig, von seinen milden braunen Augen bis hin zu den gedämpften Tönen seines braunen Anzugs. Aber mir war klar, dass man nicht Chef der Mordkommission wird, wenn man nicht über einen rasiermesserscharfen Verstand verfügt.

„Es ist mir gestohlen worden. Kurz bevor die Polizei eintraf."

Inspektor Proust blickte auf ein Notizbuch, das ihm ein anderer Polizist gereicht hatte. „Ach ja, von dem Mann, der angeblich bei Interpol ist."

„Nicht angeblich, er ist tatsächlich dort. Er sagte, er sei Interpol Detective. Er hat mir sogar seinen Ausweis gezeigt, allerdings habe ich nicht richtig hingeschaut. Ich war … äh … abgelenkt." Von dem Unsinn mit den Dämonen, aber das würde ich Inspektor Proust auf keinen Fall erzählen.

Er blickte mich traurig an. „Sind Sie sich darüber im Klaren, Mademoiselle Grey, dass es bei Interpol gar keine Detectives gibt?"

Ich starrte ihn an. Meine Hände wurden plötzlich ganz feucht. „Nein?"

„Nein. Interpol ist eine Organisation, die lediglich für den Austausch von Informationen zwischen den Ländern sorgt. Sie haben keine eigene Polizei."

Er wartete geduldig auf meine Reaktion, ich brachte jedoch nur ein „Oh" zustande.

Innerlich tobte ich allerdings. Ich war wütend auf Drake, weil er meinen Drachen gestohlen und mich hereingelegt hatte, und wütend auf mich, weil ich Onkel Damians strenge Sicherheitsanweisungen nicht beachtet hatte. Ich sehe eine Leiche, und was mache ich? Ich lasse den Koffer mit dem Aquamanile aus den

Augen. Verdammter Drake. Das ist alles seine Schuld. Na ja … hauptsächlich seine Schuld.

Das alles sagte ich natürlich nicht zu Inspektor Proust. Ich beantwortete seine Fragen, und dann dieselben Fragen, die andere Polizisten mir stellten. Immer wieder beantwortete ich die Fragen, bis ich sie auswendig wusste und schon mit den Antworten anfing, noch bevor die Polizisten, die mich verhörten, überhaupt den Mund aufgemacht hatten.

Aber ich sagte nicht ein einziges Mal, dass ich Frösche in meinem Bidet hätte. Und darauf war ich seltsamerweise auch noch stolz, was deutlich macht, wie sehr Schlafmangel einem zusetzt, wenn man dazu noch eines Mordes verdächtigt wird, den man nicht begangen hat. Eigentlich hatte ich angenommen, dass ich in irgendein dunkles, feuchtes, von Ratten verseuchtes Loch gesperrt werden würde, bis die amerikanische Botschaft von den schrecklichen Ereignissen erfahren hatte, aber zu meiner Überraschung wurde ich nach zwölf Stunden freigelassen. Inspektor Proust trat ins Verhörzimmer und verkündete, ich könne gehen.

„Gehen?", fragte ich mit heiserer Stimme. Ich war ein wenig erschöpft vom Schlaf- und Essensmangel, aber ich glaube, ich hatte noch keine Halluzinationen. „Sie meinen, ich kann gehen? Verhaften Sie mich nicht?"

Inspektor Proust zuckte mit den Schultern, eine Geste, die ich in der Nacht häufiger bei ihm beobachtet hatte. Obwohl er ebenfalls die ganze Nacht auf gewesen war, sah er nicht so aus, als ob ihm der mangelnde Schlaf viel ausmachte. „Sie haben doch gesagt, dass Sie mit Madame Deauxvilles Tod nichts zu tun haben. Warum sollte ich Sie also verhaften? Es sei denn, Sie möchten mir noch etwas erzählen?"

Ich lächelte ihn an. „Ich habe sie nicht umgebracht, ehrlich. Ich weiß nicht, wer es gewesen ist, es sei denn, Drake hat sie ermordet, und er behauptet, er war es nicht, aber er hat mich ja auch angelogen, als er gesagt hat, er sei Detective bei Interpol, und außerdem hat er meinen Drachen gestohlen, also, was soll ich ihm überhaupt glauben? Abgesehen davon sieht er viel zu gut aus. Dermaßen gut aussehenden Männern traue ich nie. Sie glauben, sie seien ein Geschenk für die Frauen, und sie packen einen einfach, küssen einen und riechen wirklich gut, und man bekommt weiche Knie, wenn sie einen an sich ziehen, ganz zu schweigen davon, dass man auf einmal den Kopf voll hat mit unanständigen Gedanken darüber, was man jetzt gerne mit ihnen anstellen würde. Und überhaupt, woher hat er gewusst, dass das Aquamanile aus Gold ist?"

Inspektor Proust beobachtete mich einen Moment lang schweigend und tippte mit einem Bleistift gegen sein Kinn. „François, mein Fahrer, wird Sie in Ihr Hotel bringen. Ich glaube, Sie brauchen ein wenig Schlaf, Mademoiselle Grey. Wenn Ihnen noch etwas einfällt, das uns weiterhelfen könnte, rufen Sie mich bitte unter der Nummer auf meiner Karte an."

Ich blickte auf die weiße Visitenkarte, die irgendwie in meine Hand gelangt war. Da erst wurde mir klar, dass ich nicht nur zusammenhanglosen Blödsinn brabbelte, sondern tatsächlich entlassen war. Keine rattenverseuchte, feuchte Gefängniszelle für mich, juhu!

„Sie sagen mir doch Bescheid, wenn Sie Drake erwischen, oder? Mein Onkel bringt mich um, wenn ich das Aquamanile nicht wiederbekomme. Er wird mir die Schuld daran geben, dass Drake es gestohlen hat und dass er Madame Deauxvilles Familie entschädigen muss, wenn ich es nicht wiederfinde. Wissen Sie, ehrlich gesagt glaube ich nicht, dass ich jemals so viel Geld aufbringen könnte, weil Alan – das ist mein Exmann und ein fauler Kerl, der immer nur am Strand rumhängt – mich aussaugt. Sie sagen es mir doch, wenn Sie Drake finden oder meinen Drachen, ja?"

Ein grimmiges Lächeln umspielte Inspektor Prousts Lippen. „Seien Sie versichert, Mademoiselle, wenn wir auf einen Mann stoßen, der sich Drake Vireo nennt, werde ich Sie sofort davon in Kenntnis setzen."

„Er hat mir nicht geglaubt", sagte ich jetzt leise zu mir, während ich in dem sonnigen Frühstücksraum im Hotel saß. Der Teller vor mir war übersät mit Eierschalen und den Überresten von Croissants. Ich goss den Rest Kaffee aus der kleinen Kanne in meine Tasse und versuchte, einen klaren Gedanken zu fassen. Zwei Dinge lagen auf der Hand: Ich musste mich von dem Verdacht reinwaschen, damit die Polizei mir meinen Pass wiedergab, und ich musste Drake finden, damit ich den Drachen wiederbekam. Bei Ersterem konnte mir doch sicher die amerikanische Botschaft helfen.

„Schritt eins, kauf dir was zum Anziehen. Und dann geh zur amerikanischen Botschaft." Ich blickte in meinen Brustbeutel. Das Geld reichte nur noch für heute Morgen. Aber ich hatte ja noch mein Flugticket ... Da Onkel Damian solche Dinge immer bar bezahlte, konnte ich es bestimmt einlösen. Das würde mich erst mal vor dem Hungertod bewahren. Die Hotelrechnung stand auf einem anderen Blatt. Ich wusste, dass Beth die erste Nacht mit der Kreditkarte des Unternehmens bezahlt hatte – vielleicht konnte ich ja das Hotel überreden, den Rest in Rechnung zu stellen. Einen Versuch war es jedenfalls wert. Wenn es mit dem Hotel und dem Geld für Essen und neue Kleider klappte, konnte ich mich auf die anderen beiden drängenden Themen konzentrieren – der Polizei beweisen, dass ich nichts mit dem Mord zu tun hatte, und den Drachen zurückbekommen. Später konnte ich mir dann immer noch Gedanken darüber machen, wie ich wieder nach Hause kam.

„Das Wichtigste zuerst", sagte ich und trat zum Telefon in der Lobby. Ich zog die angeschmutzte Visitenkarte heraus, die René, der Taxifahrer, mir gegeben hatte, und wählte die Handynummer, die darauf stand.

Zehn Minuten später hielt René gegenüber vom Hotel. Sein breites Grinsen erlosch, als er mein zerknittertes, blutverschmiertes Kleid sah. „Sie sehen aus, als hätten Sie gerade eine Fabrik für *foie gras* besichtigt. Was ist passiert?"

„Das ist eine lange Geschichte, viel zu lang, um Sie Ihnen hier zu erzählen. Gilt Ihr Angebot noch, dass Sie mich für fünfzig Euro den ganzen Morgen herumfahren?"

René stieg aus und machte mir die hintere Wagentür auf. Er kniff die Augen zusammen, als er sah, wie ich meinen Brustbeutel betastete. „Aber Sie bleiben doch in Paris, nicht wahr? Sie wollen nicht nach Marseille oder Cannes?"

Ich lächelte wehmütig. „In Marseille oder Cannes kenne ich niemanden, wohingegen ich in Paris drei Personen kenne – Sie, einen sehr bösen Mann namens Drake und Inspektor Proust von der Mordkommission. Ich kann nur hoffen, dass Drake Paris nicht verlassen hat."

„Inspektor Proust?", stieß René hervor, hielt mich jedoch nicht davon ab, in sein Taxi zu steigen. „Sie hatten mit der Polizei zu tun?"

„Ich habe doch gesagt, es ist eine lange Geschichte. Wenn das mit den fünfzig Euro noch gilt, könnten Sie mich dann zuerst zu einem netten, nicht so teuren Laden fahren, in dem ich diesen Fetzen hier endlich loswerde? Man hat mir meine Reisetasche gestohlen, und ich habe nichts mehr zum Anziehen. Auf dem Weg dorthin erzähle ich Ihnen alles."

Er warf mir einen zweifelnden Blick zu, stieg aber wieder in sein Auto und stellte das Taxameter aus. „Ich fahre mit Ihnen zum *La Pomme Putréfiée*. Der Laden gehört der Cousine meiner Frau. Berthilde wird Ihnen einen Sonderrabatt einräumen."

„Sonder klingt gut, solange es billig ist. Ach, vorher möchte ich bitte noch bei der Fluggesellschaft vorbeifahren und mein Ticket zu Geld machen. Liegt das auf dem Weg?"

Seine dunklen Augen blickten mich aus dem Rückspiegel an. „*Non.* Aber ich fahre vorbei. Und jetzt erzählen Sie mir Ihre Geschichte. Ich bin schon sehr gespannt."

Nachdem ich das Geld für mein Flugticket in der Tasche hatte (mit leisen Gewissensbissen, weil ich es ja schließlich nicht bezahlt hatte) und in dem Laden angelangt war, den René mir empfohlen hatte, hatte ich ihm das meiste berichtet. Den letzten Rest erzählte ich in der Umkleidekabine, wo ich ein paar Sommerkleider anprobierte. Ich beantwortete Renés Fragen und versuchte mich zwischen einer sehr schicken, ärmellosen beigefarbenen Leinentunika mit einer dazu passenden Hose und einem aufregenden Kleid im Stil der Dreißigerjahre mit großen roten Mohnblumen zu entscheiden.

„Was hat denn Inspektor Proust gesagt, als Sie ihm von dem Mann erzählt haben, der Ihren Drachen gestohlen hat?", fragte René.

Ich schob die Vorhänge beiseite und drehte mich einmal vor ihm im Kreis. „Was meinen Sie, ist das zu mädchenhaft? Mir gefallen die Mohnblumen irgendwie, aber das andere ist natürlich eleganter."

Er antwortete mit diesem gallischen Schulterzucken, an das ich mich mittlerweile schon gewöhnt hatte. „Das ist auch sehr schön. Warum nehmen Sie nicht einfach beide?"

Ich überschlug rasch im Kopf die Summe. Die beiden Kleider mit dazu passender Unterwäsche würden fast ein Viertel meiner mageren Mittel verschlingen. Trotzdem, ich war hier in Paris und kaufte echte französische Kleider … „Ach, was soll's, dann spare ich eben in den nächsten Tagen am Essen. Die Antwort auf Ihre Frage lautet übrigens: gar nichts. Inspektor Proust schien sich für Drake überhaupt nicht zu interessieren. Um ehrlich zu sein …"

Ich drehte mich vor dem Spiegel und betrachtete zufrieden, wie schön der Rock schwang. „… ich vermute, er hat mir gar nicht geglaubt."

René schwieg. Ich wandte mich wieder zu ihm und sagte beschwörend: „Ich sage die Wahrheit. Ich weiß ja, dass es unglaublich klingt, aber es ist die Wahrheit. Sie glauben mir doch, ja?"

Langsam stand er auf und winkte der Cousine seiner Frau zu, die gerade das Schaufenster dekorierte. „Sie machen nicht den Eindruck einer Mörderin. Ich glaube Ihnen. Aber mich müssen Sie nicht überzeugen, sondern den Inspektor, stimmt's?"

„Leichter gesagt als getan. Wie soll ich denn beweisen, dass ich nichts getan habe?"

Ich wartete, während René in rasendem Tempo auf Berthilde einredete, die mein schmutziges Kleid und den Leinenanzug in eine Tüte packte.

„Es ist schwierig, ja, aber regen Sie sich nicht auf. Ich fahre Sie überall hin, und gemeinsam werden wir dieses kleine Problem schon lösen."

Ich bezahlte Berthilde, dankte ihr und trat hinaus in den sonnigen Junimorgen. „Ich bin Ihnen wirklich dankbar für Ihre Hilfe, aber ich weiß nicht, wie ich beweisen soll, dass ich unschuldig bin. Und wo soll ich anfangen, nach Drake zu suchen?"

René war tief in Gedanken versunken, während wir die Straße entlang zu seinem Taxi gingen. Paris an einem sonnigen Morgen war wundervoll – wenn man von dem Hupen, der lauten Musik aus den Läden, deren Türen weit offen standen (keine zwei Läden schienen denselben Sender zu haben), und dem Geruch der benzingeschwängerten Luft einmal absah. Aber es war Paris! Und obwohl ich gerade die schlimmste Zeit meines Lebens durchmachte, war ich entschlossen zu genießen, dass ich hier war.

„Also, ich glaube ja, wenn Sie herausfinden wollen, wer Madame Deauxville ermordet hat, müssen Sie erst einmal wissen, wer den magischen Kreis auf dem Fußboden gezogen hat. Wenn Sie diese Person gefunden haben, können Sie *monsieur l'inspecteur* beweisen, dass Sie das Verbrechen nicht begangen haben."

Ich musste unwillkürlich kichern. Anscheinend machte der Schlafmangel mich albern. „Das ist hier kein Krimi, René. Ich bin doch nicht Buffy, die Vampirjägerin. Ich bin noch nicht einmal Miss Marple. Ich bin nur eine schrecklich müde Amerikanerin, die wahrscheinlich bald schon für einen Mord, den sie nicht begangen hat, auf die Guillotine geschickt wird. Und selbst wenn ich herausfinde, wer Madame Deauxville ermordet hat, dreht mein Onkel mir den Hals um, weil ich das Aquamanile verloren habe."

„Hören Sie auf, auf Ihr Plätzchen einzuschlagen – wir klären das schon alles."

Ich blinzelte verwirrt. „Was? Auf mein Plätzchen einzuschlagen? Was für ein Plätzchen?"

Er wedelte mit den Händen, als er versuchte, es mir zu erklären. „Ja, ja. Hören Sie auf, auf Ihr Plätzchen einzuschlagen. Seien Sie nicht so wütend auf sich selber, weil Sie nicht weiterkommen."

„Ach so. Sie meinen, ich soll aufhören, mit dem Kopf gegen die Wand zu rennen?"

Er verzog das Gesicht und schloss den Wagen auf. „Mein Ausdruck ist zwar eleganter, aber der Sinn ist wohl derselbe. Und was den Mord an Madame Deauxville und den Raub Ihres Drachen angeht, woher wollen Sie denn wissen, dass die beiden Dinge nichts miteinander zu tun haben?"

Ich blieb stehen und starrte ihn an. „Drake hat gesagt, er habe Madame Deauxville nicht umgebracht. Bei den anderen Dingen hat er ja gelogen, aber er … er kam mir einfach nicht wie ein Mörder vor. Außerdem hätte er mich ja auch töten können, als ich in die Wohnung marschiert kam, und das hat er nicht getan. Im Gegenteil, er hat die Polizei gerufen. Das spricht eindeutig für ihn."

René tätschelte mir die Hand. „Er mag ja die alte Frau nicht getötet haben, aber was hat er in der Wohnung gemacht?"

„Ich weiß es nicht. Ich habe ihn danach gefragt, aber er ist mir ausgewichen." Plötzlich schoss mir etwas durch den Kopf, und ich riss die Augen auf. „Glauben Sie, er hat den Kreis gezogen? Eigentlich hat er sich nicht so benommen. Er hat mich sogar gefragt, ob ich ihn für geschlossen hielte. Und danach hat er gesagt, dass Dämonen durch den Kreis gerufen worden seien."

„Dämonen? Der Kreis sollte Dämonen anziehen? Sie meinen, diese kleinen Teufel?"

Ich stieg ins Auto. „Ja ... so in etwa. Eigentlich sind Dämonen die Diener von Dämonenfürsten, den Hauptkriegern der Hölle, von denen jeder unterschiedlich viele Legionen regiert. Die Legionen bestehen aus Dämonen, die ihren Herren gehorchen müssen. Sie können von Sterblichen gerufen werden, wenn diese den Namen ihres Herrn beschwören. Die Dämonen selbst sind ein interessanter Haufen – nach meinen Recherchen gibt es unterschiedliche Typen von Dämonen, jeder mit besonderen Fähigkeiten und Kompetenzen. In einem Buch, das ich gelesen habe, stand, nicht alle Dämonen seien böse. Manche sind einfach nur mutwillig oder fehlgeleitet."

René warf mir einen Blick über die Schulter zu.

Ich grinste. „Das ist mein Hobby. Ich studiere mittelalterliche Texte über Dämonen. Sie sind echt interessant, und man erfährt eine ganze Menge darüber, wie sie im Mittelalter mit Himmel und Hölle umgegangen sind, aber im Gegensatz zu Drake glaube ich nicht, dass es Dämonen wirklich gibt."

René stieß einen erleichterten Seufzer aus. „Das freut mich. Aber ich glaube, wir haben die Antwort auf die Frage gefunden, wie Sie Monsieur Drake, den Drachendieb, finden können. Hier in Paris gibt es eine große okkulte Gemeinde. Dort hat man bestimmt schon von ihm gehört, und man wird wissen, wo wir ihn finden können."

Das klang vernünftig, aber … „Ich habe keine Ahnung, ob er sich überhaupt noch in Paris aufhält. Er könnte ja auch mit meinem Drachen die Stadt verlassen haben."

René zuckte wieder mit den Schultern und schrie einem Mann, der ihm fast vors Auto gelaufen wäre, durchs offene Fenster etwas zu, das wie eine Obszönität klang. „Aber es ist vielleicht die einzige Spur, die Sie haben, meinen Sie nicht?"

„Ja", gab ich zu. Ich fühlte mich uralt. Mein Körper kam mir so zerbrechlich vor, als würde er bei der leisesten Berührung in tausend Stücke zerspringen. „Es ist die einzige Spur, die ich habe. Ich müsste mich wahrscheinlich an die amerikanische Botschaft wenden, aber nach der Erfahrung mit der Polizei werde ich das Gefühl nicht los, dass das nichts nützen würde. Ich kann ja auch noch später dort anrufen, wenn ich meine nebulöse Spur verfolgt habe. Wissen Sie, wie ich mit der dunklen Seite von Paris Kontakt aufnehmen kann?"

Wie sich herausstellte, wusste er es. Zuerst gingen wir in okkulte Buchhandlungen, aber die Leute dort hatten anscheinend keine Ahnung. Dann nahmen wir ein frühes Mittagessen aus Baguette, Käse und Schinken ein, das wir in einem kleinen Geschäft gekauft hatten, und fuhren ins Quartier Latin, wo René einen Laden mit Hexenzubehör kannte.

Kurz darauf ging ich eine schmale Straße entlang, in der hohe Häuser dunkel aufragten. Es roch nach Gewürzen und Räucherstäbchen und etwas anderem, was ich nicht einordnen konnte. René hatte mich an der Ecke abgesetzt und mir den Weg zu dem Laden genau beschrieben, bevor er zu einem Termin davonbrauste.

„Ich hole Sie hier in einer Stunde ab, ja?"

„Ja", erwiderte ich. „Und danke, René. Ohne Sie wäre ich verloren. Im wahrsten Sinne des Wortes."

„Merken Sie sich nur, was Sie sagen sollen, wenn jemand Sie belästigt", meinte er und hob lehrerhaft den Finger.

Ich räusperte mich und versuchte mich an einer höhnischen Grimasse, die laut René die Äußerung noch unterstützen würde. *„Pardonnez-moi, mais avez-vous un porc-épic coincé entre les fesses?"*

Er kicherte und fuhr winkend und hupend davon.

„Als ob mich ‚Entschuldigen Sie, aber haben Sie ein Stachelschwein zwischen den Arschbacken' davor bewahren würde, von Hexen verflucht zu werden." Ich blickte auf den Zettel mit der Wegbeschreibung, den René mir gegeben hatte, und bog in eine kleine dunkle Gasse mit dem schönen Namen Rue d'Ébullitions sur les Fesses de Diable ein. René hatte mir gesagt, das hieße „Straße der Furunkel auf den Hinterbacken des Teufels".

Konnte mein Leben noch seltsamer werden?

„Doch, es kann", sagte ich ein paar Minuten später, als ich einen überraschend hell beleuchteten Laden betrat. Nach all den dunklen okkulten Buchhandlungen, durch deren schmutzige Fenster nicht der kleinste Sonnenstrahl drang, war *Le Grimoire Toxique* (Das giftige Grimoire) eine angenehme Abwechslung. Blumenkästen standen vor den zwei (sauberen!) Fenstern des Ladens, und drinnen war es nicht nur hell und fröhlich, sondern es roch auch angenehm nach Weihrauch. An der Wand gegenüber der Tür standen große Glasgefäße, die ich immer mit alten Apotheken verbinde, jedes mit einem violetten Etikett versehen. Rechts befanden sich Bücher und eine große Tarotkarten-Abteilung; links saß eine kleine grauhaarige Frau hinter einer langen Holztheke und trank Kaffee.

„*Bonjour*", sagte ich, wie René es mir als höfliche Umgangsform eingeschärft hatte. „*Parlez-vous anglais?*"

Die Frau blickte auf. Ihre Augen waren ganz hell, so hellblau wie bei sibirischen Huskies. „Ja, aber ich habe nicht oft Gelegenheit dazu. Sind Sie Amerikanerin?"

„Ja."

„Wie entzückend. Ich bin Amélie Merllain."

Ich stellte meine Einkaufstüte auf den Boden und schüttelte der Dame die Hand. „Aisling Grey."

„Sehr erfreut, Sie kennenzulernen. Was kann ich für Sie tun?" Ein dicker schwarzer Welsh Corgi watschelte heran und begann an meiner Tasche zu schnuppern. „Cécile!", schalt Amélie die Hündin. „Das sind sehr schlechte Manieren einem Gast gegenüber!"

„Oh, das macht nichts", sagte ich und legte die Tüte auf die Theke. Ich bückte mich, um den Hund zu streicheln, aber das Biest schnappte nach mir.

„Cécile!" Amélie zeigte streng auf ein braunes Hundekörbchen. „Entschuldigen Sie bitte, aber sie ist schon alt und glaubt, das gibt ihr das Recht, zänkisch zu sein."

„Kein Problem. Ich wollte fragen, ob Sie zufällig …"

„Tsch …", unterbrach sie mich und wischte mit der Hand dort über die Theke, wo meine Kleider aus der Tüte gerutscht waren. „Drachenschuppen. Sie bleiben überall hängen, nicht wahr?"

Mit offenem Mund starrte ich sie an. „Wie bitte?"

„Drachenschuppen", sagte sie ein wenig lauter und bürstete etwas von der Theke. Sie zog mein dünnes Kleid aus der Tasche, schüttelte es aus und zeigte auf den Ausschnitt. „Hier, sehen Sie. Drachenschuppen. Überall auf dem Kleid."

Ich blickte genauer hin. Auf der linken Schulter und am Ausschnitt war ein leicht irisierendes Pulver zu sehen. „Äh … Drachenschuppen?"

„Ja. Sie müssen kürzlich mit einem Drachen zusammen gewesen sein."

Ich blinzelte, aber ich glaube, ich hörte schnell wieder damit auf. Für mein Gehirn brachte es jedenfalls gar nichts. „Sie meinen Drachen wie die Feuer speienden Kreaturen mit Flügeln, die etwas gegen Heilige mit Namen Georg haben? Solche Drachen?"

Amélie lachte kurz auf und schob mein Kleid wieder zurück in die Einkaufstüte. „Seien Sie nicht albern. Welcher Drache, den Sie kennen, würde denn in seiner tierischen Gestalt herumlaufen? Man würde ihn doch sofort einfangen und diesen schrecklichen Tests unterziehen, die die Wissenschaftler so sehr lieben."

„Ich kenne keinen einzigen Drachen", sagte ich hastig. Ob es in Paris wohl nur Irre gab? Zuerst Dämonen und jetzt Drachen? Vielleicht hieß ich ja in Wirklichkeit Alice und war, ohne es zu merken, im Wunderland gelandet.

„Wenn das Ihr Kleid ist, dann kennen Sie zumindest einen Drachen", sagte Amélie scharf. „Wo ist Ihr Portal?"

Ich wollte schon wieder blinzeln, entschied mich aber dann für eine liebenswürdige Miene. Fragend zog ich die Augenbrauen hoch. „Mein Portal? Was für ein Portal?"

„Das Portal, das Sie bewachen. Sie sind doch eine Hüterin – die Frage ist also nicht schwierig zu beantworten. Wo ist Ihr Portal?"

„Bei dem Drachen?", riet ich.

Amélie runzelte die Stirn. „Das ist aber nicht klug. Wenn es um Portale geht, kann man Drachen nicht trauen. Die Versuchung ist zu groß, wissen Sie. Aus welcher Sippe stammt er?"

„Wer?", fragte ich verwirrt.

„Der Drache, den Sie zum Schutz Ihres Portals zurückgelassen haben. Wie heißt er?"

Ich sagte den einzigen Namen, der mir einfiel, den Namen, nach dem ich die ganze Zeit schon hatte fragen wollen. „Drake Vireo."

Entsetzt zog sie die Augenbrauen hoch. „Drake Vireo? Sie haben einem geflügelten Drachen Ihr Portal überlassen? Gnädige Göttin!"

Um mich herum drehte sich alles. Ich umklammerte den Thekenrand und hielt den Atem an, aber es nützte nichts.

„Haben Sie einen Stuhl?", fragte ich, weil ich das Gefühl hatte, gleich in Ohnmacht zu fallen.

Sie winkte mich um die Theke herum, wo ein zweiter Stuhl stand. „Sie sehen erschöpft aus. Kommen Sie, setzen Sie sich."

Ich ließ mir von ihr eine Tasse Kaffee einschenken. Hoffentlich hielt mich das Koffein wach, bis ich wieder in meinem Hotelzimmer war. Halluzinierte ich vielleicht, weil ich zu wenig geschlafen hatte? Eine andere Erklärung gab es nicht dafür, dass die Leute hier so geläufig über Dämonen und Drachen redeten wie bei uns über das Wetter.

„Danke. Nein, schwarz ist gut. Bitte noch mal ganz von vorne. Ich bin ein bisschen müde und kann nicht besonders gut denken. Zuerst einmal, kennen Sie Drake Vireo?"

Amélie schüttelte den Kopf. „Nicht persönlich, aber ich habe natürlich von ihm gehört. Alle Wyvern sind in unserer Gemeinschaft bekannt."

„Dann lebt er also hier?" Hoffnung stieg in mir auf. Abgesehen von dem unheimlichen, übernatürlichen Zeug musste er doch von hier sein, wenn sie schon von ihm gehört hatte.

Sie sah nachdenklich vor sich hin. „Nein, ich glaube, das Hauptquartier der grünen Drachen ist in Ungarn. Aber er kommt häufig nach Paris, wenn Sie das meinen."

Ich unterdrückte ein nervöses Kichern. „Vielleicht klingt es etwas albern, aber wollen Sie mir sagen, dass Drake, Drake Vireo, ungefähr einsachtundachtzig, dunkle Haare, grüne Augen, tolle Stimme ein … ein, na ja, ein Drache ist?"

Amélie lächelte nicht. Sie kniff die Augen zusammen und musterte mich prüfend. „Drake Vireo ist nicht nur ein Drache. Er ist ein Wyvern. Der grüne Wyvern."

„Warten Sie", sagte ich kopfschüttelnd und hielt mich erneut an der Theke fest. „Wird so nicht ein zweibeiniger Drache bezeichnet? Einer mit Flügeln und einem gezackten Schwanz?"

„Ja", erwiderte sie langsam, und ihre hellblauen Augen wurden dunkler. „Es ist auch die Bezeichnung für den Anführer einer Drachensippe. Das sagt auch sein Name."

Ich rieb mir die Stirn. „Das verstehe ich nicht."

„Drake – aus dem Lateinischen *draco*, was ‚Drache' bedeutet. *Vireo* ist ebenfalls Latein und heißt ‚grün'. Nur Wyvern dürfen ihre Sippenfarbe als Namen benutzen."

„Können wir noch mal darüber reden, dass Drake ein mythisches Wesen sein soll, das Feuer speit und Jungfrauen verzehrt und so weiter? Ich kriege das nämlich einfach nicht in meinen Kopf. Er war … er war so männlich. Attraktiv. Sexy. Er sah überhaupt nicht aus wie ein großes schuppiges Ungeheuer in einem Anzug."

„Unsterbliche brauchen keine Anzüge zu tragen. Sie können ihre Gestalt verändern", erwiderte sie mit leisem Spott. Plötzlich beugte sie sich vor und umfasste meinen Kopf mit beiden Händen. Ihre Finger glitten über meine Schläfen. Ich war zu müde, um Angst zu haben. Außerdem war ihre Berührung nicht unangenehm. Sie summte leise eine kleine Melodie, wobei ihre Finger sanft über meine Schläfen strichen.

„Sie verstehen nicht, wovon ich rede, und trotzdem spüre ich, dass in Ihnen große Macht und bedeutende Fähigkeiten schlummern", sagte sie verträumt und schloss die Augen. „Sie sind unberührt von dunklen Mächten, und doch wurden Sie geboren, sie sich nutzbar zu machen. Sie sind die Gefährtin eines Wyvern, und doch hat er noch keinen Anspruch auf Sie erhoben. Sie sind ein Rätsel ohne Anfang und ohne Ende."

„Mannomann!", staunte ich und erstarrte, als sie „Gefährtin eines Wyvern" sagte. „Jetzt aber mal langsam, ja?"

Sie ließ meinen Kopf los und runzelte verwirrt die Stirn.

„Hören Sie mal, ich möchte ja nur wissen, wo ich Drake finden kann. Er hat mir etwas gestohlen."

Sie nickte. „Die grünen Drachen sind Diebe. Und er ist Ihr Wyvern – also muss er zwangsläufig besonders talentiert sein. Und Sie wissen ja, wie es mit Drachen ist."

Ich zog die Augenbrauen hoch.

„Sie horten Schätze." Ein leises Lächeln umspielte dabei ihre Lippen.

„Äh … wissen Sie denn, wo Drake wohnt?"

„Nein."

Ich ließ mutlos die Schultern sinken.

„Aber ich weiß, wo Sie ihn abends meistens finden."

Ich setzte mich aufrecht hin. „Wo?"

„Dort, wo Sie auch alle anderen von Bedeutung antreffen – im *G & T*. Das ist ein Club in der Rue de la Grande Pest – der Straße der großen Pest."

„Klingt ja nach einer guten Gegend. *G & T … Gin and Tonic*?"

„Goetie und Theurgie", antwortete sie. Schwarze und weiße Magie. Wie passend.

„Danke für den Kaffee. Und für die Informationen", sagte ich und stand auf. Ich war am Ende meiner Kraft … und meiner geistigen Gesundheit.

Sie blickte mir nach, als ich zur Tür ging. Dann sagte sie: „Aisling, eine Warnung von einer, die es gut mit Ihnen meint."

Ich drehte mich um und blickte sie fragend an.

„Verschließen Sie Ihren Geist nicht vor Ihren Fähigkeiten.

Damit bringen Sie sich nicht nur um Ihren rechtmäßigen Platz in dieser Welt, sondern es kann sich auch äußerst zerstörerisch auf diejenigen auswirken, die Sie lieben.“

Ich blickte auf die Straße, auf der fröhliche, drachenfreie Pariser im Sonnenschein flanierten. „Wollen Sie etwa behaupten, dass das Schicksal der ganzen Welt auf meinen Schultern ruht?“

„Vielleicht“, erwiderte sie.

Ich rang mir ein Lächeln ab. „Danke, aber im Moment habe ich schon genug Probleme, ohne mir auch noch über Sachen Gedanken machen zu können, die mit der Realität überhaupt nichts zu tun haben. Vielleicht sehen wir uns ja mal wieder.“

„Oh, da können Sie sicher sein“, sagte sie. „Ihren Eintritt in die Anderswelt möchte ich auf keinen Fall verpassen.“

Ohne Erwiderung trat ich auf die warme, sonnenhelle Straße. Es gab nichts mehr zu sagen.

4

„Und dann sagte ich zu ihr, Rachel, du bist ja nicht bei Verstand. Auf gar keinen Fall lasse ich mich mit einem Elf ein, und schon gar nicht mit einem der Unseelies, ganz gleich, wie gut er ausgestattet ist. Bei denen weiß man doch nie, oder? Ich habe von einer Hexe aus Quebec gehört, die mit einem dieser Unseelie-Fürsten zusammen war, und am Ende hat sie drei Brüste gehabt. Kannst du dir vorstellen, wie schwierig es für sie ist, einen passenden Büstenhalter zu finden?"

Ich schwieg, nicht aus Überraschung über diese Worte – ich hatte den ganzen Tag über Zeit gehabt, mich mit der Tatsache abzufinden, dass anscheinend ganz Paris auf Droge war oder unter einer Massenhypnose litt –, sondern wegen des breiten texanischen Akzents, mit dem sie ausgesprochen wurden. Leise, ziemlich unheimliche Musik pulsierte durch den Club, Musik so rauchig wie die Luft, die mich umgab. Ich spähte zur Bar, einer langen, u-förmigen Holztheke in der Mitte des Raumes. Dicht neben mir saß eine völlig normal aussehende Frau in Jeans und einem T-Shirt, die sich mit einer großen Blondine in einem hautengen schwarzen Kleid unterhielt. Trotz ihres Gesprächsstoffes wirkte keine von beiden verrückt. Ich richtete meinen Blick auf die Kellnerin, die gerade zu einem Tisch in der hintersten Ecke eilte, und schaute mich im Raum um. Was ich sah, schockierte mich – alle sahen so normal aus! Keine seltsamen Gestalten lungerten herum, und ich sah auch keine Hexen mit spitzen Hüten, die sich über Kristallkugeln beugten. Keine Tarotkarten, keine Runen, keine Kristalle oder Pentagramme. Noch nicht einmal ein Zauberstab war zu sehen. Die Anspannung in meinen Schultern, die mir kaum bewusst gewesen war, ließ nach. Ich weiß nicht, was ich von einem Goetie & Theurgie-Club erwartet hatte, aber ganz gewiss nicht Normalität. Dunkle, verrauchte Tanzclubs hingegen – oh ja, die kannte ich.

„Danke", sagte ich zu der Kellnerin, als sie mir im Vorbeigehen eine Getränkekarte in die Hand drückte.

„Lesen Sie bitte die Regeln. Auf Englisch steht's hinten", sagte sie mit einem schweren französischen Akzent.

„Regeln? Oh, Gedeck und so? Ja, klar." Ich überflog die Karte, und die geistig gesunde Welt, an die ich mich so verzweifelt klammerte, verschwand vor meinen Augen.

G & T ist neutraler Grund. Bitte befolgen Sie die Regeln:

1. Kein Rufen von Dienern in irgendeiner Form.
2. Es dürfen keine Schützlinge in den Club mitgebracht werden.
3. Zaubern ist ohne Ausnahme strengstens verboten.
4. Gäste, die einen Kobold zerquetschen, beseitigen die Schweinerei bitte selbst und werfen ihn in den Kobold-Eimer.
5. Über Wesen und Einheiten, die die Regeln missachten, richtet der Venediger im Schnellverfahren.

„Oookay", sagte ich und fragte mich zum millionsten Mal an diesem Tag, wann mein Leben wieder normal sein würde. Ich blickte die Kellnerin an, die offensichtlich auf etwas wartete. „Äh … ich bin einverstanden."

Anscheinend war es das, denn sie nickte und eilte zur Bar.

Ich lehnte mich auf meinem Stuhl zurück und holte tief Luft. Amélie hatte recht gehabt. Was ich für unreal hielt, hatte sich als sehr real herausgestellt. Selbst sechs Stunden Schlaf in meinem

Hotel hatten die Erkenntnis nicht zunichte machen können, dass sich etwas geändert hatte. Ich wusste zwar nicht genau, ob ich oder die Welt es war, aber das war mir im Moment auch egal. Ich wusste nur, dass ich mich in einer komischen Version von Wunderland befand, doch das bedeutete noch lange nicht, dass ich nicht zurechtkam. Dämonen waren also real, Drachen sahen aus wie attraktive Männer mit tollen Körpern und Stimmen zum Niederknien, und Elfen hatten es mit Brüsten. Ja und? Ich war immer noch ich, und ich war ein Profi. „Ich bin selbstbewusst. Ich bin überlegen. Ich habe alles im Griff …"

„Ach ja? Wie schön für dich. Ich hatte noch nie etwas im Griff. Ich finde es auf der Welt viel schöner, wenn man den Dingen einfach ihren Lauf lässt."

Eine junge Frau mit dicken blonden Locken, die ihr bis zur Taille reichten, blieb vor mir stehen. Ihre blauen Augen funkelten fröhlich. „Habe ich dich erschreckt? Das tut mir leid, aber ich habe gehört, dass du Englisch gesprochen hast, und es sind so selten Amerikaner hier im *G & T*, geschweige denn amerikanische Hüter, deshalb dachte ich, ich sage mal Hallo. Hallo!"

„Hi", sagte ich. „Äh … bist du aus England?"

„Ja, eigentlich aus Wales. Allerdings spreche ich kein Walisisch. Darf ich?" Sie deutete auf den Stuhl mir gegenüber.

„Entschuldigung. Ja, klar."

Sie setzte sich und arrangierte ihren meergrünen, durchsichtigen Rock sorgfältig um sich. Dabei lächelte sie mich nett und normal an. Was mochte sie sein? Eine Waldnymphe? Ein Wassergeist? Eine Opferjungfrau?

„Ich heiße Ophelia. Jetzt lach bloß nicht. Shakespeare war Mums Spezialgebiet."

Ich erwiderte ihr Lächeln. Sie konnte ganz sicher nichts Unnatürliches sein. Dazu war sie zu nett. „Ich finde, Ophelia ist ein hübscher Name. Ich heiße Aisling."

„Hallo, Aisling. Und der Name könnte schlimmer sein – meine Schwester heißt Perdita. Da ist sie, dort drüben, die gerade mit dem Venediger redet. Du siehst ein bisschen verwirrt aus. Bist du zum ersten Mal hier?"

„In Frankreich, in Paris und in diesem Club, ja", erwiderte ich nervös lachend. „Merkt man mir das an?"

„Nur, wenn du lächelst", antwortete Ophelia. „Also, was kann ich dir über das *G & T* erzählen? Du hast die Regeln gelesen, deshalb weißt du, dass wir uns hier auf neutralem Grund befinden. Sowohl die hellen als auch die dunklen Mächte sind hier willkommen, weil sie sich alle damit einverstanden erklären, ihre Differenzen im Club nicht auszutragen. Es ist wirklich angenehm hier, man muss nur auf die Satyrn achten, vor allem wenn sie etwas getrunken haben. Sie grapschen gerne."

„Grapschen?", fragte ich und gelobte insgeheim, immer ruhig und gefasst zu bleiben, ganz gleich, wie merkwürdig sich die Leute benahmen. Ich würde nicht glotzen, ich würde nicht starren, ich würde nicht ausrasten. Wenn ich später endlich in Ruhe über alles nachdenken könnte, würde wahrscheinlich alles klar werden.

Ophelia drückte ihre Hände andeutungsweise auf ihre Brust. „Sie grapschen halt. Aber die anderen Stammgäste sind ziemlich wohlerzogen. Das müssen wir auch sein – der Venediger würde keine Verletzung der Regeln dulden."

„Der Venediger? Äh …" Ich bedauerte bereits meinen Entschluss, ganz cool zu bleiben, aber ich steckte schon zu tief drin, um wieder die Ahnungslose zu spielen.

„Du bist tatsächlich neu, was? Der Venediger ist der mächtigste Magier in Frankreich. Er ist wirklich ein Tyrann. Es ist nicht gut, wenn ein einzelner Mann so viel Macht hat, aber daran kann niemand von uns etwas ändern. Das Wort Venediger kommt ursprünglich aus Deutschland – und es bedeutet: ‚Mann aus

Venedig'. Nicht dass Albert aus Venedig stammt, aber er ist ein bisschen altmodisch. Er heißt Albert Camus, aber wir nennen ihn meistens nur den Venediger. Das kann man sich viel besser merken, weißt du."

Ich wusste es zwar nicht, aber ich hatte mir ja gerade geschworen, das hier mit Gelassenheit durchzustehen. Später hätte ich immer noch Zeit, einen Nervenzusammenbruch zu bekommen.

Ophelia sah mir meine Verwirrung wahrscheinlich an, denn sie klopfte mir mitfühlend auf die Schulter. „Du brauchst dir nur zu merken, dass er die einzige Person in ganz Frankreich ist, die so viel Macht besitzt, dass sie jeden in Schach halten kann. Du willst ihn doch sicher nicht reizen."

Das klang ziemlich interessant. Neugierig blickte ich zu dem Mann, der neben der Frau stand, die sie als ihre Schwester bezeichnet hatte. Er trug einen langen marineblauen Gehrock mit dazu passenden Hosen und einer wundervoll bestickten goldenen Weste. Es war ein seltsam elegantes, sehr altmodisches Ensemble. Er war mittleren Alters, wahrscheinlich Anfang fünfzig, mit schulterlangem schwarzem Haar, das er zu einem Pferdeschwanz zusammengebunden hatte. Oben auf dem Kopf wurde er bereits kahl. Er wirkte gepflegt und mäßig narzisstisch, aber ganz bestimmt nicht wie der mächtigste Zauberer ganz Frankreichs.

Bei dem Gedanken an einen echten Zauberer zuckte ich nicht einmal mit der Wimper, ein Zeichen dafür, wie cool ich war. Oder aber ich war komplett verrückt und hatte jeden Kontakt zur Realität verloren.

„Und, wo ist dein Portal?"

„Oh. Äh. Nun ja, ich bin ohne Portal." Überrascht hob sie die Augenbrauen. „Zur Zeit jedenfalls", fügte ich hastig hinzu, damit sie mich nicht für nachlässig hielt. Wohin führten diese Portale eigentlich? Wollte ich das wirklich wissen?

Ihre Augenbrauen sanken wieder auf Normalposition zurück. „Ach, du hast es geschlossen? Du musst eine sehr mächtige Hüterin sein, wenn du in Abbadon ein Portal schließen kannst."

„Eigentlich bin ich keine ..."

„Na, das war vielleicht interessant, Feelie, du glaubst ja nicht, was der V. mir gerade über diesen Kobold-Ausbruch in Versailles erzählt hat." Eine Frau, die offensichtlich Ophelias eineiige Zwillingsschwester war (nur mit kürzeren Haaren), nahm sich einen Stuhl und setzte sich zu uns. Schwungvoll stellte sie ihr Weinglas auf den Tisch und lächelte mich strahlend an. „Hallo, ich bin Perdita. Du bist eine Hüterin? Freut mich, dich kennenzulernen."

„Das ist Aisling, Perdy. Sie ist Amerikanerin, und sie hat ein Portal geschlossen."

Perdita warf mir einen erstaunten Blick zu. „Ehrlich? Göttin im Himmel! Ich glaube, eine Hüterin von deinem Kaliber ist uns noch nie begegnet."

„Oh, das glaube ich gern", erwiderte ich. Ich wollte gerade das Missverständnis aufklären (was war eigentlich eine Hüterin?), als ein großer, attraktiver, grünäugiger, Drachen klauender ... äh ... Drache den Club betrat. Ich stand auf und schickte die Kellnerin, die gerade meine Bestellung aufnehmen wollte, wieder weg. „Oh, es wird ihm noch leid tun, dass er sich jemals mit mir eingelassen hat!"

„Wer?", fragten Ophelia und Perdita und verrenkten sich die Hälse, um zu sehen, wen ich mit so finsteren Worten bedachte.

„Ein sehr böser Mann mit langen Fingern", knurrte ich und ergriff die Handtasche, die ich mir nach meinem Mittagsschlaf gekauft hatte. „Sein Name ist Drake Vireo."

Perdita wollte gerade ebenfalls aufstehen, ließ sich aber mit einem Schreckenslaut hastig wieder auf ihren Stuhl zurückfallen.

„Drake?", fragte Ophelia und riss die Augen auf. Beide

Schwestern griffen nach meinem Arm, als ich mich an ihnen vorbeidrängte. „Die Göttin stehe dir bei!“

Perdita zupfte an meinem Ärmel. „Aisling, leg dich lieber nicht mit ihm an. Mit ihm ist nicht gut Kirschen essen. Er ist der Wyvern der grünen Drachen.“

„Ich weiß“, erwiderte ich und lächelte den beiden zu. Es war ein schönes Gefühl, dass jemand auf meiner Seite stand ... ganz gleich, wie der Kampf ausging. „Aber mir macht er keine Angst.“

„Aber ...“ Perdita warf Ophelia einen Blick zu, und dann flüsterte sie mir zu: „Was willst du denn von ihm?“

„Er hat mir etwas gestohlen“, antwortete ich. Die Schwestern starrten mich nur stumm an. Mir fiel ein, dass Amélie gesagt hatte, alle grünen Drachen seien Diebe. Deshalb wunderte es anscheinend auch niemanden, dass Drake mich beklaut hatte. Ich tätschelte Perdita die Hand, bis sie meinen Ärmel losließ, und sagte: „Keine Sorge, ich werde nichts Unbedachtes tun. Ich werde ihn nur dazu zwingen, es mir zurückzugeben.“

Ihnen fielen fast die Augen aus dem Kopf, als ich zur Bar stürmte, wo Drake sich gerade mit zwei rothaarigen Männern unterhielt.

„Na, wenn das nicht *Puff, the Magic Dragon* ist“, sagte ich zu Drakes Rücken. Ich sprach nicht laut, aber in dem Moment, als ich das gesagt hatte, wurde es auf einmal still im Club. Selbst die Musik verstummte wie von Zauberhand.

Nicht gerade ein angenehmer Gedanke.

Drakes Schultern strafften sich bei meinen Worten. Er drehte sich um. Seine Augen leuchteten in der verrauchten Dunkelheit des Clubs strahlend grün. Mir wurden die Knie weich, aber ich entschied, Angriff sei die beste Verteidigung, machte einen Schritt auf ihn zu und tippte ihm mit dem Finger auf die Brust. „Du hast etwas, das mir gehört, Drake. Ich will es zurück. Auf der Stelle.“

„Aisling.“ Seine Stimme war genauso wundervoll, wie ich sie in Erinnerung hatte, tief und warm und so weich wie Samt. Mir lief ein Schauer über den Rücken. „Ich hatte nicht erwartet, dich hier zu sehen.“

Ich riss mich zusammen und schnaubte empört. „Nein, das glaube ich dir gerne. Ich will mein Aquamanile zurück.“

Er kniff die Augen zusammen, seine Nasenflügel blähten sich. Die gefährliche Ausstrahlung, die ihn umgab, wurde so stark, dass ich sie beinahe mit Händen greifen konnte. Verstohlen wichen die Leute um uns herum ein paar Schritte zurück, als ob sie Ärger erwarteten. Ich hätte mich ihnen am liebsten angeschlossen.

Erneut überflutete mich seine Stimme. „Du bist eine sehr gute Schauspielerin. Beim ersten Mal habe ich dir geglaubt, aber diesen Fehler werde ich nicht noch einmal machen.“

Ich hob das Kinn, obwohl ich innerlich zitterte. Ich stellte mich einem Kampf, den ich nicht gewinnen konnte. Manchmal bin ich wirklich zu dämlich. „Ich habe nicht geschauspielert. Ich habe einen sehr informativen Tag hinter mir. Ich habe etwas über Drachen und Hüterinnen, Kobolde und Feen erfahren, aber das ist alles irrelevant. Ich will mein Aquamanile zurück, Drake. Wir wissen beide, dass du es hast. Und die Polizei im Übrigen auch. Wenn du nicht willst, dass ich sie anrufe und ihnen sage, wo sie dich finden können, dann gib es mir zurück.“

Ein Lächeln umspielte seine Lippen. Gefährlich aufregende Lippen, rief ich mir ins Gedächtnis, und mein Herz begann schneller zu schlagen. Er mochte ja ein Drache sein und anderen Leuten Angst einjagen, aber eins war mal klar, er machte mich an. „Willst du mir etwa drohen?“

Ich reckte mein Kinn noch ein bisschen höher. „Nur, wenn du es auf die harte Tour willst.“

Sein Blick glitt über mich und mein Mohnblumenkleid. „Die Tour ist bereits hart, Süße.“

Mir wurden die Knie weich, aber ich rief mich energisch zur Ordnung und erinnerte meine Libido daran, dass er ein Dieb war, der mein Aquamanile gestohlen und mich der Polizei ausgeliefert hatte. „Daran wirst du schon nicht sterben“, erwiderte ich, wobei ich seinen doppeldeutigen Satz absichtlich missverstand. „Lass uns bei der Sache bleiben, einverstanden? Du hast meinen Drachen. Ich will ihn zurück.“

„Ich bin unsterblich, Aisling – ich kann überhaupt nicht sterben. Du hingegen bist erfrischend sterblich.“ Seine Hand glitt über meinen Nacken, und er packte mich so, dass er mich fast würgte.

Um uns herum war es so still, dass man eine Stecknadel hätte fallen hören können.

„Du kannst so viel Feuer speien, wie du willst, Drake“, sagte ich heiser, weil seine Finger mir langsam die Luft abdrückten. Ich blickte ihn fest an. „Ich weiche keinen Millimeter. Ich habe keine Angst vor dir.“

„Nein? Das wollen wir doch erst mal sehen.“ Er trat näher, und obwohl jeder Nerv in meinem Körper aufschrie, wich ich nicht zurück, als er mich an sich zog. Seine Arme schlossen sich hart wie Stahl um mich, und seine Lippen senkten sich auf meine. Ein Teil von mir wehrte sich dagegen, dass er mich vor allen Anwesenden im Club küsste, aber der andere Teil empfand leise Furcht, als ich den wahren Zusammenhang zwischen einem Drachen und seinem Feuer verstand. Hitze schoss durch meinen Körper, die Flammen des Verlangens verbrannten mich und leckten über meine Haut. Der Schweiß stand mir auf der Stirn, als sein Feuer mich verzehrte und mir die Luft raubte. Seine Zunge glitt in meinen Mund, und mein Blut begann zu kochen. Mein ganzer Körper stand in Flammen. Ich starb, verbrannte von innen heraus, weil Drakes Feuer jedes Atom in mir entzündete.

Und gerade als ich dachte, dass ich jetzt buchstäblich in Flammen aufgehen würde, passierte etwas Wundersames. Eine Tür in meinem Kopf öffnete sich, eine Tür in den dunkelsten Tiefen meines Bewusstseins, von denen ich nichts gewusst hatte. Die Tür öffnete sich, und plötzlich hatte ich das Feuer unter Kontrolle, und statt mich zu verzehren, schürte es das Verlangen zwischen uns. Ich richtete das Feuer auf Drake und begann seinen Kuss zu erwidern. Ein Machtgefühl stieg in mir auf. Er zuckte zusammen, hörte jedoch nicht auf, mich zu küssen.

Mir war klar, dass uns noch immer alle beobachteten, aber das hinderte mich nicht daran, mich an Drake zu schmiegen und mich an ihm zu reiben. Ich begehrte ihn, sein Feuer, seinen Körper und seine Seele, und ich will mir lieber nicht vorstellen, was passiert wäre, wenn Drake nicht schließlich die Kraft gehabt hätte, sich von mir zu lösen. Wie gebannt schaute ich in seine Augen, und hinter dem Widerschein unseres Feuers sah ich in ihren smaragdgrünen Tiefen so etwas wie Überraschung, die sich jedoch rasch in Spekulationen verwandelte. Und auch bei mir verglühte ganz langsam das lodernde Feuer zu einem Schwelbrand.

„Die Runde geht an dich“, sagte er leise. Beim Klang seiner Stimme flackerten die schwelenden Scheite wieder auf.

Ich löste meine Finger aus seinen Haaren und trat einen Schritt zurück, weil mir plötzlich bewusst wurde, dass alle Blicke auf mir ruhten. „Ja, na ja, vielleicht überlegst du es dir ja jetzt noch mal, bevor du dich wieder mit mir anlegst“, sagte ich mit zur Schau gestellter Lässigkeit, die ich keineswegs empfand.

Der Mann, den Ophelia als Venediger bezeichnet hatte, tauchte neben mir auf. Ich wandte mich ihm zu, dankbar dafür, dass ich mich auf jemand anders konzentrieren konnte. Er sah überhaupt nicht so tyrannisch aus, wie die Schwestern behauptet hatten, noch nicht einmal besonders mächtig. Selbstsicher und selbstbewusst, ja, aber ein Tyrann? Wohl kaum.

„Drake, würden Sie die Liebenswürdigkeit besitzen, mir Ihre Gefährtin vorzustellen.“

Es war keine Bitte, es war ein Befehl. Und mit seinen Worten überschwemmte mich eine solche Woge seiner Macht, dass ich keuchend nach Luft rang. Tyrann war vielleicht doch nicht so unpassend. Gleichzeitig merkte ich, dass das Leben im Club wieder normal weiterging. Die Musik spielte. Die Leute begannen sich wieder zu unterhalten. Kellnerinnen drängten sich mit Tabletts voller Getränke und Speisen durch die Menge. Die Leute schoben sich an uns vorbei, und wir drei bildeten eine Insel im Gewühl.

„Aisling Grey, darf ich dir Albert Camus vorstellen, der unsterblichen Gemeinde besser bekannt als der Venediger. Aisling ist gerade erst in Paris eingetroffen.“

Der Venediger machte eine seltsam formelle Verbeugung über meiner Hand, die ich ihm zögernd entgegenstreckte. „Ich heiße Sie willkommen. Es ist mir eine Freude, Sie kennenzulernen, Aisling. Ich begegne nicht oft der Gefährtin eines Wyvern, vor allem nicht, wenn sie zudem Hüterin ist.“

„Steht mir eigentlich ein großes H auf der Stirn geschrieben oder so?“, fragte ich. Ich gebe ja zu, dass es ein bisschen ungezogen war, aber ich hatte in den letzten vierundzwanzig Stunden auch viel durchgemacht. „Ich weiß ja noch nicht einmal, was eine Hüterin macht, geschweige denn, warum alle Leute mich dafür halten, aber eins weiß ich genau – ich bin niemandes Gefährtin, und vor allem nicht die von Drake, also schlagen Sie sich das gleich mal aus dem Kopf.“

„Sie haben dem Kuss des Drachen widerstanden“, erwiderte der Venediger milde, aber als er mich aus seinen blassgrauen Augen ansah, krümmte ich mich innerlich. Eine Aura von Macht umgab ihn, ganz ähnlich wie Drake, nur dass sie bei dem Venediger … härter war. Weniger elegant. Grausamer und viel, viel furchterregender. „Das kann nur eine Gefährtin. Jedem ist klar, was Sie sind.“

„Es freut mich, dass anscheinend alle wissen, was hier vor sich geht, denn ich weiß es nicht“, murmelte ich.

Er verbeugte sich noch einmal. „Wie gesagt, ich heiße Sie willkommen bei Goetie und Theurgie. Ich stehe in Ihrer Schuld, weil Sie meinen Gästen ein solch unterhaltsames Schauspiel geboten haben. Wir hatten schon lange nicht mehr Gelegenheit zuzuschauen, wie ein Wyvern Anspruch auf seine Gefährtin erhebt.“

Ich errötete bei dieser Anspielung auf unsere nette kleine Knutscherei, aber bevor ich es richtigstellen konnte, war er bereits gegangen.

„Niemand hat Anspruch auf mich erhoben. Und ich bin auch keine Gefährtin!“, rief ich ihm nach, aber er beachtete mich nicht weiter. Ich drehte mich wieder zu Drake um. Er würde mich mit Sicherheit spöttisch und arrogant ansehen. Ein Mann wie er – einer der weiß, wie sexy er ist – empfand sicher Schadenfreude bei der Tatsache, dass er es mir gezeigt hatte.

Ich biss also die Zähne zusammen, sah jedoch zu meinem Erstaunen, dass er mich verwirrt und ohne jede Schadenfreude anblickte. Er hatte die Augenbrauen zusammengezogen. „Du sagst die Wahrheit. Du weißt wirklich nicht, wer du bist.“

„Im Gegenteil, ich weiß genau, wer ich bin. Ihr Typen habt alle einen an der Waffel. Und falls ich es dir noch mal buchstabieren muss, ich bin beraubt worden. Und man verdächtigt mich des Mordes, dank dir. Da du für beide Situationen verantwortlich bist, wirst du jetzt damit anfangen, die Dinge wieder in Ordnung zu bringen. Als Erstes kannst du mir meinen Drachen wiedergeben.“

Er wandte sich zur Bar und winkte dem Barkeeper. „Was willst du trinken?“

„Drachenblut", schnappte ich.

Er legte den Kopf schief, und sein träges Lächeln ließ meine Beine zu Pudding werden. „Wirklich? Zwei Drachenblut, bitte."

Mir blieb der Mund offen stehen, als der Barkeeper zwei Gläser mit einer tief dunkelroten Flüssigkeit vor uns hinstellte. „Jetzt machst du aber Witze, oder? Das ist doch nicht wirklich … äh … Blut?"

„Nein. Aber es ist eins unserer Lieblingsgetränke."

Ich roch an dem Glas. Es duftete beinahe wie Glühwein. Dann trank ich einen kleinen Schluck und japste, als flüssiges Feuer meine Kehle hinunterrann und sich heiß in meinem ganzen Körper ausbreitete. „Ach du liebe Güte", krächzte ich und wischte mir die Tränen ab, die mir in die Augen getreten waren. „Das ist ja stark. Was ist da drin?"

„Das willst du in Wirklichkeit gar nicht wissen", erwiderte er, ergriff mich am Ellbogen und dirigierte mich zu einem leeren Tisch in einer dunklen Ecke. „So, vielleicht können wir jetzt mal über das reden, was du von mir willst."

Ich setzte mich, wobei mich unwillkürlich ein Gefühl des Verlusts überkam, als er seine Hand von meinem Arm nahm. Um mich abzulenken, setzte ich mein Glas erneut an, wobei ich dieses Mal nur die Zungenspitze in die Flüssigkeit tauchte. „Na toll, jetzt ist auch noch meine Zunge taub geworden. Wenn irgendetwas Gefährliches hier drin ist, hast du es überstanden."

Er grinste. „Nichts Gefährliches."

Ich nahm noch einen Schluck und wappnete mich vor dem Feuer, das erneut durch meinen Körper schoss.

„Für Drachen jedenfalls nicht. Aber dass ein Sterblicher es getrunken und überlebt hat, habe ich noch nie gehört."

Das Feuer des Getränks war bis in meinen Unterleib gesickert. „Ach, mittlerweile ist es schon gar nicht mehr so schlimm. Vielleicht gewöhne ich mich ja daran … Was soll das heißen, kein Sterblicher hat es je überlebt?"

Er zuckte mit den Schultern. „So, wie ich es gesagt habe."

Vorsichtig setzte ich das Glas ab. (Wenn ich einen Tropfen verschüttete, würde er sich wahrscheinlich direkt durch das Holz fressen.) „Willst du damit sagen, dass du mich etwas Giftiges trinken lässt, ohne mich zu warnen?"

„Du hast es doch haben wollen. Es wäre unhöflich von mir gewesen, es dir abzuschlagen."

„Ach ja? Und wenn ich dich bitten würde, mir dabei zu helfen, vom Eiffelturm zu springen, würdest du es dann auch tun?"

Wieder neigte er seinen hübschen Kopf zur Seite. Ich biss die Zähne zusammen, um gegen den Wunsch anzukämpfen, ihn erneut zu küssen. „Würdest du mich tatsächlich bitten, dir dabei zu helfen, vom Eiffelturm zu springen?"

„Nein, aber …"

„Dann spielt es doch keine Rolle, was ich tun würde. Warum hast du nach mir gesucht?"

Ich stieß die Luft durch die Nase aus, um die Wut, Lust und Frustration, die alle gleichzeitig in mir aufstiegen, in einen Satz zu legen. „Ich. Will. Meinen. Drachen. Zurück."

„Er gehört dir doch gar nicht! Du hast mir doch erzählt, du seist nur die Kurierin, die ihn Madame Deauxville überbringen sollte. Sie ist die rechtmäßige Besitzerin. Was für ein Recht hast du denn darauf?"

„Ein größeres als du", fuhr ich ihn an. „Ich will ihn haben, damit ich ihn ihrer Familie geben kann. Weiß der Himmel, warum du ihn haben willst."

Er trank einen Schluck. „Weil er hübsch ist. Er gefällt mir, und jetzt gehört er mir. Außerdem ist es die *Anima di Lucifer*, und ich kann sie nicht jemandem überlassen, der ihre wahre Geschichte nicht zu schätzen weiß."

Ich runzelte die Stirn. „Die was von Luzifer?"

„*Anima*. Das ist Italienisch. Es bedeutet ‚Luzifers Seele'. Das Aquamanile ist eines von drei Objekten, die als das Instrumentarium von Bael bekannt sind."

Das konnte alles oder nichts bedeuten – die Leute im Mittelalter gaben unschuldigen Objekten gerne eindrucksvolle Namen, um nach außen deren Wert zu erhöhen. Plötzlich durchfuhr mich ein schrecklicher Gedanke. „Es ist doch kein … äh … kein Familienerbstück, oder?"

Er zog die Augenbrauen hoch.

„Der Drache hat grüne Augen, wie du. Vielleicht hat ja jemand ein Familienerbstück verkauft und … Ach, vergiss es." Ich kam mir auf einmal blöd vor. Seit gestern Morgen, als ich noch keine Ahnung hatte, dass es Drachen tatsächlich gab, hatte ich wirklich einen weiten Weg zurückgelegt.

Drake lehnte sich auf seinem Stuhl zurück und fuhr mit den Fingern über den Rand seines Weinglases. Es war eine seltsam erotische Geste, und ich rutschte auf meinem Stuhl hin und her. Ich trank noch einen Schluck, dankbar für die Flüssigkeit, die heiß meine Kehle hinunterrann.

„Was weißt du von Drachen?"

„Es waren große, schuppige, vierbeinige Geschöpfe mit Flügeln, die kleine Dörfer tyrannisierten, bis man ihnen eine Jungfrau opferte."

Er grinste. „Ja, die Jungfrauen fehlen mir."

Ich hätte ihn am liebsten getreten.

Sein Grinsen wurde breiter, aber in seinem Blick stand auch eine Warnung. „Das Wichtigste, was du über Drachen wissen solltest, ist, dass sie beschützen, was ihnen gehört. Ein Drache würde sich niemals, unter gar keinen Umständen, von seinem Schatz trennen."

„Niemals hört sich so kompromisslos an", sagte ich mit sinkendem Mut. Es würde wohl schwer werden, Drake das Aquamanile zu entlocken, das bestätigte mir der Ausdruck seiner Augen.

„Nicht so kompromisslos wie ich", sagte er.

Ich holte tief Luft, weil ich ihn am liebsten gegen sein störrisches, aber sehr männliches Kinn geboxt hätte. „Da wir gerade von Drachen reden, könnten wir uns eigentlich mal darüber unterhalten, was du in Madame Deauxvilles Haus gemacht hast. Ich weiß, dass deine Geschichte mit Interpol erstunken und erlogen war, also fang damit gar nicht erst an."

„Ich war bei Interpol – eine Zeit lang. Sie schienen allerdings Anstoß daran zu nehmen, dass ich zum Zusammentragen meiner Kunstsammlung auf ihre Quellen zurückgegriffen habe." Ich starrte ihn fragend an, aber er winkte nur ab. „Sie konnten mir nichts nachweisen, doch wenn erst einmal der Verdacht internationalen Diebstahls aufgekommen ist, dann ist es schwer, ihr Vertrauen wiederzuerlangen."

„Verstehe. Hast du den Kreis von Ashtaroth gezogen?"

„Warum sollte ich das tun?", fragte er, ohne direkt auf meine Frage einzugehen. „Was hat die Polizei denn zu dir gesagt?"

Ich lächelte. Immer wenn ich Informationen von ihm wollte, stellte er mir eine Gegenfrage, aber das Spiel beherrschte ich auch. „Nicht viel. Hast du den Kreis gezogen?"

Sein Blick verfinsterte sich. „Ich habe noch nicht einmal gewusst, ob er offen oder geschlossen war. Wie soll ich ihn denn dann gezogen haben? Was ist mit dem Dämon geschehen, der durch den Kreis gerufen wurde?"

Ich knirschte mit den Zähnen. „Ich habe keine Ahnung. Ich bin keine Dämonenexpertin, auch wenn ich ein paar mittelalterliche Manuskripte zu dem Thema studiert habe."

„Du bist eine Hüterin, auch wenn du nicht geübt bist. Es liegt in deiner Natur, mit Dämonen umzugehen. Du hast doch bestimmt gespürt, dass einer am Tatort anwesend war."

Ich erinnerte mich an das Gefühl der Angst, dass irgendetwas nicht stimmte, als ich an Madame Deauxvilles Tür stand. „Vielleicht", sagte ich, entschlossen, mich von seinen Fragen nicht ablenken zu lassen. „Aber wenn du den Kreis nicht gezogen hast, wer war es dann?"

Er wich meinem Blick aus. „Wie kommst du darauf, dass ich das wissen könnte?"

„Ich habe so eine Ahnung. Weißt du, wer den Kreis gezogen hat?"

Er zuckte mit den Schultern und nahm einen Schluck von seinem Wein.

„Hör mal, mir ist klar, dass du hier diesen Drachen-Trip durchziehst, aber das ist wirklich wichtig. Die Polizei glaubt, ich habe Madame Deauxville umgebracht, aber sie können mich nicht festhalten, weil sie nichts gegen mich in der Hand haben, und ich habe keine Zeit, um zu warten, bis sie mir glauben, dass ich unschuldig bin. Ich muss herausfinden, wer es war, damit sie mir meinen Pass zurückgeben und ich nach Hause fliegen kann. Würdest du also bitte mit deinen Macho-Spielchen aufhören und meine Frage beantworten? Bitte!"

„Ich sehe keinen Vorteil für mich darin, wenn ich dir gebe, was du willst. Es wäre vielleicht etwas anderes, wenn du mir für die Information etwas anbieten könntest. Dann würde ich es dir möglicherweise sagen."

Ich biss die Zähne zusammen, um ihn nicht mit allen möglichen Schimpfnamen zu belegen. „Ich hatte eine wertvolle Antiquität, aber du hast sie gestohlen."

„Ja", erwiderte er ruhig. „Was hast du noch?"

Sein Blick glitt liebkosend über meinen tiefen Ausschnitt und die Rundung meiner Brüste. Ich biss die Zähne noch fester zusammen. Der heile Teil meines Gehirns wollte ihm nicht anbieten, worauf er anspielte, aber da ich keine andere Wahl hatte, musste ich dem weniger heilen Teil nachgeben. „Ich habe mich."

Jetzt glitten seine Augen offen zu meinen Brüsten, und trotz meiner Verlegenheit richteten sich meine Brustwarzen bei dem Gedanken an seine Hände – oder seinen Mund – auf.

„Das ist wahr", sagte er gedehnt. „Allerdings bin ich mir nicht sicher, ob das, was du zu bieten hast, den Preis auch wert ist."

Wut stieg in mir auf, wilde Wut. Am liebsten hätte ich ihm den Inhalt meines Glases ins Gesicht geschüttet. „Du arroganter, eingebildeter, egozentrischer, anmaßender ..."

Seine Augen glitzerten gefährlich, als er sich vorbeugte und mir warnend das Wort abschnitt. „Du hast wirklich nicht die leiseste Ahnung, wer ich bin."

Ich beugte mich ebenfalls vor, bis sich unsere Nasen fast berührten. „Ich weiß, dass du ein schäbiger kleiner Dieb bist, der meinen Drachen gestohlen hat."

Seine Augen blitzten vor Zorn, und ich schwöre, dass aus seinem linken Nasenloch eine kleine Rauchwolke aufstieg. „Gefährtin oder nicht, du gehst zu weit, Aisling."

Ich stand auf, trank einen großen Schluck Drachenblut, damit das Feuer mir die Kraft gab, von dem Mann wegzugehen, den ich gleichzeitig küssen und erwürgen wollte. „Na gut. Dann ist es eben so. Du weißt natürlich, dass ich alles unternehmen werde, um mein Aquamanile zurückzubekommen."

Er neigte leicht den Kopf. „Und es steht dir frei, es zu versuchen."

Ich erwiderte sein Nicken und wandte mich zum Gehen.

„Aisling", sagte er, und seine Stimme verursachte mir erneut Gänsehaut. Er sah gut aus, so verdammt gut, dass es mir fast den Atem nahm. „Es ist dir doch klar, dass ich, wenn ich sage, ich schütze alles, was mir gehört, alles meine und nicht nur den Schatz."

Oh ja, was er damit meinte, war kristallklar. Verschiedene meiner Körperteile hätten den besitzergreifenden Ausdruck in seinen Augen gerne gefeiert, aber ich bin aus härterem Holz geschnitzt. Ich hob mein Kinn, warf ihm einen verächtlichen Blick zu und sagte: „Träum weiter, Drachenjunge!“

5

Ich wäre am liebsten gleich aus der Bar gestürmt, aber dann fiel mein Blick auf Ophelia und Perdita, und ich beschloss, dass ich durchaus ein paar Ratschläge brauchen konnte. Als ich auf sie zuzugehen begann, fiel mir ein merkwürdiges Phänomen auf. Ich brauchte mir nicht meinen Weg durch die Menge zu bahnen, sondern sie teilte sich eher vor mir. Es war fast, als hätten sie Angst vor mir und gingen mir respektvoll aus dem Weg.

Ein bisschen war es auch so, als ob mich niemand berühren wollte.

Ich setzte ein freundliches Lächeln auf und ging durch das Rote Meer der Clubgäste.

„Und, wollt ihr was trinken?“, fragte ich Ophelia und Perdita. Die beiden blickten mich an, als hätte ich auf einmal einen zweiten Kopf bekommen. „Also, ich könnte einen vertragen.“

Ich ließ mich auf einen Stuhl fallen und lächelte die Schwestern an. Ophelia blickte Perdita an. Perdita warf mir einen Blick zu.

„Was ist los?“, fragte ich.

„Du hast uns nicht gesagt, dass du die Gefährtin eines Wyvern bist. Ich habe gehört, Drachen seien … du weißt schon, anders. Da unten. So anders, dass es Frauen wehtut, wenn sie es tun. Aber du bist seine Gefährtin, und du machst eigentlich nicht den Eindruck, als ob du gelitten hättest“, sagte Perdita schließlich so leise, dass ich sie kaum verstehen konnte. Ich beugte mich vor, um sie über die Musik hinweg hören zu können, und da fuhren beide in ihren Stühlen zurück.

Ihre Reaktion verletzte mich ein wenig. Der blöde Drake mit seinem öffentlich vorgeführten Kuss. Da lernte ich die ersten normalen Leute überhaupt kennen, und jetzt hielten sie mich für ein Monstrum. Ich winkte die Kellnerin herbei und sagte: „Ich bin nicht die Gefährtin eines Wyvern. Das ist alles Unsinn. Und das andere weiß ich nicht, obwohl Drake auf mich eigentlich einen normalen Eindruck macht, wenn man düstere, attraktive und sexy Männer normal nennt. Hi. Kann ich noch so ein Drachenblut bekommen? Danke. Wie gesagt, Drake macht sich ein bisschen auf meine Kosten lustig, das ist alles." Okay, okay, ich glaubte meinen Worten selber nicht – unser Kuss war mehr als eine Show gewesen, aber ich musste erst einmal in Ruhe über alles nachdenken, und bis dahin würde ich alles abstreiten.

Die Schwestern beobachteten skeptisch, wie die Kellnerin ein weiteres Glas von dem dunklen Rotwein vor mich hinstellte. Ich nahm einen Schluck, rollte ihn im Mund hin und her und überlegte, welche Gewürze ihn wohl so scharf machten. Ich musste zugeben, dass ich mittlerweile den Feuerstoß, der mich bei jedem Schluck durchfuhr, genoss.

„Bist du sicher?", fragte Ophelia zweifelnd. „Für uns hat es so ausgesehen, als ob Drake dir sein Feuer gegeben hat, und du hast ihm widerstanden. Einen solchen Test kann nur eine Gefährtin überleben."

„Nun, ich gebe ja gerne zu, dass er der beste Küsser in ganz Europa ist, aber dass wir uns ein bisschen zueinander hingezogen fühlen, bedeutet doch noch lange nicht, dass ich jetzt auch ein Drache bin. Ich möchte eigentlich von euch wissen, wie ich einen Drachen besiegen kann."

Die beiden blinzelten mich überrascht an.

„Besiegen …", ächzte Ophelia.

„Einen Drachen?", fügte Perdita hinzu.

Ich nickte.

„Drake besiegen?", sagten sie beide gleichzeitig.

Ich blickte über Ophelias Schulter. Drake saß immer noch an dem Tisch in der Ecke. Die beiden rothaarigen Männer hatten sich zu ihm gesellt, und einer von ihnen redete heftig auf ihn ein und wedelte mit den Händen, als wolle er seinen Worten Nachdruck verleihen. Drake beobachtete mich. Sein Gesichtsausdruck war unergründlich, aber ich sah, dass er sein Glas zu einem stummen Toast erhob. Ich erhob meins ebenfalls und kippte den Inhalt trotzig auf einmal hinunter.

„Ooooaaaahhh", keuchte ich und fasste mir an den Hals, weil auf einmal jedes Molekül meines Körpers in Flammen zu stehen schien. Tränen strömten mir übers Gesicht, und erst als ich die magische Tür in meinem Kopf öffnete, bekam ich den inneren Brand so unter Kontrolle, dass ich wieder atmen konnte.

„Okay, das war blöd", erklärte ich mit heiserer Stimme und wischte mir die Tränen von den Wangen. Ophelia und Perdita sahen mich stumm an.

Ich riskierte einen Blick an Ophelia vorbei, um festzustellen, ob Drake mein Fiasko mitbekommen hatte. Er lächelte. Verdammt. Rasch blickte ich wieder zu den Schwestern. „Huh! Das Zeug ist ganz schön stark. Wo waren wir stehen geblieben? Ach ja, ihr wolltet mir sagen, wie ich einen Drachen überwinden kann."

Perdita stellte ihr Glas ab. „Wollten wir das? Aisling …" Sie warf ihrer Schwester einen Hilfe suchenden Blick zu.

Ophelia sah mich an. „Wir wissen nicht, wie man einen Drachen besiegt."

„Nein? So ein Mist. Ich hatte gehofft, ihr könntet mir helfen. Drake hat mir nämlich eine kleine Statue gestohlen, und ich muss sie wirklich wieder zurückhaben. Ich würde euch auch was bezahlen, wenn ihr mir helft", fügte ich hinzu.

Beide schüttelten den Kopf. „Es ist nicht so, dass wir dir nicht gerne helfen würden", sagte Ophelia.

„Wir können es einfach nicht“, ergänzte Perdita. „Wir sind nicht stark genug, um es mit einem Drachen aufzunehmen, vor allem nicht mit einem Wyvern, zumal einem grünen.“

Ich runzelte die Stirn. „Nicht stark genug? Heißt das, ihr zwei seid …“ Ich machte eine vage Geste in den Raum.

„Wir sind Wiccas, wusstest du das nicht?“, fragte Ophelia.

Perdita nickte. „Heidnische natürlich. Wir würden niemals Magie dulden, die mit dunklen Mächten zu tun hat.“

„Natürlich nicht“, erwiderte ich verwirrt. Ich kam mir total blöd vor. Ich war mitten in ein Spiel geraten, in dem jeder außer mir die Regeln kannte.

„Leute, die sich mit schwarzer Magie einlassen, sind nicht besser als die, die sie anwenden“, erklärte Ophelia. Sie klang ein wenig selbstgefällig.

Perdita nickte. „Schließlich haben sie ja immer die Wahl.“

Wie auch immer. Ich hatte keine Lust, mich in eine metaphysische Diskussion über Recht und Unrecht von weißer und schwarzer Magie einzulassen. „Kennt ihr denn zufällig jemanden, der mächtig genug ist, um es mit Drake aufzunehmen?“

Die Schwestern wechselten einen Blick. Ich sah ihnen ihr Zögern an.

„Bitte“, sagte ich verzweifelt. „Es ist sehr wichtig für mich. Drake scheint das Ganze für ein Spiel zu halten, aber wenn ich diese Statue nicht zurückbekomme, dann kriege ich ihn nie dazu, mir zu helfen.“

„Dir zu helfen?“, echote Ophelia, die mittlerweile genauso verwirrt aussah, wie ich mich fühlte. „Ich dachte, er hätte dir etwas gestohlen?“

Ich seufzte und berichtete ihnen von dem Mord und meinem Besuch bei der Polizei. „Möglicherweise wirft mein Onkel mich nicht sofort hinaus, auch wenn ich ihm das Aquamanile nicht zurückbringe, vor allem, wenn ich ihm erzähle, dass noch nicht einmal die Polizei es wiedergefunden hat, aber wenn ich gegen Drake nichts in der Hand habe, wird er mir nicht erzählen, was er über den Mord weiß, und das bedeutet, ich muss das verdammte Ding zurückbekommen, damit ich ihn zwingen kann, mir alles zu sagen. Nur so kann ich meine Unschuld beweisen."

„Aber du bist seine Gefährtin", sagte Perdita. „Warum bittest du ihn nicht einfach, dir zu helfen?"

Ich drehte mein Weinglas zwischen den Fingern und beschloss, zur Abwechslung mal ehrlich zu sein. „Ich weiß gar nicht genau, was zwischen mir und Drake passiert, was es bedeutet, die Gefährtin eines Wyvern zu sein, aber ich weiß, dass er mir erst helfen wird, wenn ich ihn bestechen kann. Und da ich nichts Wertvolles besitze," – ich ignorierte die Röte, die mir in die Wangen stieg, als ich daran dachte, wie er das Angebot meines Körpers abgetan hatte – „muss ich mir zuerst besorgen, was er haben will. Da das Aquamanile eigentlich mir gehört, scheint es mir das Logischste zu sein. Das Problem ist nur, dass ich nicht weiß, wie man einem Drachen etwas wegnimmt. Und deshalb habe ich euch gefragt, ob ihr jemanden kennt."

Perdita schürzte die Lippen und warf Ophelia einen unergründlichen Blick zu. „Es gibt nur einen einzigen Mann, der genug Macht hat, um das zu tun."

Fragend zog ich eine Augenbraue hoch.

„Der Venediger", sagte Perdita.

Ein Schauer lief mir über den Rücken, als ich zum Ende des Tresens blickte, wo der Venediger Hof hielt. Ich dachte an die Berührung seiner Macht, an das Gefühl, dass er mich ganz leicht überwältigen konnte, und aus dem Schauer wurde Angst. „Hm."

„Er wird natürlich einen Preis für seine Dienste verlangen", erklärte Perdita.

„Ach? Ich habe ein bisschen Geld", sagte ich langsam, wobei

ich die Tatsache ignorierte, dass ich fast alles schon ausgegeben hatte. Der Gedanke, mich an den Venediger wenden zu müssen, bereitete mir Unbehagen. Irgendetwas nicht Fassbares an ihm irritierte mich. Selbst bei Drake hatte ich trotz all seiner Arroganz nicht das Gefühl, dass er mir wirklich etwas zuleide tun würde.

Aber das war doch eigentlich total blöd. Wenn jemand hier in dieser Bar eine Bedrohung für mich darstellte, dann war es doch vor allem Drake.

Perdita lachte, aber Ophelia wirkte besorgt. „Es ist kein Geld, was der Venediger als Bezahlung von dir verlangt", sagte sie leise und zupfte an einer Serviette. „Wirklich, nimm seine Hilfe lieber nicht in Anspruch. Seine Mächte sind …" Hilfe suchend wandte sie sich an Perdita.

„Dunkel", sagte Perdita. „Geh diesen Weg nicht, Aisling. Du hast ein Portal versiegelt und über die dunkle Horde triumphiert. Gib dich nicht jemandem in die Hand, der dich verdammen kann."

Ich schwieg einen Moment lang. Wie sollte ich ihnen denn sagen, dass ich keine praktizierende Hüterin war, dass ich kein Portal versiegelt hatte und deshalb auch gar nicht wusste, wovon sie redeten? Aber ihre Sorge konnte ich verstehen, denn jedes Mal, wenn ich an den Venediger dachte, wurde ich von einem Gefühl der Angst gepackt. Seit meinem Gespräch mit Drake war jedoch eine Idee in mir entstanden, die mein Problem vielleicht lösen konnte. „Ihr habt recht. Ich komme auch ohne ihn klar. Danke für euren Hinweis. Ich bin euch wirklich sehr dankbar."

„Was hast du denn vor?", fragte Ophelia, als ich meine Tasche ergriff, ein paar Euro auf den Tisch warf und aufstand.

„Ich bin noch nicht sicher, aber ich glaube, mir ist etwas eingefallen. Es war schön, euch kennenzulernen. Hoffentlich sehen wir uns bald wieder."

Als ich mich zum Gehen wandte, sagte Ophelia: „Du wirst doch wohl jetzt nichts Überstürztes tun?“

„Überstürzt? Ich? Die Königin der Umsicht? Seid nicht albern“, beruhigte ich sie. Ohne noch einmal einen Blick in die Ecke zu werfen, in der Drake saß, eilte ich hinaus in die Nacht, um meinen ersten – und hoffentlich letzten – Dämon zu rufen.

Ich weiß, was Sie jetzt denken. Aisling ruft Dämonen? Die Frau, die sich noch vor ein paar Stunden kaputtgelacht hätte, wenn dieses Thema aufgekommen wäre? Nun, Not kennt kein Gebot, wie es so schön heißt. Da ich den Venediger nicht um Hilfe bitten wollte, musste ich selber etwas tun, um das Aquamanile zurückzubekommen, und da mir ständig alle erzählten, ich sei eine Hüterin, konnte ich mich ja wohl langsam auch mal wie eine benehmen.

Ich hätte nur zu gerne gewusst, was eine Hüterin eigentlich ist.

Im Hotel führte ich ein sehr teures internationales Telefongespräch mit Beth, der Sekretärin meines Onkels, die zufällig auch meine beste Freundin ist.

„*Bell and Sons*“, meldete sich Beth mit ihrer professionellsten Stimme am Telefon. Ich blickte auf die Uhr. Es war 11.20 Uhr, also war es in Seattle zwanzig nach drei am Nachmittag.

„Hallo, mein Häschen, ich bin’s.“

„Aisling? Mädel, wo bist du? Damian ist völlig ausgerastet. Die Polizei aus Paris hat angerufen, und sie haben gesagt, du seist in den Mord an Madame Deauxville verwickelt. Was um alles in der Welt ist bloß los?“

Ich machte es mir auf dem Bett gemütlich und schob die zahlreichen Telefonnachrichten beiseite, die ich bei meiner Rückkehr vorgefunden hatte. Es waren allein drei Nachrichten von Onkel Damian (ich hatte sie weggeworfen, seinem gerechten Zorn wollte ich mich erst stellen, wenn ich das Aquamanile zurückhatte), drei von der amerikanischen Botschaft, die mich sprechen wollte, weil ich in Paris als unerwünschte Person galt (von dieser Seite war also keine Hilfe zu erwarten), und eine von jemandem namens Wart, der behauptete, wenn ich erst einmal seine gespaltene Zunge probiert hätte, dann würde ich nie wieder zu meinem Drachen zurückkehren. Diese Nachricht legte ich beiseite, um sie später zu verbrennen.

„Beth, wenn ich dir erzählen würde, was hier los ist, du würdest es mir nicht glauben. Ehrlich, das waren die schlimmsten Tage meines Lebens, und es sieht nicht so aus, als ob es bald besser würde. Was hat die Polizei Onkel Damian denn gesagt?"

„Nicht viel. Ich hatte eher den Eindruck, sie wollten Informationen über dich. Was ist denn überhaupt passiert?"

Ich gab ihr eine kurze Zusammenfassung der Ereignisse.

„Ach du lieber Himmel, da hast du ja wirklich alle Hände voll zu tun. Wie kann ich dir helfen?"

Das mag ich so an Beth – sie verschwendet keine Zeit mit nutzlosem Gejammer, sondern kommt immer direkt zur Sache.

„Zuerst einmal kannst du meinem Onkel sagen, dass ich niemanden umgebracht habe und dass ich alles in meiner Macht Stehende tun werde, um das Aquamanile von dem Mann zurückzubekommen, der es gestohlen hat."

„Die Polizei hat wohl Damian gegenüber erwähnt, dass du es als gestohlen gemeldet hast."

„Ja, aber keiner dort wollte mir glauben, und wenn ich mir den Typ so anschaue, der es gestohlen hat, kann ich ihnen eigentlich auch keinen Vorwurf machen. Aber es ist gestohlen worden, und ich hole es mir zurück."

Ich erzählte ihr nicht, dass ich mit der Statue Drake bestechen wollte, mir zu helfen, aber, na ja, internationale Anrufe sind teuer. Schließlich konnte ich ja nicht alles erwähnen, oder?

„Ich sage es ihm. Kann ich von hier aus sonst noch etwas für dich tun?"

„Ja. Fahr bei meiner Wohnung vorbei und hol mir eine Transkription von einem der mittelalterlichen Texte, die ich letzten Sommer gelesen habe."

„Du hast jetzt wohl kaum Zeit zum Lesen, Ash."

„Weiß ich selber." Ich sagte ihr, wo sie die Abschrift finden würde, und las ihr die Faxnummer des Hotels aus der Broschüre vor, die ich aus der Lobby mitgenommen hatte. „Fax mir bitte das Kapitel, wie man einen Dämon ruft, ja?"

„Was?"

Seufzend rieb ich mir die Augen. Obwohl das starke Drachenblut mir Kraft gegeben hatte, war ich mittlerweile völlig erschöpft. „Ich habe jetzt keine Zeit für Erklärungen, Beth. Fax es mir einfach."

Ich beruhigte sie, dass ich keineswegs den Verstand verloren hätte, und schließlich legte ich auf und ließ mich einfach zur Seite fallen. Noch bevor ich das Licht ausgeschaltet hatte, war ich eingeschlafen.

Irgendwann im Morgengrauen begann der Traum. Zuerst dachte ich, ich ginge in einen abgedunkelten *G & T*, aber mir wurde schon bald klar, dass ich wieder in Madame Deauxvilles Wohnung war, in die ein weiches silbernes Licht von den Straßenlaternen durch die geöffneten Vorhänge in die Zimmer drang. Die Luft war schwer und warm, und der Duft der Blumen auf dem Tisch hing in der Luft. Der Aschekreis mitten im Zimmer war noch da, aber zum Glück fehlte Madame Deauxvilles Leiche.

„Was mache ich hier?", fragte ich laut.

Ein Schatten löste sich von der Wand und nahm Drakes Gestalt an. Er glitt auf mich zu. Im Licht waren seine Züge deutlich zu erkennen, während der Rest seines Körpers im Dunkeln blieb. „Ich habe dich gerufen."

„Du bist ein Traum“, sagte ich unsicher. „Du bist nicht real.“

„Nein? Vielleicht nicht. Vielleicht hat sich in deinem Kopf nur die Grenze zwischen Realität und Fantasie verwischt.“

Seine Hände glitten über meine bloßen Arme. Ich blickte an mir hinunter und sah überrascht, dass ich ein hinreißendes zartbeiges Negligé aus Seide und Spitze trug, das meine guten Stellen betonte und die schlechten verbarg. „Jetzt weiß ich, dass das ein Traum ist. Solch ein Nachthemd besitze ich nicht.“

Ich schmiegte mich in seine Arme. Er trug ein schwarzes Seidenhemd, das sich wie kühles Wasser anfühlte.

„Vielleicht ist dieses Gewand Teil meiner Fantasie“, gab er grinsend zu. Seine Finger tanzten über die bloße Haut auf meinem Rücken und hinterließen glühende Spuren.

Ich drückte mich enger an ihn, um den leicht würzigen Geruch, der zu ihm zu gehören schien, aufzunehmen. „Willst du damit sagen, dass das hier real ist?“

„So real, wie es dir gefällt, Süße“, murmelte er an meinem Schlüsselbein. Seine Lippen liebkosten meine Haut.

„Wirklich?“, hauchte ich und ließ meine Finger ebenfalls wandern. Er stöhnte, als sie über die seidigen Konturen seiner Brust glitten. „Dann möchtest du mir jetzt vielleicht erzählen, warum du gestern bei Madame Deauxville warst?“

Sein Lachen klang ein bisschen eingerostet, als ob er es nicht oft benutzte. „Du gibst auch nie auf, nicht wahr?“

„Nicht, wenn meine Freiheit auf dem Spiel steht.“ Ich ließ meine Finger über seinen Bauch gleiten und spürte, wie sich seine Muskeln anspannten. „Warst du mit ihr verabredet?“

Er entdeckte die empfindliche Stelle hinter meinem Ohr. Ich bog mich ihm entgegen, und für einen kurzen Moment drohte mein Verstand auszusetzen. „Mit ihr nicht, nein.“

Unter Aufbietung all meiner Willenskraft fragte ich: „Hast du den Kreis gezogen?“

„Drachen können keine Dämonen rufen“, flüsterte er, bevor er mein Ohrläppchen zwischen die Lippen zog. Mir wurden die Knie weich. Seine Arme schlossen sich fester um mich, als meine Hände zur Vorderseite seiner schwarzen Jeans glitten. Hinter dem Reißverschluss zuckte es.

„Weißt du denn, wer ihn gezogen hat?“

Er stöhnte in mein Ohr. „Wenn du mich da noch einmal berührst, wird dieser Traum realer werden, als du dir vorstellen kannst.“

Der Gedanke war verführerisch, oh, so verführerisch, aber ich brauchte noch mehr Auskünfte, deshalb schob ich all das Verlangen und die Lust, die durch meinen Körper strömten, beiseite und legte meine Hände wieder auf seine Brust. „Der Kreis?“, fragte ich noch einmal.

Er knabberte an meinem Ohr, und sein Atem fuhr heiß über meine Haut. „Ich weiß nicht, wer ihn gezogen hat.“

Er zögerte leicht, als er ‚weiß‘ sagte. Vielleicht wusste er es ja nicht mit Gewissheit, aber ich hätte wetten können, dass er zumindest eine Ahnung hatte, wer dafür und vielleicht auch für den Mord verantwortlich war.

„Wer …“

Er schnitt mir das Wort ab, indem er mich küsste. Dieses Mal wusste ich, was mich erwartete, und ich ließ die Hitze zwischen uns einfach fließen. Ich schmiegte mich an ihn, und mit seinen Händen auf meinem Hinterteil zog er mich noch dichter an sich heran. Er war erregt, sein Körper aggressiv und hart, und seine Berührungen wurden immer drängender. Ich zog ihm das Hemd aus der Jeans und ließ meine Hände über die Muskeln auf seinem Rücken gleiten.

Er stöhnte in meinen Mund, und ich spürte den Laut bis in die Zehenspitzen.

„Du kannst mich nicht so berühren und erwarten, dass ich

mich beherrschen werde." Seine Stimme klang gepresst und heiß, so heiß wie mein Blut, das beinahe kochte, als seine Lippen zu meinem Nacken hinunterwanderten und brennende Küsse auf meine Haut drückten. „Wenn du das noch mal tust, übernehme ich keine Verantwortung mehr für das, was geschieht."

Ein Schauer reiner Lust lief mir über den Rücken, als er mich ein wenig von sich wegschob und das Tal zwischen meinen Brüsten mit der Zunge liebkoste. Ich packte seine Haare und versuchte einen klaren Gedanken zu fassen. Wollte ich dem Verlangen nachgeben, das wie ein Feuer in mir wütete, oder wollte ich die Situation, sprich mein Leben, im Griff behalten?

„Ach, zum Teufel, das ist bloß ein Traum", sagte ich mit zitternder Stimme, als seine glühende Zunge um meine seidenverhüllten Brüste fuhr. „Schließlich ist das nur Fantasie, und ich weigere mich, Gewissensbisse wegen einer Fantasie zu haben."

Drake hob den Kopf, und seine Augen schimmerten grün im schwachen Licht. „Es freut mich, dass du keine Gewissensbisse hast. Fantasien sollte man immer ermutigen, vor allem, wenn ich mit von der Partie bin."

„Arroganter Drache. Du redest zu viel", murmelte ich und zog seinen Kopf an den Haaren dorthin, wo ich ihn haben wollte. Meine Hände glitten über seine Brustmuskeln und hielten einen Moment inne, um zwei schamlose Brustwarzen zu necken.

Sein Atem kam stoßweise, als ich eine heiße Spur über sein Schlüsselbein und seine Brust hinunterküsste. Ich wollte ihn berühren, ihn schmecken, aber stehend war es mir zu unbequem. Also küsste ich mich wieder zurück bis zu seinem Kinn, knabberte an seinem Ohrläppchen und flüsterte dann: „In meiner Fantasie gibt es ein breites Sofa, auf dem ich mich bequem deinem Körper widmen kann. Eine rote Samtcouch. Mit goldenen Quasten."

„So in der Art?", sagte er, hob mich hoch und drehte sich zu einer roten Samtcouch, auf der lauter Seidenkissen mit goldenen Quasten lagen. Sanft legte er mich darauf und blieb dann einen Augenblick lang vor mir stehen und schaute mich an. Seine Augen waren ganz dunkel geworden.

„Genau so, nur dass du derjenige bist, der darauf liegt."

Seine Hände glitten zu seiner Gürtelschnalle. „Bist du sicher, Aisling? Wenn wir erst einmal angefangen haben, werde ich nicht mehr aufhören können. Drachen müssen ihre Gefährtinnen vollständig besitzen, und du musst dir sicher sein, dass du es auch willst."

Ich rekelte mich wie eine zufriedene Katze. Es war ja nur ein Traum, entstanden aus der beinahe ärgerlichen Anziehungskraft, die ich für Drake empfand. Und ein bisschen gesunder Sex im Kopf konnte doch bestimmt nicht schaden, oder? „Ja, ich bin mir sicher."

Wenn es je zuvor einen Rekord dafür gegeben hatte, schnell aus den Jeans herauszukommen, dann hatte ihn Drake gebrochen. In einem Moment stand er noch vor mir und versengte meinen Körper mit grün lodernden Blicken, im nächsten war er schon nackt, hart und erregt und legte sich zu mir auf die Couch.

„Ich kann dein Verlangen riechen", sagte er leise und rieb sich an mir. Er küsste meinen Bauch, und seine Hände glitten zu meinen Oberschenkeln. „Und ich empfinde dasselbe. Du bist meine Gefährtin, Aisling, aber heute Nacht werde ich keine Gnade walten lassen, weil du wahrhaftig die Meine wirst."

Der Schauer, der mir über den Rücken lief, hatte nichts mit Angst zu tun, sondern nur mit Erregung. Drake schob mein Nachtgewand hoch und folgte dem Spitzensaum mit den Lippen. Seine Lippen waren heiß und fest auf meinem Bauch, und mein Körper bog sich ihm entgegen, als er mit der Zunge um eine meiner Brustwarzen fuhr und mit den Zähnen leicht an der zarten Haut knabberte. Ich wand mich unter ihm, und mein Körper weinte stumme Tränen der Lust, als ich meine Finger in seinen Rücken drückte, um ihn noch dichter an mich heranzuziehen, damit wir verschmelzen konnten.

„Nein", flüsterte er. „Beim ersten Mal muss ich dich als Gefährtin eines Drachen nehmen. Danach können wir uns lieben, wie Menschen es tun."

Ich rieb mich an ihm und legte meine Beine um ihn, als eine Welle der Leidenschaft mich überflutete. „Mir ist egal, wie wir es tun – ich will dich nur in mir spüren, Drake. Tief in mir. Jetzt gleich!"

Er richtete sich auf, seine Knie zu beiden Seiten meiner Beine. Ich blickte zu ihm hoch, und ein Teil von mir bewunderte seinen schönen, maskulinen Körper. Der andere Teil jedoch fragte sich, wie er mich lieben wollte, wenn er meine Beine zwischen seinen festhielt. Mit einer Hand hob er meine Hüften an und öffnete meine Oberschenkel gerade so weit, dass er mich mit dem Mund besitzen konnte. Ich hatte mich schon an die Hitze seines Drachenfeuers gewöhnt, das mich durchströmte, wenn er mich küsste, aber die Hitze, die jetzt aus diesem intimen Kuss strömte, ließ mich buchstäblich vor Lust schreien. Flammen leckten über mein empfindliches Fleisch, als seine Zunge eintauchte, herumwirbelte und saugte. Atemlos wand ich mich unter ihm, und bevor ich Luft holen konnte, hatte er mich plötzlich auf den Bauch gedreht und lag mit seinem Körper vollständig über meinem.

„Du bist mein, Aisling", sagte er, spreizte mir die Beine und drang in mich ein, wobei er mich in die Schulter biss. Ich lag hilflos unter ihm, während er sich mit langen, tiefen Stößen in mir bewegte. Die Spannung baute sich immer stärker auf, als seine Bewegungen sich auf meine Brüste übertrugen, die sich am Samt des Sofas rieben. Ich machte einen halbherzigen

Versuch, mich zu bewegen, aber er grollte tief in der Brust, und sein Griff an meiner Schulter wurde fester. Normalerweise gebe ich auch Lust, wenn ich welche empfange, aber jetzt war ich zu überwältigt, um mich zu beklagen. Er schien zu spüren, dass ich nachgab, denn seine Stöße wurden kraftvoller, er ließ seine Zunge über meine Schultern und den Hals wandern und drang immer schneller in mich ein. Er erfüllte mich und brachte mich bis an die Grenzen des menschlich Vorstellbaren in ein Reich flammender Ekstase.

Als ich kurz vor dem Höhepunkt war, drehte Drake mich zur Seite und drückte seine Lippen auf mein Schlüsselbein. Er nahm mich schließlich mit solcher Wucht, dass die Kissen auf den Boden flogen. Mein Körper explodierte vor Hitze und Lust, und sein Triumphschrei klang in meinen Ohren, als wir gemeinsam hell lodernd brannten.

Danach trieb ich wie in einem Dämmerzustand dahin, aber schließlich setzte meine Atmung wieder ein, und mein Gehirn beschloss, seine Arbeit wieder aufzunehmen. Ich öffnete die Augen und stellte fest, dass ich auf Drake lag. Sein feuchter Brustkorb und sein stoßweises Atmen waren der Beweis dafür, dass er unser Zusammentreffen genauso genossen hatte wie ich.

Ich drückte ihm einen Kuss auf die Brust, dann glitt ich von ihm herunter und hob das Nachtgewand auf, das mit den Kissen zu Boden gefallen war.

Drake öffnete die Augen, als ich es anzog.

„Das war wirklich das Wundervollste, was ich je erlebt habe", sagte ich und gab ihm einen leichten Kuss. „Ich brauche wohl nicht erst zu betonen, dass du meine wildesten Fantasien erfüllt hast. Danke, Drake."

Er runzelte die Stirn, als er sich vom Sofa erhob. „So wird es immer zwischen uns sein. Du bist meine Gefährtin."

„Ich weiß nur, dass ich mich so befriedigt fühle wie noch nie im Leben. Kein Wunder, dass ihr unsterblich seid – wenn das bei euch normaler Sex ist, würdet ihr ja vor Lust sterben. Und so gerne ich bleiben und vielleicht noch eine weitere Fantasie heraufbeschwören möchte, jetzt muss ich erst mal meinem Gehirn ein wenig Schlaf gönnen, damit es morgen wieder gut funktioniert. Du erinnerst dich vielleicht, dass ich einen Mord aufklären muss. Ich nehme nicht an, dass du mir einen Tipp geben kannst, wo ich die Person finde, die den Kreis gezogen und Madame Deauxville ermordet hat?"

„Ich habe heute Abend drei Fragen beantwortet, und mehr stehen dir nicht zu", erwiderte Drake und zog mich an sich. Ich schmolz dahin und schmiegte mich an seinen harten Körper. Erneut drohte mich das Drachenfeuer zu verschlingen.

Dann löste er sich von mir und wich einen Schritt zurück. Ich wäre ihm gefolgt, um nur noch einen dieser wundervollen Küsse zu bekommen, aber er glitt zurück in die Schatten des Raums. Das Grün seiner Augen glomm noch kurz in der Dunkelheit auf, bevor es erlosch. „Schau dir den Kreis an, Aisling. Die Lösung, die du suchst, ist dort zu finden."

Ich erwachte vom Echo seiner dunklen, erregenden Stimme in meinem Kopf, und mein Herz klopfte so heftig, als wäre ich alle fünf Etagen zu meinem Zimmer hochgerannt. Noch schmeckte ich seinen brennenden Kuss auf den Lippen, noch summte mein Körper vor Lust, noch bebten geheime Stellen in mir von der Erinnerung an sein Eindringen.

„Es war nur ein Traum", sagte ich mir und unterdrückte das Verlangen, ihn zurückzurufen. „Ein echt erotischer Traum, aber trotzdem nur ein Traum. Nicht mehr. Und nicht real."

Meine Stimme klang beruhigend fest im grauen Licht der Dämmerung.

„Nur ein Traum", sagte ich noch einmal und drehte mein Kissen um, damit die kühle Baumwolle meine Traumglut dämpfte.

Als ich zwei Stunden später aufwachte, trug ich ein zartes beigefarbenes Spitzenneglígé, das ich nicht gekauft hatte.

Hier ein kleiner Hinweis für diejenigen unter Ihnen, die einen Dämon rufen wollen: Sparen Sie nicht an der Ausrüstung. Wenn Sie nicht in Qualitätsprodukte investieren, laufen Sie Gefahr, einen nicht ganz so hochwertigen Dämon zu beschwören.

Da ich mich zu strenger Sparsamkeit aufgefordert hatte, als ich am nächsten Morgen Amélies Laden mit den Anweisungen über Dämonen-Beschwörung, die Beth mir gefaxt hatte, betrat, ließ ich die teureren Artikel außer Acht und entschied mich für den preiswerteren Ersatz, den ich für genauso wirkungsvoll hielt. Amélie sagte keinen Ton, bis schließlich all meine Einkäufe auf dem Ladentisch lagen.

„Kreide, destilliertes Wasser, Salz, Asche, ein Kompass und ein kupferfarbener Wachsmalstift. Kupfer? Sind Sie sicher?"

Ich nickte. Das wusste doch jeder, dass diese Typen im Mittelalter von Gold geradezu besessen waren. Solange der Stift golden aussah, würde der Dämon nicht wissen, dass ich eigentlich gar kein Gold verwendet hatte.

„Diese Asche stammt nicht von einem toten Mann", sagte Amélie und hielt mir das Etikett vor die Nase.

„Ja, ich weiß, aber Asche ist Asche."

Sie kräuselte die Lippen, und ihr Blick glitt zu der Flasche Wasser. „Weihwasser ist besser, glaube ich."

„Es ist auch teurer", erwiderte ich und überflog die Anweisungen. „Oh, haben Sie zufällig eine Ausgabe von *The Book of Sacred Magic* von dem Magier Abramelin? Mein Buch ist zu Hause."

Schweigend zog sie ein kleines Buch aus dem Regal und reichte es mir.

„Danke, das wäre dann alles."

Sie musterte mich einen Augenblick lang, bevor sie sich ihrer antiquierten Registrierkasse zuwandte. „Ich hoffe, Sie wissen, was Sie tun."

„Das wissen wir beide", sagte ich leise und lächelte sie an. Sie warf mir einen fragenden Blick zu.

Zwei Stunden später malte ich mit Kreide einen Kreis von etwa einem Meter Durchmesser auf den Teppich meines Hotelzimmers, wobei ich sorgfältig darauf achtete, eine Öffnung darin zu lassen, sodass der Kreis nicht ganz geschlossen war. Endlich verstand ich, was Drake gemeint hatte, als er fragte, ob der Kreis in Madame Deauxvilles Wohnung offen oder geschlossen gewesen war.

„Schade, dass ich erst jetzt gelesen habe, wie man einen Dämon ruft", murmelte ich und streute Salz über den Umriss des Kreises. „Vielleicht hätte ich dann gewusst, ob der Kreis benutzt worden war oder nicht. Na ja, gut. Auf und ab. Dann wollen wir mal sehen …" Ich kaute vor Konzentration auf der Unterlippe herum, während ich das leicht verwischte Fax las. Ich hatte Beth gebeten, mir ein Kapitel aus einem Buch zu kopieren, in das ich nur selten schaute, weil es nur rezeptähnliche Anweisungen über die Beschwörung von Dämonen enthielt, etwas, das für mich bisher eher nicht von praktischem Interesse gewesen war.

„Geben Sie eine Prise Asche eines toten Mannes auf einen Esslöffel heiliges Wasser, rühren Sie gut um, backen Sie es und frieren Sie es ein, wenn gewünscht." Ich kicherte vor mich hin und las weiter. „Zeichnen Sie die zwölf Symbole von einem der Dämonenfürsten mit einem Goldstift auf, gefolgt von den vier Symbolen des Dämons, den Sie rufen wollen. Tun Sie das mit der Asche eines Astes, der über einem Grab gelegen hat." Na ja, bei mir musste es eben ein kupferfarbener Wachsmalstift und ganz gewöhnliche Asche tun, aber es würde schon reichen. Na, mit wem soll ich es denn mal versuchen?

Ich nahm das Buch zur Hand, das ich bei Amélie gekauft hatte, und ging die Listen mit den Dämonenfürsten und Dämonen, aus denen ihre Legionen bestanden, durch. Es gab acht Dämonenfürsten, auch bekannt als die Fürsten der Hölle, von denen jeder seine Stärken und Schwächen hatte. Da ich zum ersten Mal in meinem Leben einen Dämon rufen würde, fühlte ich mich bei den weniger wichtigen Fürsten sicherer. Einer, der mir sofort ins Auge fiel, war Amaymon – er war angeblich bekannt für seinen giftigen Atem.

„Das klingt doch genau richtig für Drake“, sagte ich und blätterte um, um Amaymons Dämonen zu finden. „Hmm. ‚Effrijim: einer, der schrecklich zittert.‘ Das hört sich nicht allzu furchterregend an. Und ist immer noch besser als der Dämon, der ‚in flüssige Fäulnis zerfällt‘.“

Ich zeichnete die Symbole des Dämonenfürsten mit dem Kupferstift auf – hoffentlich bekam man die Symbole mit ein bisschen Wasser und Seife wieder aus dem Teppich – und streute dann Effrijims Symbole mit der Asche aus. „Na gut, Showtime“, sagte ich dann und bereitete mich darauf vor, den Kreis richtig zu schließen – was Blut erforderte. Ich nahm eine Nadel aus dem Nähbriefchen des Hotels und stieß sie mir in die Fingerkuppe. Dann schloss ich den Kreis mit einem Tropfen Blut.

Kaum hatte das Blut den Teppich berührt, begann die Luft in dem Kreis zu wabern. Mir stellten sich die Nackenhaare auf. Das Summen der Energie innerhalb des Kreises war so beängstigend, dass ich die Kreidelinien fast wieder weggewischt hätte, um zu zerstören, was ich da begonnen hatte, aber ich dachte an Drake, an Inspektor Proust und Beth und sogar an meinen Onkel Damian und wusste, ich musste es zu Ende bringen.

Mit dem Kompass richtete ich mich vor dem Kreis so aus, dass ich die einzelnen Himmelsrichtungen anrufen konnte. Zuerst wandte ich mich nach Osten. In dem Buch stand, man solle einen Schutzzauber ziehen, aber da ich keine Ahnung hatte, was das war, zeichnete ich lediglich ein Friedenssymbol in die Luft. „Hüterin der Türme des Ostens, ich rufe dich, bewache diesen Kreis." Dann wandte ich mich nach Süden, zeichnete auch für diese Richtung ein Friedenssymbol und sprach die vorgeschriebenen Worte. „Hüterin der Türme des Südens, ich rufe dich, bewache diesen Kreis."

Diesen Vorgang wiederholte ich auch für die anderen Himmelsrichtungen und schloss dann mit den Worten, die den Dämon zu mir bringen sollten: „Ich beschwöre dich, Effrijim, bei der Macht deines Herrn Amaymon, auch Überbringer des Feuers und Schöpfer aller giftigen Dinge genannt, ohne Lärm und Schrecken vor mir zu erscheinen. Ich beschwöre dich, Effrijim, wahrheitsgetreu alle Fragen zu beantworten, die ich dir stelle. Ich befehle dir, Effrijim, mir bei meiner Macht zu Willen zu sein. Meine Hand soll dich binden, mein Blut soll dich binden, meine Stimme soll dich binden!"

Plötzlich war in der Luft ein blaues Knistern, und dann stieg dicker schwarzer Rauch aus dem Kreis auf. Hustend und keuchend rannte ich zum Fenster, riss es auf und beugte mich weit hinaus, um frische Luft in meine Lungen zu bekommen. An mir vorbei wehten schwarze Rauchschwaden aus dem Zimmer. Ich hustete noch einmal, dann drehte ich mich um und wedelte die letzten Reste von Dämonenrauch beiseite, um meinen Dämon in Augenschein nehmen zu können.

Im Kreis saß ein großer schwarzer Hund. Ein großer, sehr haariger schwarzer Hund. Einer, der sabberte.

„Ein Hund?", sagte ich überrascht und ließ mich in den nächsten Stuhl fallen. „Ich habe nur einen Hund beschworen?"

„Ich bin nicht irgendein Hund", knurrte das Tier und zeigte seine rosa Zunge. Ich riss die Augen auf, als mir klar wurde, dass es tatsächlich reden konnte. „Was bist du – blind? Ich bin ein Neufundländer! Das ist so etwas wie Hundeadel!"

Der Hund redete mit mir? „Äh … du bist ein Neufie? Du bist ein Dämon, der ein Neufie ist?"

Der Dämon seufzte irritiert und leckte seine Schulter. „Wir ziehen Neufundländer vor, vielen Dank."

Ich hatte einen höflichen Neufundländer-Dämon beschworen? Ich schüttelte den Kopf. Irgendwas stimmte hier nicht. „Dämon, wie lautet dein Name?"

„Jim", antwortete er mürrisch.

Ich schloss einen Moment lang die Augen. Na, großartig. Ich setzte mein ewiges Leben aufs Spiel, um einen Dämon zu beschwören, und bekam Jim, den Neufundländer. „Jim? Nur Jim?"

„Na ja, mein ganzer Name lautet Effrijim, aber mir ist Jim lieber. Effrijim klingt so mädchenhaft."

Ich nickte. Ich meine, was sollte ich auch anderes tun? Widersprechen?

Jim. Ich hatte einen Dämonenhund namens Jim. Ich blickte auf die Seiten, die Beth mir gefaxt hatte. Vielleicht hatte sie eine Seite ausgelassen, und ich hatte deswegen einen Schritt übersehen?

„Das ist ja armselig hier", sagte Jim und blickte sich in meinem Hotelzimmer um. „Was bist du? Sozialhilfeempfängerin?"

„Das ist ein Drei-Sterne-Hotel, und meine finanzielle Situation geht dich nichts an", erwiderte ich geistesabwesend und blätterte meine Unterlagen durch. Es sah so aus, als hätte ich alles richtig gemacht … vielleicht lag es ja an meinen Sparmaßnahmen, dass ich nur den Bodensatz bekommen hatte, dämonisch gesehen. „Bist du sicher, dass du überhaupt ein Dämon bist? Gehörst du zu Dämonenfürst Amaymons Dienern?"

Jim verdrehte die Augen. „Ein schönes, eindrucksvolles Exemplar eines reinrassigen Neufundländers materialisiert sich mitten in deinem schäbigen Hotelzimmer, und du willst wissen, ob ich ein Dämon bin? Oh, ich sehe schon, meine Zeit bei dir wird der reinste Vergnügungstrip."

Ich presste die Lippen zusammen. „Hör mal, ich habe auch ohne deine griesgrämigen Kommentare schon genug Probleme. Beantworte einfach meine Fragen."

Der Dämon verzog gequält das Gesicht. „Ja, ich bin tatsächlich ein Dämon!"

„Und du gehörst zu Fürst Amaymons Dienern?"

Zu meiner Überraschung blickte er zur Seite und räusperte sich verlegen. „Gehörte."

„Gehörte?", wiederholte ich. „Wie … gehörte?"

„Du bist der reinste Einstein, was? Ja, gehörte, weil Amaymon mich rausgeworfen hat wegen eines unglückseligen Zwischenfalls, als ein Leviathan sich mit ihm paaren wollte." Ich starrte ihn an. Jim verzog ärgerlich das Gesicht. „Es war doch nur ein Witz! Aber versuch das mal den Fürsten der Hölle klarzumachen. Die verstehen absolut keinen Spaß!"

„Na toll." Ich sackte in mir zusammen. „Du bist also ein gefeuerter Dämon. Ein Dämon ohne Hölle."

„Niemand hat dich aufgefordert, mich zu rufen", erwiderte Jim voller Würde. „Ich stehe im Moment nur nicht gerade in Amaymons Gunst. Sobald er wieder sitzen kann, darf ich auch wieder zurück."

Ich bekam Kopfschmerzen, als ich Jim anschaute. Ein klebriger Sabberfaden hing ihm aus dem Maul. Ich konnte ihn natürlich wieder dorthin zurückschicken, wo er hergekommen war, aber ehrlich gesagt hatte ich nicht mehr die Kraft abzuwarten, was ich als Nächstes heraufbeschwören würde. Es war zwar nur schwer zu glauben, aber womöglich würde ich letztendlich mit etwas viel Schlimmerem als mit Jim dastehen.

„Wir wollen mal etwas klarstellen, Dämon. Ich heiße Aisling. Ich bin deine Herrin, und du wirst widerspruchslos und klaglos tun, was ich von dir verlange."

Jim kratzte sich mit dem Hinterbein am Ohr. „Du hast nicht

zufällig ein Flohhalsband bei dir? Ich spüre einfach, dass ich mir in diesem Loch hier Flöhe eingefangen habe."

Ich knirschte mit den Zähnen, wie schon so häufig seit meiner Ankunft in Paris. „Das ist ein hübsches Hotel in einer sehr teuren Gegend in Paris, und hier gibt es keine Flöhe. Mein erster Befehl an dich lautet, mich dorthin zu führen, wo Drake Vireo, der grüne Wyvern, lebt. Es ist irgendwo hier in der Stadt, es dürfte also nicht allzu schwierig für dich sein."

Jim blickte sich in dem Zimmer um. „Ich habe Hunger. Hast du etwas zu essen hier, oder willst du mich verhungern lassen, bis ich wieder in Abbadon bin?"

Ich rieb mir die Stirn. Meine Kopfschmerzen wurden schlimmer. „Nachdem du herausgefunden hast, wo Drake wohnt, kannst du mir dabei helfen, ein Objekt von ihm zurückzuholen, das mir gehört."

Jim stand auf und schüttelte sich. Lange Sabberfäden flogen durchs Zimmer. „Oh, ich glaube, meine Backenzähne stehen gleich unter Wasser. Beweg dich, Schwester, ich muss mal."

„Wenn du mir gedient hast, werde ich … was?" Ich starrte ihn an. Sollten Dämonen nicht eigentlich Befehlen gehorchen, statt welche zu geben?

Er ging zur Tür und blickte sich nach mir um. „Muss ich es dir erst buchstabieren? Feuer von Abbadon, was es heutzutage für Hüterinnen gibt, das ist ja eine Schande! Wenn ich dran denke, von welchen Hütern ich früher gerufen wurde! Ich muss Gassi gehen! *Comprenez*?"

Ein solches Wort hatte ich aus dem Mund eines Dämons nicht erwartet. „Einen Moment, einen Moment, das ergibt doch alles gar keinen Sinn! Gassi gehen? Welcher Dämon sagt denn so etwas? Und woher kennst du überhaupt Einstein?"

Der Hund schaute mich gequält an. „Wie vielen Dämonen bist du denn schon begegnet?"

„Nun …“ Ich presste unangenehm berührt die Lippen zusammen. Ihm gegenüber brauchte ich ja nicht zuzugeben, dass ich in dieser Hinsicht noch Jungfrau war. „Das gehört nicht hierher. Warum klingst du nicht wie ein richtiger Dämon? Warum redest du nicht so mittelalterlich? Du musst doch mindestens fünfhundert oder tausend Jahre alt sein?“

„Eigentlich eher dreitausend, obwohl ich finde, ich sehe keinen Tag älter aus als zweitausend.“

„Dreitausend Jahre? Du bist dreitausend Jahre alt?“ Mir fiel der Unterkiefer herunter.

„Alle guten Dämonen sind so alt oder sogar noch älter“, erwiderte Jim selbstgefällig. „Und dass ich schon ein paar Jahrtausende auf dem Buckel habe, heißt noch lange nicht, dass ich nicht mit der modernen Entwicklung Schritt halte. Es gibt in Abbadon nicht besonders viel zu tun. Die meiste Zeit ärgern wir die geringeren Dämonen, aber selbst das verliert nach ein paar Jahrhunderten seinen Reiz. Aber seit ihr Sterblichen das Fernsehen erfunden habt, hat sich die Lage geändert. Brillante Idee.“

Ungläubig starrte ich den Hund an. „Ihr guckt Fernsehen? In der Hölle? Fernsehen?“

Ich konnte es nicht fassen, aber der Dämon war ganz beleidigt, dass ich ihm offensichtlich nicht glaubte. „Ach, glaubst du etwa, nur weil wir Dämonen sind, sind wir nicht auf dem Laufenden? Glaubst du, wir werden nicht gerne unterhalten?“

Verblüfft schaute ich ihn an und versuchte, die Tatsache zu verdauen, dass ich einen Dämon beschworen hatte, der Fernsehen guckte. In der Zwischenzeit trabte er in mein Badezimmer. Der Krach, mit dem ein großer Keramikgegenstand zu Boden fiel, brachte mich wieder in die Realität zurück.

„Na, das Experiment ist gescheitert“, sagte Jim und kam wieder ins Zimmer. An einer seiner Hinterpfoten klebte Toilettenpapier. „Sag dem Zimmermädchen Bescheid, bevor du selbst da reingehst. Ich hatte ein kleines Problem mit dem Zielen. Und wo das herkam, gibt's noch mehr, deshalb solltest du lieber mit mir runtergehen, bevor du dem Hotel den *Lac de pipi* erklärst."

Mir schwirrte der Kopf.

„Wirklich beeindruckend – sieh dir das an!" Jim blieb neben der Tür stehen und betrachtete seine Geschlechtsteile im Spiegel. „Ich bin ein Prachtstück von einem Dämon! Die Mädels werden mich lieben – oh ja! Wenn wir Gassi gegangen sind, möchte ich etwas zu fressen. Rohes Fleisch wäre ganz gut. Wir sind hier in Frankreich, nicht wahr? Meinst du, wir bekommen Pferdefleisch? Früher habe ich das Zeug unheimlich gerne gegessen. Na los, komm schon. Ich habe nicht den ganzen Tag Zeit. Hopp, hopp!"

Ich öffnete die Tür und ließ den Dämon hinaus. Während ich ihm folgte, fragte ich mich, womit ich das verdient hatte.

6

„Das machst du doch absichtlich." Ich bückte mich und entfernte mithilfe einer Plastiktüte eine weitere von Jims Hinterlassenschaften vom samtig grünen Rasen der Tuilerien. „Deshalb wirst du auch als Dämon bezeichnet, was? Weil du mich mit solch widerwärtigen Dingen auf Trab hältst."

Jim ignorierte mich und hob das Bein an einem kleinen Strauch.

Ich warf die Tüte in einen Abfalleimer. „Können wir jetzt gehen? Du hast vier Mal gekackt – du musst doch völlig leer sein."

„Ach, als ob es mir Spaß machen würde, mich in aller Öffentlichkeit hinzuhocken, wo jeder mich sehen kann", knurrte Jim. „Für was für einen Dämon hältst du mich eigentlich?"

„Für einen, den ich kastrieren lasse – wenn du dich jetzt nicht endlich an meine Befehle hältst", zischte ich. „Und sprich leiser! Ich habe dir doch gesagt, dass du hier draußen nicht reden sollst."

Jim versuchte, beleidigt zu schniefen, ließ sich aber widerstandslos an der Leine weiterführen.

„Warte mal", sagte ich und musterte ihn. „Wo ist dein Schlabberlätzchen?"

Mein kleiner Dämon im Hundepelz blickte mich unschuldig an. „Was für ein Lätzchen?"

Ich drehte mich um und suchte mit den Augen die Rasenfläche ab, auf der wir gerade gewesen waren. „Das, was ich dir in der Tierhandlung gekauft habe. Jim, wenn du das absichtlich verloren hast …"

„Entschuldigung, aber ich bin ein Dämon! Ich bin der gefürchtete Diener eines Höllenfürsten! Ich erfüllte die Herzen der Sterblichen mit Furcht und Schrecken! Dämonen tragen keine Schlabberlätzchen!“

„Doch, wenn sie ständig sabbern, schon. Ich habe keine Zeit, dich alle fünf Minuten abzuwischen.“ Ich kramte in meiner Tasche und holte das zweite Schlabberlätzchen heraus, das ich in weiser Voraussicht nebst Halsband und Leine gekauft hatte. Ich band es dem Dämon um den Hals. „Verlier das nicht auch noch. Und jetzt suchen wir Drakes Höhle. In welche Richtung sollen wir gehen?“

„Woher soll ich das wissen? Ich bin doch nur ein wandelndes Schlabberlätzchen.“

Ich blieb stehen und packte Jim an seinem Pelzohr. „Hör mir mal zu, du schrecklicher kleiner Lakai aus der Hölle …“

„Abbadon“, sagte Jim.

„Was?“

Er warf mir einen ungeduldigen Blick zu. „Abbadon. Weißt du denn gar nichts? Wir, die wir den dunklen Herren dienen, nennen *Home sweet Home* Abbadon.“

Ich blickte mich rasch um, um mich zu vergewissern, dass niemand sah, wie ich mich mit einem Hund unterhielt, dann kniff ich die Augen zusammen. „Warum?“

Ich könnte schwören, dass Jim mit der Schulter zuckte. „Namen haben Macht. Und der, mit dem du immer um dich wirfst, hat mehr Macht als die meisten anderen. Als Hüterin müsstest du das ja eigentlich wissen, aber ich vergaß ganz, dass ich an den Forrest Gump aller Hüter geraten bin. Na, ich hab vielleicht ein Glück!“

„Genau“, sagte ich und verlor den letzten Rest meiner Geduld. „Ich habe zwei volle Stunden vergeudet, um Futter aufzutreiben, das du nicht haben wolltest, ganz zu schweigen von dem ausgedehnten Spaziergang durch die Tuilerien, bei dem du an jeden einzelnen Strauch gepinkelt hast …"

„Ich pinkle eben gerne. Es macht Spaß. So etwas können wir zu Hause nicht machen."

Ich ignorierte seinen Einwurf. „… und überall Dämonenhaufen hinterlassen hast, die ich aufsammeln musste. Und jetzt ist es endlich an der Zeit, dass du die Arbeit tust, für die ich dich gerufen habe. In welcher Richtung liegt Drakes Lager?"

Eine Mutter mit zwei kleinen Kindern kam vorbei, und die Frau blieb stehen und sagte in bösem Ton etwas zu mir. Ich hatte keine Ahnung, was sie meinte, bis ich nach unten blickte und sah, dass Jim sich mit zerfurchtem Neufundländergesicht in Qualen am Boden wand.

Ich ließ sein Ohr los und sagte zu der Frau: „Achten Sie nicht auf ihn – er versucht mich wahnsinnig zu machen."

Die Frau erwiderte etwas, das nach einem Schimpfwort klang, und ging weiter.

„Na, vielen Dank", sagte ich zu Jim. „Du hast mich so aussehen lassen wie jemand, der Hunde prügelt."

„Aber du hast mein Ohr wirklich sehr fest gepackt!", beschuldigte Jim mich.

„Du bist ein Dämon!", zischte ich unterdrückt. Am liebsten hätte ich mir die Haare gerauft. „Du bist an ewige Qualen gewöhnt, und ich kann dein Ohr gar nicht zu fest gepackt haben. Also hör auf zu jammern und tu endlich, wozu du hier bist!"

„Du hast wohl jetzt keine Lust, bei einer *boucherie* vorbeizugehen und mir noch ein Stück von diesem fantastisch abgehangenen Rinderbraten zu kaufen, den ich heute Morgen bekommen habe, stimmt's?"

Ich blickte ihn bloß an. Jim seufzte und trottete unglücklich los. „Ich kann es nicht."

Eine weitere Gruppe von Kindern näherte sich. Ich zog Jim an der Leine zu einer kleinen Baumgruppe. „Was kannst du nicht?“, fragte ich, als wir weit genug weg waren, sodass niemand uns hören konnte.

„Ich kann die Höhle des Wyvern nicht finden.“

Ich zählte bis zehn, damit ich Jim nicht erwürgte. Allerdings war ich mir auch nicht ganz sicher, ob ich es überhaupt konnte, weil er a) eigentlich kein lebendes Wesen war und b) die Größe eines kleinen Ponys hatte, sodass es mir vermutlich schwer gefallen wäre, ihn mit bloßen Händen zu erwürgen.

Mit zusammengepressten Zähnen sagte ich: „Warum kannst du Drakes Höhle nicht finden?“

Jim verdrehte die Augen. „Weil ich nicht weiß, wo sie ist! Sehe ich so aus, als ob ich das Telefonbuch auswendig gelernt hätte?“

„Du bist ein Dämon. Du hast dämonische Kräfte. Ich mag zwar nicht gerade die erfahrenste Hüterin sein,“ – das war die Untertreibung des Jahres – „aber ich weiß, dass Dämonen alle möglichen Fähigkeiten haben, und eine von ihnen wird doch wohl sein, jemanden aufzuspüren, der gesucht wird.“

„In einer normalen Situation, ja“, sagte Jim und blickte sehnsüchtig zu einer Reihe von Rhododendren hinüber. Ich zog an der Leine, um ihn daran zu erinnern, dass ich wartete. „Aber in meinem Fall ist das ein bisschen anders. Ich … äh … habe keine dieser Fähigkeiten mehr.“

Die letzten Worte kamen so leise heraus, dass ich dachte, ich hätte mich verhört. „Was?“

Er warf mir einen finsteren Blick zu. „Ich habe keine außergewöhnlichen Kräfte, okay? Amaymon hat sie mir genommen, als er mich hinausgeworfen hat. Willst du noch ein bisschen Salz in meine Wunden streuen? Na los, tu dir keinen Zwang an, ich bin ja bloß ein Dämon; ich habe ja keine Gefühle.“

„Ja, das ist wahr“, stimmte ich ihm zu. Schniefend wandte Jim sich ab, als wollte er gleich in Tränen ausbrechen. Ich rief mir in Erinnerung, dass Dämonen zwar menschliche Gestalt annehmen können (oder, wenn sie besonders gestört waren, auch die eines Hundes), aber sie waren nicht menschlich. Sie hatten keine Gefühle, die man mit Worten verletzen konnte. „Tu bloß nicht so, als würdest du weinen, das kaufe ich dir nicht ab. Himmel, hörst du jetzt mal auf? Ich komme mir ja vor wie der schlimmste Tyrann der Welt."

Ich zog ein Papiertaschentuch aus meiner Tasche, um die Hundetränen abzuwischen, die Jim irgendwie produziert hatte.

„Du hast mich angeschrien."

Ich versuchte, tief durchzuatmen, aber irgendwie wurde ein hysterisches Lachen daraus. „Wenn mir jemand gesagt hätte, dass ich eines Tages ein schlechtes Gewissen haben würde, nur weil ich einen Dämon auffordere, seinen Job zu tun, hätte ich diese Person für völlig wahnsinnig gehalten."

Jim warf mir einen anklagenden Blick zu.

Schicksalsergeben hob ich die Hände und wankte zu einer Bank im Schatten. „Ich gebe auf – ich gebe einfach auf. Ich habe Drake freundlich gebeten, mir meinen Drachen wiederzugeben, und er hat sich geweigert. Ich habe ihm ein paar Fragen gestellt, und er hat mir ausweichend geantwortet. Ich habe einen Dämon gerufen, und es ist ein Dämon erschienen, der aus der Hö… aus Abbadon rausgeflogen ist. Warum strenge ich mich eigentlich so an? Ich sollte am besten gleich zu Inspektor Proust gehen und ihm die Mühe ersparen, mich zu überführen, denn er wird mich mit Sicherheit einsperren und den Zellenschlüssel wegwerfen, wenn ich meine Unschuld nicht beweisen kann."

Jim hockte sich auf den Boden neben mich. „Soll ich dir ein paar Luftballons für deine Selbstmitleid-Party besorgen?"

„Geh weg", murmelte ich, den Kopf in die Hände gestützt. „Geh einfach wieder da hin, wo du hergekommen bist."

„Ich kann nicht gehen. Du bist meine Herrin."

„Dann gebe ich dich frei.“

„So funktioniert das nicht.“

Ich blickte den Dämon an. „Ach ja, ich muss ja erst das Lösungsritual vollziehen. Aber das kann ich hier nicht. Du musst warten, bis wir wieder im Hotel sind.“

„Es hat ja keine Eile. Mir gefällt es hier. Du kannst dir ja vorstellen, dass wir Dämonen nicht viel herumkommen. Als ich das letzte Mal in Paris war, wurden hier alle geköpft. Ach, wie ich die gute alte Zeit vermisse!“

Ich seufzte und gab schließlich auf, mir selber leidzutun. Das konnte ich noch nie gut. „Na, Kacke. Nein, das war kein Befehl!“

Jim gab einen heiseren Laut von sich, der fast wie Lachen klang. Ich drohte ihm mit dem Finger. „Du brauchst gar nicht erst zu versuchen, nett zu mir zu sein – das kann ich im Moment nicht ertragen.“

„Nett? *Moi*?“

Er blickte mich so erstaunt an, dass ich unwillkürlich kichern musste. „Genau. Wenden wir uns wieder unseren Geschäften zu. Wenn du mir nicht dabei helfen kannst, Drake zu finden, dann muss ich es eben selber tun, auch wenn ich im Moment nicht die leiseste Ahnung habe, wie ich das bewerkstelligen soll.“

„Du könntest im Telefonbuch nachsehen“, schlug Jim vor und hob seine Pfote, um sie eingehend zu betrachten.

„Drachen stehen nicht im Telefonbuch“, erwiderte ich verächtlich, aber plötzlich durchzuckte mich eine Idee. Ich überlegte eine Weile und fand sie gut. „Drake hat mir gesagt, ich würde die Antwort, die ich suche, in dem Kreis finden, also nehme ich ihn doch mal beim Wort. Komm, Dämon Jim, wir gehen an den Tatort zurück.“

„Gib mir noch zwei Minuten Zeit. Du glaubst ja nicht, was ich gerade herausgefunden habe“, sagte Jim mit gedämpfter Stimme, weil er gerade mit Genitalpflege beschäftigt war.

„Das ist ekelhaft, und ich übergebe mich gleich", erklärte ich und zog an seiner Leine, bis sein dicker, fellbedeckter Kopf aus den Tiefen seiner Lenden auftauchte. Ich ignorierte den glasigen Ausdruck in Jims Augen und zog ihn aus dem Park bis zur nächsten Metro-Station. „Na los, die Metro wird dir gefallen. Als Hund darfst du ungestraft an fremden Schritten herumschnüffeln."

„Wirklich? Das ist auch nicht schlecht, wenn auch nicht annähernd so gut wie mein eigener …"

„Wenn wir bei Madame Deauxville sind", unterbrach ich ihn, da ich den Rest des Satzes nicht hören wollte, „möchte ich, dass du dich umsiehst, ob dir etwas merkwürdig vorkommt. Drake war überzeugt davon, dass durch den Kreis ein Dämon gerufen wurde. Vielleicht kannst du mir ja sagen, wer es war."

Eine halbe Stunde später überquerten wir den Pont Marie, der vom rechten Seine-Ufer zur Île Saint-Louis führt, und bogen in die Rue Sang des Innocents ein. In der Straße herrschte wieder normales Treiben. Anscheinend wurde sie nicht mehr von der Macht beherrscht, die sie still und leblos gemacht hatte.

„Denk daran, du bist ein Hund, wenn Leute in der Nähe sind", sagte ich nervös, als wir uns Madame Deauxvilles Haus näherten.

„Die Wörter Dämon und dumm gehören nicht zusammen", erwiderte Jim beleidigt.

„Denk einfach dran", warnte ich ihn. Ich holte tief Luft und drückte auf die Klingel des Namens über Madame Deauxvilles Schild.

„*Allô?*"

„*J'ai une grenouille dans mon bidet*", murmelte ich. Hoffentlich nahm die Person in der Wohnung nur an, dass jemand aus Versehen an der falschen Tür geläutet hatte, und machte mir auf. Und ich hatte tatsächlich Glück. Die Tür öffnete sich.

Schnell rannte ich mit Jim die Treppe hinauf, für den Fall, dass die Person aus dem dritten Stock in den Flur kam, um nachzuschauen, wer geläutet hatte. Ich klopfte an Madame Deauxvilles Tür, um mich zu vergewissern, dass niemand drinnen war, und lief dann durch den kleinen Gang zu der hinteren Tür.

„Ich wette, die ist verschlossen", sagte Jim.

„Schscht. Natürlich ist sie verschlossen, aber ich bin ja nicht umsonst die Tochter meines Vaters", erwiderte ich und stieß einen erleichterten Seufzer aus. Das Schloss an der Hintertür war schon älter, aber ohne Riegel. Ich zog meine abgelaufene Kreditkarte aus der Tasche und benutzte sie.

„Du machst Witze", sagte Jim verblüfft.

„Quatsch. Daddy war Schlosser. Der beste Schlosser in Santa Barbara. Du wärst überrascht, wenn du wüsstest, was er mir alles beigebracht hat."

„Das bezweifle ich", setzte Jim an, schloss jedoch sein Maul wieder, als ich mit großer Geste die Tür aufstieß. „Hmm. Du weißt sicher, dass das illegal ist?"

„Ich werde verdächtigt, eine Frau ermordet zu haben, die ich noch nicht einmal gekannt habe", zischte ich und trat in den dunklen, staubigen Raum. Bevor ich die Tür zuzog, blickte ich noch einmal prüfend in den Gang zurück. „Einbruch ist meine geringste Sorge. Das muss die Waschküche sein. Das Wohnzimmer ist links. Fass nichts an!"

Das leise Klirren von Glas auf dem Linoleumboden war die Antwort auf meinen Befehl.

„Jim!"

„Entschuldigung. Ich dachte, es wäre etwas zu essen. Wann gibt es Mittagessen?"

„Wenn ich das hier überlebe …" Ich schlich auf Zehenspitzen durch ein Schlafzimmer mit einem Himmelbett, von dessen Pfosten hauchzarte Gaze in den Farben Weiß und Gold herabwallte, den vorherrschenden Farben in diesem Raum mit der hohen Decke. Eine kostbare alte Chaiselongue stand an einer Wand und ein riesiger, elfenbeinfarbener Schrank an einer anderen. Überall schmückten – nun fast verwelkte – Lilien das Zimmer, die die abgestandene Luft mit ihrem schweren Duft erfüllten. Die Vorhänge waren zwar zugezogen, aber trotzdem stand die Hitze im Zimmer.

„Antiquitäten, sehr hübsch. Das nenne ich richtiges Wohnen, nicht so wie das Loch von einem Hotelzimmer, in dem du haust."

„Halt den Mund." Vorsichtig öffnete ich die Tür zum Wohnzimmer und rümpfte die Nase über den Geruch, der mir entgegenschlug. „Okay, hier ist niemand. Das ist der Kreis. Drake wollte wissen, ob er offen oder geschlossen ist. Was meinst du?"

„Du bist die Hüterin. Das musst du wissen."

Ich wollte schon mit den Zähnen knirschen, doch fiel mir gerade noch rechtzeitig ein, dass die Zahnarztrechnung viel zu hoch sein würde für die kurzfristige Erleichterung, die ich mir dadurch verschafft hätte. Ich trat zu dem Kreis und kauerte mich davor. Jim ließ sich neben mir nieder. „Ich bin noch neu in der Hüterinnen-Branche." Jim schnaubte verächtlich. Vorsichtig hielt ich meine Hand über den Kreis. Die Luft waberte leicht. Prüfend betrachtete ich den Aschekreis. Das Salz war tief in die Fasern des Teppichs eingesunken, während die Asche oben liegen geblieben war. „Ich glaube, er ist geschlossen. Es fühlt sich … so aktiv an. Aber unvollendet. Als ob er noch auf etwas wartet."

Jim hatte gerade die Chaiselongue beschnüffelt und sich nun dem schwarzen Fleck im Teppich zugewandt, auf den Drake mich hingewiesen hatte.

„Stammt der von einem Dämon?"

„Von keinem, den ich kenne", erwiderte Jim und trottete zu einem der hohen Fenster, um hinauszuschauen.

Überrascht ließ ich mich auf die Fersen sinken. „Es war gar kein Dämon? Bist du sicher?"

Jim warf mir einen verächtlichen Blick zu. „Ich mag ja keine Macht mehr haben, aber ich bin nicht total unfähig. Der Fleck stammt nicht von einem Dämon. Sieh doch mal genau hin. Das ist nur Holzkohle, kein Dämonenrauch."

Leise fluchend sah ich mir den Fleck genauer an. Wenn derjenige, der Madame Deauxville ermordet hatte, gar keinen Dämon gerufen hatte, dann sollte es vermutlich nur so aussehen als ob. Aber das ergab keinen Sinn, weil ich noch vor dem Betreten der Wohnung gespürt hatte, dass etwas nicht in Ordnung war; deshalb musste ein Dämon hier gewesen sein. Verwirrt betrachtete ich den Fleck auf dem Teppich. Ich verstand gar nichts mehr. Warum war ich nur auf die Idee gekommen, in diese seltsame neue Welt vordringen zu wollen, von der ich doch überhaupt keine Ahnung hatte?

Doch nur aus Stolz.

„Verdammt, ich werde jemanden um Hilfe bitten müssen", fluchte ich. Ich kniete mich neben den Kreis und zeichnete in das kleine Notizbuch, das ich mir von Amélie geliehen hatte, die genaue Anordnung der Symbole. Als ich damit fertig war, betrachtete ich den Kreis nachdenklich. Was sollte ich wohl sonst noch darin sehen? Drake hatte so überzeugt geklungen, als er gesagt hatte, ich würde hier die Lösung finden.

„Weiß eine Hüterin, wer einen Kreis gezogen hat?", fragte ich Jim.

„Eine erfahrene Hüterin vielleicht. Aber eine Anfängerin wie du?" Jim schüttelte den Kopf. „Unwahrscheinlich."

Ich biss mir auf die Unterlippe. „Könnte eine Hüterin sagen, welcher Dämon durch einen Kreis beschworen wurde?" Ich wusste zwar nicht, wie mir das weiterhelfen sollte, aber etwas anderes fiel mir nicht ein.

Jim wandte nicht einmal den Kopf. „Wenn nicht, dann ist sie keine Hüterin."

„Wirklich? Und wie funktioniert das?"

Jim setzte sich hin und begann, seinen Bauch zu lecken. Ich blickte rasch weg, für den Fall, dass er seine Geschlechtsteile wieder einem gründlichen Speichelbad aussetzen wollte. „Du hast einen Dämon gerufen und weißt nicht, wie du das angestellt hast?"

Ich seufzte innerlich. „Ich hasse es, wenn auf meine Fragen ständig Gegenfragen kommen."

Der Dämon blickte kurz auf und widmete sich dann wieder seinem Bauch. „Wir versuchen nur, die Skala von ‚ahnungslos' bis zu ‚völlig inkompetent' abzudecken."

Ich ignorierte seinen Kommentar und studierte den Kreis, wobei ich an den Kreis dachte, den ich gezogen hatte, um Jim zu rufen. Plötzlich richtete ich mich auf. „Die sechs Symbole des Dämons! Daran erkenne ich, welcher Dämon gerufen wurde."

„Die Kandidatin hat hundert Punkte!"

„Aber in diesem Kreis befinden sich nur die zwölf Symbole von Ashtaroth." Erneut kaute ich auf der Unterlippe und suchte nach Anzeichen dafür, dass jemand die sechs Symbole weggewischt hatte. Aber es gab keine.

Jim stieß einen gequälten Seufzer aus. „Wenn du tatsächlich eine Hüterin bist, müsstest du erkennen, welcher Dämon gerufen wurde, indem du dich deinen eigenen Fähigkeiten gegenüber öffnest."

„Meinen Fähigkeiten?" Ich blickte ratlos von meinem pelzbedeckten Dämon auf den Kreis. „Wie … äh … macht man das?"

„Wofür hältst du mich? Für den Direktor der Hüterinnen-Schule? Ich habe Besseres zu tun, als dich an der Hand zu nehmen." Jim erhob sich und ging über die kleine Diele zum Schlafzimmer.

„He! Was machst du denn da?"

„Ich will aus der Toilette trinken, da du ja anscheinend vergessen hast, dass ich in dieser prachtvollen Gestalt Nahrung und Wasser brauche."

„Fass aber sonst nichts an", warnte ich ihn und wandte mich wieder dem Kreis zu. „Mich meinen Fähigkeiten gegenüber öffnen. Verflixt noch mal, woher soll ich denn wissen, was das bedeutet?"

Mir fiel die Tür in meinem Kopf ein, die sich geöffnet hatte, als Drake mir sein Feuer gegeben hatte, und ich beschloss zu versuchen, ob ich sie auch öffnen konnte, wenn ich nicht gerade den sexuell attraktivsten Drachen von ganz Westeuropa küsste. „Es ist wahrscheinlich einen Versuch wert. Etwas Schlimmeres, als zu versagen, kann mir ja nicht passieren."

Ich schloss die Augen und streckte die Hände aus. Einen Moment lang ging mir noch alles Mögliche durch den Kopf, aber dann wurde ich ruhig und öffnete mich einer anderen Sphäre. Die Außengeräusche traten zurück, und selbst die abgestandene Luft in der Wohnung spielte keine Rolle mehr. Nur noch der Kreis beherrschte meine Gedanken. Es erstaunte mich, dass ich vorher nur ein leichtes Prickeln um den Kreis empfunden hatte – die Energie darin war so stark, dass die Härchen auf meinen Armen sich aufrichteten. Selbst mit geschlossenen Augen konnte ich alles klar erkennen, und jetzt sah ich, dass die sechs Symbole für den Dämon nicht mit Asche, sondern mit Salz gezogen und tief in den Teppich eingedrungen waren.

„Bafamal", sagte ich. Der Name stand mir auf einmal klar und deutlich vor Augen, obwohl ich die Symbole nicht wiedererkannt hatte. „Dieser Kreis wurde gezogen, um Bafamal zu rufen, aber er ist dem Ruf nicht gefolgt."

„Warum?"

Das war Jims Stimme. Instinktiv wandte ich mich dem Fenster

zu, an dem Jim kurz zuvor seine Nase prüfend in die Luft gehalten hatte. Ich spürte den Nachhall des Dämons, als ob seine Gegenwart den Raum verletzt hätte. „Weil er schon hier war. Er ist durch das Fenster verschwunden."

In diesem Moment schloss sich die Tür in meinem Kopf wieder. Ich öffnete die Augen, beinahe enttäuscht von dem, was ich sah. Die Farben der Realität waren langweilig im Vergleich zu dem, was ich gerade gesehen hatte, und die Kanten und Ränder waren bei Weitem nicht so scharf umrissen. Noch trauerte ich innerlich um den Verlust meiner Supersicht, als mir plötzlich aufging, was mir gerade passiert war. „He! Ich bin tatsächlich eine Hüterin! Ich weiß zwar immer noch nicht genau, was das ist, aber ich bin eine."

„Na ja", sagte Jim. „Glaubst du etwa, jeder kann solch einen Dämon wie mich beschwören?"

Ich runzelte die Stirn. „Nach den Büchern, die ich gelesen habe, kann es so ziemlich jeder."

„Geringere Dämonen, ja, aber nicht einen Dämon von meiner Güte." Jim schniefte selbstgefällig.

Schweigend ließ ich ihm diesen Kommentar durchgehen. „Der Dämon Bafamal ist durch das Fenster verschwunden", sagte ich, erhob mich und trat ans Fenster. Überrascht blickte ich hinaus. „Da ist eine Feuerleiter."

„Nein!", rief Jim mit gespielter Überraschung.

„Ich habe das ernst gemeint mit der Kastration, weißt du", sagte ich beiläufig und untersuchte das Fenster. Überall waren schwarze Pulverspuren, wo die Polizei nach Fingerabdrücken gesucht hatte. Ich öffnete das Fenster. „Ein Dämon muss ja schon einen außergewöhnlichen Grund dafür haben, durch ein Fenster zu verschwinden, statt sich einfach in übel riechenden Rauch aufzulösen. Na komm, Jim. Lass uns mal nachsehen, wohin uns das führt."

Ich wartete, bis Jim mir gefolgt war, dann schloss ich das Fenster, so gut es ging, von außen, wobei ich nur hoffen konnte, dass niemand etwas merkte. Am Ende der Feuertreppe, genau neben mir, befand sich eine Leiter, die hinaufführte, nicht hinunter. Ich drehte mich um und ging an der Längsseite des Gebäudes entlang bis zu der Stelle, wo sich eine Metallleiter fast bis auf den Boden herausziehen ließ. Auch hier hatte die Polizei Fingerabdrücke abgenommen. Ein Punkt für Inspektor Proust. „Interessant. Der Dämon ist also durch das Fenster geflüchtet, statt in die Hö… nach Abbadon zurückzukehren. Jetzt muss ich nur noch herausfinden, wann und warum Drake in der Wohnung war und ob er den Dämon gesehen hat. Oder den Mörder. Ob wohl Drake auch durchs Fenster gekommen ist?"

„Warum sollte er?", fragte Jim.

Ich zuckte mit den Schultern. „Ich weiß nicht, ich weiß aber auch nicht, warum Drake überhaupt hier war, wenn er nicht der Mörder ist. Und da bin ich mir immer noch nicht so sicher."

„Willst du hier stehen bleiben und das Thema den ganzen Tag lang diskutieren, oder können wir jetzt nach unten gehen?"

Jim spähte über den Rand der Feuertreppe. Deutliches Unbehagen stand ihm ins Gesicht geschrieben.

„Höhenangst?", fragte ich.

„Sei nicht albern. Ich bin ein Dämon. Wir haben nur Angst vor den Dämonenfürsten und unserem dunklen Meister."

„Das sah aber eben ganz anders aus." Ich grinste und zog die Leiter aus. Rasch kletterte ich hinunter. „Sei vorsichtig, die letzte Stufe ist morsch", sagte ich und rieb mir das Knie.

„Ich kann wohl nicht davon ausgehen, dass du mich auffängst?", rief Jim von oben.

„Du wiegst mindestens hundertzwanzig Pfund. Nein, natürlich nicht. Du bist ein Dämon. Du kannst auch Schmerzen aushalten. Spring einfach."

„Ich will doch meine hübsche Gestalt nicht dadurch ruinieren, dass ich mir die Beine breche", grummelte Jim, aber es gelang ihm, die Leiter einigermaßen unbeschadet hinunterzurutschen, bis er schließlich neben mir stand.

„Hast du irgendeine Idee, welchen Weg der Dämon eingeschlagen haben könnte?", fragte ich und blickte die im Schatten liegende Gasse hinunter, die an der Seite des Gebäudes verlief. Ob ein Dämon wohl überhaupt diese Richtung eingeschlagen haben würde?

Jim antwortete nicht.

„Hör mal, du brauchst mir ja nicht zu helfen, aber ab und zu ein Ratschlag würde dich sicher nicht umbringen." Ich wandte mich Jim zu und blickte auf einmal in die milden braunen Augen von Inspektor Proust. Erschreckt schrie ich auf.

„Auch Ihnen *bonjour*", sagte Inspektor Proust. Er zog leicht die Augenbrauen hoch, als er mich musterte. „Verzeihen Sie mir meine unverschämte Neugier, Mademoiselle Grey, aber ich muss doch fragen, ob Sie sich oft Rat bei Hunden holen."

Ich blickte auf Jim, der mit selbstgefälligem Gesichtsausdruck brav neben mir saß, und suchte fieberhaft nach einer guten Ausrede, warum ich hier war. Aber mir fiel nichts ein. Anscheinend befand sich mein Verstand in der Mittagspause. Und jetzt stand ich hier mit Jim an der Leine neben einer Feuerleiter, die zur Wohnung einer ermordeten Frau führte.

Einer Frau, die ich umgebracht haben sollte.

„Scheiße", sagte ich. Und meinte es auch so.

7

„Vielleicht möchten Sie gerne einen kleinen Spaziergang mit mir machen?“, fragte Inspektor Proust mit einer Stimme, unter deren Sanftheit sich stählerne Härte verbarg.

„Zum Polizeirevier?“, fragte ich kläglich und stolperte neben ihm her bis zum Ende der Straße, wo ein paar Bänke an der Seine standen. Jim lief nebenher und schwieg zum Glück. Ich nahm mir vor, ihm den größten Hamburger zu kaufen, den ich in ganz Paris finden konnte … wenn ich nicht ins Gefängnis geworfen würde. Unwillkürlich fragte ich mich, ob die Franzosen wohl noch die Bastille benutzten. Und auch die Guillotine kam mir in den Sinn.

„Ich habe nicht die Absicht, Sie mit zur Wache zu nehmen, es sei denn, Sie wünschten es“, antwortete Inspektor Proust. Er schlenderte neben mir her, die Hände auf dem Rücken verschränkt, als seien wir gute Freunde, die in der Mittagspause spazieren gehen. „Ich war heute Morgen bei Ihnen im Hotel. Ich wollte mit Ihnen sprechen. Wie ich sehe, haben Sie sich einen Hund zugelegt.“

Ich warf Jim einen raschen Blick zu. „Nun, er … also eigentlich hat er sich mich zugelegt. Er ist mir zugelaufen. Niemand wollte ihn, und da habe ich gedacht, ich behalte ihn einfach, bis ich jemanden für ihn gefunden habe.“ Das war zwar nicht ganz gelogen, aber auch nicht ganz die Wahrheit.

„Ah. Wie lobenswert von Ihnen.“ Wir waren an den Bänken angekommen, und er wartete höflich, bis ich mich gesetzt hatte, bevor er neben mir Platz nahm. „Sie erlauben doch?“

Ich nickte, schüttelte jedoch gleich darauf den Kopf, als er ein Päckchen Zigaretten hervorholte und mir eine anbot. „Das Wetter ist diese Woche sehr schön, nicht wahr? So schön, dass ich es eher merkwürdig finde, wenn jemand, der Paris besucht, seine Zeit lieber drinnen verbringt, anstatt sich draußen die Sehenswürdigkeiten anzuschauen."

Ich versuchte mich in Ausreden zu flüchten, hörte jedoch sofort damit auf, als ich ihre Nutzlosigkeit erkannte. Entweder wollte er mich festnehmen, und dann nützte es mir gar nichts, oder er wollte mir Informationen entlocken, und dann gewann er eher den Eindruck, als ob ich nicht die Wahrheit sagte. „Wollen Sie wissen, warum ich gerade in Madame Deauxvilles Wohnung war?"

„Ich hätte nichts dagegen, wenn Sie es mir erzählen würden."

Einen Moment lang überlegte ich, ob ich lügen sollte, aber mein Exmann hat mal behauptet, ich sei die schlechteste Lügnerin der Welt, deshalb musste ich wohl oder übel bei der Wahrheit bleiben. „Ich wollte mir den Kreis anschauen, der unter der Leiche gezogen worden ist."

„Ah, der okkulte Kreis, ja. Warum wollten Sie ihn sich anschauen?"

Ich warf ihm einen Blick von der Seite zu. „Ich dachte, wenn ich ihn mir genau ansehe, könnte ich vielleicht herausfinden, wer sie umgebracht hat."

Er zog die Augenbrauen hoch. „Ich bin Ihnen zwar dankbar für Ihre Hilfe, aber ich muss Sie doch darauf hinweisen, dass die Mordkommission über genügend Ermittler und Polizisten verfügt. Sie sollten Ihre Zeit lieber mit anderen Überlegungen zubringen."

Ich spielte mit der Leine. „Und mit welchen zum Beispiel?"

„Zum Beispiel mir zu erklären, in welcher Verbindung Sie zu einer Dame namens Amélie Merllain stehen."

„Amélie?“ Ich runzelte die Stirn. Warum fragte er mich nach Amélie? Ein hässlicher Verdacht bildete sich in meinem Hinterkopf. „Sie hat einen Laden im Quartier Latin. Und ich habe keine Verbindung zu ihr, abgesehen davon, dass ich in ihrem Laden war.“

„Ach ja. Und doch sind Sie gestern gleich zwei Mal in diesem Laden gewesen.“

„Das war … ich war … ich brauchte nur …“ Ich brach ab, schließlich konnte ich ihm doch nicht erzählen, was ich bei Amélie gekauft hatte.

Inspektor Proust blickte mich bekümmert an, als ob ich ihn irgendwie enttäuscht hätte. „Statt diese unbequemen Fragen zu beantworten, würden Sie vielleicht ja auch lieber über Ihre Beziehung zu dem Herrn sprechen, der als Albert Camus bekannt ist?“

„Der Venediger?“, fragte ich überrascht.

Proust neigte den Kopf. „Ja, ich glaube, das ist einer seiner Beinamen.“

„Sie sind mir gefolgt!“ Ich sprang auf und funkelte ihn wütend an.

Er zuckte auf diese gallische Art mit den Schultern. Langsam fand ich, ich sollte das auch einmal lernen. Es ist so ausdrucksstark. „Haben Sie etwa geglaubt, ich ließe Sie einfach so herumlaufen?“

Ich setzte mich wieder und dachte ein paar Minuten lang darüber nach. „Da haben Sie vermutlich recht, obwohl es mir nicht gefällt. Ich habe den Mord nicht begangen – das habe ich Ihnen ja bereits gesagt.“

Inspektor Proust zog an seiner Zigarette, und wir blickten beide auf die Seine, auf der gerade ein Schiff vorbeizog. Es war überraschend angenehm, hier zu sitzen, eine ruhige und friedliche Ecke von Paris. Obwohl es auf Mittag zuging, sorgte eine frische Brise vom Fluss dafür, dass es nicht zu heiß wurde, und da die schon vertraute Geräuschkulisse weit weg schien, kam mir der Fleck fast wie ein kleines Paradies vor.

„Ich glaube übrigens gar nicht, dass Sie Madame Deauxville umgebracht haben", sagte Proust plötzlich. „Ich habe jeden Ihrer Schritte sorgfältig überprüft, und in der kurzen Zeitspanne zwischen Ihrer Ankunft und dem Eintreffen der Polizei hätten Sie gar nicht die Zeit gehabt, sie zu ermorden und aufzuknüpfen."

Ich hatte gar nicht gemerkt, dass ich bei seinen Worten gespannt den Atem angehalten hatte. Jetzt stieß ich die Luft aus und lehnte mich erleichtert zurück, ein wenig überrascht von seiner Mitteilung. „Also, das ist zwar kein Zugeständnis an meine Ehrlichkeit, aber ich danke Ihnen."

„Ich habe jedoch nicht die Möglichkeit ausgeschlossen, dass Sie mit der Person, die den Mord begangen hat, zusammenarbeiten", fügte Proust hinzu.

Jim gab einen seltsam erstickten Laut von sich, der wie ein Lachen klang. Ich zog warnend an der Leine. „Es reicht Ihnen wohl nicht, wenn ich Ihnen mein Wort darauf gebe?"

„Ich würde einen Beweis vorziehen", erwiderte er vorsichtig und neutral.

Ich seufzte. „Wenn ich einen hätte, würde ich ihn Ihnen nur zu gerne geben."

Ein paar Minuten lang schaute er still auf den Fluss, dann fragte er: „Was haben Sie denn in dem Kreis in Madame Deauxvilles Wohnung gefunden?"

Ich warf ihm einen Blick aus den Augenwinkeln zu. Er wirkte fast desinteressiert, so als ob wir uns über beiläufige Themen wie das Wetter unterhielten. Jetzt musste ich lügen, sonst würde er mich für eine Irre halten. „Nicht viel. Abgesehen von der Asche enthielt er auch Salz."

Er nickte und wartete darauf, dass ich fortfuhr. Ich überlegte, was ich ihm präsentieren konnte. „Derjenige, der den Kreis gezogen hat, hat Ashtaroth, einen Dämonenfürsten, gerufen."

„Einen Dämonenfürsten, wie ungewöhnlich." Seine Stimme klang absolut unbeteiligt. „Warum sollte jemand denn so etwas tun?"

„Jetzt sind Sie mir auf die Schliche gekommen", erwiderte ich und zuckte zur Abwechslung auch mal mit den Achseln. Es war zwar nicht ganz so wirksam wie bei ihm, fühlte sich aber trotzdem gut an.

„Nein, das bin ich nicht. Aber das werde ich, wenn ich merke, dass Sie nicht ganz ehrlich zu mir sind."

Ich warf ihm einen Blick zu. Machte er Witze? Aber nein, ernste braune Augen blickten mich an.

„Oh. Äh …"

„Für jemanden, der zum ersten Mal in Paris ist, haben Sie für meine Begriffe schnell Zutritt zu den okkulten Kreisen gefunden, die im Quartier Latin so in Mode sind."

Ach, du lieber Himmel, hatte er etwa auch gesehen, wie ich mit Drake im *G & T* geknutscht hatte?

„Man könnte fast sagen, Sie haben sich in dieser Gesellschaft so wohl gefühlt, als ob Sie erwartet worden wären."

„Bevor ich hierhergekommen bin, kannte ich keine Menschenseele hier", erwiderte ich offen. Verstohlen warf ich ihm noch einen Blick zu. Er hatte ungläubig die linke Augenbraue hochgezogen.

„Wenn das so ist, dann fühle ich mich gezwungen festzustellen, dass Sie sich mit gewissen Personen außergewöhnlich schnell sehr vertraut gemacht haben."

Er hatte tatsächlich gesehen, wie Drake und ich uns geküsst haben! Verdammt! „Äh …"

Proust schnipste seine Zigarette auf das Pflaster und drückte sie mit dem Absatz aus, als er aufstand. „Wenn Sie erlauben, würde ich Ihnen gerne einen Rat geben, Mademoiselle."

„Bitte sehr", erwiderte ich und erhob mich ebenfalls.

„Ich glaube, es war ein englischer Dichter, der gesagt hat, dass nicht alles Gold ist, was glänzt. Und ich behaupte, dass derjenige, der am unschuldigsten aussieht, oft durch und durch durchtrieben ist."

Mit diesen Worten tätschelte Inspektor Proust Jim den Kopf und schlenderte über das Kopfsteinpflaster auf das Haus von Madame Deauxvilles zu.

„Na, wie findest du das? Glaubst du, er hat mich gemeint? Oder jemand anderen? Und wenn ja, wen? Oder was?"

„Woher soll ich das wissen? Ich bin ja nur ein heimatloser Streuner, den niemand wollte und den du freundlicherweise aufgenommen hast", antwortete Jim. „Er hat mir den Kopf gestreichelt, wie du wohl bemerkt hast. Das könntest du auch ab und zu mal tun. Es würde keinem von uns wehtun."

Ich verzog das Gesicht. „Darf ich dich daran erinnern, dass du ein Dämon bist, kein Hund, und wie jeder weiß, verabscheuen Dämonen vieles, was Sterbliche schön finden, wie zum Beispiel Streicheln."

„Ich habe ja nur gesagt, dass du es ein bisschen häufiger machen könntest", sagte Jim würdevoll und trottete zu einem Abfalleimer, um das Bein daran zu heben.

Ich überlegte, was ich als Nächstes tun sollte. Inspektor Proust hatte zwar gesagt, ich stände nicht unter direktem Mordverdacht, aber anscheinend war er trotzdem der Meinung, dass ich damit zu tun hatte, weil er mir meinen Pass noch nicht zurückgegeben hatte. Ich musste herausfinden, wer den Kreis gezogen hatte, und obwohl ich wusste, welcher Dämon da gewesen war, reichte das als Lösung des Problems nicht aus.

„Ich wette, Drake weiß es, die Ratte."

„Ich dachte, er sei ein Wyvern."

Ich wandte mich Jim zu, tätschelte ihm den Kopf und zauste ihn an den Ohren. „Hör auf zu stöhnen, sonst hört dich noch jemand", sagte ich.

„Hunde stöhnen eben, wenn man ihnen die Ohren zaust", erwiderte Jim griesgrämig.

Ich ergriff die Leine und eilte zum Pont Marie. „Das stimmt, aber sie murmeln nicht ‚Oh ja, das ist die richtige Stelle', wenn sie gestreichelt werden. Hast du eine Ahnung, wo ein Wyvern in Paris wahrscheinlich sein Lager aufschlagen würde?"

„Telefonbuch", sagte Jim.

Ich warf ihm einen Blick zu. „Das ist doch Blödsinn. Drake ist ein mächtiger Drache, ein Wyvern, ein Unsterblicher. Er steht doch nicht in einem Telefonbuch für gewöhnliche Sterbliche."

„Nur weil man unsterblich ist, heißt das ja noch lange nicht, dass Leute einen nicht anrufen wollen", meinte Jim.

„Gut, ich sehe mal nach, aber es ist reine Zeitverschwendung", grummelte ich und blieb an einer Telefonzelle stehen. „Du könntest ja wenigstens versuchen, mir zu helfen, indem du dir … Ach, ich werde verrückt!"

„Ich hab's dir doch gesagt", erklärte Jim selbstzufrieden, während ich auf die Seite im Telefonbuch starrte. Da stand Drakes Name, in voller Größe.

Seufzend schrieb ich mir die Adresse auf. Ganz kurz spielte ich mit dem Gedanken, ihn einfach anzurufen, aber dann wäre die ganze Überraschung im Eimer, wenn ich auf einmal vor seiner Tür stände und mein Aquamanile zurückverlangte. Wobei er es mir wahrscheinlich sowieso nicht freiwillig geben würde …

„Inspektor Proust hat Amélie erwähnt. Ob ich wohl mal mit ihr reden soll? Wenn er sie für wichtig hält, kann sie unter Umständen ein bisschen Licht in den Mordfall bringen, oder vielleicht weiß sie ja, wer Bafamal gerufen hat. Ich könnte natürlich auch direkt zu Drake gehen und versuchen, in die Wohnung zu kommen. Oder ich schaue rasch bei *G & T* vorbei. Vielleicht sind ja Ophelia und Perdita da."

„Wer?"

„Das sind Schwestern. Wiccas. Ich habe sie dort kennengelernt."

„Oh. Du könntest mir aber auch – und das ist der beste Plan – etwas zu essen besorgen."

„Du hast doch gerade erst gefrühstückt", erwiderte ich geistesabwesend, weil ich in Gedanken schon beim nächsten logischen Schritt war. Das Problem war nur, dass sich die Logik anscheinend in Luft aufgelöst hatte.

„Das ist schon Stunden her", beschwerte sich Jim. „Ich habe Hunger. Diese Verkörperung muss gefüttert werden. Häufig."

„Das hast du gut gemacht", sagte ich zu meinem pelztragenden Dämon, als wir zur Straße vorgingen. „Vor allem dieser klagende Unterton war herzzerreißend."

„Völlig vergeudet an jemanden, der kein Herz hat", giftete Jim.

Lachend tätschelte ich den großen schwarzen Kopf. „Armer kleiner Dämon. Na gut, wir essen eine Kleinigkeit zu Mittag, aber es muss schnell gehen. Ich muss mich um mein Aquamanile kümmern."

Wir aßen in einem kleinen Café, und dann gab ich unter dem Zeitdruck der Versuchung nach und rief René an, um ihn zu fragen, ob er ein paar Stunden Zeit habe.

„Soll ich Ihnen helfen, Ihren verschwundenen Drachen wiederzufinden?", sagte er. „Ich stehe Ihnen bei. Ich kenne viele Leute in Paris. Wo sind Sie?"

„In der Nähe des Pont Marie."

„Wir treffen uns am rechten Ufer. In einer Viertelstunde bin ich da, und dann besprechen wir alles Weitere, ja?"

„Ja, obwohl ich inzwischen zu wissen glaube, wo der Drache ist. Das Problem besteht also nicht darin, ihn zu finden, sondern ihn … äh … zu befreien."

„Ah, bon! Vive la libération!", sagte René und legte auf, nachdem er mir noch Anweisungen gegeben hatte, wo ich auf ihn warten sollte.

„Denk an die Regeln", ermahnte ich Jim, als René kurz darauf vorfuhr. „Du bist nur ein Hund. Kein Lachen, kein angewidertes Schnauben, kein Augenverdrehen und vor allem kein Sprechen."

„Du bist eine echte Bestimmerin, was?", murrte Jim, als ich die Tür des Taxis öffnete.

„Sie sehen heute *très bon* aus. Keine Blutflecken auf dem Kleid! Das ist ausgezeichnet, *n'est-ce pas*?", sagte René über die Schulter. Er riss die Augen auf, als er Jim sah. „Sie haben ein Haustier?"

„Äh … ja. Ein streunender Hund. Er ist mir zugelaufen. Hier ist Drakes Adresse …"

„Das ist ein Hund? Kein Pferd?", sagte René schmunzelnd und fuhr los.

„Wenn ich ein Pferd wäre, würde ich wohl kaum in dieses schäbige alte Taxi passen, meinen Sie nicht?", warf Jim ein.

René gab einen unverständlichen Laut von sich und trat auf die Bremse. Mit quietschenden Reifen kam der Wagen zum Stehen, während hinter uns ein Hupkonzert einsetzte.

„Jim!", schrie ich und packte ihn am Ohr.

„Au! Du tust mir weh! Du bist mein Zeuge, René. Das ist Tiermisshandlung. Darauf steht Gefängnis, stimmt's?"

René drehte sich um und blickte mit großen Augen von Jim zu mir. „Sie … Sie sind nicht … wie nennt man das noch mal, eine Person, die durch eine Puppe spricht?"

„Bauchredner?" Ich ließ Jims Ohr los und lehnte mich seufzend zurück. Hinter uns regten sich ein paar Leute wirklich heftig auf. „Nein, ich bin keine Bauchrednerin. Und Sie hören auch keine Stimmen. Es war tatsächlich Jim, der geredet hat."

„Ein Hund?", fragte René mit erstickter Stimme, und sein Gesicht verfärbte sich.

„Siehst du." Ich versetzte Jim einen Schlag auf die Schulter. „Deshalb habe ich dir gesagt, du sollst still sein. Jetzt hast du den armen René aufgeregt."

„Du hast doch gesagt, er sei ein Freund von dir. Wer hat noch mal gesagt ‚Liebe meinen Hund wie mich selber'?"

„Du bist kein Hund. René, Sie fahren am besten irgendwo rechts ran. Ich erkläre Ihnen dann alles."

„Wie kommt es, dass der Hund redet?", fragte er, ohne auf meinen Vorschlag einzugehen.

„Jim ist eigentlich gar kein Hund. Er ist ein Dämon, der die Gestalt eines Hundes angenommen hat."

„Ein Dämon?" Renés Stimme ging um eine ganze Oktave nach oben. „Einer von den kleinen Teufeln?"

„Früher war ich Dämon in den Legionen Amaymons", sagte Jim hochmütig und blickte aus dem Fenster.

„René, können wir bitte weiterfahren?", bat ich. „Hinter uns ist eine lange Schlange. Ich kann alles erklären …"

„Sie haben gesagt, Sie glauben nicht an die kleinen Teufel, und jetzt fahren Sie sogar mit einem in meinem Taxi?"

„Ja nun, ich habe eben meine Meinung geändert."

René musterte Jim einen Moment lang, dann drehte er sich wieder zum Lenkrad und sagte: „*À lui le pompon.*"

„Was heißt das?", fragte ich, erleichtert darüber, dass er endlich weiterfuhr. Wenn Jim mir gehorcht hätte, dann hätte ich René überhaupt nichts erklären müssen. Ich funkelte Jim an und kniff ihn in die Schulter.

„Das bedeutet, äh, das ist ja ein dicker Hund."

„Ja, ach so, aber René, Sie müssen sich wegen Jim keine Sorgen machen. Er kann Ihnen nichts tun. Er ist seiner dämonischen Kräfte beraubt."

„Erzähl es doch gleich allen!" Jim war empört. „Soll ich dir eine Werbetafel mieten? Oder sollen wir es gleich in den Nachrichten bekannt geben?"

„Du kannst dich glücklich schätzen, dass ich dich nicht im nächsten Teich ertränke, du großes Sabbermaul!" Ich bedachte ihn mit einem noch finstereren Blick, damit er wusste, dass ich nicht sonderlich erfreut über sein Benehmen war. „Sei jetzt still und hör auf, Ärger zu machen."

„Ich bin ein Dämon", murrte Jim. „Was anderes habe ich nicht gelernt."

Ich kniff die Augen zusammen, bis sie so durchdringend wie Laserstrahlen waren. Jim rümpfte die Nase und blickte auffordernd auf den Kurbelgriff des Autofensters.

„Was ich nicht alles für dich tue …" Ich beugte mich über ihn und drehte das Fenster so weit herunter, dass Jim seinen Kopf hinausstecken konnte. „Ach, René, es könnte sein, dass uns die Polizei folgt. Ich sage es ja ungern, weil es sich so blöd anhört, aber meinen Sie, Sie könnten sie abhängen?"

René ließ ein verächtliches Schnauben hören und blickte sich mit leuchtenden Augen zu mir um. „Die Polizei? Da brauchen Sie nicht einmal zu fragen, *ma vieille branche*. Schon passiert."

„Was ist eine *vieille branche*?", fragte ich Jim, während René mit quietschenden Reifen um eine Ecke bog. Ehrlich gesagt erwartete ich gar nicht, dass Jim es wusste, aber ich musste mich dringend ablenken, weil René mit Todesverachtung durch den dicksten Verkehr raste.

„Alter Zweig. Ein Slangausdruck für ‚Freund'. Du bist wirklich hierhergekommen, ohne auch nur die leiseste Ahnung von der Sprache zu haben?"

„Es ist mein erster Job. Wenn das hier überstanden ist, nehme ich Unterricht“, murmelte ich verärgert, weil ich mich vor einem Dämon rechtfertigen musste.

Danach schloss ich die Augen. Es war bestimmt besser, wenn ich dem Tod nicht bei jeder Drehung des Lenkrads ins Gesicht blickte. Ich klammerte mich an der Armlehne fest und sagte: „Es tut mir wirklich leid, René, dass Sie auf diese Weise von Jims wahrem Wesen erfahren mussten. Ich hoffe, Sie regen sich nicht allzu sehr auf. Der Hund klebt sozusagen an mir, bis ich ihn wieder zurückschicken kann.“

„*Non.*“ Ich öffnete die Augen gerade lange genug, um im Rückspiegel zu sehen, wie René die Lippen schürzte. Er holte tief Luft, drängte ein anderes Taxi ab, das auf unsere Spur wollte, und sagte schließlich: „Das ist nicht schlimm. Sie haben einen Hund, der auch ein kleiner Teufel ist. Ja, und? Mir ist das egal.“

„Das finde ich bemerkenswert. Ich habe Stunden gebraucht, bis ich so weit war, und Sie können es schon nach wenigen Minuten akzeptieren.“

„Ich bin Franzose“, erwiderte René und zuckte erneut mit den Schultern. „Wir sind eben bemerkenswert, *Mademoiselle*!“

„Absolut“, sagte ich lächelnd. Als wir vor Drakes Haus hielten, lächelte ich immer noch.

„Wir sind da, und die Polizei weiß nicht, wo wir sind“, erklärte René zufrieden.

„Hm“, sagte ich und betrachtete den Platz vor dem Haus. Es war ein schöner großer Hof mit einem Brunnen in der Mitte. Ich hatte Madame Deauxvilles Haus schon prächtig gefunden, aber das hier stank förmlich nach Geld.

René stieß einen bewundernden Pfiff aus, als sein Blick auf das schöne rosafarbene Steingebäude hinter dem Hof fiel. „Ist der Mann, der Ihren Drachen gestohlen hat, so reich?“

„Offensichtlich.“ Ich stieg aus und betrachtete das Gebäude

eingehend. „Können Sie auf mich warten, oder müssen Sie reiche Touristen durch die Gegend kutschieren?"

Er griff nach seinem Handy, ohne den Blick von dem Haus zu wenden. „Ich rufe einen Freund an, damit er meine Nachmittagstermine übernimmt. Ich glaube, ich begleite Sie lieber."

„Um Gottes willen, René, ich will nicht, dass Sie meinetwegen auf das gute Geld der Touristen verzichten."

Er winkte mir, ich solle weitergehen, und sprach bereits in sein Handy.

„Und, wie ist der Plan?", fragte Jim, als wir an dem Brunnen vorbeigingen.

Auf diese Frage hatte ich gerade gewartet. Leider war mir nur noch keine vernünftige Antwort dazu eingefallen. „Na ja, es gibt eigentlich keinen Plan."

Jim stöhnte. „Sag mir jetzt nicht, dass du einfach zur Vordertür hineingehen willst."

„Äh … vielleicht. Es sei denn, du hast eine bessere Idee." Ich blieb vor dem Doppelportal stehen und überlegte. Der Hof war völlig verlassen. Hinter den Spitzengardinen der Fenster bewegte sich nicht einmal ein Schatten. Vermutlich dienten sie sowieso weniger dekorativen Zwecken als dazu, neugierige Blicke fernzuhalten. Den Gedanken, dass Drake seine Fenster mit Spitzengardinen schmückte, konnte mein armes Hirn nicht verkraften.

Jim verdrehte die Augen. „Das ist das Heim eines Drachen. Glaubst du, sie hätten Jahrhunderte lang überleben können, wenn jeder hineinspazieren und sich hätte umsehen können?"

Das hörte sich logisch an, auch wenn ich es nicht gerne zugab. Drake würde das Aquamanile auch wohl kaum so herumliegen lassen, dass ich es einfach mitnehmen konnte. „Du hast recht. Was weißt du von Drachenhöhlen?"

„Ich weiß überhaupt nichts über Drachen", erwiderte Jim

und schnüffelte an einem großen Blumenkübel. „Daher weiß ich auch nichts über ihre Behausungen."

„Du pinkelst hier nirgendwo hin", warnte ich ihn. Unschlüssig nagte ich an meiner Unterlippe und überlegte. Was für Madame Deauxvilles Haus gegolten hatte, traf vielleicht auch für Drakes Haus zu. „Am besten schleichen wir uns nach hinten und erkunden, ob es von dort aus einen Weg hinein gibt."

„Erkunden, das ist ein guter Plan", sagte René und steckte sein Handy in die Tasche. „Das gefällt mir. Im Erkunden bin ich sehr gut. Wo fangen wir an?"

Ich nagte noch ein bisschen länger an der Unterlippe und kam endlich zu einem Entschluss. „René, ich halte es für keine gute Idee, wenn Sie mit uns hineingehen. Drake hat zwar meinen Drachen gestohlen, und ich hole ihn mir nur zurück, aber technisch gesehen ist es ein Verbrechen, in ein Haus einzubrechen, und ich möchte nicht, dass Sie Schwierigkeiten bekommen."

„Phh", sagte René und machte eine abfällige Handbewegung. Er tippte sich an die Brust. „Ich weiß, wie es hier läuft, Sie nicht. Und der Dämon ist nicht besonders helle, *n'est-ce pas*? Also lassen Sie uns anfangen."

Und das taten wir. Ich hatte ein schlechtes Gewissen Renés wegen, konnte ihn aber wohl nicht mehr davon abbringen, und ehrlich gesagt fühlte ich mich in seiner Gegenwart auch sicherer. Ich hoffte nur, dass ihm seine Freundlichkeit keinen Ärger eintrug.

„Du bist der Wachhund", sagte ich zu Jim, als wir an die drei Türen hinten am Haus gelangten. Der hintere Bereich des Hauses grenzte an eine dunkle Gasse, die verlassen wirkte. Einen Augenblick lang untersuchte ich das Schloss an der Tür, dann lächelte ich. Dieses Schloss kannte ich; es war sogar noch einfacher zu öffnen als das bei Madame Deauxville.

„Wachhund? Was soll das bedeuten?", fragte Jim.

„Du kannst ja bellen, wenn du jemanden siehst oder etwas Verdächtiges beobachtest. Du weißt schon, ein Wachhund eben."

Jim verdrehte die Augen. Das Schloss klickte, als ich meinen Kreditkarten-Zauber anwendete. René staunte, als er sah, wie sich die Tür öffnete, sagte aber nichts.

„Sieht aus wie eine Abstellkammer oder so", flüsterte ich. Jim und René folgten mir. Ich schlich zur gegenüberliegenden Tür und öffnete sie einen Spalt, während René leise die Außentür schloss. Aus einem Flur fiel Licht auf ein paar Tische und grün gepolsterte Stühle. Von rechts hörte ich Gesprächsfetzen – wahrscheinlich kamen sie von einem Fernsehgerät. Geschirr klapperte, ein vertrautes, heimeliges Geräusch. „Da rechts ist die Küche", flüsterte ich. „Was meinen Sie – hoch oder runter?"

„Hoch", sagte René. „Wenn die Arbeitsräume hier auf dieser Etage sind, dann treffen wir wahrscheinlich oben keinen an."

„Ja, glaube ich auch", murmelte ich. Wir huschten den Flur entlang zu einer breiten, geschwungenen Treppe aus alter Eiche, die sich in einer riesigen Halle elegant nach oben schraubte. „Ist das eine Leinenbespannung? Es sieht sehr alt aus …"

„Aisling!", zischte René, der schon halb die Treppe hinauf war. „Sie haben jetzt keine Zeit zum Besichtigen!"

Zögernd riss ich mich von der wunderschönen Wandbespannung los. „Entschuldigung. Ich komme."

Als ich die erste Stufe erklommen hatte, blieb Jim plötzlich stehen und sog gierig die Luft ein. Die Stimmen waren hier lauter, und der Geruch von gebratenem Fleisch zog an uns vorbei. „Futter!"

„Du hast schon zu Mittag gegessen", sagte ich und zog an seinem Halsband. „Jetzt komm schon. Wenn alle mit ihrem Essen beschäftigt sind, können wir uns in Ruhe umschauen."

Wir eilten die Treppe hinauf, wobei wir aufpassen mussten, dass niemand aus einem der Zimmer kam; aber wir sahen nichts.

Nun ja, das stimmt nicht ganz – wir sahen wundervoll eingerichtete Räume, Kunstwerke, die aussahen wie (wertvolle) Originale und eigentlich in einem Museum hätten hängen müssen – aber Menschen? Keinen einzigen. Leider auch kein Aquamanile.

„Mann, ich hatte ja keine Ahnung, dass man in der Drachenbranche so viel verdienen kann“, sagte ich und folgte René und Jim in ein orientalisch eingerichtetes Schlafzimmer, das ganz in schwarzem Lack, in Hellblau, Grün und Gold gehalten war. Fasziniert blickte ich mich um. Das war bestimmt Drakes Schlafzimmer. Der Raum war atemberaubend und wurde nur noch von der Aussicht übertroffen. „Das ist ja absolut irre. Was für eine tolle Aussicht. Was für ein tolles Zimmer. Was für ein tolles Haus.“

„Aber Ihren Drachen können wir nicht finden“, sagte René.

„Das stimmt.“ Entschlossen wandte ich meinen Blick von dem riesigen Bett in Schwarz und Gold ab und überlegte, wo die Schatzhöhle des Drachen sein könnte. „Wir könnten ja im zweiten Stock oder im Parterre nachschauen, aber ich habe so eine Ahnung, dass sich der Drachenschatz im Keller befindet. Das ist jedenfalls der Ort, an dem ich etwas verstecken würde.“

„Da stimme ich Ihnen zu.“

„Gut. Dann gehen wir also nach unten.“

Wir blieben einen Moment lang oben an der Treppe stehen und lauschten, bis wir der Meinung waren, die Luft sei rein. So leise wie möglich schlichen wir wieder hinunter in die kleine Diele. „Was glauben Sie, wo die Tür zum Keller ist?“, flüsterte ich René zu.

Er zeigte auf die linke Tür. „Da.“

Ich betrachtete die Tür. Sie sah nicht anders aus als die beiden anderen. „Warum gerade diese?“

„Da hängen die Schlüssel.“

Er hatte recht. An einer blauen Schnur hing ein Schlüsselbund um den Türgriff. Ich ergriff die Schlüssel und stellte erstaunt fest, dass die Tür offen war.

„Vielleicht sind die Schlüssel für etwas anderes?", sagte ich. René zuckte mit den Schultern, und Jim blickte gelangweilt drein. „Punkt eins geht an uns", flüsterte ich und tastete nach dem Lichtschalter. Als das Licht anging, sahen wir, dass wir vor einer schmalen Treppe standen, die nach unten führte. „Gut gemacht, René."

Er blickte mich erfreut an. „Ich habe Ihnen doch gesagt, dass ich Ihnen behilflich sein kann."

„Etwas anderes habe ich auch nie angenommen, aber beim ersten Anzeichen von Schwierigkeiten verschwinden Sie von hier. Jim und ich können das auch allein regeln."

„Bist du sicher?", fragte Jim zweifelnd. Ich schwieg. Was hätte ich auch sagen sollen? Ich zweifelte ja genauso daran wie der Dämon, aber ich war entschlossen, René nicht noch tiefer in das grässliche Chaos hineinzuziehen, zu dem mein Leben mittlerweile geworden war.

So leise wie möglich schlichen wir über die knarrende Holztreppe in den Keller, wo eine weitere Tür in die Steinmauer eingelassen war. Sie war mit einem Vorhängeschloss gesichert.

„*Voilà*", sagte René. „Das ist bestimmt der Lagerraum."

„Vermutlich. Man sollte eigentlich meinen, dass der Mann seine kostbaren Objekte ein bisschen besser schützt, was?", flüsterte ich und öffnete das Schloss mit dem Schlüssel an der blauen Schnur. „Nur ein einziges Schloss an der Tür für all diese Bilder und Kunstwerke? Onkel Damian hätte bestimmt etwas dazu zu sagen." Ich legte das Schloss auf den Boden und drückte vorsichtig die Tür auf.

Zwei Dinge müssten Ihnen eigentlich mittlerweile schon klar sein: Zum einen bin ich nicht gerade die Hellste, wenn es um Offensichtliches geht, und zum anderen … na ja, dasselbe.

„Wuff“, sagte Jim, als beim Öffnen der Tür automatisch das Licht anging. René hielt die Luft an und murmelte dann etwas, das ich nicht verstand. Es war eine Schatzhöhle, schlicht und ergreifend. Überall war Gold – echtes Gold, kein nachgemachtes. Goldteller, Goldpokale, Goldstatuen ... Drakes Höhle war voller Gold. „Habt ihr so etwas schon mal gesehen?“, flüsterte ich und machte einen Schritt vorwärts.

„Noch nie“, hauchte René und folgte mir. Mir stand der Mund offen, als ich mich umschaute.

„Unschätzbar, was das alles wert ist ... He, da ist mein Drache!“

„Wau, wau.“

Ich trat zu der hölzernen Vitrine gegenüber der Tür. Alle Schränke waren innen beleuchtet, sodass die Objekte auf den Regalen von allen Seiten angestrahlt wurden. Auf dem obersten Regal der Vitrine vor mir lagen zwei Objekte auf schwarzem Samt – eins davon war mein Drachen-Aquamanile, das andere ein goldener Kelch, um dessen Stiel sich ein Drache wand.

„Bell, bell“, sagte Jim hinter mir.

„Jim, was hast du für ein Problem?“, sagte ich und streckte die Hand aus, um die Glastür zu öffnen.

„Möglicherweise bin ich das Problem“, sagte eine seidenweiche, äußerst erregende Stimme hinter uns.

„Oh, Scheiße“, fluchte ich und ließ meine Hand sinken.

„Sie sind in Frankreich. Das korrekte Wort ist *merde*“, korrigierte René mich freundlich.

„Entschuldigung. *Merde*.“ Ich drehte mich zu Drake um und versuchte, ihn unschuldig anzulächeln. Aber es nützte nichts. Sein Gesichtsausdruck verhieß nichts Gutes, und ich wünschte mir glühend, ich hätte mich um Hilfe an den Venediger gewandt.

8

„Hi, Drake. Lange nicht gesehen. Wir waren … äh … gerade in der Gegend, und da habe ich gedacht, wir gucken mal schnell, wie es dir geht."

„Ach ja? Wie freundlich von dir. Und wer sind deine Begleiter?"

Ich wies auf René. „Das ist René, mein Taxifahrer. Er weiß gar nicht Bescheid."

„Ach nein?" Drake musterte René einen Augenblick lang, und dann hob er seine Hand. Eine Art blauer Kugelblitz zuckte zu René hinüber. Schwarze Punkte tanzten vor meinen Augen.

„Was hast du mit ihm gemacht?", schrie ich, als ich wieder sehen konnte. René war bewusstlos gegen eine Truhe gesunken. „Mein Gott, du hast ihn umgebracht!"

„Wie blutrünstig du bist! Ich hatte ja keine Ahnung, dass sich hinter deinem reizenden Äußeren solch eine grausame Natur verbirgt."

Ich funkelte ihn böse an. „Ich habe nicht gerade einen unschuldigen Mann getötet. Das wirst du mir bezahlen, Drake. Das wirst du mir bezahlen!"

Drake seufzte und schüttelte gespielt bekümmert den Kopf. „So sehr verdächtigst du mich also. Ich habe ihn nicht umgebracht, er schläft nur eine Zeitlang. Je weniger Zeugen wir haben, desto besser."

Erleichterung stieg in mir auf. Ich vergewisserte mich, dass René tatsächlich nur bewusstlos war, und als sich herausstellte, dass Drake die Wahrheit gesagt hatte, trat ich wieder an die Vitrine mit den Drachen. Drake blickte zu Jim.

„Das ist Jim."

„Ihr Dämon", fügte Jim hinzu. „Aber wenn du so mächtig bist, wie du aussiehst, kann ich auch gerne deiner sein."

„Verräter", flüsterte ich und wich einen Schritt zurück. Obwohl der größte Teil meines Gehirns, der funktionierende Teil, wusste, dass ich in der Falle saß, erklärte der wagemutige Teil mir, ich solle das Aquamanile einfach packen und wegrennen. Natürlich waren die Umstände nicht eben günstig, aber es gab doch immer noch eine Chance, an Drake vorbeizukommen, wenn Jim ihn ablenkte.

Na ja, okay, es war eine sehr kleine Chance. Aber es war meine einzige.

Ich machte noch einen Schritt auf die Vitrine zu, und meine Finger legten sich um den Messinggriff der Tür. Drake warf Jim einen so strengen Blick zu, dass der Dämon zurückwich und murmelte: „Es war ja nur ein Vorschlag."

„Würde es dich überraschen, wenn ich dir sage, dass ich dich erwartet habe?", fragte Drake und lehnte sich an die Tür, die Arme über der Brust verschränkt. „Heute früh war die Polizei hier und hat zahlreiche Fragen über dich und meinen angeblichen Besuch in Madame Deauxvilles Wohnung gestellt. Als honoriger Geschäftsmann habe ich natürlich Entsetzen und Überraschung über diese Anschuldigungen bekundet, die du offensichtlich gegen mich erhoben hast. Die Polizei glaubte jedenfalls an meine Unschuld, als sie mich verließ, aber irgendwie wusste ich, dass du mich auch noch besuchen würdest."

Die Erinnerung an unseren gemeinsamen, äußerst erotischen Traum brachte mich sowieso schon zu den unmöglichsten Tages- und Nachtzeiten zum Erschauern, aber ihn hier leibhaftig vor mir zu sehen, raubte mir den Atem. Einen Augenblick lang bewunderte ich das jagdgrüne Seidenhemd, das er trug (die Farbe passte genau zu seinen Augen) und das sich um die Muskeln seiner Arme und seiner Brust schmiegte, und die enge schwarze Lederhose. Er sah umwerfend aus, und ich musste schwer schlucken, während meine Finger rasch die Tür der Vitrine öffneten und sich um das kühle Metall des Drachen schlossen.

„Ach ja? Wie überaus vorausschauend von dir. Überrascht es dich, dass ich mein Aquamanile wieder habe?" Triumphierend drückte ich die goldene Skulptur an mich. Ich zeigte auf Drake und sagte streng: „Effrijim, ich befehle dir bei deinem Herrn Amaymon, ihn anzugreifen!"

Jim setzte sich. „Machst du Witze?"

Drake lächelte amüsiert, und ich hätte am liebsten geschrien. Warum ging denn nie mal etwas glatt?

Ich trat zu Jim und fuchtelte mit dem Aquamanile vor seiner Nase herum. „Du bist mein Dämon und sollst meine Befehle ausführen. Ich habe dir einen Befehl gegeben. Ich bin in einer verzweifelten Lage. Drake bringt mich wahrscheinlich um, wenn du mir nicht hilfst zu entkommen. Wenn ich sterbe, kann dir niemand mehr Hamburger kaufen. Also? Haben wir uns verstanden?"

Jim verzog schmollend das Gesicht. „Er bringt dich schon nicht um – du bist seine Gefährtin. Drachen bleiben das ganze Leben über zusammen; wenn sie ihren Gefährten töten, ist auch ihr Leben vorbei."

Ich blickte Drake an. Er lächelte immer noch. „Ist das wahr?"

Er musterte mich, und sein Blick blieb an meinen Brüsten hängen. Ich musste daran denken, wie sich seine Lippen auf meiner Haut angefühlt hatten. Glättend fuhr ich mit der Hand über meine Leinentunika und rief mir ins Gedächtnis, dass unsere Begegnung nur ein Traum gewesen war, keine Realität … auch wenn das Negligé dagegensprach.

„Du behauptest doch, du seist nicht meine Gefährtin."

„Nein, ich meine, wenn ich es wäre – und damit sage ich nicht, dass ich es bin –, aber wenn ich es wäre, stimmt es, dass du auch sterben müsstest, wenn du mich tötest?"

Er lachte. „Der Dämon lügt nicht."

„Puh!", sagte ich und stieß einen Seufzer der Erleichterung aus. „Das ist gut zu wissen. Eine Minute lang habe ich mir echt Sorgen gemacht, dass es dich ein bisschen wütend machen könnte, wenn ich mir mein Aquamanile zurückhole, aber wenn du mir nichts tun kannst, dann habe ich ja nichts zu befürchten ..."

„Ich habe nicht gesagt, dass ich dir nichts tun kann – ich habe nur gesagt, dass ich meine Gefährtin nicht töten kann. Soweit ich weiß, warst du bis jetzt noch nicht damit einverstanden, meine Gefährtin zu sein, und deshalb hätte es keine Auswirkungen, wenn ich dich dafür bestrafte, dass du in mein Haus eingebrochen bist und mich bestehlen willst."

Ich drückte das Aquamanile fest an meine Brust, straffte meine Schultern und warf ihm einen bitterbösen Blick zu. „Ich kann dich nicht ausstehen!"

„Im Moment mag ich dich auch nicht so besonders." Drake richtete sich auf und trat auf mich zu. Er streckte die Hand nach dem Aquamanile aus. „Gib mir jetzt meinen Schatz wieder zurück."

Ich packte es fester und wich zurück. „Nein, es gehört mir. Ich habe es mir von dir zurückgeholt. Wenn du es wiederhaben willst, musst du einwilligen, mir zu helfen, weil du es sonst nicht zurückbekommst."

Er drängte mich bis an die Wand, und ich spürte die kühlen Steine durch meine dünne Leinentunika. „Du kleine Närrin, ich habe dir gestattet, mein Haus zu betreten. Glaubst du wirklich, ich habe in den Jahrhunderten meiner Existenz nichts über Sicherheitssysteme gelernt?"

„Du hast gehört, was ich gesagt habe", wiederholte ich atemlos, während ich jeden Zollbreit seines Körpers spürte, mit dem er mich gegen die Wand drückte.

Er fuhr mit den Fingern von meinem Ohr zu meinem Hals. Es war eine seltsam sanfte Berührung. „Es heißt Videoüberwachung, Süße, und ist in jedem Zimmer des Hauses installiert. Ebenso wie die Alarmanlage an allen Türen und Fenstern, der druckempfindliche Fußbodenalarm und die Thermodetektoren, die mich auf jeden aufmerksam machen, der das Haus betritt. Wenn du in das Zimmer hinter meinem Schlafzimmer geschaut hättest, hättest du die Monitore gesehen, die mir zeigen, was in den einzelnen Zimmern passiert."

„Du hast Thermodetektoren?", fragte ich, und meine Stimme bebte, als er mir eine lose Strähne hinter das Ohr schob.

„Viele."

„Oh." Mein Herz sank. Wir hatten Drake nicht täuschen können. Sehen Sie? Ich bin eben nicht die Hellste. „Ich habe gar keinen gesehen."

Drake lächelte sein träges, atemberaubendes Lächeln. „Ich wusste ja, dass du dir früher oder später das Aquamanile zurückholen willst, deshalb hatte ich beschlossen, es dir leichter zu machen."

„Warum?"

Seine Hände glitten von meiner Taille unter meine verschränkten Arme zu meinen Brüsten. „Vielleicht wollte ich dich ja in mein Haus locken. Mein Schlafzimmer hat dir gefallen."

„Du bist … du bist …" Ich schnappte nach Luft, als er mit den Daumen über meine Brüste rieb. Das vertraute Feuer loderte wieder in seinen Augen, ein Feuer, das mich von Kopf bis Fuß wärmte und meinen ganzen Körper in Brand setzte, aber ich war eine entschlossene Frau. Ich hielt das Aquamanile fest, als Drake mich fester an sich zog. „Hast du nicht gerade gesagt, du magst mich nicht?"

„Um dich zu begehren, muss ich dich ja nicht mögen", murmelte er und drückte seine Lippen auf den Puls an meinem Hals. Mir wurden die Knie weich, als seine Zunge über meine Haut glitt. Bei seinen Worten wollte ich empört aufbegehren, aber ich war ja im Augenblick auch nicht besonders von ihm angetan, und doch rührte er tief in meiner Seele an etwas, das noch keinem gelungen war. Ich war absolut nicht ohne Fehler, aber Heuchelei gehörte nicht zu meinen Schwächen.

„Hat er etwa die Hände auf deinen Titten?", fragte Jim, der uns aufmerksam zuschaute. „Von hier sieht es ganz so aus."

„Hau ab!" Ich warf Jim über Drakes Schulter einen bösen Blick zu. Er erwiderte ihn mürrisch, legte sich aber gehorsam hin. „Drake, warum hast du mich eigentlich wirklich reingelassen?"

„Fragen", sagte er und bedeckte mein Schlüsselbein mit Küssen. Ich schmolz dahin, als seine kühlen, seidigen Haare mein Kinn streiften. Was ist eigentlich an den Haaren von Männern so erregend? „Immer stellst du Fragen."

„Nur, weil du mir nie Antworten gibst, obwohl du ja beinahe geschwätzig warst, bevor wir letzte Nacht …"

Ich erstarrte – aber nicht, weil Drakes Hand zu meinem Hinterteil geglitten war. Ich hatte den Traum eigentlich nicht erwähnen wollen, da ich immer noch nicht genau wusste, was real war und was nicht, auch wenn das Nachthemd heute früh äußerst wirklich ausgesehen hatte …

„Wenn du mir einen stichhaltigen Grund dafür gibst, werde ich deine Fragen auch beantworten", sagte er und küsste eine heiße Spur zu meiner Brust herunter.

„Was für einen Grund denn?", fragte ich. Er war nicht auf den Traum eingegangen, und ich seufzte innerlich erleichtert auf. „Geld?"

„Mmm", sagte er und knabberte an mir. Seine Finger glitten

zu den Knöpfen an der Tunika, und seine Zunge schob sich in das Tal zwischen meinen Brüsten. Meine Knie wurden immer weicher. „Das hast du mir letzte Nacht aber nicht angeboten."

„Letzte Nacht? Oh, mein Gott, war das etwa doch real? Als wir … das war real?" Verlegen dachte ich an all die Dinge, die ich mit ihm gemacht hatte, aber jeder Gedanke daran wurde ausgelöscht, als sich sein Mund über mich senkte. Ich schwankte zwischen dem Verlangen, mich ihm hinzugeben, und dem fast verzweifelten Bedürfnis, diesem Verlangen zu entkommen.

Seine Zunge berührte die Stelle an meinem Schlüsselbein, an der er mich im Traum verbrannt hatte. „Bezweifelst du wirklich, dass es real war?"

Ich wollte mich jetzt nicht damit abgeben, dass ich gleich nach meiner Ankunft auf den ersten attraktiven Drachen hereingefallen war, dem ich begegnet war, sondern konzentrierte mich lieber darauf, was Drake gerade mit mir anstellte. „Soll das heißen, wenn du Sex bekommst, beantwortest du alle meine Fragen? Heißen Drachensex? Hu, du wirst aber nicht – wirst du …?"

„Ich habe dir doch gesagt, dass wir uns nach dem ersten Mal lieben können wie Menschen", erwiderte Drake. Seine Zunge tanzte heiß über mein bebendes Fleisch.

„Da wird einem ja richtig was geboten!", sagte Jim fröhlich. „Ich wünschte, ich hätte eine Kamera. Das Erpressungspotenzial ist so hoch, dass ich mir Burger für das nächste Jahrtausend sichern könnte."

„Jim!", krächzte ich, als Drake meine Brüste berührte.

„Ja! Hier bin ich: Nein, ich fasse es nicht, dass er das vor meinen Augen macht. Das ist ja besser als Kabelfernsehen."

„Kannst du ihn nicht auch schlafen lassen?", fragte ich Drake.

„Er ist dein Dämon", murmelte Drake.

Mein Verstand sagte mir die ganze Zeit, wie dumm es war,

einfach dazustehen und mich von ihm verführen zu lassen, aber mein Körper überstimmte ihn. „Oh ja, das habe ich ganz vergessen. Jim, ich befehle dir, die Augen zu schließen. Dreh dich um und hör uns nicht zu."

„Spielverderber", grummelte Jim.

Drakes lange Finger streichelten über meine Brust, und meine Brustwarzen reckten sich seinem Mund entgegen. Ich wartete, bis Jim gehorchte, bevor ich Drake ansah.

Seine Augen glitzerten vor Erregung und Begehren, und ich wusste, wenn ich ihn jetzt nicht aufhielt, würde er nicht mehr aufhören können. Es mochte ja sein, dass wir beide von dem Traum wussten, aber was wir jetzt tun würden, war unbestreitbar real, mit sehr realen Auswirkungen, denen ich mich nicht unbedingt stellen wollte. „Diese ganze Geschichte mit dem Gefährten … woher wissen wir eigentlich, ob ich tatsächlich deine … Gefährtin bin?"

„Nur eine wahre Gefährtin kann das Drachenfeuer überleben", sagte er und umfasste eine Brustwarze sanft mit seinen Zähnen. Ich packte seine Haare und bog mich ihm entgegen. Mein Körper und meine Seele standen in Flammen, aber es war ein wundervolles Gefühl.

„Ist das wahr?", keuchte ich und begann mit der linken Hand, Drakes Hemd aufzuknöpfen.

„Das muss die Gefährtin eines Drachen tun … Die Gefährtin eines Wyvern muss sich auch der Sippe gegenüber beweisen."

„Äh … wie denn beweisen?" Meine Hände glitten in sein Hemd, und meine Fingerspitzen prickelten von der Hitze seiner Haut. Seine Muskeln zuckten, während ich die wundervolle Landschaft seiner Brust erkundete.

„Eine Aufgabe wird gestellt, und die Gefährtin muss sie lösen, oder sie wird zurückgewiesen." Er hinterließ eine glühende Spur von Küssen auf meiner anderen Brust. Seine Stimme war rau.

„Du schmeckst nach meinem Feuer. Du schmeckst nach Verlangen. Du schmeckst so, wie eine Gefährtin schmecken sollte. Komm zu mir, Aisling. Gib dich mir hin. Paare dich mit mir, wie es die Sterblichen tun."

Seine Worte waren deutlich, und mir lief ein Schauer der Erregung über den Rücken. Nach den Dingen, die wir in meinem Traum gemacht hatten, hatte ich jetzt kein Recht, prüde zu reagieren, aber Drake war anders als alle Männer, die ich bisher gekannt hatte. Es war nicht nur seine Macht; er gab mir das Gefühl, total und absolut weiblich zu sein. Er mochte ein Drache in Menschengestalt sein, aber er war der männlichste Mann, dem ich je begegnet war.

Seine Zunge verbrannte mich, als sie über meine Brust glitt, und ich hätte fast Ja gesagt. Fast hätte ich mich überwältigen lassen und getan, was immer er von mir verlangte, aber dies hier war mehr als eine nächtliche Fantasie – es fehlte etwas, das ich einfach nicht abtun konnte. In seinen Augen standen Erregung, Verlangen und das Wissen, das wir einander zur Ekstase bringen konnten, aber ich las keine Zuneigung in ihnen.

„Du magst mich nicht", flüsterte ich in seine Haare, und eine einzelne Träne rollte mir über die Wange. Überrascht blickte er auf. „Und wenn ich ehrlich bin, habe ich den Traum zwar genossen und möchte so etwas immer und immer wieder mit dir tun, aber ich … ich bin nicht … ich bin nicht in dich verliebt."

Seine smaragdgrünen Augen wurden immer größer, und ich hätte fast gelacht über seinen ungläubigen Gesichtsausdruck. „Du schläfst nur mit Männern, die du liebst?"

„Du brauchst das Wort gar nicht so auszusprechen, als ob es etwas Unanständiges sei."

„Was wir letzte Nacht getan haben, hatte auch nichts mit Liebe zu tun."

Ich presste die Lippen zusammen. „Was wir letzte Nacht getan haben, war ja auch nicht im eigentlichen Sinn real. Und was Liebe angeht – ich schlafe noch lange nicht mit jedem, und ich bin tatsächlich der Meinung, dass Menschen etwas füreinander empfinden sollten, wenn sie Sex miteinander haben. Lust und körperliche Anziehung sind gut und schön als Fantasie, aber es gibt noch mehr im Leben als nur wilden, unglaublich fantastischen Sex."

Seine Augen wurden dunkel. Es war erstaunlich, wie seine Iris sich seinen Emotionen anpassen konnte. „Du bist die einzige Frau in dieser langen Zeit, die dazu geboren wurde, meine Gefährtin zu sein, die einzige Frau, mit der mein Leben unwiderruflich verbunden ist, die Frau, deren Tod auch den meinen bedeutet – und du glaubst, ich mache mir nichts aus dir?"

Ich hob das Kinn. „Es gibt einen großen Unterschied zwischen Selbsterhaltungstrieb und wahrer Zuneigung. Da im Moment ein Teil von mir so wütend ist, dass ich dich am liebsten mit diesem Aquamanile erschlagen möchte, ist es besser, wenn ich jetzt gehe. Mit meinen Freunden. Unverletzt", fügte ich hinzu.

Sein Blick brannte, und die Flammen seines Zorns leckten über meine Haut. Ich öffnete die magische Tür in meinem Kopf und trat dem Feuer entgegen. Er löste sich von mir, und mein ganzer Körper weinte ihm nach, aber ich knöpfte mir entschlossen die Tunika zu.

Drake hob eine Augenbraue und warf mir einen ironischen Blick zu. „Und wie willst du mich daran hindern, dir das Aquamanile wegzunehmen?"

„Ich bin eine Hüterin", sagte ich mit einem Selbstvertrauen, das ich nicht einmal annähernd verspürte. „Ich besitze auch Macht. Wenn du dich mit mir anlegst, wird es dir leidtun."

Seine Lippen zuckten. „Eines Tages trifft diese Äußerung sicher zu, aber heute?" Er sah zu Jim hinüber, der mit dem Rücken zu uns an der Tür lag. „Heute riskiere ich es mal, deinen Zorn zu wecken."

Ich möchte Sie darauf hinweisen, dass ich keine andere Wahl hatte. Wirklich nicht. Ich bin normalerweise nicht gewalttätig, aber mir war klar, dass Drake mir das Aquamanile wegnehmen würde, wenn ich ihn nicht außer Gefecht setzte. Wenn ich es aber behalten könnte, würde er zwar sauer sein, aber auch alles tun, was ich von ihm wollte, um es zurückzubekommen. Also schlug ich ihn k. o.

Eigentlich glaube ich, dass ich ihn eher verblüfft habe. Er hatte nicht damit gerechnet, dass ich so reagieren würde, als er auf mich zukam, aber Onkel Damian hatte darauf bestanden, dass ich einen Kurs in Selbstverteidigung belegte. Also rammte ich Drake mein Knie zwischen die Beine, stach ihm mit den Fingern meiner linken Hand in die Augen und ließ meine rechte Hand, die das schwere Aquamanile hielt, auf seinen Kopf niedersausen. Mit einem erstaunten Ausdruck im Gesicht ging er zu Boden.

„Jim, hilf mir mit René", schrie ich und verschwendete keine Zeit damit nachzusehen, wie schwer Drake verletzt war.

„Ach, jetzt kennst du mich auf einmal wieder – Feuer von Abbadon, was hast du mit ihm gemacht?"

„Du musst René nach oben und zu seinem Taxi tragen."

„Entschuldigung, aber du verwechselst mich anscheinend mit einem Packesel. Ich bin ein Dämon, kein Transportmittel."

„Du bist ein riesiger Hund, der wahrscheinlich René und mich gleichzeitig tragen kann, aber keine Sorge, ich helfe dir. Himmel, ist der schwer."

Mit Jims zweifelhafter Unterstützung gelang es mir, René halb über Jims Rücken zu zerren.

„Au! Mein Rücken!"

„Sei still!", fuhr ich ihn an. Ich rannte zu Drake und legte ihm zwei Finger an den Hals, um seinen Puls zu fühlen. Er war langsam, aber da ich nirgendwo Blut sah, war er wohl nicht ernsthaft verletzt. Ich drehte ihn auf den Rücken und legte ihm ein Kissen unter den Kopf. Dann stopfte ich das Aquamanile in meine Handtasche und hängte sie mir quer vor die Brust, um die Hände für Renés Beine frei zu haben. „Na los, lass uns gehen."

Jim stöhnte, wankte aber gehorsam vorwärts. An der Kellertür blieben wir kurz stehen, damit ich das Schloss vorlegen konnte. Es würde Drake zwar nicht lange aufhalten, aber wenigstens so lange, bis wir entkommen waren.

Am Ende brauchte ich mir gar keine Gedanken darüber zu machen, wie wir aus dem Haus kommen würden. Drake war sich so sicher gewesen, dass er allein mit mir fertig werden würde, dass er anscheinend alle seine Dienstboten weggeschickt hatte. Wir bekamen auf jeden Fall keine Menschenseele zu Gesicht, obwohl wir Renés Körper mit großem Lärm die Treppe hinaufzerrten.

„Woran erkennt man, dass man sich die Rippen gebrochen hat?"

„Du hast dir nicht die Rippen gebrochen", sagte ich ein wenig außer Atem „Kannst du nicht schneller gehen?"

„Ich bin ja kein Lastesel", entgegnete Jim giftig. „Ich glaube, ich habe einen Milzriss."

„Halt … den … Mund!"

„Gut, aber du wirst noch daran denken, wenn ich für den Rest meines Lebens zur Dialyse muss."

„Das betrifft … oh Mann, ist der schwer, wie viele Stufen sind es denn noch? … Das sind die Nieren, nicht die Milz."

Oben an der Treppe mussten wir beide nach Luft ringen, und dann schleppten wir René in den kleinen Abstellraum, dessen Tür ich aufgebrochen hatte. Wir hatten fast die Tür erreicht, als Jim über eine Sammlung von Mopps, Besen und anderen Reinigungsgeräten stolperte und uns alle mit sich riss. René rutschte von Jims Rücken herunter, und ich schrie auf, als mir ein Besen an die Stirn knallte.

„Entschuldigung", sagte Jim.

„Dafür ziehe ich dir … au … die Ohren lang!" Ich packte meine Tasche, die zu Boden gefallen war, hievte René erneut auf Jims Rücken, und gemeinsam schleppten wir ihn durch die Tür.

„Du … bleibst … jetzt … hier … mit ihm", keuchte ich, als wir endlich in der dunklen Gasse standen. Ich lehnte René an die Hausmauer und kramte in seinen Taschen, bis ich die Autoschlüssel fand. „Ich hole das Taxi. Pass gut auf ihn auf!"

„Wie soll ich denn ohne dämonische Kraft gut auf ihn aufpassen?"

„Du siehst doch aus wie ein Hund, dann benimm dich auch endlich mal wie einer. Wenn jemand auftaucht, beißt du ihn einfach!"

„Das könnte Spaß machen", sagte Jim nachdenklich.

Als ich mit dem Taxi vorfuhr, kam René gerade wieder zu sich, aber da ich keine Lust hatte, hinter Drakes Haus herumzuhängen, bis er wieder völlig bei Bewusstsein war, stopfte ich den Franzosen mit Jim hinten in den Wagen und fuhr blindlings durch die Stadt, bis ich das Gefühl hatte, weit genug von der Villa des Wyvern entfernt zu sein. Mit einem erleichterten Seufzen fuhr ich in ein Parkhaus.

Zwanzig Minuten später versuchte ich, René eine Geschichte aufzutischen, die glaubwürdig klang, ohne zu viel zu verraten. René wusste zwar über Jim Bescheid, aber Jim war harmlos. Bei Drake war es etwas ganz anderes, und ich hatte das Gefühl, es würde ihm nicht gefallen, wenn René zu viel über ihn wusste. Unter diesen Umständen war Unwissenheit eher ein Segen.

„Ich habe gar keinen zweiten Mann gesehen", beschwerte sich René und rieb sich den Kopf. „Und er war auf einmal hinter mir, sagen Sie?"

„Ja, da war ein … Geheimgang, der hinter Ihnen auf einmal aufging. Drakes Handlanger hat Ihnen eins über den Kopf gezogen."

Jim schnaubte.

Verwirrung und Misstrauen standen in Renés Augen. „Ich spüre aber nirgendwo eine Beule. Wenn er mich auf den Kopf geschlagen hat, müsste ich doch eine Beule haben, *n'est-ce pas*?"

Jim schnaubte wieder.

„Habe ich gesagt, dass er Sie geschlagen hat? Nein, das war eher so ein Karateschlag. Dabei hat er wohl diesen Nerv an ihrem Nacken getroffen, der die Leute schachmatt setzt. Es ging alles sehr schnell. Es überrascht mich gar nicht, dass Sie es nicht glauben wollen, und wenn du jetzt noch einmal schnaubst, Jim, dann fahren wir sofort zum Tierarzt, damit er ein bisschen an dir rumschnibbelt."

„Und da heißt es immer, Dämonen seien böse", sagte Jim und blickte unschuldig aus dem Fenster.

„Ah. Aber Sie sind entkommen?", fragte René, der immer noch ein bisschen verwirrt aussah.

„Ja, nun, ich musste Drake eins mit dem Aquamanile über den Schädel geben. Aber wenigstens habe ich es", sagte ich und klopfte auf meine Tasche.

Sie fühlte sich bemerkenswert leicht dafür an, dass sie eigentlich einen sechshundert Jahre alten Goldklumpen enthalten sollte.

„*Merde*!", schrie ich und kramte hektisch in der Tasche. Das Aquamanile war nicht mehr da.

Ich hätte am liebsten geweint. „Ich hatte es, ich hatte es in meinen Händen, ich habe es in meine Tasche gesteckt ... Oh, Mist, wahrscheinlich habe ich es in der Abstellkammer verloren, als du die Besen umgeworfen hast!"

„Das war nicht meine Schuld. René war so schwer, ich konnte kaum laufen", protestierte Jim.

Ich hätte ja gerne Jim die Schuld am Verlust des Aquamaniles gegeben, aber ich konnte nicht. Er war ja nicht absichtlich in die Besen gelaufen. Dämon oder nicht, er hatte nur meinem Befehl gehorcht, René nach draußen zu tragen. Dass ich dabei das Aquamanile verloren hatte, war Pech.

„Und was machen Sie jetzt?", fragte René besorgt.

Mein Bedürfnis zu weinen war stark, aber Tränen würden mir nur rote Augen und eine laufende Nase bescheren. Ich kam mir zwar vor wie eine Märtyrerin, aber ich beschloss zu handeln.

„Drake hat sich in der Zwischenzeit vermutlich aus dem Keller befreit und das Aquamanile gefunden." Bei dem Gedanken an den verlorenen Drachen bekam ich einen Kloß im Hals. „Es kommt also nicht in Frage, noch einmal zurückzufahren. Ich brauche jemanden, der ein Experte für Dra ... äh ..." Ich warf René einen Blick zu. „...Drake ist. Wenn Sie sich in der Lage fühlen, wieder Auto zu fahren, möchte ich gerne noch einmal zu *La Pomme Putréfiée*."

„Was wollen Sie denn da?", fragte René neugierig, als er sich hinters Steuer setzte.

„Amélie kennt Drake", schwindelte ich. Zumindest wusste sie über ihn Bescheid, da war ich ganz sicher, und das reichte mir schon. Vielleicht kannte sie ja auch seine Achillesferse. „Sie kann mir bestimmt helfen."

„Berühmte letzte Worte", tönte Jim vom Rücksitz.

9

„Wo verkehrst du denn?“, fragte Jim, als wir Amélies Laden betraten. „Hier sieht's ja aus wie in einem Harry Potter-Film!“

„Pscht! Sei nicht so unhöflich – Amélie kann dich hören!“ Rasch blickte ich mich um. Zum Glück war Amélie nirgendwo zu sehen, sodass mein Dämon sie nicht beleidigt haben konnte. Ich löste die Leine und sah Jim mit zusammengekniffenen Augen an. „Was weißt du schon von Harry Potter?“

„Oh, Harry ist eine große Nummer in Abbadon. Sind das da drüben Katzenpfoten?“

„Iiih!“, sagte ich und starrte entsetzt auf das Regal mit den Gläsern. Bisher hatte ich angenommen, sie enthielten unschuldige Kräuter oder so etwas. „Katzenpfoten? Das ist ja schrecklich!“

Jim verzog das Gesicht. „Reg dich nicht auf. Katzenpfoten sind eine Farnart.“

„Oh.“ Ich warf dem Glas, um das Jim herumstrich, einen misstrauischen Blick zu und drehte mich um. „Hallo? Amélie? Ich bin es, Aisling. Sind Sie da?“

„Ich komme gleich, Aisling“, rief Amélie aus dem Hinterzimmer. „Ich war gerade mit Cécile unterwegs.“

„Wer ist Cécile, wenn sie wieder hier ist?“, fragte Jim und untersuchte nun ein Gestell mit Büchern.

„Amélies Welsh Corgi. Und jetzt hör mir gut zu – bring mich bloß nicht in Verlegenheit, hörst du? Denk einfach daran, dass ich die Macht über alle gegenwärtigen und zukünftigen Mahlzeiten habe und halt den Mund, es sei denn, ich stelle dir eine Frage.“

Jim legte den Kopf auf die Seite und blickte mich nachdenklich an. „Weißt du eigentlich, dass du gut nach Abbadon passen würdest? Du bist genauso tyrannisch wie ein Dämonenfürst!“

„Das ist …“, setzte ich empört an, aber dann merkte ich, dass Amélie an dem Vorhang stand, der zum Hinterzimmer führte. Ich lächelte sie an. „*Bonjour*, Amélie.“

„*Bonjour*. Wie ich sehe, haben Sie erfolgreich einen … Dämon gerufen?“

Mein Lächeln wurde breiter, wobei ich mir schmerzlich bewusst war, wie rot ich geworden war. „Ja, nun, die Beschwörung ist ein bisschen … blöd gelaufen. Das ist Jim.“

„Ja, hallo. Ich darf nicht sprechen, wenn es mir Ihre Heiligkeit nicht erlaubt … Feuer von Abbadon! Baby, Baby, Baby!“ Jim traten fast die Augen aus dem Kopf, als Cécile ins Zimmer gewackelt kam. Er tanzte förmlich auf den überraschten Corgi zu. „Na, du bist ja vielleicht eine heiße Braut! He, Baby, wer ist dein Daddy?“

„Oh Gott“, sagte ich und sank auf einen der Hocker an der langen Theke.

Amélie blickte von den Hunden zu mir. „Ich verstehe nicht – der Dämon namens Jim möchte wissen, wer Cécile gezeugt hat?“

„Nein“, erwiderte ich und hielt mir die Hand vor die Augen. Wie viel schlimmer konnte es denn noch werden? „Ich glaube, er hat sich gerade in Ihren Hund verliebt. Er vergisst ab und zu, dass er in Wirklichkeit keiner ist. Das ist auch einer der Gründe, warum ich mit Ihnen sprechen wollte – Jim! Das ist ungezogen!“

Es schien Jim überhaupt nicht zu stören, dass er dabei erwischt worden war, wie er um Céciles Hinterteil herumstrich. „Das machen Hunde so. He, Puppe, willst du auch mal an meinem schnuppern?“

„Jetzt ist es gut! Raus!“, befahl ich und zeigte zur Tür.

Jim blickte mich erschreckt an. „Raus? Du kannst mich doch

nicht vor die Tür setzen! Ich bin ein wertvoller Hund – am Ende stiehlt mich noch einer!"

„Wenn ich Glück habe."

„Na hör mal!" Beleidigt setzte Jim sich neben Cécile.

Ich wandte mich wieder Amélie zu, die Jim verwirrt betrachtete. „Es tut mir leid. Jim ist ein bisschen … seltsam."

Wir ignorierten beide Jims Protest.

„Ja, ich glaube, ich verstehe, was Sie sagen wollen." Amélie zeigte auf eine kleine kupferne Kaffeekanne. „Darf ich Ihnen einen Kaffee anbieten?"

„Ja, danke, ich könnte einen brauchen."

„Ich sollte Ihnen vielleicht sagen, dass Ihr Besuch nicht völlig überraschend für mich ist", sagte sie, während sie uns Kaffee einschenkte.

„Warum? Oh," – ich wies mit dem Kopf auf Jim – „meinen Sie wegen meines kleinen Freundes im Hundepelz? Sie hatten recht – ich hätte bei der Ausrüstung nicht so sparsam sein dürfen. Sie sehen ja, was dabei herausgekommen ist. Großer Blödsinn."

„Da bin ich mir gar nicht so ganz sicher", erwiderte sie und warf Jim, der Cécile hingebungsvoll die Ohren leckte, einen nachdenklichen Blick zu. „Ich war immer schon der Meinung, dass Hüter die Dämonen rufen, die sie am meisten verdienen. Aber ich habe nicht deswegen mit Ihnen gerechnet. Haben Sie gehört, was im *G & T* passiert ist?"

Ich riss mich von dem Gedanken los, welche schrecklichen Taten ich wohl begangen hatte, um Jim zu verdienen, und schüttelte den Kopf.

„Die Polizei war im Club und hat jeden Einzelnen dort verhört."

„Verhört? Warum?"

Sie blickte mich über den Rand ihrer Kaffeetasse hinweg an. „Es heißt, dass die Polizei nach Ihnen sucht."

„Nach mir?“, krächzte ich und verschüttete meinen Kaffee. „Oh, das tut mir leid. Haben Sie einen Lappen? Danke. Sie haben nach mir gesucht? Sind Sie sicher? Ich habe gerade heute Morgen erst mit der Polizei geredet … Oh, ach ja, Inspektor Proust hat erwähnt, dass sie nach mir gesucht haben.“

Sie zuckte auf gallische Art mit den Schultern, während ich den verschütteten Kaffee aufwischte. „Das hat man mir jedenfalls erzählt. Der Polizist, der den Venediger verhört hat, hat ihn vor allem nach Ihnen ausgefragt.“

„Oh nein“, sagte ich und starrte auf meinen restlichen Kaffee. Er war stark und schwarz, genauso wie ich ihn liebe, mit winzigen Ölperlen auf der sanft dampfenden Oberfläche. Ich wusste, dass Inspektor Proust mich beobachten ließ – das hatte er ja zugegeben –, aber ich hatte keine Ahnung, dass er so weit gehen würde, die Leute bei *G & T* zu behelligen. Ich sackte in mir zusammen, als ich versuchte mir vorzustellen, wie wütend der Venediger wohl auf mich war.

„Mein Informant sagt, der Venediger hat verlangt, dass Sie sofort zu ihm gebracht werden“, fuhr Amélie fort, die anscheinend Gedanken lesen konnte.

Iiih! „Zu ihm gebracht? Sozusagen entführt? Ist er so wütend?“

Amélies schwarze Augen verrieten nichts. „Der Venediger hat nichts übrig für Leute, die die Polizei auf das *au-delà* aufmerksam machen. Er hat allen gesagt, sie sollen nach Ihnen Ausschau halten. Allen.“

„Das *au-delà*?“ Mir wurde übel.

„Es bedeutet …“ Ihre Hände fuhren ziellos durch die Luft, während sie versuchte, die richtigen Worte zu finden. „‚Anderswelt‘. Es ist der Name unserer Gemeinschaft, derjenigen, die Magie praktizieren, und derjenigen, die die dunklen Mächte beeinflussen können. Die Polizei toleriert uns nicht, und es gehört zur Aufgabe des Venedigers, uns gegen die Behörden abzuschirmen. Deshalb ist er so wütend auf Sie, weil Sie unsere Sicherheit gefährdet haben."

Ich wusste nicht, was ich davon halten sollte, mit der Gemeinschaft der schwarze Magie Treibenden in einen Topf geworfen zu werden, aber im Moment hatte ich ganz andere Sorgen, wie zum Beispiel die, was der Venediger wohl mit mir vorhatte. „Und Sie meinen, er könne mich auch kidnappen lassen?"

Sie nickte.

„Na, reizend. Jetzt ist die gesamte Pariser Anderswelt hinter mir her. Wissen Sie, ich habe geglaubt, mein Tag könne nicht noch schlimmer werden, aber irgendwie ist es doch so gekommen. Ich traue mich ja fast nicht zu fragen, aber werden Sie mich beim Venediger verpetzen?"

Amélie blickte auf ihre Kaffeetasse. „Ich bin eine *guérisseuse*, eine Heilerin. Ich bin dem Venediger zu nichts verpflichtet, und ich betreibe auch keine Magie – nicht die Art jedenfalls, die er beeinflussen kann. Nein, ich werde Sie nicht anzeigen, obwohl, wenn ich Ihnen einen Rat geben kann …"

Ich lächelte. Rat bekam ich in der letzten Zeit reichlich.

„… ich glaube, es wäre besser für Sie, wenn Sie aus freien Stücken zum Venediger gingen, statt ihm als Prämie … oder sogar noch Schlimmeres präsentiert zu werden."

Ich stellte meine Tasse ab. An etwas Schlimmeres wollte ich gar nicht erst denken. „Sie meinen, ich sollte mich freiwillig stellen?"

Sie wandte den Blick ab. „Er ist nicht die Polizei, auch wenn er im *au-delà* von Frankreich diese Funktion innehat."

Mein Magen hatte sich inzwischen zu einer winzigen harten Kugel verkrampft. „Ich habe verstanden."

„Warum ist eigentlich die Polizei so interessiert an Ihnen?"

Ich blickte auf. Amélie schaute mich unschuldig an. „Na ja, das ist kein Geheimnis. Wenn die Polizei sogar schon den Venediger verhört, werden Sie es sowieso bald erfahren. Ich bin in einen … äh … Mordfall verwickelt."

„Der Mord an Aurora Deauxville." Amélie nickte.

Ich setzte mich aufrecht hin. „Sie wissen davon?"

Amélie wedelte mit den Händen. „Jeder im *au-delà* kannte Aurora Deauxville. Sie war eine ehrgeizige Amateurin, allerdings ohne große Fähigkeiten. Sie war häufig im *G & T*, ebenso wie in meinem Laden oder in den Wicca-Läden. Sie bezeichnete sich selbst als Magierin, aber ich glaube nicht, dass sie überhaupt gewusst hat, was Magie eigentlich bedeutet."

„Hmm. Sie war wohl nicht besonders beliebt im *au-delà*?"

„Es ging weniger darum, dass man sie nicht mochte – sie zahlte gut für Beratungen, Hilfsmittel und Manuskripte. Die Leute tolerierten sie vielleicht, aber sie respektierten die Macht ihres Geldes."

„Wirklich? Ich dachte … ich habe angenommen … ich meine, wenn man doch so viel Macht hat, dass man Dämonen beschwören und andere mit einem Zauber belegen kann, dann finde ich es überraschend, dass man sich von so etwas Banalem wie Geld beeindrucken lässt."

Sie lachte. „Im *au-delà* gibt es nur wenige wohlhabende Einwohner. Nur die ältesten Unsterblichen kann man als wirklich reich bezeichnen, und das auch nur, weil sie über die große Zeitspanne von Jahrhunderten hinweg Reichtum anhäufen konnten – nicht aufgrund ihrer Macht."

„Oh." Das war interessant. „Vielleicht habe ich ja einen völlig falschen Ansatz, um das Verbrechen zu lösen. Statt Drake zu zwingen, mir alles zu erzählen, sollte ich vielleicht den Mordfall so untersuchen wie ein Detective … Nein, ich bin kein Detective. Ich mache es mir lieber einfach. Obwohl, Drake dazu zu zwingen, etwas zu erzählen, ist auch nicht gerade einfach."

„Ich könnte es mir sogar sehr schwierig vorstellen, wenn er Ihrem Wunsch nicht nachkommen will", stimmte Amélie mir zu, ohne zu fragen, worüber ich redete.

Ich lächelte sie kläglich an. „Drake hat auch etwas mit dem Mord an Madame Deauxville zu tun. Das glaube ich jedenfalls. Er will mir nicht sagen, was er dort gemacht hat und was er weiß. Es ist so verdammt frustrierend."

Amélie lachte wieder. Sie stand auf und trat zu einem schönen alten Rosenholzkasten mit Glasdeckel, der neben der Registrierkasse stand. Sie schloss ihn auf und nahm einen kleinen grünen Gegenstand mit Goldkette heraus. „Ich glaube, Sie brauchen das nötiger als ich. Bei einem Verkauf würde sowieso nicht viel herauskommen."

Ich starrte auf den stilisierten grünen Jadedrachen. Er war ungefähr acht Zentimeter lang, anscheinend orientalischen Ursprungs. Der gebogene Schwanz bildete eine Acht um den Körper. Goldspuren an Kopf, Körper und Schwanzspitze ließen ihn schimmern. „Was ist das?"

„Ein Talisman. Seine Herkunft ist unklar, aber ich glaube, er stammt aus der Drachensippe, wahrscheinlich von den grünen Drachen."

„Er ist wunderschön", staunte ich. Es juckte mir in den Fingern, den Drachen zu berühren.

„Ja. Und Sie werden ihn wahrscheinlich gut brauchen können, wenn man bedenkt, in welchen Schwierigkeiten Sie im Moment stecken."

Ich gab der Versuchung nach und fuhr mit der Fingerspitze über den Körper des Drachen. Er fühlte sich warm an, nicht kühl, wie sich Jade normalerweise anfühlt. „Das ist ein viel zu wertvolles Geschenk, Amélie. Das kann ich nicht annehmen. Aber es war sehr großzügig von Ihnen, es mir anzubieten."

„Ich schenke Ihnen den Drachen nicht aus einer Laune heraus", sagte Amélie und drückte ihn mir in die Hand. „Ich habe das Gefühl, er ist genau das Richtige für Sie."

„Aber er ist so wertvoll, und ich habe nicht viel Geld ..."

„Ein Geschenk abzulehnen, das ehrlich gemeint ist, ist eine große Beleidigung", sagte Amélie.

Ich blickte auf den grünen Drachen. Er vibrierte geradezu, als ob er eine eigene Energie besäße. Leise summend lag er in meiner Hand. „Danke", sagte ich und zog die Kette über meinen Kopf. Der Talisman hing zwischen meinen Brüsten, ein warmes, seltsam tröstliches Gewicht.

Amélie nickte zustimmend. „Was wollten Sie mich fragen?"

Ich blickte auf. „Was? Ach so, ja, wissen Sie vielleicht, ob Drachen eine Achillesferse haben? Sozusagen. Irgendetwas, womit ich Drake zwingen könnte, mir zu sagen, was er über den Mord an Madame Deauxville weiß."

Nachdenklich runzelte sie die Stirn.

„Keine Achillesferse?", fragte ich.

„Jedenfalls keine, von der ich wüsste. Der Einzige, der einen Wyvern zwingen könnte, etwas zu tun, was er nicht tun will ... Sie brach ab.

Seufzend griff ich nach meiner Kaffeetasse. „Sagen Sie mir jetzt nicht, dass nur der Venediger Drake dazu zwingen könnte."

Sie breitete die Hände aus. „Doch, er ist der Einzige."

„Na toll. Dann muss ich also wohl auf dem Bauch zu ihm kriechen, um ihn um Verzeihung und um Hilfe zu bitten – was mich um meinen Platz im Himmel bringt, wenn Ophelia und Perdita recht haben –, und das alles, obwohl er so sauer auf mich ist, dass er ein Kopfgeld auf mich ausgesetzt hat."

„Kopfgeld?"

Ich machte eine abwehrende Geste, ergriff meine Tasche und nahm Jims Leine. „Vergessen Sie es. Aber ich glaube, wenn ich schon zu Kreuze kriechen muss, dann tue ich das lieber ohne meinen haarigen Freund. Ich gehe jetzt erst einmal zurück ins Hotel und sehe zu, dass ich das Loslösungsritual hinkriege."

Jim, der Cécile so hingebungsvoll die Ohren geleckt hatte, dass sie voller Hundesabber waren, sah mich besorgt an, als ich ihm mit der Leine winkte. Widerstrebend löste er sich von dem Corgi und kam zu mir.

„Zeit zum Essen?", fragte er hoffnungsvoll.

„Nein, Zeit ins Hotel zu gehen und dich nach Hause zurückzuschicken."

Jim setzte sich und warf mir einen befremdeten Blick zu. „Du kannst mich nicht nach Hause schicken. Ich habe dir doch gesagt, dass du jetzt meine Herrin bist."

Ich befestigte die Leine an seinem Halsband. „Ja, ich weiß. Ich bin deine Herrin, weil ich dich gerufen habe, aber du gehörst Amaymon, deshalb gehst du jetzt wieder zu ihm zurück."

„Mann, hast du nicht kapiert? Ich habe dir doch gesagt, dass ich ungebunden bin."

Amélie zog scharf die Luft ein, und auf einmal hatte ich so eine Ahnung, dass irgendetwas sehr, sehr schieflief.

„Du hast zwar gesagt, dass Amaymon dich aus seiner Legion rausgeworfen hat, aber dass er dich bald wieder aufnehmen würde", sagte ich langsam.

Jim verzog das Gesicht. „Ja, aber bevor das passieren konnte, hast du mich gerufen. Du hast mich an dich gebunden, und das bedeutet, du bist jetzt meine Herrin."

Aus dem Rinnsal der Ahnung wurde eine Schreckensflut. „Was?"

Jim grinste. „Es gibt nur noch uns beide, Süße."

„Das kann er nicht machen, oder doch?", fragte ich Amélie verzweifelt. „Er kann sich doch nicht weigern zurückzugehen? Ich muss doch nur das Ritual durchführen, und dann ist er weg."

Sie schüttelte den Kopf. „Alle Dämonen gehören einem

Herrn; das liegt in ihrer Natur. Wenn du einen Dämon gerufen hast, der ausgestoßen wurde, gehört er dir. Es sei denn, du hast es ihm nicht befohlen."

Erneut stieg Hoffnung in mir auf. Ich blickte Jim an.

„Erinnerst du dich an die Worte ‚Mein Name ist Aisling. Ich bin deine Herrin'?"

Mein Herz sank. „Oh Gott. Das bedeutet … Das bedeutet, ich bin …"

„Ja." Amélie nickte ernst. „Du bist jetzt offiziell eine Dämonenfürstin."

Seltsamerweise brach ich weder in Tränen aus, noch wurde ich wütend. Ich trank einfach noch ein paar Tassen Kaffee, während Amélie in ihrer umfangreichen Bibliothek nachschaute, ob es irgendwo Informationen darüber gab, wie man einen unerwünschten Dämon los wurde.

„Leider können Sie ihn nur zerstören", sagte sie schließlich. „Ich habe aber auch eine gute Nachricht."

Ich blickte sie an. „Sagen Sie sie mir."

„Sie sind die einzige Hüterin, die außerdem noch Gefährtin eines Wyvern und Herrin eines Dämons ist."

„Na, da habe ich aber Glück, was?"

Sie lächelte. „Glück ist ein Wort dafür, ja."

Ich verabschiedete mich von ihr und ging mit Jim hinaus, um mir ein Taxi zu suchen, das mich zu der von ihr angegebenen Adresse bringen sollte.

„Die Metro ist billiger, und außerdem hat sie den Vorteil, dass der Schritt der Leute genau auf Nasenhöhe ist", sagte Jim, während wir die Hauptstraße entlanggingen.

„Du steckst in solchen Schwierigkeiten, dass du lieber den Mund halten solltest, vor allem hier auf der Straße, wo dich die Leute hören können."

„Du stehst auf der Abschussliste des Venedigers, und ich stecke in Schwierigkeiten?"

Ich hörte ihm gar nicht mehr zu, sondern konzentrierte mich darauf, was ich dem Venediger sagen wollte. Es war zwar eigentlich nicht meine Schuld, dass die Polizei bei ihm aufgetaucht war, aber ich wollte mich trotzdem dafür entschuldigen und gleichzeitig versuchen, ihn um Unterstützung bei Drake zu bitten, ohne dafür gleich meine Seele verkaufen zu müssen.

Als das Taxi vor dem vierstöckigen Gebäude in einer ruhigen Gegend des 14. Arrondissements hielt, hatte ich bis in die kleinste Kleinigkeit ausgearbeitet, wie ich vor ihm im Staub kriechen wollte. Bäume säumten eine Straße, auf der fast kein Verkehr herrschte. Kinder rannten auf den Bürgersteigen herum und schubsten kleine alte Damen mit schwarzen Schals und Einkaufsnetzen. Das graue Steingebäude, in dem der Venediger wohnte, sah aus wie alle anderen Häuser in Paris, einschließlich des schwarzen schmiedeeisernen Gitters vor dem unteren Teil jedes Fensters. Der überdachte Eingang bestand aus einer weißen Doppeltür.

„Sieht hübsch aus", sagte Jim, als ich den Taxifahrer bezahlte. „Vielleicht kann er uns ja aufnehmen? Das wäre mal eine nette Abwechslung nach den billigen Absteigen, in denen du so gerne wohnst."

Mir lief ein Schauer über den Rücken. Ich wollte mir lieber nicht vorstellen, bei dem Venediger wohnen zu müssen, das konnte unmöglich gesund sein. „Effrijim, ich befehle dir, den Mund zu halten, bis ich dir das Sprechen wieder erlaube."

Jim, der einen expliziten Befehl nicht verweigern konnte, warf mir einen unguten Blick zu. Lächelnd tätschelte ich ihm den Kopf, als ich auf die Klingel drückte. „Warum ist mir das nicht schon früher eingefallen? Stille, süße Stille."

Jim hob das Bein und pinkelte an den Hauseingang.

„Böser Dämon!", schimpfte ich. Gerade wollte ich Jims Nase in die Pfütze drücken, als die Tür aufging. Eine hübsche Brünette mit rosa geschminktem Schmollmund stand vor mir und musterte erst mich und dann Jim. Sie trug schwarze Lederstrapse und ein Fischnetz-Ensemble, das ich bisher immer für die Berufskleidung einer Bondage-Queen gehalten hatte. Alle wichtigen Teile waren – gerade so – bedeckt, aber der Rest war zur Besichtigung freigegeben. *„Oui?"*

„Bonjour. Parlez-vous anglais?"

„Ja", gab sie mürrisch zu. „Was wünschen Sie?"

„Ich möchte den Venediger sprechen."

Ihre Hand umklammerte den Türgriff, als fürchtete sie, ich würde mir gewaltsam Zutritt zu dem Haus verschaffen. Beinahe hätte ich gelacht.

„Es ist wichtig", fügte ich hinzu.

„Er meditiert. Wenn er mit seinen Geistführern kommuniziert, will er nicht gestört werden."

„Ich habe das Gefühl, bei mir wird es ihm nichts ausmachen, wenn er gestört wird", erwiderte ich mit einer Unbekümmertheit, die ich keineswegs empfand. „Mein Name ist Aisling Grey."

Sie riss die Augen auf; dann trat sie wortlos zur Seite und winkte mich herein. Jim trottete hinter mir her, während ich ihr durch ein überraschend helles, luftiges Wohnzimmer folgte, das auf einen hübschen kleinen Garten auf der anderen Seite des Hauses hinausging. Rosa Schmollmund wies auf ein kleines Holzhaus im hinteren Teil des Gartens, das an einer hohen Ziegelmauer stand. „Er ist im Pavillon."

„Danke", sagte ich. „Äh … entschuldigen Sie, aber wie heißen Sie?"

Misstrauisch blickte sie mich an. Sie wich einen Schritt zurück. „Warum fragen Sie?"

Ich hob die Hände, um zu zeigen, wie harmlos ich war. „Nur aus Höflichkeit. Ich wollte gerne wissen, wie Sie heißen."

„Mein Name geht Sie nichts an", erwiderte sie scharf. Damit drehte sie sich auf dem Absatz um und marschierte zurück ins Haus.

„Was habe ich denn gesagt? Warum wollte sie mir ihren Namen nicht verraten?", fragte ich Jim.

Er blinzelte mich an.

„Ach, du liebe Güte … du kannst ruhig wieder sprechen."

Die Antwort darauf war eine rüde Geste mit der dicken haarigen Pfote. Ich zog an der Leine, als wir auf das Gartenhaus zugingen. „Sehr clever. Beantworte meine Frage: Warum wurde das Mädchen so schnippisch, als ich sie nach ihrem Namen fragte?"

„Das habe ich dir doch schon einmal gesagt: Namen haben Macht."

„Äh …"

Jim stieß einen seiner zahlreichen gequälten Seufzer aus. „Wenn sie dir ihren Namen gesagt hätte, hättest du ihn gegen sie verwenden können."

„Du machst Witze."

Jim blähte die Nüstern, für einen Neufundländer eine nicht ganz einfache Sache. „Sehe ich so aus, als ob ich Witze mache?"

„Hmm", sagte ich nachdenklich, während wir über den samtig grünen Rasen auf den weißen Pavillon zugingen. Er sah überhaupt nicht so aus, wie ich mir einen klassischen Pavillon vorstellte – eine kreisförmige Holzkonstruktion mit Sitzbänken an den Wänden. Dieses Gartenhaus hier war aus weiß getünchtem Holz, aber die Fenster waren von normaler Größe und hatten langweilig getönte Fensterscheiben. Die Tür sah solide aus, und die Ziegelmauer hinter dem Häuschen war mindestens drei Meter hoch.

Anscheinend schätzte der Venediger auch in seinem Garten seine Privatsphäre.

Ich holte tief Luft, als ich vor der geschlossenen Tür stand, und ging im Geist noch ein letztes Mal meine einstudierte Rede durch. „Okay, ich schaffe das. Ich bin ein Profi. Ich habe alles im Griff. Ich habe einen Dämon, und ich weiß, wie ich ihn einsetzen muss."

„Gab es bei euch in der Familie Fälle von Wahnsinn oder Ähnliches?", fragte Jim in mitleidigem Ton. „Ich finde es nämlich absolut dumm, was du vorhast."

„Kommentare aus dem Publikum sind nicht erwünscht", sagte ich und hob die Hand, um an die Tür zu klopfen. Meine Knöchel hatten das Holz noch nicht ganz berührt, als die Tür sich öffnete. Langsam. Knarrend. Mit erhobener Hand stand ich da und spähte hinein. Anscheinend gab es Oberlichter, denn das Gartenhaus war erfüllt von strahlend hellem Licht.

Licht, das die Gestalt eines Mannes liebkoste, der mit dem Kopf nach unten hing.

Licht, das auf dem glänzend polierten Griff des Seax schimmerte, das in der Brust des Mannes steckte.

Licht, das auf die Blutlache fiel und sich in den schwarz umrandeten Symbolen Ashtaroths fing.

Jim drängte sich an meinem Bein vorbei. „Na, das ist ja ein Anblick, den man nicht alle Tage geboten bekommt."

„*Voulez-vous cesser de me cracher dessus pendant que vous parlez*", sagte ich mit wild klopfendem Herzen.

„Ach, jetzt sagt sie wieder das mit dem ins Gesichtspucken", meinte Jim leise zu sich selbst.

„*J'ai une grenouille dans mon bidet!*", knurrte ich.

„Und die Frösche."

„*T'as une tête à faire sauter les plaques d'égouts*", jammerte ich.

„Ein Gesicht wie ein Kanaldeckel. Jetzt muss doch gleich *merde* kommen."

„*Merde!*", brüllte ich.

„Das kannst du laut sagen", bestätigte Jim.

10

„Warum passiert so was ständig mir?", jammerte ich und fuchtelte mit den Händen. „Warum, warum, warum? Ziehe ich Leichen etwa magisch an?"

„Wenn du willst, dass dich die ganze Nachbarschaft hört, dann schrei ruhig weiter so", riet Jim mir und blickte über seine Schulter zum Haus.

Ich schob Jim in das Gartenhaus hinein und schloss die Tür hinter uns. „Fass bloß nichts an! Oh, mein Gott, er ist umgebracht worden!"

„Sieht genauso aus wie an dem anderen Tatort", stellte Jim fest und sog prüfend die Luft ein. „Riecht auch genauso."

Ich rang die Hände. „Er ist tot! Der Venediger ist tot! Direkt vor meinen Augen! Er ist tot!"

„Bist du hysterisch oder was?", fragte Jim. „Soll ich dir eine Ohrfeige geben?"

Die Drohung, von einem Dämon geohrfeigt zu werden, brachte mich zum Schweigen. Ich atmete ein paar Mal tief durch. „Okay. Alles wieder in bester Ordnung."

Ich ging um die Leiche des Venedigers herum und dachte laut nach. „Er hängt an einem Fuß. Seine Hände sind gefesselt. Er hat ein Messer im Herz. Oh, *merde*, das ist schon der zweite Dämonentod, oder?"

„Ja. Alle Anzeichen sprechen dafür, bis hin zu dem Kreis unter ihm."

Ich streckte meinen Arm vor, um zwei Finger an die Hand des Venedigers zu legen. Sie wurde bereits kühler, war aber noch nicht kalt. Er konnte noch nicht lange tot sein, vielleicht eine halbe Stunde. Als ich meine Hand wegzog, fiel etwas herunter, das er festgehalten hatte. Ohne nachzudenken, hob ich es auf. Es war ein grau gestreifter Stein, etwa in der Größe eines Silberdollars. Er war in Gold gefasst, und auf der Rückseite befand sich die Zeichnung eines goldenen Drachen. „Was ist das denn?"

„Fragst du mich?"

„Nein", sagte ich langsam. Unschlüssig drehte ich den Stein in den Händen. Er war schwerer, als er aussah, und brachte meine Fingerspitzen zum Prickeln. „Macht. Er besitzt Macht. Da der Venediger ihn in der Hand gehalten hat, hat er wahrscheinlich ihm gehört, aber der Drache ist im selben Stil gehalten wie der auf meinem Aquamanile und dem Kelch, den ich in Drakes Schatzhöhle gesehen habe. Hat Drake nicht irgendetwas erwähnt, dass das Aquamanile zu einem Dreierset gehört?"

Wieder dachte ich angestrengt nach, dann steckte ich den Stein in meinen Büstenhalter. Wenn er sich als unbedeutend herausstellte, konnte ich ihn immer noch zurückgeben, aber wenn er wertvoll war, konnte ich Drake vielleicht damit dazu bringen, mir zu helfen. „Außerdem ist der Venediger tot, deshalb darf der Finder ihn behalten."

„Oh ja, das klingt korrekt", warf Jim trocken ein.

Ich ignorierte ihn und ging vor dem Kreis in die Hocke, um ihn genau zu betrachten, wobei ich sorgfältig darauf achtete, nichts zu berühren. „Es sieht so aus, als ob er mit einem Filzstift gezogen wurde."

„Holzfußboden", sagte Jim.

„Ja, klar. Zumindest kann man hier die Dämonensymbole besser erkennen. Schon wieder Bafamal."

„Beliebter Typ. Kommt viel herum. Geht gern in die Disco. Wenn er menschliche Gestalt annimmt, trägt er bevorzugt glänzende italienische Anzüge", erklärte Jim.

„Hmm." Ich unterdrückte das Bedürfnis wegzulaufen, vor der Leiche, aus Paris, vor allem. Stattdessen hielt ich meine Hände über den Kreis, schloss die Augen und öffnete mich meiner inneren Macht. Das Licht im Pavillon strahlte in meiner inneren Sicht so hell, dass ich zusammenzuckte. Im Geiste blickte ich mich in diesem Raum um, aber außer der Leiche, dem Blut und dem Kreis war nichts zu sehen. „Der Kreis ist geschlossen, aber es wurde kein Dämon gerufen. Bafamal war jedoch hier."

„Am Boden." Auch mit geschlossenen Augen konnte ich sehen, dass Jim an einem schwarzen Fleck auf dem Holzboden schnupperte. „Du kannst vermutlich nicht fühlen, wer den Kreis gezogen hat?"

Ich konzentrierte meinen inneren Blick auf den Kreis und erlaubte mir, ihn wirklich zu sehen. Irgendwas daran kam mir … vertraut vor. „Es ist jemand, den ich kenne, jemand, den ich hier in Paris kennengelernt habe, aber wer es ist … das kann ich nicht sehen. Ich kann es einfach nicht sehen." Ein eisiger Schauer lief mir über den Rücken. „Ich weiß nur, dass es jemand mit einer wirklich bösen Seele ist."

Jim blickte auf die Leiche des Venedigers und verzog das Gesicht. „Das versteht sich von selbst."

„Verdammt, ich kann beinahe spüren, wer den Kreis gezogen hat. Irgendetwas mache ich falsch. Wenn ich mich nur richtig konzentriere …" Ich stellte mir vor, dass sich meine magische Tür öffnete, wie sie es tat, wenn ich Drakes Hitze kanalisierte, wenn die Macht seines Feuers durch meinen Körper jagte und mir Kraft und Energie gab.

„Äh … Aisling …"

„Schscht, ich konzentriere mich." Ich nahm das Drachenfeuer auf, formte es und verwandelte es von einer Kraft, die Leben nahm, in eine Kraft, die Leben schuf.

„Aisling, ich glaube, das musst du dir ansehen."

„Gleich – ich bin fast fertig." Drakes Drachenfeuer war der Schlüssel zu meiner Macht, da war ich mir sicher. Ich nahm die Energie, die ich aus mir gezogen hatte, und gab ihr Form.

„Wie möchtest du denn deinen Toten, blutig oder durch?"

Ich öffnete die Augen, wobei ich erneut ein leises Gefühl des Verlustes empfand, weil ich wieder nur auf meine normale Sicht beschränkt war.

Das Gartenhaus stand in Flammen.

„Was zum Teufel?"

„Abbadon, nicht ..."

„Verdammte Scheiße!", unterbrach ich ihn und starrte auf die Flammen, die an der Rückseite des Gartenhauses hochzüngelten. „Habe ich dir nicht gesagt, du sollst nichts anfassen?"

„Das war ich nicht – du warst das. Das Feuer brach aus, als du anfingst, schwer zu atmen."

Hustend sprang ich auf. Der Rauch brannte mir in der Kehle und in den Augen. „Warum passiert so etwas immer nur mir?"

„Ich glaube nicht, dass wir jetzt Zeit haben, über die Katastrophen in deinem Leben zu philosophieren. Wir sollten hier verschwinden, bevor wir gegrillt werden."

„Da hast du wohl recht, aber nicht nur wegen des Feuers – mir macht mehr Sorgen, was Inspektor Proust wohl denkt. Er mag ja wissen, dass ich Madame Deauxville nicht ermordet habe, aber wenn er mich hier findet, wird er nicht erfreut sein. Ach, Mist, da ist ja noch Rosa Schmollmund!"

„Vielleicht sagt sie ja nichts", meinte Jim. Ich öffnete die Tür einen Spalt und spähte in den Garten.

„Glaubst du?"

„Nein, ich habe nur versucht, dir ein klein wenig Freude zu machen."

„Oh, du bist eine große Hilfe."

„Das sagen alle meine Herren."

Das Feuer wurde stärker, und ich blickte durch den immer dichter werdenden Rauch zum Venediger. „Sollen wir ihn nicht herunterholen?"

„Er oder du, Mädel."

„Dann wahrscheinlich ich."

„Der Meinung bin ich auch."

Wir schlüpften hinaus und schlossen die Tür von außen. Einen Moment lang überlegte ich, dann wischte ich die Türklinke sorgfältig mit dem Saum meiner Tunika ab.

„Fingerabdrücke", erklärte ich Jim, als wir zum Haus zurückeilten.

„Das Gartenhaus brennt nieder, und du machst dir Gedanken wegen irgendwelcher Fingerabdrücke?"

Ich funkelte ihn an. „Ich wette mit dir, wenn ich nur lange genug suche, finde ich bestimmt eine Do-it-yourself-Ausrüstung zum Kastrieren."

„Okay, ist ja schon gut", lenkte Jim ein.

Vor dem gepflasterten Gehweg, der zur Terrasse führte, zögerte ich. „Sollen wir nicht doch die Polizei rufen? Es kommt mir irgendwie nicht richtig vor, den Venediger hier hängen zu lassen. Schließlich wird Inspektor Proust ja sowieso glauben, dass ich etwas damit zu tun habe, wenn Rosa Schmollmund ihm erzählt, dass ich hier war."

Jim nahm den Saum meiner Tunika ins Maul und zog mich zu einem Weg, der an der Längsseite des Hauses verlief. „Meinst du nicht, du stehst jetzt schon unter Verdacht?"

„Ja, schon, aber vielleicht sollten wir einfach die Feuerwehr ..."

„Halt!", schrie eine Männerstimme vom Haus her. Im Eingang stand ein Mann in Polizeiuniform und blickte in meine Richtung. Er drehte sich um und winkte nach links, wo zwei andere Männer in Zivilkleidung um die Ecke bogen. Einer von ihnen gehörte zu Inspektors Prousts Ermittlungsteam. Der Mann in Uniform zeigte auf mich. „*Arrêtez-vous où vous êtes*!"

„Jim!", schrie ich, drehte mich auf dem Absatz um und rannte in die entgegengesetzte Richtung. „Hilf mir!"

„Mach einen Befehl daraus", entgegnete er.

Ich blieb kurz stehen und brüllte: „Effrijim, als deine Herrin befehle ich dir, die Männer anzugreifen, die mich aufhalten wollen … aber verletze sie nicht ernsthaft und pass auch auf, dass du nicht verletzt wirst, verstanden?" Damit schoss ich den Kiesweg entlang, der auf den Holzzaun zuführte, der sich an die Ziegelmauer anschloss. Hinter mir bellte Jim wie ein richtiger Hund. Am Tor blieb ich stehen und kämpfte mit dem Schloss. Plötzlich machte ich mir Sorgen um Jim. Als ich mich nach ihm umschaute, sah ich nur noch einen riesigen schwarzen Schatten, der auf die Männer zustürmte. Einer der Detectives in Zivilkleidung rannte weg, wobei er in ein Funkgerät sprach. Der uniformierte Polizist lag am Boden und wand sich, während Jim nach dem zweiten Detective schnappte.

„Jim, bei Fuß!", schrie ich, riss das Tor auf und rannte hindurch. Dort war das Haus von einer dichten Hecke umgeben, die nahtlos an die vordere Ecke des Hauses anschloss. Hinter mir hechelte Jim, und aus dem Garten ertönte Geschrei.

„Mist."

„*Merde*", sagte Jim.

„Egal. Ich gehe da jetzt durch." Ich schob mich durch die Hecke, wobei sich sofort Millionen winziger Ästchen in meine Haut bohrten. Meine Tunika zerriss, die Kette meines Talisman blieb einmal an einem Ast hängen, die kleinen Zweige rissen an meinen Haaren und zerkratzten mir die bloßen Arme und das Gesicht, aber obwohl ich dabei eine Sandale verlor, gab ich nicht auf. Atemlos und voller Blätter kam ich schließlich auf der anderen Seite an, musste jedoch gleich feststellen, dass es vor dem Haus von Polizeiwagen nur so wimmelte.

Entschlossen wandte ich ihnen den Rücken zu und humpelte in die entgegengesetzte Richtung. Im Gehen wischte ich mir den Schmutz aus dem Gesicht und pflückte mir die Blätter aus den Haaren. Wenn mich jetzt einer anspräche, würde ich ihm an die Gurgel gehen, schwor ich mir. Jim murmelte etwas davon, dass er sich sein schönes Fell ruiniert habe. Als wir um die Ecke bogen, hielt ich den Atem an, aber es blieb alles still. Keine Pfiffe, keine Polizeisirenen, niemand, der mir folgte.

Ich blickte Jim an. Auch er war voller Schmutz, Ästchen und Blättern, die ich, so gut es ging, abzupfte. Dabei versuchte ich das Zittern zu unterdrücken, das plötzlich von meinem Körper Besitz ergriff.

„Bei Fuß?", sagte Jim sarkastisch. „Bei Fuß?"

„Entschuldigung, aber was Besseres ist mir nicht eingefallen." Ich holte tief Luft. „Ich glaube, wir sind in Sicherheit."

Die Worte waren mir kaum über die Lippen gekommen, als eine glänzende schwarze Limousine quietschend neben uns zum Halten kam. Überrascht starrte ich den rothaarigen Mann an, der heraussprang, die hintere Tür des Wagens aufriss, mich ohne große Umstände um die Taille packte und ins Wageninnere beförderte. Ich krachte auf einen weichen Teppichboden und stieß mir die Nase an einem Paar teurer, auf Hochglanz polierter italienischer Schuhe. Jim protestierte lautstark, als man mit ihm genauso verfuhr.

„Guten Tag, Aisling."

Ich hob den Kopf und blickte auf ein paar muskulöse Schenkel. Diese Stimme kannte ich. Die Schenkel auch – irgendwie.

Ich rappelte mich auf und blickte Drake an. Jim lehnte sich an meinen Rücken. „Drake Vireo, wie schön, dich hier zu treffen."

Drake hob seine schwarzen Augenbrauen. „Das habe ich mir auch gesagt, als ich dich schon wieder an einem Tatort stehen sah."

Ich setzte mich neben ihn auf die bequeme Lederbank. Gerade als ich ihn fragen wollte, woher zum Teufel er gewusst hatte, wo ich war, sagte er etwas in einer Sprache, die ich nicht verstand. Einer der rothaarigen Männer nickte. Das Auto bog in eine Einfahrt, wendete und fuhr wieder in die Richtung, aus der wir gerade gekommen waren.

„Was für eine Sprache war das?"

„Ungarisch", antwortete Drake und blickte an mir vorbei aus dem Fenster auf meiner Seite.

„Ungarisch? Kommst du ursprünglich aus Ungarn?"

„Ja." Man hörte eine Sirene, und mir wurde klar, dass wir uns auf der Straße zum Haus des Venedigers befanden, direkt auf die Blaulichter der Polizeiwagen zufuhren. Die Autos blockierten mehr oder weniger die Straße, und ein Polizist lenkte den Verkehr um die Hindernisse herum.

Drake gab einen weiteren Befehl, und das Auto hielt an. Über die Hecke hinweg sah ich, dass Rauch aus dem Gartenhäuschen aufstieg. Einige Leute drängten sich um den brennenden Pavillon, und ein Mann hielt einen Gartenschlauch darauf, während die anderen mehr oder weniger hilflos herumstanden. Auch Rosa Schmollmund war da. Sie klammerte sich an den Arm eines Polizisten in Zivil.

„Warst du das?", fragte Drake ruhig und sah zu, wie die Flammen an der Seite des Häuschens aufloderten.

„Nein, das war Jim!"

„Ich?", empörte sich Jim. „Ich habe nichts gemacht, gar nichts!"

Drakes Augen waren fast schwarz. „Du hast deinem Dämon befohlen, die Leiche des Venedigers in Brand zu setzen?"

„Nein, so war es gar nicht – es war ein Unfall. Ich habe an dein Feuer gedacht, und … und … vermutlich ist es außer Kontrolle geraten."

Drake stieß einen Befehl aus, und der Wagen glitt in eine andere Einfahrt, wendete und fuhr erneut in die Richtung, aus der wir gekommen waren. Drake musterte mich voll Interesse. Ich reckte trotzig das Kinn, wobei mir schmerzlich bewusst war, dass mein Arm blutete, meine Augen brannten und meine Haare voller Blätter und winziger Zweige waren. „Wenn ich dir deinen Pass besorge, fährst du dann?"

„Was?" Ich starrte ihn an.

„Verlässt du das Land, wenn ich dir deinen Pass besorge?" Drake zog ein Taschentuch aus der Tasche und wischte sanft das Blut an meinem Arm ab, das aus ein paar kleinen Wunden tröpfelte.

„Wie willst du mir denn meinen Pass besorgen?"

Er bedachte mich mit einem herausfordernden Blick. „Ich bin der Wyvern der grünen Drachen. So schwer wäre es nicht."

„Oh. Ja, klar. Ich habe einen Moment lang vergessen, dass du ein Meisterdieb bist."

„Ich halte es für das Beste, wenn du das Land verlässt", fuhr er fort und wandte seine Aufmerksamkeit meinem anderen Arm zu. Seine Berührung war sanft und vorsichtig, als ob er ein wertvolles Kunstwerk vor sich hätte. „Wenn du mir versprichst, Paris zu verlassen, besorge ich dir deinen Pass."

Über dieses Angebot musste ich erst einmal nachdenken. Wenn ich wirklich nach Hause zurückkehren wollte, dann könnte es mich vielleicht reizen, aber es gab noch so viele andere Dinge zu bedenken, Dinge wie Ehre und Stolz und … ach, wen wollte ich denn täuschen? Drake gehörte natürlich auch dazu, obwohl ich nicht ganz genau wusste, was ich von ihm wollte. „Nein, ich würde nicht nach Hause fahren, wenn du mir meinen Pass besorgen würdest, nicht solange der Mord an Madame Deauxville nicht geklärt ist, und jetzt auch noch der an dem Venediger… He! Woher wusstest du überhaupt, dass er tot ist? Woher wusstest du, dass ich ihn gefunden habe? Woher wusstest du, dass ich da war? Oh, mein Gott, *du* hast ihn umgebracht!"

„Ihn umgebracht?", fragte Drake irritiert und steckte das blutverschmierte Taschentuch wieder in seine Tasche. „Warum sollte ich ihn umbringen? Ich habe für ihn gearbeitet. Jetzt, da er tot ist, bekomme ich kein Geld mehr."

Das war das Letzte, was ich zu hören erwartet hatte. „Du hast für ihn gearbeitet? Du bist doch ein Wyvern! Was musstest du denn für ihn tun?"

„Ich glaube nicht, dass das eine Rolle spielt." Er sah mich plötzlich starr an. „Warum riechst du nach Gold?"

Mir fiel der Unterkiefer herunter. „Du kannst Gold riechen, echt?"

„Ja." Er beugte sich vor, sog die Luft um mich herum ein und hielt schließlich vor meiner Brust inne. „Du hast Gold. Ich will es sehen."

Ich drückte beide Hände vor meine Brust. Ich hatte den Jadedrachen unter meine Bluse gesteckt, sodass er warm zwischen meinen Brüsten lag. Und auch der goldgefasste Stein, der ein Bruder der anderen beiden Stücke, die in Drakes Besitz waren, hätte sein können, befand sich dort, aber er war unter meine Brust gerutscht. „Wenn ich es dir zeige, stiehlst du es mir nur."

„Möglich. Aber ich stehle es dir ganz bestimmt, wenn du es mir nicht zeigst."

Ich bedachte ihn mit einem vernichtenden Blick. „Na ja, du bist wenigstens ehrlich." Verärgert zog ich den Jadedrachen an der Kette heraus und hielt ihn ihm hin, damit er die Goldteilchen daran erkennen konnte. „Es ist ein Talisman, und du kriegst ihn nicht. Ich habe ihn geschenkt bekommen."

Drakes Nase zuckte, als er den Drachen aufmerksam betrachtete. „Jade?"

„Ja. Er gehört mir."

„Hmm. Achtzehn Karat Gold, etwa zweihundert Jahre alt. Dem Stil des Kopfes nach zu urteilen, chinesischen Ursprungs – die Chinesen haben uns immer so alberne Fransen auf den Kopf gesetzt. Nicht so schrecklich wertvoll. In Ordnung, du kannst ihn behalten", meinte er und lehnte sich zurück.

„Wie großzügig von dir", sagte ich spöttisch und steckte ihn wieder unter meine Tunika, insgeheim sehr erfreut darüber, dass er von dem anderen Stück Gold unter meiner Brust nichts gemerkt hatte.

„Ja, das finde ich auch", sagte er gelassen. „Was hast du bei dem Venediger gemacht?"

„Das wollte ich dich auch gerade fragen. Und ich wollte dir auch noch eine Menge anderer Fragen stellen, zum Beispiel, warum du mich von der Straße weg gekidnappt hast, wo ich doch gerade aus eigener Kraft entkommen wäre, und was du vor dem Gartenhaus des Venedigers gemacht hast, wenn du ihn nicht umgebracht hast."

Drake machte eine ungeduldige Handbewegung. „Die Antworten auf deine Fragen sind unwichtig. Was wolltest du beim Venediger? Wusstest du nicht, dass er eine Prämie auf deinen Kopf ausgesetzt hat?"

Ich kniff ihn in die Hand. Fest. „Du scheinst nicht zu wissen, wie man dieses Spiel spielt. Ein Gespräch besteht aus Fragen und Antworten ..."

Er packte mich einfach und hob mich auf seinen Schoß.

„Oh, Mann", sagte Jim und schaute bewundernd zu ihm auf. „Da krieg ich ja schon wieder was zu sehen. Ich liebe es, wenn er so den Macho rauskehrt. Ob er dir jetzt wohl das Mieder zerreißt oder so?"

„Jim, ich befehle dir, still zu sein“, sagte ich.

„Halt den Mund“, befahl Drake ihm ebenfalls. Seine Augen brannten sich in meine. „Und, sollten wir jetzt wirklich über die Regeln des Spiels diskutieren?“

„Lass das“, protestierte ich. Ich schmolz unter seinem begehrlichen Blick dahin.

Seine Finger glitten über meinen Nacken, und Wellen der Lust liefen mir über den Rücken. Seine Lippen schwebten über meinem Mund, und ich bog mich ihm entgegen, rieb die Brüste an seinem Oberkörper. Sein heißer Atem drang in meinen Mund, ich öffnete die Lippen, weil ich der Verlockung nicht mehr widerstehen konnte …

„Verdammt“, fluchte er und schob mich auf den Sitz zurück.

„Was ist los?“ Mein ganzer Körper protestierte gegen die Zurückweisung.

Drake rieb sich die Nase. „Dieses Gold, das du trägst, lenkt mich ab. Nimm es ab.“

Um ihn damit auf die Tatsache aufmerksam zu machen, dass noch mehr Gold an meinem Körper klebte? Oh, oh. „Danke, aber ich möchte es lieber anbehalten. Amélie sagte, es sei ein Talisman gegen Drachen, und so langsam verstehe ich, warum sie es für wichtig hielt, dass ich ihn trage. Wohin fahren wir eigentlich? Ich hoffe, irgendwohin, wo wir ungestört miteinander reden können, ich habe nämlich eine Menge Fragen an dich.“

Seine Augen glitzerten dunkel. „Wie kommst du darauf, dass ich sie beantworte? Das Aquamanile, das du zu stehlen versucht hast, ist doch wieder in meinem Besitz …“

„Du hast es mir gestohlen.“

„… und dein Jade-Talisman lenkt mich zwar ab, aber er ist nicht wertvoll genug, um mich in Versuchung zu führen. Was willst du mir denn für meine Antworten auf deine Fragen anbieten?“

Warum hatte ich bei einer einfachen Unterhaltung mit Drake immer das Gefühl, mit brennenden Fackeln zu jonglieren? Einen Moment lang nagte ich unentschlossen an meiner Unterlippe, musste mir dann jedoch eingestehen, dass der Stein, den ich dem Venediger abgenommen hatte, das Einzige war, was ich an Verhandlungsmasse besaß. „Was hieltest du von einem dritten Stück, das zu meinem Aquamanile und deinem Kelch passt?"

Seine schönen grünen Augen weiteten sich etwas. Ich lächelte, als ich sein überraschtes Gesicht sah. „Du hast das *Occhio di Lucifer*?"

„Das was?"

„Das Auge von Luzifer. So heißt das dritte Instrument von Bael. Es ist ein in Gold gefasster Magnetstein. Hast du ihn?"

Ich breitete die Hände aus, wobei ich inständig hoffte, dass er mir meine Unschuld abkaufte und mir nicht die Tunika vom Leib riss, um an meinen Brüsten herumzuschnüffeln. „Sehe ich so aus, als ob ich ihn hätte? Außerdem wüsstest du das, oder nicht?"

„Ja", erwiderte er und rieb sich wieder über die Nase. Der gierige Schimmer in seinen Augen wurde ein wenig schwächer, aber nicht viel. „Aber du weißt, wo es ist?"

„Vielleicht", sagte ich kokett. „Aber ich verstehe den Namen nicht. Warum heißt es Auge von Luzifer? Und hast du vorhin nicht einen italienischen Namen gesagt?"

Drake lehnte sich zurück und blickte mich wachsam an. „Ja, das war Italienisch. Das Instrumentarium von Bael besteht aus der *Anima di Lucifer* – der Seele von Luzifer –, das ist das Aquamanile, der *Voce di Lucifer* – der Stimme von Luzifer –, das ist der goldene Kelch."

„Und den hast du auch", sagte ich und dachte an den Kelch mit dem Drachenstiel, der in seiner Vitrine neben meinem Aquamanile gestanden hatte.

„Ja. Und das dritte ist das *Occhio di Lucifer*. Das hat der Venediger." Er blickte mich prüfend an. „Wenn du es hast, musst du es ihm weggenommen haben."

„Wer sagt denn, dass ich das getan habe? Und wenn, woher willst du wissen, was ich damit gemacht habe?", antwortete ich so mysteriös wie möglich. Ich musste ihn unbedingt von diesem Thema abbringen. „Wozu diente dieses Instrumentarium Bael denn?"

Drake runzelte die Stirn, beruhigte sich jedoch gleich wieder. „Ich vergesse ständig, dass du deine vollen Kräfte als Hüterin noch nicht ganz entfaltet hast. Ein mächtiger Magier hat dieses Instrumentarium auf einem der Kreuzzüge geschmiedet. Er wollte die Macht, die es ihm verlieh, nutzen, um Englands König Richard zu unterstützen. Aber kaum hatte er es fertig, als ein rivalisierender Magier es ihm stahl und gegen ihn richtete."

„Was bewirkte dieses Instrumentarium denn? Und wer ist Bael?"

Jim hüpfte aufgeregt auf und ab. Ich presste die Lippen zusammen. „Wenn du etwas Wichtiges beizutragen hast, darfst du sprechen."

„Aus meinem Mund kommen nur Perlen der Weisheit", versicherte Jim. Als er meinen drohenden Gesichtsausdruck sah, fuhr er hastig fort: „Bael ist der Anführer aller Fürsten in Abbadon. Er regiert über sechsundsechzig Legionen und nimmt oft die Gestalt eines Mannes mit einer rauen Stimme an."

„Ah ja, verstehe. Du meinst Beelzebub. Und sein Instrumentarium verschafft einem sozusagen Zugang zu seiner Macht?", fragte ich Drake. Er nickte. „Meine Güte, das klingt ja ziemlich beeindruckend. Und wozu hat man die einzelnen Stücke benutzt? Ich meine, ein Aquamanile, ein Kelch und ein Magnet haben doch eigentlich nichts gemeinsam."

„Für Rituale", sagte Drake und wandte sich ab.

„Denk an Opfer", warf Jim fröhlich ein.

Mir drehte sich der Magen um. „Ah, okay."

„Blutopfer", fügte der Dämon hinzu, als ob ich es immer noch nicht begriffen hätte.

„Ja, danke. Ich habe es schon mitbekommen."

„Von Unschuldigen."

„Unschuldigen?", fragte ich, wobei ich die Antwort eigentlich gar nicht hören wollte.

Jims Lippen zuckten. „Kindern."

„Halt den Wagen an", schrie ich Drake zu. Er warf nur einen kurzen Blick auf mich und gab den beiden Typen vorne einen scharfen Befehl.

Ich schaffte es bis zu einer Stelle zwischen zwei geparkten Fahrzeugen, aber nur gerade so. Dass Drake hinter mir stand, merkte ich kaum, während ich mein Mittagessen in den Gully erbrach. Schlimmer konnte das Leben nicht mehr werden.

Ich irre mich in diesen Dingen häufig.

11

„Man kann ja über dich sagen, was man will – und ich kann eine Menge über dich sagen, obwohl ich dich erst seit ein paar Tagen kenne –, aber du hast wirklich ein wundervolles Haus. Hast du all das Zeug gestohlen?“

Drake zuckte mit den Schultern. Ich stellte eine schöne griechische Schale zurück auf ihren Sockel. Das Schulterzucken nahm ich für ein Ja. Der Raum, den er als Bibliothek bezeichnete, hätte als Museum durchgehen können, er war eine Ansammlung von Antiquitäten. Es war ein komisches Gefühl zu wissen, dass er alt genug war, um die meisten Kunstwerke noch in der Zeit ihres Entstehens gesehen zu haben. Ich trat zu einem Triptychon, auf dem der Heilige Georg dargestellt war, der einem Drachen die Lanze in den Hals bohrte.

„Einer deiner Vorfahren?“, witzelte ich.

„Nein, das war einer von der roten Drachensippe“, antwortete er ernsthaft.

Ich starrte ihn verblüfft an. „Willst du damit sagen, dass der Heilige Georg tatsächlich einen Drachen getötet hat?“

„Ja, natürlich.“ Drake trat zu einem Sideboard aus Ebenholz, auf dem Kristallkaraffen standen.

„Du liebe Zeit.“ Ich blickte noch einmal auf das Bild. „Wie war es denn so im Mittelalter?“

Drake warf mir einen angewiderten Blick zu und reichte mir ein Glas dunklen Rotwein. „Das weiß ich nicht – damals war ich noch nicht auf der Welt.“

„Ach, wirklich?“ Ich trank einen kleinen Schluck Drachenblut, dessen mittlerweile vertraute Hitze die letzten Reste meiner Übelkeit beseitigte.

Drake blähte empört die Nüstern. „Für wie alt hältst du mich eigentlich?“

„Na, lass mal überlegen …“ Ich ging langsam um ihn herum, wobei ich die Gelegenheit nutzte, um ihn mir in aller Ruhe genau anzusehen. Er trug heute einen marineblauen Anzug, hatte allerdings, kaum zu Hause angekommen, Jackett und Krawatte abgelegt und die Ärmel seines hellblauen Hemdes aufgekrempelt. Ich musste mich förmlich zwingen, meine Hände bei mir zu behalten. „Ich würde sagen … hmmm … fünfhundert Jahre?“

„Fünfhundert!“, schnaubte Drake.

Gespielt überrascht zog ich die Augenbrauen hoch. „Vierhundert?“

„Ich bin genau dreihundertneunundachtzig Jahre alt, obwohl man mir schon gesagt hat, dass ich keinen Tag älter als zweihundert aussehe.“

Ich lächelte über seinen aufgebrachten Gesichtsausdruck. „Entschuldigung. Ich wollte dich nicht beleidigen. Du hast recht – so alt siehst du nicht aus. Ich bin aber trotzdem überrascht, dass du noch nicht älter bist. Eigentlich bist du noch ein richtiger kleiner Babydrache, was?“

„Wohl kaum“, erwiderte er mit vernichtendem Blick.

Ich trat zu einer wundervoll gearbeiteten Dartscheibe mit einer Einfassung aus Elfenbein und Ebenholz. Die Dartpfeile waren mit golden umrandeten Drachen bemalt und mit aufgesteckten Pfauenfedern versehen. „Hübsch. Spielst du?“

„Ja. Außerordentlich gut sogar.“

Ich steckte den Dartpfeil, den ich betrachtet hatte, wieder in seinen Elfenbeinsockel. „Dart kommt mir ein bisschen zahm vor für einen Drachen, der fast vierhundert Jahre alt ist.“

„Jedes Spiel kann aufregend sein, wenn der Einsatz hoch

genug ist", antwortete er und winkte mich zu einem schokoladenbraunen Ledersofa.

„Ja, vermutlich hast du recht. Bist du sicher, dass es Jim bei deinen Dienstboten da draußen gut geht?"

„Sie sind keine Dienstboten – es sind Mitglieder meiner Sippe. Und deinem Dämon passiert schon nichts bei ihnen", sagte er. Er setzte sich neben mich und zog mich an sich. Ich wollte protestieren, weil mir die Geste so besitzergreifend vorkam, aber eigentlich gefiel es mir ja, mich so an ihn zu schmiegen. Und solange ich ihm noch Fragen stellen musste, konnte ich es doch auch bequem haben, hab ich recht? Genau.

Ich hatte von der Fahrt zu Drakes Haus nicht viel mitbekommen, nachdem ich mich am Straßenrand übergeben hatte, aber als wir hier angekommen waren, war ich wieder aufs Neue von der Pracht beeindruckt. Drake hatte Jim mit Pál und István, seinen zwei rothaarigen Kumpels, die ihm wahrscheinlich auch als Bodyguards dienten, in die Küche geschickt, und Jim hatte sofort begonnen, sich bei ihnen einzuschmeicheln.

„Also, dann wollen wir gleich mal verhandeln."

Drake sah so aus, als wolle er etwas sagen, neigte aber nur stumm seinen Kopf.

„Zuerst die Grundregeln: Du beantwortest meine Fragen, ganz gleich, wie viele ich dir stelle, aufrichtig und vollständig. Du hilfst mir, den oder die Mörder von Madame Deauxville und dem Venediger zu finden. Wenn wir die Fälle gelöst haben, sage ich dir, wo du das Auge von Satan finden kannst."

„Luzifer."

„Ist das ein Unterschied?"

Drake trank einen kleinen Schluck. „Ein semantischer vielleicht. Namen ..."

„... haben Macht. Ja, ja, das habe ich auch schon begriffen. Bist du mit den Regeln einverstanden?"

Er stellte sein Glas ab und zog mich eng an sich. Sein Atem glitt warm über meine Wange, als er an meinem Kinn knabberte. „Habe ich eine andere Wahl?"

„Jede Menge", erwiderte ich und wand mich aus seiner Umarmung. „Was … äh … was hast du eigentlich mit den Jungfrauen gemacht?"

„Welche Jungfrauen?", fragte er und ließ seine Hand über meinen Oberschenkel wandern.

„Die, die dir so fehlen", antwortete ich und hielt seine Hand fest, bevor sie unter meine Tunika gleiten konnte. Solange ich das Auge von Luzifer an meinem Busen versteckte, wurde hier nicht geknutscht.

Er rutschte ein wenig zur Seite und blickte mich amüsiert an. „Als ich zur Welt kam, wurden einem leider nur noch in den wenigsten Dörfern Jungfrauen als Opfer angeboten."

„Tatsächlich? Was habt ihr denn stattdessen bekommen?"

Er blickte zu einer Vitrine, in der mit Edelsteinen besetzte Dolche lagen.

„Ah. Na ja, Gold, Edelsteine und Wertsachen sind sowieso besser als eine Jungfrau, findest du nicht?"

„Das kommt auf die Jungfrau an", antwortete er, und seine Hand legte sich auf meine.

„Tut mir leid, Anfassen gehört nicht zu den Regeln", erklärte ich und schob sie weg. „Bist du mit den Bedingungen einverstanden?"

Seufzend lehnte er sich zurück. Seine Finger glitten über die bloße Haut meines Arms, und ich erschauerte unter der Hitze, die sie ausstrahlten. „Ja, das bin ich. Aber ich muss dich warnen, ich mag es nicht, wenn meine Frauen mich beherrschen wollen."

Ich schnaubte verächtlich. „In Ordnung. Dann wollen wir mal mit Madame Deauxville beginnen. Was hast du dort gemacht?"

Drake nahm einen Schluck und zögerte die Antwort so lange wie möglich hinaus. Schließlich sagte er: „Ich habe dir doch gesagt, dass der Venediger mich engagiert hat. Und bei Madame Deauxville musste ich meine Pflichten ihm gegenüber erfüllen."

Ich kniff ihn ins Handgelenk. „Wenn du auf alle meine Fragen so ausweichend antwortest, sitzen wir die ganze Nacht hier. Also, rede."

Er runzelte die Stirn. „Diese Befragung fällt mir nicht leicht. Ich bin der Wyvern der grünen Drachen, du kannst mich nicht einfach so behandeln."

„Du bist auch arrogant, despotisch und sexy, aber das ändert nichts an den Regeln. Du hast eingewilligt, alle meine Fragen zu beantworten."

Grünes Feuer loderte in seinen Augen. „Du treibst es zu weit, Hüterin."

Lächelnd fuhr ich ihm mit der Zunge über die Nasenspitze. „Ich habe noch nicht einmal damit angefangen, Drache. Also, lass uns weitermachen."

Ein winziges Rauchwölkchen stieg aus seinem Nasenloch auf. „Ich sollte die Seele von Luzifer bei Madame Deauxville stehlen. Ich kam zu früh, weil man mir eine falsche Zeit genannt hatte, in der du das Aquamanile abliefern solltest. Als ich ankam, war sie schon tot."

Ohne nachzudenken, verschränkte ich meine Finger mit seinen. „Hmm. Wenn du sie nicht getötet hast, wer war es deiner Meinung nach dann?"

Er leerte sein Glas. „Ich hatte angenommen, dass es der Venediger war. Bafamal war einer der Dämonen, die er häufig benutzte. Bei dem Mord wies alles auf ihn hin, bis auf eines."

„Und was war das?", fragte ich. Mein Daumen streichelte über seinen Handrücken.

„Er hätte nie das Geld für mich ausgegeben, wenn er vorgehabt hätte, die Sache selber zu erledigen."

„Oh ja, da hast du recht. Und wer hat sie deiner Meinung nach umgebracht?"

„Ich habe keine Ahnung." Er blickte mich an. „Ich hatte vielmehr gehofft, du könntest es mir sagen."

Ich verzog das Gesicht zu einer Grimasse. „Nein. Als ich versucht habe herauszubekommen, wer den Kreis unter dem Venediger gezogen hat, hat der Pavillon angefangen zu brennen." Ich runzelte die Stirn, als mir einfiel, was es für ein mächtiges Gefühl gewesen war, Drakes Feuer zu beherrschen. „Warum konnte ich dein Feuer spüren, obwohl du gar nicht bei mir warst?"

Er blickte zur Seite. „Du bist meine Gefährtin, und Gefährten können Feuer zusammenführen."

„Aber das kann ich eigentlich nicht, wenn du nicht da bist, oder?" Plötzlich stand mir alles klar vor Augen. „Aber du warst ja da. Du warst im Haus des Venedigers. Deshalb wusstest du auch, dass ich in den Garten zu ihm gegangen war."

„Ich wollte gerade gehen, als du ankamst, das stimmt. Ich blieb, um zu sehen, was du tun würdest, wenn du die Leiche entdecktest. Aber István hatte herausbekommen, dass die Polizei unterwegs war. Deshalb hielt ich es für besser, mich zurückzuziehen, als zu bleiben und dich zu beobachten."

„Viel hast du sowieso nicht verpasst. Ich habe lediglich das Gebäude in Brand gesteckt." Und natürlich das Auge von Luzifer gefunden. „Warum wollte der Venediger, dass du das Aquamanile stiehlst? Warum hat er es Madame Deauxville nicht einfach abgekauft?"

Drake drehte unsere Hände so, dass seine Finger meine streichelten. Es war ein äußerst erotisches Gefühl. „Sie war seine Rivalin."

„Seine Rivalin?"

„Ja, weil sie etwas erworben hatte, das er haben wollte. Sie hielt sich für die Reinkarnation eines großen Magiers, aber sie täuschte sich."

„Und der Venediger? War er tatsächlich ein großer Magier?"

Drake zuckte mit den Schultern, und seine Hände strichen über meinen Arm.

„Der Venediger versuchte also, das Instrumentarium von Bael zusammenzubekommen. Wusste er, dass du die Stimme von Luzifer hast?"

„Nein. Ich wollte ihm das Objekt zum Kauf anbieten, wenn ich das Aquamanile in meinen Besitz gebracht hatte. Er besaß schon das Auge, und ich wusste, dass er alles dafür geben würde, auch das letzte der drei Teile zu besitzen."

Misstrauisch blickte ich ihn an. Irgendwie passte das alles nicht zusammen. Drake hatte erwähnt, dass er an dem, was er besaß, festhielt. So gierig, wie er auf Gold reagierte, glaubte ich nicht einen Moment lang, dass er ein so prachtvolles Stück wie die Stimme von Luzifer für Geld hergeben würde. Unwillkürlich fragte ich mich, ob er vorgehabt hatte, den Venediger übers Ohr zu hauen und ihm auch das Auge von Luzifer zu stehlen, wenn er erst einmal die beiden anderen Dinge besessen hätte. Wenn das jedoch so war, dann wollte er sie auch benutzen. Aber zu welchem Zweck? „Wenn der Venediger solch ein mächtiger Magier war, warum brauchte er dann das Instrumentarium von Bael? Was wollte er damit?"

Lachend zog Drake mich an sich. Ich schmiegte mich an ihn und schwelgte in seiner Hitze und seinem Duft. „Mein Liebes, warum will jemand Macht? Um zu erobern, natürlich."

„Was erobern?" Ich blickte Drake an, wobei ich bemerkte, dass er hinreißend schöne Ohrläppchen hatte.

„Wenn er die Macht von Bael mit seiner eigenen verbindet? Alles. Dann hätte er alles erreichen können. Europa, den

Osten, die sterbliche und unsterbliche Welt … alles hätte ihm gehört."

Ich erschauerte. Was auf den Venediger zutraf, galt auch für Drake. Er war ein mächtiger Wyvern. Wenn er die Macht Baels dazugewinnen konnte, dann stand ihm alles offen.

„Niemand sollte so viel Macht haben", sagte ich fest.

„Nein? Darüber gibt es unterschiedliche Meinungen. Komm", sagte er abrupt, erhob sich und zog mich mit sich.

„Wohin? Ich bin noch nicht fertig mit meinen Fragen."

„Darf ich nicht wenigstens ab und zu eine Pause machen?", fragte er. Seine dunklen Augen lachten mich an. Er zog mich zur Tür.

„An was für eine Pause hast du gedacht?" Unwillkürlich musste ich an das schwarz-goldene Bett im ersten Stock denken.

„Ich habe Hunger, und du wahrscheinlich auch, nachdem du deinen Magen entleert hast."

Ich schämte mich ein wenig meiner verdorbenen Gedanken, als er mich in die Halle zur Treppe führte, die ich etwas früher an diesem Tag schon einmal hinaufgeschlichen war. „Oh, etwas zu essen wäre schön … He! Dein Esszimmer befindet sich aber nicht im ersten Stock."

Seine Finger schlossen sich um die Ärmelöffnung meiner Tunika. „Ich dachte, du wolltest vielleicht etwas Sauberes anziehen."

Ich wand mich aus seinem Arm. „Oh ja, das würde ich gerne, aber meine Kleider – Oh, verdammt!" Ich blickte Drake erschreckt an, weil mir auf einmal einfiel, was ich vergessen hatte. „Die Polizei! Sie wissen, dass ich da war, und sie sind mittlerweile bestimmt in meinem Hotel. Ich bin eine gesuchte Verbrecherin! Proust wird mir nie im Leben glauben, dass ich auch dieses Mal unschuldig bin. Wahrscheinlich haben sie sogar einen Haftbefehl! Was soll ich nur tun? Wenn ich ins Hotel zurückgehe, verhaften sie mich. Meine Sachen …"

„Ich versorge dich mit allem, was du brauchst", antwortete er und führte mich über den Flur. Sein Schlafzimmer lag in der anderen Richtung, wie ich zufrieden feststellte. Na ja, vielleicht nicht so ganz zufrieden …

„Ach, tatsächlich? Hast du immer Frauenkleider und Unterwäsche vorrätig, für den Fall, dass du überraschend Besuch bekommst? Warte – vielleicht will ich die Antwort ja gar nicht hören."

Drake grinste. „Eifersüchtig, meine Liebe?"

Ich fand Drake ohnehin unwiderstehlich, aber diese spielerische Seite an ihm überwältigte mich. „Das hättest du wohl gerne", erwiderte ich.

„Du kannst nicht besonders gut lügen, was? Ich habe dir doch schon angeboten, dir deinen Pass wieder zu verschaffen. Wenn du aber das Land nicht verlassen willst, kann ich nicht viel mehr für dich tun, als dir eine sichere Zuflucht anbieten", sagte er und stieß die Tür zu einem Zimmer auf, in dem ich noch nicht gewesen war. Es war in verschiedenen Blau- und Goldtönen gehalten. Auf dem tiefblauen Bettüberwurf aus Satin lagen Frauenkleider. „Nur um deine Eifersucht zu beruhigen – ich hatte Pál beauftragt, diese hier für dich zu kaufen. Er musste deine Größe schätzen. Sag mir Bescheid, wenn etwas nicht passt, dann kann er es umtauschen. Das Badezimmer ist dort", er wies auf eine Tür neben einem großen Schrank. „Für den Fall, du möchtest vor dem Abendessen noch duschen. Wenn du mich brauchst, hier ist die Gegensprechanlage."

Ich blickte auf die elektronische Schalttafel neben der Tür. „Äh … du hast gesagt, du hättest alle Zimmer mit einer Videoüberwachung ausgerüstet …"

Er wies mit dem Kinn in die Ecke. Eine kleine, unauffällige Kamera war an der Decke angebracht, und ein winziges rotes Licht glühte, während sie uns beobachtete. Drake drückte auf einen Schalter, und das Licht erlosch. „Der grüne Schalter schaltet die Kameras ab.“

Ich blickte misstrauisch an die Decke. „Woher weiß ich denn, dass nicht einfach nur das Lämpchen ausgeschaltet wird? Vielleicht bist du ja so ein Perverser, der Frauen gerne beim Ausziehen zusieht.“

Lachend zog Drake mich in die Arme. „Wenn ich dir beim Ausziehen zusehen wollte – und ich muss zugeben, dass mich dieser Gedanke reizt –, dann brauchte ich dazu keine Kamera.“

Mir stockte der Atem, und ich bekam weiche Knie, meine übliche Reaktion auf Drake, wenn er näher als fünfzig Meter an mich herankam.

„Ach ja? Na, sei dir da mal nicht so sicher.“

Einen Moment lang stand Sehnsucht in seinen Augen, und er hatte ja recht. Wenn wir beide uns nicht so sehr bemühen würden, unsere Leidenschaft im Zaum zu halten, dann würden wir uns jetzt auf seinem riesigen Bett wälzen.

„Beeil dich. Ich bin sehr …“, sein Blick traf mich noch einmal, … hungrig.“

Die Tür schloss sich leise hinter ihm, und ich blieb mitten im Zimmer stehen und schlang die Arme um mich. „Er bringt mich so aus dem Gleichgewicht“, sagte ich leise.

Der Klang meiner Stimme erinnerte mich daran, dass ich einiges zu tun hatte, Dinge, die mir keine Zeit ließen, von einem Drachen in Menschengestalt zu träumen, der mir den Mund wässrig machte. Anerkennend musterte ich die Kleidungsstücke auf dem Bett, zwei leichte Sommerkleider, eine ärmellose Seidenbluse, die im Stil so ähnlich war wie meine Tunika, und dazu eine dünne, weite Haremshose. Pál hatte meine Größe gut getroffen (einschließlich eines Paars Espadrilles, die wie angegossen passten). Er hatte auch Unterwäsche in drei verschiedenen Größen besorgt, und eine davon war meine. Ich gab ihm zusätzliche Bonuspunkte, als ich ins Badezimmer ging, um mich rasch zu duschen.

Vorher jedoch warf ich noch eins der Kleider über die Kamera. Ich wollte kein Risiko eingehen.

12

Eine kalte, nasse Nase rieb über meine Wange und weckte mich aus einem sehr erotischen, sehr detaillierten Traum, in dem Drake, ich und ein Joghurtbecher eine Rolle gespielt hatten. Zitronenjoghurt. Meine Lieblingssorte, vor allem, wenn Drake mich damit fütterte.

„Mmmm. Was? Wer … oh, Jim. Was machst du denn hier?“

„Ich weiß, dass du auf die vierzig zugehst, aber ich hatte nicht gedacht, dass der Alterungsprozess bei dir so schnell einsetzt.“

„Was?“ Ich rieb mir die Augen und stützte mich auf den Ellbogen, um meinem haarigen schwarzen Dämon einen erbosten Blick zuzuwerfen.

Er erwiderte ihn furchtlos. „Hast du etwa schon vergessen, dass du mich auf Knien angefleht hast, in deinem Zimmer zu bleiben, um deine Keuschheit vor dem großen bösen Drachen zu beschützen?“

„Ich habe nicht auf den Knien gelegen“, erwiderte ich gereizt. Mein Traum mit Drake war so schön gewesen. Wenn ich die verbotenen Früchte schon nicht in Wirklichkeit genießen konnte, dann hatte doch zumindest mein Unterbewusstsein eine gute Zeit verdient. „Und außerdem habe ich dich nicht angefleht, sondern es dir befohlen, weil Drake versucht hat, mich zu verführen.“

„Wirklich? Das ist mir gar nicht aufgefallen. Er hat dich nach dem Essen noch nicht einmal angefasst.“

Ich errötete. Es war mir nicht leichtgefallen, in einem Haus mit Drake zu schlafen und zu wissen, dass sein schöner, warmer, verführerischer Körper nur ein paar Meter von mir entfernt war. „Das brauchte er auch nicht. Er hat einfach nur da gesessen und Sinnlichkeit ausgestrahlt, dieser Gauner. Außerdem war es für alle sicherer, dass du hier geschlafen hast. István hätte dich am liebsten erwürgt, als du versucht hast, mit seinem Bein zu kopulieren. Wie um alles in der Welt bist du nur auf diesen Gedanken gekommen?"

Verlegen blickte Jim an mir vorbei. „Ich wollte herausfinden, ob es so gut ist, wie ich es mir vorgestellt habe."

Danach würde ich ihn jetzt bestimmt nicht fragen …

„Und das war es tatsächlich", fuhr Jim fort.

„Okay, ich habe genug gehört. Ich fühle mich ganz schmutzig", sagte ich und stand auf. „Ich dusche jetzt, und dann gehen wir Gassi."

„Äh … komm lieber gleich mit mir mit, sonst musst du Drake erklären, wie die Pissflecken auf diesen Teppich kommen."

„Na toll, das hat mir gerade noch gefehlt, ein inkontinenter Dämon", grummelte ich und schlüpfte in Tunika und Hose vom Vortag. Ich ergriff die Leine und scheuchte Jim aus dem Zimmer. An der Küchentür blieb ich kurz stehen, um István, der am Küchentisch saß und gemütlich Kaffee trank, um ein paar Plastiktüten zu bitten. Der wütende Blick, den er Jim zuwarf, sprach Bände, und ich war froh, den Dämon über Nacht bei mir behalten zu haben.

Zwanzig Minuten später waren wir wieder in meinem Zimmer.

„Wir gehen frühstücken, sobald ich geduscht habe", sagte ich. Ich zog mir die Tunika über den Kopf und vergewisserte mich, dass das Kleid noch über der Kamera an der Decke hing. Dann öffnete ich meinen Büstenhalter. „Dreh dich um."

„Oh, bitte. Ich bin ein Dämon." Jim verdrehte die Augen.

„Ich weiß genau, was du bist, und werde mich vor dir nicht nackt ausziehen. Dreh dich um."

„Du hast echt Probleme, weißt du das?" Jim drehte mir den Rücken zu. Ich schlüpfte aus meiner Unterwäsche, nahm mir frische und eilte mit dem Magneten, der die ganze Nacht unter meinem Kopfkissen gelegen hatte, zum Badezimmer.

„Was soll ich denn hier machen, wenn du jetzt da drin bist?", jammerte Jim. „Ich werde verhungern. Ich weiß doch, wie lange Frauen im Badezimmer brauchen."

„Mit solchen Kommentaren wirst du mich nicht zur Eile antreiben. Lauf einfach ein bisschen durchs Haus. Du darfst nur nichts anfassen, und wenn du auch nur einen Funken Verstand hast, hältst du dich von István fern."

Ich duschte mich und nahm mir sogar die Zeit, mit einer kleinen Nagelschere, die ich in einer Schublade gefunden hatte, einen Schlitz in das Futter meines Büstenhalters zu machen, um den Magneten dort hineinzustecken. Der Stein war so flach, dass man ihn nicht sehen konnte, sollte Drake allerdings seine Hände nicht bei sich behalten können, dann würde er ihn sofort fühlen, daran bestand kein Zweifel. „Ich muss eben dafür sorgen, dass nicht geknutscht wird", sagte ich zu mir. Dann wischte ich über den beschlagenen Badezimmerspiegel und betrachtete mich. Das dünne Kleid, das Pál für mich ausgesucht hatte, passte wunderbar. Ich schlüpfte in die Espadrilles, machte mein Bett und wollte gerade aus dem Zimmer gehen, als Jim hereingestürmt kam.

„Dank sei den Feuern von Abbadon, du bist fertig!", hechelte er.

„Was ist los? Warum siehst du so verstört aus?" Mir stockte der Atem. „Oh Gott, ist etwa die Polizei hier?"

„Nein, schlimmer", sagte Jim und wandte sich wieder zur Tür.

Mein Herzschlag beruhigte sich wieder. „Jag mir nicht solche Angst ein! Was könnte denn schlimmer sein als die Polizei?"

„Du wirst schon sehen. Komm mit."

„Wenn du mich irgendwohin schleppst, um mir einen anderen Hund zu zeigen, in den du dich verliebt hast …", warnte ich ihn, während ich Jim in den Flur folgte. Wir gingen an der Treppe vorbei in den Trakt, in dem Drakes Schlafzimmer lag.

„Machst du Witze? Ich bin ein Dämon, kein Bigamist. Mein Herz gehört Cécile."

„Du hast kein Herz", erwiderte ich. „Außerdem habe ich gedacht, du ständest kurz vor dem Verhungern."

Jim blieb vor einer Tür stehen und warf mir einen verächtlichen Blick zu. „Es gibt wichtigere Dinge als Nahrungsaufnahme, Aisling."

Mein Lächeln erlosch. Wenn Jim das Frühstück vergaß, dann musste schon eine größere Katastrophe eingetreten sein.

„Ist das Drakes Zimmer?", fragte ich und blickte auf die geschlossene Tür.

„Nein, daran sind wir schon vorbeigekommen. Geh mal hinein."

Nervös nagte ich an der Unterlippe. „Was ist darin?"

„Das kann ich dir nicht sagen", erwiderte Jim leise.

„Warum?"

„Geh einfach hinein."

Ich warf Jim einen strengen Blick zu. „Wenn du dich irgendwie mit Drake zusammengetan hast …"

„Bei den Feuern von Abbadon, gehst du jetzt bitte endlich hinein!"

Ich legte die Hand auf die Türklinke, und ein vertrautes Gefühl von Angst stieg in mir auf. „Oh nein, nicht …" Ich stieß die Tür auf. In dem Zimmer befand sich anscheinend das Kontrollzentrum, das Drake zu einem früheren Zeitpunkt einmal erwähnt hatte, denn es war mit Rechnern ausgestattet, auf deren Monitoren verschiedene Bereiche des Hauses und des Grundstücks zu sehen waren, und mit einer großen Schalttafel.

Oh, und mit einem Dämon in einem glänzenden, neonblauen Anzug.

Sprachlos starrte ich den Dämon in Männergestalt an, der sich auf dem Stuhl umdrehte und mich ebenfalls anschaute. Er sah aus wie ein ziemlich attraktiver Mann mit hohen Wangenknochen und elegant frisierten blonden Haaren. Er trug sogar einen winzigen, diskreten Ohrring. Was zum Teufel machte ein Dämon in Drakes Haus?

„Wie lautet dein Name, Dämon?“, fragte ich.

Er lächelte, und der Monitor neben ihm begann zu flimmern. „Du kennst die Regeln, Hüterin. Du hast mich nicht gerufen, also brauche ich auch nicht auf deine Fragen zu antworten.“

Ich blickte in den Flur, wo Jim saß. „Weißt du, wer er ist?“, fragte ich.

„Ja, aber wenn du von mir erwartest, dass ich es dir sage, dann muss ich dich enttäuschen. Das ist auch eine der Regeln – andere Dämonen darf man nicht verpfeifen.“

„Ich könnte dir befehlen, mir seinen Namen zu sagen“, sagte ich.

Jim schüttelte den Kopf. „Ich könnte ihn dir trotzdem nicht sagen. Du musst jetzt wirklich mal das Buch mit den Regeln lesen.“

Ich seufzte. Jim räusperte sich. „Aber niemand kann mich daran hindern, dir einen Hinweis zu geben … Denk doch mal an den Dämon, den du verfolgt hast.“

„Bafamal?“, fragte ich und wandte mich wieder zu dem Dämon in Männergestalt. „Du bist Bafamal?“

Der Dämon erhob sich knurrend. Jim zuckte zusammen. Zwei Monitore flackerten und gingen dann aus.

Bafamal? Was tat er hier in Drakes Haus …? Und dann fiel der Groschen. Entsetzt starrte ich den blonden Dämon an. Drake hatte mich angelogen; er hatte die ganze Zeit über gelogen. Er hatte behauptet, Drachen könnten keine Dämonen rufen, und doch war Bafamal hier und schien sich an diesem Ort ganz wohlzufühlen. Er hatte gesagt, er habe Madame Deauxville und den Venediger nicht umgebracht, und doch stand hier das Werkzeug ihres Todes. Ich konnte mir nur nicht erklären, warum Drake nicht alle Zeichen dafür beseitigt hatte, dass er die Morde mit Hilfe eines Dämons begangen hatte, aber dieses letzte Rätsel würde ich auch noch ergründen. Jetzt musste ich erst einmal aus Drakes Haus verschwinden, bevor er herausfand, dass ich den Dämon gesehen hatte.

Ich wandte mich an Jim. „Kann man sich eines Dämons, den man nicht gerufen hat, auch wieder entledigen?"

„Klar. Du ziehst einen Kreis, sagst die Worte und puff! Er löst sich in Rauch auf."

„Worte, was für Worte?", fragte ich und rang die Hände. Das wurde langsam zu einer schlechten Angewohnheit, aber ich hatte jetzt keine Zeit, mich darum zu kümmern. Ich musste einen Dämon in die Hölle zurückschicken. „Ich habe das Buch, das ich brauche, nicht hier."

„Um den Dämon zurückzuschicken, brauchst du die zwölf Wörter, mit denen er beherrscht wird."

„Wenn du glaubst, ich halte still und lasse mich von dieser Hüterin zurückschicken, ohne ihr den Hals zu brechen, dann bist du genauso verrückt wie sie", sagte Bafamal zu Jim.

Jim musste mich nicht erst davor warnen, dass der Dämon mich angreifen wollte. Intuitiv öffnete ich die Tür in meinem Kopf, rief Drakes Feuer und warf es meinem Angreifer entgegen, der sich mit ausgestreckten Klauen auf mich stürzte.

„Dieses glänzende Material brennt gut", stellte Jim fest, als der schreiende Dämon sich wie wild im Kreis drehte und versuchte, das Feuer auszuschlagen, das überall auf seinem Körper ausbrach.

„Schnell“, sagte ich und rannte zu Jim. „Wo finde ich die zwölf Wörter?“

„Jeder Dämon hat zwölf Wörter, die ihn binden: sechs, die ihn identifizieren, sechs, die ihn definieren. Normalerweise erfährt man sie nur, wenn man sich den Dämon schnappt und ihn so lange foltert, bis er sie einem verrät.“

„Normalerweise?“, fragte ich und warf über die Schulter einen Blick auf Bafamal, der mittlerweile die Flammen beinahe gelöscht hatte.

Jim lächelte träumerisch. „Ja, normalerweise. Es sei denn, man verfügt über einen außergewöhnlich hübschen und intelligenten Dämon, dem es nichts ausmacht, die Wörter des anderen Dämons zu verraten.“

„Du hast doch gerade noch gesagt, du könntest mir nicht helfen!“, rief ich aus.

„Ich habe gesagt, ich dürfte nicht seinen Namen nennen. Das bedeutet jedoch nicht, dass ich dir keine anderen Informationen über ihn geben darf.“

Ich packte Jims zotteligen Kopf und küsste ihn. Dann rannte ich in mein Zimmer, um nach einem Filzstift zu suchen, mit dem ich auf den hellen Teppich, der auf dem glänzenden Holzfußboden lag, einen Kreis ziehen konnte.

Fünf Minuten später öffnete ich die Fenster, um den letzten Rest Dämonenrauch abziehen zu lassen. „Das war knapp“, krächzte ich und rieb mir den Hals.

„Zu knapp. Du solltest dir wirklich langsam einen Mentor suchen, der dich als Hüterin unterrichtet. Es gibt auch Schutzzellen, die einen davor bewahren, erwürgt zu werden, während man das Ritual durchführt.“

Jim folgte mir, als ich wieder in mein Zimmer zurückging. „Ich habe jetzt keine Zeit, um mir darüber Gedanken zu machen. Ich muss den Beweis dafür finden, dass Drake Madame Deauxville und den Venediger ermordet hat. Wo habe ich denn diese Plastiktüte hingelegt? Hier ist sie ja." Ich steckte alle meine neuen Kleider und meinen schmutzigen Hosenanzug in die Tüte. Dann öffnete ich das Fenster, sah nach, ob jemand unten am Haus herumlungerte, und warf die Tüte hinaus. „Komm jetzt. Drake würde Verdacht schöpfen, wenn wir nicht zum Frühstück kommen. Sobald wir fertig sind, sage ich ihm, dass ich mit dir Gassi gehen muss, und dann verschwinden wir von hier."

Ich fischte eine Karte aus meiner Tasche und trat zu dem Telefon auf dem Nachttisch.

„Wohin willst du denn gehen? Die Polizei sucht doch bestimmt nach dir."

„Das ist mir auch klar", antwortete ich. „René? Hallo, ich bin es, Aisling. Sind Sie in etwa einer halben Stunde frei? Jim und ich brauchen eine Mitfahrgelegenheit. Wir müssen fliehen."

„Fliehen? Ja, ja, ich kann Sie abholen." René versprach, um die vereinbarte Zeit vor Drakes Haus zu stehen. „Hat er Ihnen etwas getan? Soll ich meinen Revolver mitbringen?"

„Nein, er hat mir nichts getan, und außerdem sollten Sie auf gar keinen Fall irgendwelche Waffen mitbringen. Ich habe das Gefühl, dass es sehr schwer ist, Drake zu verwunden, und er kann Ihnen … Nein, bringen Sie keinen Revolver mit. Bis in einer halben Stunde also."

„Wenigstens kann uns dann die Polizei nicht auf der Straße entdecken", meinte Jim. „Aber wohin fahren wir?"

Ich öffnete meine Zimmertür und spähte in den Flur. Die Luft war rein. „Die Einzige, bei der wir unterkommen können, ist Amélie."

„Oh, aber küss mich bloß nicht wieder, wenn Cécile dabei ist. Sie ist eifersüchtig."

Wir gingen gerade die Treppe herunter, als Drake zur Haustür hereinkam.

„Guten Morgen. Du siehst reizend aus. Pál hat ein gutes Auge für so etwas", sagte er und lächelte mich sexy an. Meine Fingernägel gruben sich in meine Handflächen, so sehr musste ich mich zurückhalten, mich ihm nicht an den Hals zu werfen. Wirklich, was dachte ich mir bloß? Wie konnte mein Körper die Wahrheit über ihn wissen und ihn trotzdem begehren? Ich schämte mich für mich – er war ein Mörder! Er hatte mich angelogen! Er hatte mich bestohlen! Er amüsierte sich auf meine Kosten, und ich begehrte ihn immer noch!

Allerdings brauchte er das ja nicht zu wissen. Ich hob das Kinn und warf ihm einen kühlen Blick zu. „Ja, das stimmt. Warst du aus?"

Seine verlogenen Verräteraugen blickten mich verwirrt an. „Ich musste etwas besorgen. Für dich."

„Ach, wirklich?" Ich drehte mich um und marschierte zur Küche. Jim trottete hinter uns her. „Was denn? Zyankali? Strychnin? Schierling?"

„Nein, nichts Exotisches", sagte er und hielt mir die Tür auf. Ich betrat die sonnige, heitere Küche.

Wie konnte ein Mann nur eine so schwarze Seele haben und gleichzeitig so verführerisch sein? Aber na ja, er war ja kein echter Mann. Er war ein Drache, und Drachen liebten Schätze über alles.

Mit großer Geste zog Drake einen kleinen Becher aus einer Papiertüte. Überrascht blinzelnd betrachtete ich ihn. „Zitronenjoghurt. Ich hatte so ein Gefühl, dass du die Sorte magst."

Meine Wangen brannten, als ich die Flammen des Verlangens in seinen Augen sah. Er war in meinen Traum eingedrungen, den erotischen Traum, den ich heute früh gehabt hatte. Dieser schreckliche Mann! „Danke", sagte ich gepresst, nahm den Joghurtbecher und setzte mich.

Das Frühstück war eine mühsame Angelegenheit. Drake war

sichtlich irritiert über meine Reaktion, aber er fragte lediglich, welche Schritte wir unternehmen sollten, um den oder die Mörder zu finden.

Ich blickte ihm direkt in die Augen. „Am besten wäre es, wir würden mit dem Zeugen sprechen."

„Dem Zeugen?" Er runzelte die Stirn. „Welchem Zeugen?"

„Der Dämon, der von der Person gerufen wurde, die die Morde begangen hat."

„Person? Glaubst du, es ist nur eine einzige Person?"

„Oh ja", erwiderte ich und blickte ihn dabei unverwandt an.

„Ja, du hast vermutlich recht. Die beiden Morde stehen ziemlich offensichtlich in Verbindung miteinander." Seine Stirn glättete sich wieder. „Mit dem Dämon zu reden ist eine Idee, aber ich glaube, praktischer wäre es, mit Therese, der Geliebten des Venedigers, zu sprechen. Sie kann uns doch bestimmt sagen, wer ihn gestern besucht hat."

Hmm, was stimmte hier nicht? Zum einen hatte Drake ja schon zugegeben, dass er gestern bei dem Venediger gewesen war, und zum anderen sollte es mich davon abbringen, den Dämon zu befragen, den er benutzt hatte. Trotzdem war es nicht klug, ihm zu erkennen zu geben, dass ich ihn durchschaut hatte. Es konnte nichts schaden, wenn ich mich weiter dumm stellte. „Gut. Sobald ich mit Jim Gassi war, fahren wir zu der Geliebten."

Ich beeilte mich mit dem Frühstück, weil ich so schnell wie möglich aus dem Haus wollte, bevor mein Entschluss ins Wanken geriet. Drake benutzte mich, und ich bedeutete ihm in Wirklichkeit nichts. Er mochte mich nicht. Er wollte nur den Magneten, und deshalb beschützte er mich vor der Polizei.

„Geh hinters Haus und hol meine Tasche", befahl ich Jim leise am Fuß der Treppe. „Bring sie nach vorne zur Straße. Dort treffen wir uns." Ich blickte auf meine Armbanduhr. „René müsste gleich da sein."

„Wohin gehst du?“, fragte Jim. „Du willst doch nicht etwa dein Drachenfeuer über Drakes Haus schicken!“

„Wofür hältst du mich, für eine Brandstifterin?“

„Na ja, den Venediger hast du jedenfalls gebraten wie ein knuspriges …“

„Das wissen wir gar nicht. Die Feuerwehr hat den Brand bestimmt gelöscht, bevor seine Leiche verkohlt war. Außerdem war das ein Unfall. Und jetzt geh und tu, was ich dir gesagt habe. Ich will nur schnell Drake eine Nachricht hinterlassen, durch die wir hoffentlich ein bisschen Zeit gewinnen.“

Ich lief die Treppe hinauf zu meinem Zimmer. Auf meinem Kopfkissen hinterließ ich einen Zettel, auf dem stand, dass ich selber Nachforschungen anstellen wolle und dass er in der Zwischenzeit schon mal Therese befragen solle. Ich bezweifelte zwar, dass Drake mich daraufhin in Ruhe lassen würde, aber ich hoffte doch, dass es mir einen kleinen Vorsprung verschaffte.

Als ich atemlos zu der vereinbarten Stelle kam, wartete René bereits. Ich schob Jim ins Taxi, sprang ebenfalls hinein und sagte René, er solle losfahren.

„Wohin möchten Sie? Warum sind Sie in so großer Eile? Was ist passiert?“

Ich sagte ihm, er solle uns zu Amélie bringen. „Es ist nichts passiert. Ich habe nur herausgefunden, dass Drake derjenige ist, der Madame Deauxville und den Venediger ermordet hat.“

„Drake? Er ist ein Dieb, aber ist er auch ein Mörder? Und wer ist der Venediger?“, fragte René und warf mir einen fragenden Blick über die Schulter zu.

Es dauerte die ganze Fahrt über, bis ich René erzählt hatte, was ich in den letzten vierundzwanzig Stunden alles erlebt hatte, aber als er vor Amélies Laden hielt, war er über das meiste informiert, abgesehen von der Tatsache, dass Drake ein Drache war.

„Ich würde Ihnen ja anbieten, bei mir zu wohnen“, sagte er entschuldigend, als ich aus dem Taxi stieg, „aber da ich fünf kleine Kinder habe, platzt meine Wohnung sowieso schon aus allen Nähten.“

„Das ist schon okay, das verstehe ich vollkommen. Aber ich wusste ja gar nicht, dass Sie fünf kleine Kinder haben!“

Er verzog das Gesicht. „Was glauben Sie, warum ich so viel arbeite? Aber bevor Sie gehen, wiederholen Sie bitte, was Sie sagen sollen, wenn dieser mordlustige Dieb Sie mit seinem ach so gut aussehenden Gesicht verführen will.“

„René, Drake will nicht …“

„Wiederholen Sie es!“

„*Chat échaudé craint l'eau froide*“, sagte ich brav. Wörtlich übersetzt bedeutet es etwa: „Die zu heiß gewaschene Katze scheut das kalte Wasser“, anscheinend die französische Variante von „Gebranntes Kind scheut das Feuer“.

„Sie haben vergessen, höhnisch das Gesicht zu verziehen, um ihm zu zeigen, dass Sie ihm überlegen sind. Das ist sehr wichtig. Ah ja, so ist es schon besser. *Bonne chance,* Aisling. Wenn Sie mich brauchen, rufen Sie an. Ich komme sofort.“

„Danke.“ Aus einem Impuls heraus beugte ich mich vor und gab ihm einen Kuss auf die Wange. „Sie sind ein Schatz.“

René machte ein verlegenes Gesicht.

„Von Drake wird sie im Moment nicht geküsst“, erklärte Jim in vertraulichem Tonfall. „Deshalb küsst sie jeden, den sie erwischen kann. Sie hätten sie heute Morgen sehen sollen, da hat sie sich auf mich gestürzt – iiih!“

„Bis später.“ Ich winkte René zu und ignorierte den Dämon, der versuchte, sich aus meinem festen Griff zu befreien. Erst als er demonstrativ nach Luft schnappte, ließ ich ihn los und ging auf Amélies Laden zu. „Wenn du dich benimmst, brauche ich dir auch nicht zu befehlen, dass du schweigen sollst.“

„Glaubst du etwa, ich kann noch reden, nachdem du mir die Luft abgeschnürt hast?“

Vorsichtig blickte ich mich um, um mich zu vergewissern, dass Amélie nicht von der Polizei überwacht wurde. Onkel Damians Warnung ging mir durch den Kopf: *Sicherheit geht über alles.*

Plötzlich überfiel mich heftiges Heimweh. Was machte ich morgens um acht auf den Straßen von Paris? Warum hatte ich Drakes Angebot nicht angenommen, mir meinen Pass zu besorgen, damit ich nach Hause fliegen konnte? Warum brachte ich mich in Gefahr, indem ich mich in einer Stadt aufhielt, in der die Polizei wahrscheinlich nach mir suchte? Und warum brach es mir fast das Herz, wenn ich daran dachte, dass Drake möglicherweise nicht ehrlich zu mir war?

„Weil ich eine Idiotin bin! Aber zumindest eine Idiotin, die ihren guten Ruf wiederherstellt!“ Entschlossen marschierte ich zur Ladentür, musste aber feststellen, dass sie geschlossen war. „Mist!“ Ich blickte auf meine Armbanduhr. „Sie macht erst in einer Stunde auf. Ich habe ganz vergessen, wie früh es noch ist. Was soll ich denn jetzt tun? Ich kann doch nicht hier herumstehen und warten – Inspektor Proust lässt den Laden bestimmt beobachten.“

Jim pinkelte an einen Laternenpfahl. „Warum gehen wir nicht in ihre Wohnung? Da kannst du mit ihr reden und bist zumindest von der Straße.“

„Brillante Idee, aber ich weiß gar nicht, wo sie wohnt.“

Jim wies mit dem Kopf nach oben. „Über dem Laden.“

Ich blickte hoch. Im ersten Stock des langen Gebäudes befanden sich anscheinend Wohnungen – zumindest hatten sie die gleichen schwarzen schmiedeeisernen Gitter unten an den Fenstern, die ich bisher bei jedem Mietshaus gesehen hatte. „Woher weißt du denn, dass sie da wohnt?“

Jim ging über die Straße, und ich folgte ihm. „Weil ich Cécile den Hof mache, Einstein. Wie soll ich ihr denn nachts ein Ständchen bringen, wenn ich nicht weiß, wo sie wohnt?"

„Jim", sagte ich, als wir in eine Gasse einbogen, die hinter das Gebäude führte, „es ist dir doch klar, dass es für einen Dämon nicht ganz normal ist, einem Hund den Hof zu machen?"

Jim warf mir einen verächtlichen Blick zu. „Das weiß ich natürlich, aber ich bin ja auch nicht irgendein Dämon. Ich bin etwas Besonderes und rage aus der Masse heraus, sozusagen die neue Generation der Dämonen."

Beinahe hätte ich ihm die Zunge herausgestreckt, aber ich beschränkte mich darauf, die baufällige Treppe in den ersten Stock hinaufzuklettern und auf den Klingelknopf zu drücken, unter dem „Merllain" stand.

„*Oui?*"

„Hi, Amélie, ich bin es, Aisling. Wenn Sie einen Moment Zeit haben, würde ich gerne mit Ihnen sprechen."

„Aisling? *Nom de Dieu!* Bleiben Sie, wo Sie sind! Und passen Sie vor allem auf, dass Sie keiner bemerkt!"

Zwanzig Sekunden später sah ich durch das Milchglas in der oberen Hälfte der Tür eine Gestalt auf mich zukommen. Amélie zog mich in einen dunklen Flur hinein. „Schnell, ich will nicht, dass die Nachbarn Sie sehen."

Sie warf Jim einen mürrischen Blick zu, ließ jedoch zu, dass er mir folgte.

„Was für eine hübsche Wohnung", sagte ich und blickte mich um. Sie war tatsächlich hübsch, wenn auch überraschend modern. Ich weiß nicht, warum, aber ich hatte eigentlich nicht erwartet, dass ihre Wohnung voll von Pop-Art und neobarocken Möbeln in kräftigen Farben war. Ihre teuren Designersessel wirkten entschieden unbequem.

„Baby!", gurrte Jim und eilte zu einem Hundekorb, in dem Cécile lag. „Daddy ist wieder da!"

Amélie machte eine ungeduldige Handbewegung. „Was tun Sie hier? Nein, Sie brauchen mir nicht zu antworten – ich kann es mir schon denken. Sie suchen einen Unterschlupf, nicht wahr?"

„Ja, aber …"

„Hier können Sie nicht bleiben", unterbrach sie mich. „Sie müssen sofort gehen. Ich kann Sie nicht hierbehalten."

Ich ließ enttäuscht die Schultern sinken. Das war nicht ganz der Empfang, mit dem ich gerechnet hatte.

13

„Ich würde Sie ja bitten zu bleiben, wenn es ging“, sagte Amélie, als sie die Tür hinter mir schloss. „Aber gestern Abend war die Polizei drei Mal hier und hat sowohl meinen Laden als auch die Wohnung durchsucht.“

„Oh.“ Ich sank in einen knallroten Sessel. „Das tut mir leid. Ich dachte mir schon, dass sie Ihren Laden beobachten, aber ich hätte mir im Leben nicht vorstellen können, dass sie Sie belästigen.“

„Sie haben gesagt, Sie hätten den Venediger ermordet.“ Amélie blickte mich besorgt an.

„Das habe ich nicht getan. Ich schwöre Ihnen, Amélie, als ich an seinem Haus ankam, war er schon tot. Sein Körper wurde schon kalt.“

Einen Moment lang starrte sie mich an, dann legte sie beide Hände um meinen Kopf. Ich weiß nicht, was sie zu ergründen versuchte – meine Gedanken oder meine Gefühle –, aber ich hoffte inständig, sie würde spüren, dass ich unschuldig war. „Es fällt mir schwer, Ihre Gedanken zu lesen, aber ich glaube nicht, dass Sie einen Mord begangen haben.“ Sie stieß einen Seufzer aus und ließ sich ebenfalls in einen Sessel sinken. „Das hatte ich gehofft. Ich weiß ja, dass Sie Angst hatten, als Sie gingen, und der Venediger kann sehr … sehr ruchlos sein. Sie hätten auch keine Schuld, wenn Sie sich gegen seinen Angriff hätten zur Wehr setzen müssen. Das wäre dann wirklich kein Mord gewesen.“ Erwartungsvoll blickte sie mich an.

„Ich habe ihn nicht getötet. Aber ich weiß, wer es war. Ich

muss nur einen Ort finden, wo ich ungestört meine Beweise zusammentragen kann."

„Wer hätte denn den Venediger umbringen sollen?", fragte sie. „Wer hätte denn die Macht dazu?"

Ich wandte den Blick ab. „Es ist wohl besser, wenn ich es Ihnen nicht sage. Wenn die Polizei Sie wieder verhören sollte, dann können Sie mit gutem Gewissen sagen, dass Sie nichts wissen." Das war jedoch nur ein Teil der Wahrheit, weil ich mich von Drake so betrogen fühlte, dass ich niemandem mehr traute.

Sie schwieg einen Moment, dann sagte sie: „Sie haben recht. Es ist besser, wenn ich es nicht weiß. Und einen sicheren Ort für Sie …" Sie hob die Hände. „Ich wüsste keinen. Mittlerweile haben die meisten Mitglieder des *au-delà* gehört, was passiert ist. Sie wissen, dass die Polizei Sie des Mordes verdächtigt, und sie werden nichts tun, um Sie zu schützen. Es ist sogar zu gefährlich für Sie, ins *G & T* zu gehen."

Mir sank das Herz bei ihren Worten. Ich hätte alles darum gegeben, nicht auf der Flucht zu sein. „Ich dachte, das *G & T* sei sowieso wegen des Tods des Venedigers geschlossen."

„*Non*, es ist geöffnet. Der Stellvertreter des Venedigers wird dafür sorgen, dass alles läuft. Der Club ist sehr beliebt, wissen Sie, es ist der einzige Club für das *au-delà*. Sie wäre dumm, ihn zu schließen, weil er viel Geld einbringt."

„Sie?"

„Perdita Dawkins."

„Perdita ist die Stellvertreterin des Venedigers? Wicca Perdita?"

„Ja. Überrascht Sie das?" Amélie zog die Augenbrauen hoch, stieß jedoch dann einen verärgerten Laut aus. „Oh, aber warum frage ich Sie das eigentlich? Wo sind bloß meine Manieren geblieben! Darf ich Ihnen einen Tee anbieten? Einen Kaffee? Ich habe auch noch ein paar Brioches …"

„Nein, danke, wir haben schon gefrühstückt, und ich muss mich auch bei Ihnen entschuldigen, dass ich Sie so früh überfallen habe. Sind Sie sicher, dass Perdita den Venediger vertritt? Sie und Ophelia haben sich ziemlich … harsch über ihn geäußert. Ich hatte den Eindruck, dass sie ihn als heidnische Wiccas nicht besonders schätzen."

„Warum sollten sie ihn nicht schätzen? Perdita verdankt ihm viel. Er hat Ophelia als Erste entdeckt und sie erkannt." Amélie huschte in die winzige Küche, die zum Wohnraum hin offen war.

„Ach, waren sie als Babys getrennt? Ich habe eine Freundin, deren Eltern sich kurz nach ihrer Geburt scheiden ließen, und sie ist zu ihrem Dad gekommen, während ihre Zwillingsschwester bei ihrer Mutter blieb."

„Ja, ich bin mir sicher bei Perdita. Jean, der frühere Assistent des Venedigers, hatte einen Unfall, und Perdita wurde an seiner Stelle ernannt." Amélie tauchte aus der Küche auf und stellte einen Teller mit Brioches auf den Tisch. Sie blickte mich fragend an. „Was haben Sie gerade von Ihrer Freundin gesagt?"

„Das war nicht so wichtig. Waren Perdita und Ophelia schon lange getrennt, als der Venediger Ophelia gefunden hat?"

Amélie hob die Augenbrauen ein wenig. „Ja. Tee oder Kaffee?"

„Tee, danke. Hmm, Perdita", sagte ich und überlegte. Die Schwestern waren Wiccas; vielleicht konnte ich sie ja um Hilfe bitten? Vielleicht würden sie mir ja für einen oder zwei Tage Unterschlupf gewähren, wenn ich ihnen erklärte, dass ich den Mörder des Venedigers vor Gericht bringen wollte. Ich wollte Amélie schon fragen, unterließ es jedoch, als mir klar wurde, dass es sie der Polizei gegenüber in eine schwierige Situation bringen würde, wenn sie es wüsste. „Ich glaube, ich weiß, wer mich für ein paar Tage aufnehmen könnte, aber ich sage Ihnen lieber nicht, wer es ist."

Amélie stellte ein Tablett mit Tee und zwei Bechern ab. Sie nickte. „Ja, es ist besser, wenn Sie es mir nicht sagen. Freiwillig gebe ich der Polizei zwar keine Informationen, aber ich möchte auch nicht lügen, wenn die Beamten mich direkt fragen."

„Danke." Ich nahm einen Becher mit Tee entgegen und schaute grübelnd vor mich hin. „Würden Sie mir ein paar Fragen beantworten? Ich verspreche Ihnen, es ist nichts, was Sie in Schwierigkeiten bringen könnte ..."

Amélie setzte sich auf die gelbe Couch mir gegenüber und zog die Füße unter sich. „Ich werde Ihre Fragen beantworten, aber Sie dürfen nicht zu lange bleiben. In einer Stunde mache ich den Laden auf, und wenn ich mich verspäte, wird die Polizei sicher darauf aufmerksam."

„Nun, das will ich auf keinen Fall – Inspektor Proust ist bestimmt schon sauer genug auf mich. Ich möchte etwas über drei Gegenstände wissen, die man das Instrumentarium von Bael nennt. Haben Sie von ihnen gehört?"

Amélie zog scharf die Luft ein, was meine Frage eigentlich schon beantwortete. „Ja, ich weiß davon, aber es überrascht mich, dass auch Sie davon gehört haben. Wo haben Sie davon erfahren?"

Alles wollte ich ihr nicht auf die Nase binden, deshalb wählte ich meine Worte sorgfältig. „Das Objekt, das ich Madame Deauxville übergeben sollte, war ein Aquamanile, von dem ich später erfuhr, dass es eins der drei Teile ist."

„*Sacré*!"

Ich nickte. Zu übersetzen brauchte sie den Ausruf nicht; der erschreckte Ausdruck in ihren Augen sagte alles. „Ich weiß zufällig, dass eins der Werkzeuge im Besitz des Venedigers war – das Auge Luzifers – und dass er jemanden engagiert hatte, um ihm die anderen beiden zu beschaffen."

„*Nom de Dieu!*", rief Amélie aus und sprang auf. „*Nom de*

Dieu! Drake Vireo, der grüne Wyvern, sollte die beiden anderen Teile stehlen, nicht wahr?"

„Ja", erwiderte ich vorsichtig. Ich wollte ihr nicht zu viel erzählen. „Meine Frage ist: Wie viel Schaden könnte jemand anrichten, der alle drei in seinem Besitz hat? Sagen wir mal, jemand mit der Macht des Venedigers – sind sie wirklich von solcher Bedeutung?"

„*Mon Dieu*, sie sind legendär!" Amélie setzte sich vorsichtig vor mich auf die Kante ihres gläsernen Couchtischs. „Die Sachen schienen jahrhundertelang verloren. Dann tauchte ab und zu mal eins der Teile auf, nur um sofort wieder zu verschwinden, aber niemals, seit dem Zeitpunkt ihrer Entstehung, wurden sie alle drei zusammengebracht. Wenn das geschehen würde, das wäre *une grande catastrophe*!"

„Wie groß wäre die Katastrophe?", fragte ich. In meinem Magen breitete sich langsam Übelkeit aus.

Sie deutete mit den Händen einen Atompilz an. „Sehr, sehr schlimm. Es geht auch nicht nur um die Person, die das Instrumentarium benutzen wollte. Diese Person würde sowieso zerstört, wenn sie es versuchte."

„Zerstört? Warum?"

Sie erhob sich und begann, auf und ab zu gehen. „Was ich Ihnen jetzt sage, dürfen Sie niemandem erzählen, versprechen Sie mir das! Es ist äußerst wichtig, dass niemand die Wahrheit weiß, sonst wäre das gesamte *au-delà* in Gefahr."

„Das ist tröstlich", erwiderte ich trocken. „Na los – von mir erfährt niemand ein Wort."

„Ich weiß das nur, weil … weil ich eine Freundin habe, die Hüterin ist. Sie erzählt mir manchmal wichtige Dinge." Ich nickte. „Die Dämonenfürsten sind nicht gerade einfach, wissen Sie. Auch in Abbadon gibt es Unstimmigkeiten. Ein Fürst herrscht über die anderen sieben; so ist es immer gewesen. Fürst Bael war lange der allein herrschende Fürst, aber in letzter Zeit mehren sich die Zeichen, dass ein anderer Fürst ihn vom Thron stoßen will. Damit dies nicht geschieht, ruft Bael seine Armeen zu Hilfe. Seine Dämonen, die Sterblichen, die er beherrscht, alle ruft er zum Kampf gegen den Rivalen, der ihm die Macht rauben will."

„Okay", erwiderte ich verwirrt. „Aber was hat ein Kampf in Abbadon mit dem Instrumentarium zu tun? Bael kann es doch gar nicht benutzen, weil damit seine Macht angezapft werden würde."

„*Oui*, aber die Macht kann in beide Richtungen fließen, verstehen Sie?"

Mir dämmerte es. „Ah, jetzt habe ich begriffen. Sie meinen, wenn jemand versucht, die Gegenstände einzusetzen, um Baels Macht zu schmälern, dann kann Bael den Spieß auch umdrehen und stattdessen dieser Person Macht entziehen?"

Amélie nickte. „Ja, aber das ist noch nicht alles. Bael würde auf jeden Fall seinem Diener befehlen, seine Fähigkeiten zu benutzen, um ihm die Macht aller zuzuführen, deren er habhaft werden kann. Deshalb würde nicht nur die Person, die das Instrumentarium benutzt, von Bael ausgesaugt, sondern auch alle in seinem Umfeld. Bei jemandem mit der Macht des Venedigers würde das bedeuten, dass das gesamte *au-delà* seine Energie an seinen Meister abgeben müsste."

„Bael ist der Meister des Venedigers?", fragte ich.

„War", antwortete Amélie.

„Ah." Dann wunderte es mich auch nicht, dass ich in seiner Gegenwart ein solch unbehagliches Gefühl verspürt hatte. „Und dieses Aussaugen scheint wohl nichts Gutes zur Folge zu haben?"

Amélie lachte, aber es war kein glückliches Lachen. Es verursachte mir Gänsehaut. „Es führt zum Tode."

„Okay. Also ist es wichtig, dass niemals alle drei Gegenstände gleichzeitig jemandem in die Hände fallen, ist das richtig?"

„Ja, so ist es."

Mir kam ein Gedanke. „Und wie sieht es aus, wenn jemand nur zwei davon besitzt?"

„Damit kann er nicht an Baels Macht gelangen. Nur alle drei zusammen können das bewirken, als – sogenanntes – Triumvirat. Getrennt von einander ermöglichen sie höchstens, dass man Bael rufen kann. Zusammen jedoch …" Sie erschauerte.

„Die Hölle auf Erden", ergänzte ich.

Sie blickte mich ausdruckslos an. „Buchstäblich."

Und Drake war dabei, diese Aufgabe für Bael zu übernehmen. Oder aber, er glaubte ernsthaft, er könne damit verhindern, seinerseits benutzt zu werden – aber das war genauso abscheulich, weil es bedeutete, dass er Baels Macht benutzen wollte, um die Herrschaft zu übernehmen. Ich musste also auf jeden Fall dafür sorgen, dass der Magnet Drake nicht in die Hände fiel. Und das bedeutete …

„Wenn ich weiß, wo sich einer dieser Gegenstände befindet, wenn ich Zugang dazu hätte, könnte ich ihn zerstören?"

„Sie?" Amélie schüttelte den Kopf. „Nein. Ein mächtiger Magier vielleicht, aber keine Hüterin."

„Warten Sie mal, ich bin ganz durcheinander. Haben Sie nicht gesagt, dass die Hüterinnen die dunklen Mächte befehligen können?"

„Nein. Ich habe lediglich gesagt, sie können sie manipulieren. Aber befehligen? Das können nur die Fürsten von Abbadon oder derjenige, der einem solchen Herrn dient."

„Anscheinend muss mir mal jemand genau erklären, was eine Hüterin macht, denn ich habe gedacht, es ginge nur darum, Dämonen zu rufen."

Sie lächelte wieder, aber dieses Mal war es ein warmes Lächeln. „Ich finde, Sie haben es großartig gemacht, wenn man bedenkt, dass Sie noch vor ein paar Tagen eine naive Touristin waren." Ich verzog gequält das Gesicht, und sie lachte. „Hüterinnen können zwar Dämonen rufen, wenn sie sie brauchen, aber das ist nicht ihre Hauptaufgabe. Eine Hüterin ist genau das, was das Wort sagt – die Wächterin eines Portals von Abbadon. Jede hat ein eigenes Portal, das sie pflegt."

„Wie pflegt?", fragte ich. Ob es wohl in Seattle Portale gab? „Ich habe so das Gefühl, Sie meinen damit nicht, den Rasen zu mähen und Unkraut zu zupfen, oder?"

Sie blickte mich nachdenklich an. „Das ist eigentlich gar kein so schlechter Vergleich. Eine Hüterin beobachtet das Portal, das ihr zugeteilt ist. Sie achtet auf ungewöhnliche Aktivitäten, auf Bewohner der dunklen Welt, die nach außen drängen. Ein Portal ist wie eine Tür, durch die die dunklen Geschöpfe entkommen können, ohne gerufen zu werden. Und die Aufgabe der Hüterin ist es, sie daran zu hindern."

„So wie ein Portier mit übernatürlichen Fähigkeiten? Okay. Was hat das Rufen von Dämonen damit zu tun?"

„Hüterinnen sind eher dafür bekannt, dass sie Dämonen wieder zurückschicken. Sie müssen nicht nur ihre Portale bewachen, sondern sich auch um die Wesen kümmern, die ihre dunkle Welt verlassen und in unsere eindringen."

„Wie Dämonen zum Beispiel?"

„Ja. Dämonen und ihre Diener wie Incubi und Succubi, Doppelgänger, Sirenen, Furien, Werwölfe …"

Ich hob die Hand, um sie zum Schweigen zu bringen. „Mir dreht sich der Kopf. Ich hatte ja keine Ahnung, dass es diese Kreaturen wirklich gibt, aber lassen Sie uns erst einmal einen Schritt zurückgehen – ich dachte, Dämonen seien Diener?"

„Das sind sie auch, aber sie haben ebenfalls Kobolde und andere geringere Kreaturen unter sich."

Ich hätte gerne gefragt, was der Venediger mit den Überresten der Kobolde gemacht hatte, die die Gäste in den Koboldeimer werfen sollten, dachte dann aber, dass es wahrscheinlich besser war, wenn ich es nicht wusste. „Das klingt, als ob es ziemlich viel Arbeit wäre. Ich will ja gar nicht behaupten, dass ich es nicht könnte – auch wenn ich von den meisten Dingen, über die hier so geredet wird, nicht die leiseste Ahnung habe –, aber wie finden Leute denn ein Portal? Wie wird man überhaupt eine Hüterin?"

„Dazu wird man geboren, so wie Sie als Gefährtin eines Wyvern geboren wurden."

Ich verzog bekümmert das Gesicht. Es war wirklich großartig zu wissen, dass ich als Gefährtin eines Wyvern geboren war, der vorhatte, sich die Macht eines Dämonenfürsten unter den Nagel zu reißen, um die Welt zu beherrschen.

„Und es geht weniger darum, selber ein Portal zu finden, als vielmehr, von einem Portal gefunden zu werden. Die meisten Hüterinnen, die noch keinen festen Platz im *au-delà* haben, geraten an ein unbewachtes Portal. Und machen Sie sich keine Gedanken darüber, weil Sie nicht alles verstehen. Sie haben ja auch noch keinen Mentor gefunden. Wenn Sie ihn erst einmal haben, wird Ihnen schnell alles klar werden."

Ich sagte ihr gar nicht erst, dass ich mir absolut nicht sicher war, ob ich den Job als Hüterin überhaupt wollte. Ich hatte sowieso keine Zeit, darüber nachzudenken; zuerst musste ich die Welt vor Drake und Bael retten. Super-Aisling im Einsatz. Ich brauchte nur einen weiten roten Umhang und eine dunkelblaue Strumpfhose.

„Danke für die Erklärung. Darf ich mir aus Ihrem Telefonbuch die Nummer der Person heraussuchen, die mich aufnehmen kann? Dann sind Jim und ich gleich weg."

Amélie wirkte besorgt. „Vertrauen Sie dieser Person denn?"

Ich zuckte mit den Schultern. „Nicht mehr als jeder anderen. Wollen Sie mich vor irgendjemand Bestimmtem warnen?"

Einen Augenblick lang schwieg sie und blickte in ihren Teebecher. „Ich möchte Ihnen auf jeden Fall raten, sich nicht von Äußerlichkeiten täuschen zu lassen. Sie sind zwar ungeübt, aber Sie sind eine Hüterin. Sie sind die Gefährtin eines Wyvern. Ihre Instinkte mögen vergraben sein, aber sie sind da und werden sich bemerkbar machen, wenn Sie sie ernst nehmen."

„Wirklich ein weiser Rat", sagte ich lächelnd und stand auf.

Sie legte den Kopf in den Nacken und blickte mich an. „Sagen Sie mir doch – Sie haben einen Plan, oder?"

„Oh ja, ich habe einen Plan."

Sie runzelte die Stirn. „Was wollen Sie denn? Den Mord aufklären oder Baels Instrumentarium zerstören?"

„Ganz gewiss Ersteres und hoffentlich auch Letzteres. Das heißt, ich weiß zwar nicht, ob ich es zerstören kann, aber ich kann zumindest dafür sorgen, dass es an einem sicheren Ort verwahrt wird, wo niemand es finden kann."

„So einfach wird das nicht sein. Alle werden danach suchen."

„Ja, ich weiß. Aber ich hoffe dennoch, dass es mir gelingt. Danke, dass Sie alle meine Fragen beantwortet haben. Es tut mir sehr leid, dass die Polizei Sie belästigt hat. Wenn wir Glück haben, lässt sie Sie jetzt in Ruhe."

Ich schaute noch rasch in Amélies Telefonbuch nach. Sie bot mir zwar an, ich könne von ihrer Wohnung aus telefonieren, aber da ich befürchtete, sie würde abgehört, bedankte ich mich für das Angebot und erklärte, ich würde lieber von einer öffentlichen Telefonzelle aus anrufen.

„Ich verstehe nicht, warum wir nicht dableiben konnten", beklagte sich Jim, während ich die Straße entlang zu einem Markt marschierte.

„Es wäre nicht richtig gewesen, von Amélie zu verlangen, dass sie die Polizei anlügt. Außerdem glaube ich nicht, dass Céciles Ohren noch mehr Sabbern ausgehalten hätten. Und wo wir gerade beim Thema sind, das ist wirklich ekelhaft, weißt du."

„Versuch es erst mal selber", antwortete Jim mürrisch.

In einem Café entdeckte ich ein Kartentelefon und rief die Nummer an, die ich mir aus Amélies Telefonbuch herausgeschrieben hatte.

„Allô?"

„Ophelia?", fragte ich vorsichtig, da ich nicht auf Anhieb sagen konnte, ob sie am Telefon war oder ihre Schwester. „Hier spricht Aisling Grey."

„Aisling? Perdy, es ist Aisling! Nein, am Telefon. Aisling? Ja, ich bin es. Wo bist du? Du kannst dir gar nicht vorstellen, was über dich geredet wird …"

„Oh, mit ein wenig Anstrengung kann ich es sogar", erwiderte ich und lächelte gequält, wie jemand, der von der Pariser Polizei gesucht wird. „Hör mal, ich muss euch um einen großen Gefallen bitten, aber ihr sollt euch nicht verpflichtet fühlen, Ja zu sagen."

„Als wenn du überhaupt fragen müsstest", schalt Ophelia mich aus. „Wir sagen zu allem Ja, um das du uns bittest."

„Ich brauche für ein oder zwei Tage ein Dach über dem Kopf, für meinen … äh … Hund und mich."

„Wir würden uns freuen, dich bei uns aufnehmen zu können", erwiderte Perdita, die anscheinend an einem anderen Anschluss abgenommen hatte. „Sogar sehr."

„Ja, sehr", echote Ophelia.

„Das ist sehr großzügig von euch, aber ihr müsst euch beide darüber im Klaren sein, dass ich … äh …" Ich blickte mich um, um mich zu vergewissern, dass niemand mithören konnte. „Ich werde gesucht. Die Polizei möchte mit mir sprechen, allerdings habe ich nichts Böses getan."

„Wir haben gehört, du hast den Venediger umgebracht", sagte Ophelia aufgeregt.

„Feelie!"

„Na ja, das muss sie doch wissen, oder?"

„Ja, aber du kannst es ihr doch nicht so einfach an den Kopf werfen. Solche Dinge muss man behutsamer …"

„Können wir das vielleicht später besprechen?", unterbrach ich sie. Es machte mich nervös, dass ich darüber in aller Öffentlichkeit redete. „Und … es ist mir schrecklich unangenehm, dass ich euch das fragen muss, aber ihr … äh … ihr habt doch nicht vor, mich an die Polizei zu verraten?"

„Gnädige Göttin, als ob wir so etwas tun würden!" Ophelia stieß einen leisen Schrei aus.

„Es tut mir sehr leid, dass ich das überhaupt gefragt habe, aber ich muss sehr vorsichtig sein. Wenn es euch wirklich nichts ausmacht, einen Flüchtling zu beherbergen, wäre ich euch ewig dankbar."

„Ach, tatsächlich?", fragte Perdita. „Die Ewigkeit ist ziemlich lang."

„Ja." Wieder blickte ich mich schnell im Café um. Ein Mann, der an der Tür stand, musterte mich eingehend. „Könnt ihr mir eure Adresse geben? Ich habe schreckliche Angst, dass die Polizei mich entdeckt, und deshalb möchte ich so schnell wie möglich weg von hier."

Ophelia gab mir die Adresse und sagte, sie würden auf mich warten. „Klingle drei Mal hintereinander, dann lassen wir dich rein."

„Ja. Und vielen Dank."

„Oh, danke uns lieber jetzt noch nicht", erwiderte Ophelia mit einem geheimnisvollen Lachen.

Ich legte auf und holte Jim, der den Cafébesitzer und seine kleine Tochter angebettelt hatte.

„Warum hat das kleine Mädchen wa-wa zu dir gesagt?", fragte ich, als wir zum Taxistand gingen.

„Sie hat Wau-wau gesagt. Das bedeutet ‚Hund'. Sie mochte mich eben. Alle mögen mich, außer dir. Im Französischen gibt es die Redewendung *avoir du chien*. Damit bezeichnet man jemanden, der Charme und Sexappeal hat. Wörtlich übersetzt heißt es ‚Hund haben'. Wie findest du das?"

„Ich finde, du solltest jetzt lieber deinen Mund halten. Keine Konversation im Taxi oder vor Perdita und Ophelia. Sie sind ein bisschen komisch, wenn es um Dämonen und so etwas geht."

„Hast du nicht gesagt, eine der beiden ist die Stellvertreterin des Venedigers?"

„Ja, das stimmt", erwiderte ich und starrte entsetzt auf einen Zeitungskiosk. Rasch zog ich Jim weiter zum Taxistand.

„He! Was ist los? Du erwürgst mich ja!"

„Schscht! Am Ende hört dich noch einer." Ich blieb stehen und spielte an Jims Halsband herum. „Auf der Zeitung war mein Passbild! Auf der ersten Seite!"

„Oh, cool! Komm, wir kaufen eine Ausgabe!"

„Ich denke nicht dran. Und jetzt komm. Ich bin froh, wenn wir endlich im Taxi sitzen."

Unerkannt schafften wir es bis zu der Wohnung in der Rue Ponthieu, die zu meiner Überraschung direkt neben den Champs Élysées mit all ihren luxuriösen Geschäften lag. Die Wohnung der Schwestern lag zwei Stockwerke über einer teuren Konfiserie. Wir fuhren mit dem Aufzug hinauf und betraten eine Wohnung, in der mir vor Staunen der Mund offen stehen blieb. Amélies moderner Geschmack bezüglich Kunst und Möbel hatte mich überrascht, aber die prachtvollen Antiquitäten aus der Zeit Louis XIV. in der Wohnung von Ophelia und Perdita verschlugen mir die Sprache. Wunderschön gemusterte Perserteppiche lagen auf dem Parkett. Zwei in Rosa- und Beigetönen bestickte Barocksessel standen neben einer im Farbton dazu passenden Couch. Eine Wand wurde von einem riesigen braunen Marmorkamin eingenommen, und an einer anderen hing ein Wandbehang, der eigentlich in ein Museum gehört hätte. Alles war überaus elegant und gar nicht so, wie ich es bei Wiccas vermutet hätte.

„Ist das schön bei euch!", rief ich begeistert, ohne zu wissen, auf was ich meinen Blick als Erstes richten sollte. Mit meinem Dämon und meiner Plastiktüte voller Kleider kam ich mir unglaublich fehl am Platz vor.

„Es ist unser Zuhause", sagte Ophelia achselzuckend. „Komm, ich zeige dir dein Zimmer. Hoffentlich macht es dir nichts aus, in unserem Arbeitsraum zu schlafen."

„Überhaupt nichts", sagte ich. Ich machte große Augen, als sie mir das Badezimmer zeigte; die Fliesen um die Dusche ergaben ein hübsches Mosaik türkischer Art. Schließlich betrat sie einen freundlichen Raum mit einer gelb grün gemusterten Blumentapete. Der Bettüberwurf passte zu dem handgeknüpften Teppich, der wiederum farblich mit der Polsterung des Sessels neben dem Fenster abgestimmt war, das von gelb-grünen Vorhängen eingerahmt wurde. An einer Wand befand sich ein großer Bücherschrank mit zahlreichen Büchern und einigen Glasgefäßen, die wahrscheinlich wie bei Amélie Kräuter und Ähnliches enthielten, zahlreichen Kerzen, Duftölen, zwei Kelchen, drei unterschiedlich großen Glöckchen und verschiedenen Gegenständen, die ich nicht kannte. Der Raum war sehr weiblich, hell und hübsch, und ich kam mir umso mehr wie ein Eindringling vor. „Ich kann euch gar nicht genug danken, dass ihr so freundlich zu mir seid. Hoffentlich brauche ich eure Hilfe nicht länger als ein oder zwei Tage. Ich muss nur … äh … ein Ritual durchführen, wenn ihr nichts dagegen habt."

„Nun, du bist eine Hüterin", erwiderte Ophelia mit wissendem

Lächeln. „Wir wären eher überrascht, wenn du deine Kunst nicht ausüben würdest. Nur heute kannst du es nicht tun."

„Und warum nicht?" Ich warf Jim, der am Bücherschrank herumschnüffelte, einen warnenden Blick zu.

„Weil der Raum erst noch gereinigt werden muss."

Ich blickte mich um. Er war sauberer als meine Wohnung zu Hause, viel sauberer. Staub schien in dieser Wohnung nirgendwo eine Chance zu haben. „Ach?"

„Ja, wir würden nie zulassen, dass du in einem unreinen Raum ans Werk gehst."

„Ah", sagte ich, als ich begriff, dass es sich bei der Reinigung anscheinend um ein Wicca-Ritual handelte. „Aber ich betreibe eine andere Magie als Perdita und du, deshalb ist es nicht nötig, den Raum zu reinigen …"

„Doch", erwiderte Ophelia sehr bestimmt und trat zu dem Bett, um meine Kleider aus der Tüte zu holen. Sie schüttelte die Kleider aus und hängte sie in einen Rosenholzschrank, wobei sie sagte: „Wir könnten es nicht ertragen, wenn negative Energie aus dem unreinen Zimmer dein Ritual beeinträchtigen würde. Perdita wird es heute Abend reinigen, wenn die Mondgöttin uns mit ihrem Licht segnet."

Ich gab nach. Was blieb mir auch anderes übrig? Ich musste so zurückhaltend wie möglich sein, denn schließlich würde ich einen Dämon in ihre Wohnung rufen. Darüber würden sie bestimmt nicht besonders glücklich sein, aber ich hatte keine andere Wahl. Eigentlich hatte ich das Ritual an diesem Abend vollziehen wollen, während Perdita (und Ophelia hoffentlich auch) im *G & T* waren, aber es sah so aus, als ob Bafamal bis zum nächsten Tag würde warten müssen.

Als Perdita vom Einkaufen zurückkam, was meine Schuldgefühle noch vergrößerte, da ich kaum noch Geld hatte, um meinen Beitrag zu leisten, hörten sie und Ophelia sich meine Geschichte an. Ich erzählte ihnen, wie ich die Leiche des Venedigers gefunden hatte, versicherte ihnen, dass ich ihn nicht getötet hatte, und erwähnte Drake mit keiner Silbe. Ich vertraute beiden ebenso wie Amélie, aber seit Drakes Betrug war mein Vertrauen in meine eigene Urteilsfähigkeit erschüttert. Es war besser, sagte ich mir, sie nicht zu sehr in die Situation hineinzuziehen.

„Der Venediger hat bekommen, was er verdiente", sagte Perdita nachdrücklich, als ich fertig war. Überrascht blickte ich sie an. Es schien beinahe, als ob sie sich über seinen Tod freute. Anscheinend war mir meine Verwunderung von den Augen abzulesen, denn sie fügte lachend hinzu: „Das klingt sehr böse, was? Aber er war wirklich kein netter Mann. Mehr als einmal ist er seinem Verlangen erlegen und hat versucht, die dunklen Mächte zur Durchsetzung seiner Wünsche zu benutzen. Oh ja, ein Dolch im Herzen ist ein gerechtes Ende für ihn."

„Perdy, ist das nicht ein bisschen hart? Niemand verdient es, ermordet zu werden", tadelte Ophelia ihre Schwester mit sanfter Stimme. Sie nickte mir zu. „Du vergisst, dass unser Gast hier die Leiche des Venedigers entdeckt hat, und ich bin sicher, dass Aisling dieses schreckliche Erlebnis lieber vergessen möchte."

„Ich ..." Einen Moment lang überlegte ich, unschlüssig, wie ich Perdita am besten etwas fragen konnte, ohne sie zu beleidigen. „Man hat mir gesagt, du warst bei ihm angestellt?"

Sie reckte trotzig das Kinn. „Ja, das stimmt, aber das heißt noch lange nicht, dass ich blind gegenüber den Sünden dieses Mannes war. Indem er die dunklen Mächte benutzt hat, hat er nicht nur den Menschen in der Anderswelt Schaden zugefügt, sondern auch der Göttin und der Natur selbst." Sie warf Ophelia einen Seitenblick zu. „Deshalb habe ich auch die Stellung angenommen. Wir hatten die Hoffnung, den Venediger wieder zum Licht zurückführen zu können, aber er ..." Ihre Lippen zuckten.

„Er machte sich über sie lustig und lehnte ihr Angebot, ihn

wieder zur Alten Religion zurückzuführen, ab", flüsterte Ophelia und drückte ihrer Schwester die Hand. „Er war ein böser Mann, Perdy, aber jetzt ist er nicht mehr da. Er bezahlt für seine Sünden. Dafür hat die Göttin gesorgt."

„Ja", erwiderte Perdita gefasst. Sie blickte mich an. „Er war ein sehr böser Mensch, aber jetzt wird er Paris keinen Schaden mehr zufügen. Der Wille der Göttin ist geschehen, und das wird jedem Mitglied der Anderswelt widerfahren, das den Wahren Weg ignoriert und sich den dunklen Mächten hingibt."

Mir wurde es ein wenig unbehaglich, zumal ja der Dämon, den ich gerufen hatte, als schwarzes Fellbündel zu meinen Füßen lag. „Äh … ja", sagte ich so neutral wie möglich und suchte verzweifelt nach einem anderen Gesprächsstoff.

„Aisling möchte ein Ritual durchführen", kam Ophelia mir zu Hilfe. „Ich habe ihr gesagt, du musst zuerst den Arbeitsraum reinigen."

„Ich möchte euch keine Unannehmlichkeiten bereiten", sagte ich rasch. „Wenn es ein anderes Zimmer gibt, wo ich es in Ruhe durchführen kann …"

„Magie wenden wir nur im Arbeitsraum an", sagte Perdita und warf ihrer Schwester einen fragenden Blick zu. „Er muss immer zuerst gereinigt werden."

Ophelia fügte lächelnd hinzu: „Es macht keine Mühe. Perdy macht es gerne. Sie mag den Duft von Räucherstäbchen."

„Zeder wirkt am besten", sagte Perdita. Ihr Blick ruhte einen Moment lang auf ihrer Schwester, bevor sie sich wieder mir zuwandte. „Was für ein Ritual willst du denn vollziehen?"

Mist. Ich hatte gehofft, ich brauchte es ihnen nicht zu sagen, aber es war vermutlich nur gerecht, wenn sie es wussten. Allerdings hatte ich das blöde Gefühl, dass sie etwas dagegen haben würden. Am besten war es wahrscheinlich, ich vermischte mein Ritual mit ihren eigenen Glaubensvorstellungen.

„Ich suche den Beweis für die Identität des Mörders", sagte ich langsam. „Und ich möchte das Wesen rufen, das mir diese Information geben kann, damit ich der Polizei gegenüber einen Beweis habe. Diesen dramatischen Schritt vollziehe ich nur um der Gerechtigkeit willen. Solche Rituale fallen mir nicht leicht, aber ich habe das Gefühl, dass der Tod von Madame Deauxville und des Venedigers gerächt werden müssen und dass die Person, die diese Taten begangen hat, ihrer gerechten Strafe zugeführt werden muss."

„Ein Wesen?", fragte Perdita misstrauisch.

Ophelia blickte mich erschreckt an. „Sprichst du von einem Dämon? Du möchtest hier, in unserem Heim, einen Dämon rufen?"

Ich nickte und lächelte sie beruhigend an. „Ich weiß, dass das gegen all eure Überzeugungen geht, aber ich kann nur genügend Informationen sammeln, wenn ich den Dämon befrage, den der Mörder für seine Verbrechen benutzt hat. Ich schwöre euch, dass ich es so schnell wie möglich mache, und ich werde danach auch alle erforderlichen Reinigungsrituale durchführen."

Ophelia und Perdita wechselten einen Blick, bevor sie sich mir wieder zuwandten. Perdita runzelte die Stirn, und ich war schon überzeugt, dass sie mir nicht die Erlaubnis geben würde. Aber dann zuckte sie mit den Schultern. „Nun gut, du kannst den Dämon rufen, aber wir wollen dabei sein. Du hast eine Verantwortung der Göttin gegenüber."

Ich stieß einen stummen Seufzer der Erleichterung aus. Zwar war ich nicht gerade begeistert darüber, dass sie mir dabei zusehen wollten, wenn ich den Dämon befragte, weil ja dabei herauskommen würde, dass Drake die Morde begangen hatte, aber es konnte nichts schaden, wenn sie die Wahrheit erfuhren. „Einverstanden."

„Dann machen wir es morgen." Ophelia klatschte begeistert in die Hände. „Wie aufregend! Ich habe noch nie zugeschaut, wenn eine Hüterin einen Dämon ruft."

„Erwarte nicht zu viel", erwiderte ich lächelnd. „Es ist nicht besonders beeindruckend."

Jim drehte sich auf den Rücken und präsentierte mir seinen Bauch.

„Oh, wie süß, dein Hündchen will am Bauch gekrault werden!", quietschte Ophelia und kauerte sich hin, um Jim zu streicheln.

Perdita musterte mich nachdenklich und lehnte sich schließlich entspannt auf der Couch zurück. „Du hast noch nicht viele Dämonen gerufen, nicht wahr?", fragte sie im Plauderton.

„Nein", erwiderte ich und tat so, als ob ich Ophelia und Jim zuschaute.

„Es überrascht mich immer wieder, wie wenige Hüterinnen sich um die Alte Religion kümmern. Ich würde dich sehr gerne darin unterweisen. In deiner Funktion als Hüterin hast du die Göttin vermutlich schon oft gekränkt, aber wenn du sie wieder versöhnen kannst, sichert dir das einen Platz im Sommerland."

„Äh … Sommerland?"

Perdita schenkte mir ein solch durchdringendes Lächeln, dass mir noch ein bisschen unbehaglicher wurde. In ihren Augen stand ein fanatisches Leuchten. „Ihr würdet es Himmel nennen."

„Ah, na ja, das klingt alles faszinierend, und ich würde bestimmt auch gerne mehr über die Wiccas erfahren, aber erst einmal möchte ich diese Morde aufklären, und dann muss ich auch wieder nach Hause. Mein Onkel ist schon schrecklich wütend auf mich …"

„‚Die murmelnden Gewässer sind dein Gewissen, wirf einen Stein, und du wirst es wissen'. Das ist aus dem Hexenbekenntnis, nach dem wir unser Leben ausrichten. Du tätest gut daran, es zu befolgen, Hüterin."

„Es klingt reizend, aber …"

„,Das Dreifach-Gesetz sei dein leitender Faden; dreimal bringt's Glück und dreimal den Schaden'", zitierte sie weiter.

Und so ging es in einem fort. Sie hielt mir einen Vortrag darüber, welche Sünde es ist, sich mit den dunklen Mächten zu verbünden, wobei ich mir die ganze Zeit nur zu bewusst war, dass der anwesende Dämon sich abwechselnd von Ophelia den Bauch kraulen ließ oder in der Küche um etwas Essbares bettelte. Zum Schluss war ich völlig erschöpft davon, den Mund gehalten zu haben. Ich schützte Kopfschmerzen vor und flüchtete mit Jim in mein Schlafzimmer. Dort schlief ich zu meiner Überraschung tatsächlich bis weit nach dem Abendessen.

Als Ophelia mich weckte, fühlte ich mich erfrischt und wusste genau, wie ich weiter vorgehen wollte.

„Du musst mich ins *G & T* begleiten", drängte Ophelia und lächelte so süß, dass jeder Misanthrop sich davon hätte erweichen lassen. „Perdy ist schon da, aber ich weiß, dass sie auch möchte, dass du mitkommst."

„Es ist sicher nicht die beste Idee auszugehen, wenn man bedenkt, dass mein Foto heute früh auf allen Titelseiten war."

„Sei nicht albern. Dort tut dir niemand etwas – es ist neutraler Boden", erwiderte Ophelia und öffnete den Kleiderschrank, um nachzuschauen, was ich Passendes für den Abend dabeihatte. „Außerdem ist Perdy jetzt die Chefin. Niemand würde es wagen, sich ihr zu widersetzen."

Mir lief ein Schauer über den Rücken. „Ehrlich gesagt, ist mir einfach nicht nach Ausgehen zumute, aber ich habe eine große Bitte an dich."

Sie wandte sich mir zu. Die Enttäuschung stand ihr ins Gesicht geschrieben. „Ja, gerne."

„Gibt es außer Drake noch andere Wyvern in Paris?"

Verwirrt blickte sie mich an. „Wyvern? Jaaa ... Fiat Blu ist hier. Er ist der blaue Wyvern, aber ich würde dir nicht raten, ihm zu nahe zu kommen. Er ist nicht nur verdorben und unmoralisch; er ist auch ein Medium. Das sind alle blauen Drachen, aber er ist der mächtigste.“ Sie senkte die Stimme. „Es heißt, er benutzt seine Macht, um Frauen dazu zu bringen, dass sie … unnatürliche Dinge mit ihm machen.“

„Na, das scheint mir ja ein Typ zu sein. Die blauen Drachen sind also medial? Sind sie auch bekannt für ihre Stärke?“

Ophelia verzog das Gesicht. „Alle Drachen sind stark.“

„Hmm.“ Der Plan, über den ich den ganzen Tag nachgedacht hatte, nahm immer mehr Gestalt an. „Weißt du, wo Fiat Blu wohnt?“

Sie nickte zögernd. „Ja, aber ich rate dir davon ab, ihn aufzusuchen, Aisling. Fiat ist ganz anders als dein Drache.“

Ich griff in den Schrank und zog das schickste Kleid heraus, das Pál mir gekauft hatte. „Umso besser! Ich wäre dir sehr dankbar, wenn du mir sagen würdest, wo er wohnt.“ Als ich den gekränkten Ausdruck in ihren Augen sah, fügte ich hinzu: „Und wenn ich schnell mit ihm fertig bin, verspreche ich dir, noch bei *G & T* vorbeizukommen.“

Das versöhnte sie wieder.

Eine Stunde später betraten Jim und ich die niedrigen, breiten Steinstufen eines eleganten Gebäudes auf der Place de la Résistance, nicht weit vom Eiffelturm. „Ich weiß eigentlich nicht, warum mich solch eine luxuriöse Adresse überrascht“, sagte ich und drückte auf den Klingelknopf unter einem goldenen Namensschild, auf dem einfach nur BLU stand. „Mittlerweile müsste ich doch wissen, dass Drachen ein Synonym für Reichtum sind.“

„Es ist nicht nur Reichtum“, sagte Jim. „Es ist eine Einstellung. Du solltest sie übernehmen.“

Ich war überrascht, als sich die schwarz-silberne Tür plötzlich öffnete.

„Ah, hallo. *Bonjour. Parlez-vous …*"

„*Or!*", unterbrach mich der Mann, der vor mir stand, und sog witternd die Luft ein, so wie Drake es getan hatte. Der Gedanke durchzuckte mich, dass *or* das französische Wort für Gold war, aber bevor ich ihm erklären konnte, dass es nicht wertvoll war, packte er mich am Arm und zerrte mich ins Haus hinein. Hinter mir schlug die Tür so fest zu, als sei es für immer.

14

„He!“, schrie ich und wand mich aus dem Griff des Mannes. „Sie haben meinen Dä … meinen Hund draußen vergessen! Sie können mich doch nicht einfach so herumzerren wie einen Sack Kartoff … mmrf!“

Der Mann, blond und muskulös wie die Surfertypen, mit denen mein Ex herumhing, hielt mir einfach den Mund zu und schleppte mich zu einem kleinen Aufzug. Ich versuchte, ihm gegen die Schienbeine zu treten, aber er drückte mich an die Wand und lehnte sich gegen mich, sodass ich kaum noch Luft bekam. Ich bin für eine Frau nicht gerade klein, aber der Typ war groß und breit, und es schien ihm überhaupt nichts auszumachen, dass ich meine Fingernägel in seinen Rücken bohrte.

Der Aufzug hielt an, die Türen öffneten sich, und einen Moment lang hing ich in der Luft, als das Muskelpaket mich vorwärts zerrte. „Komm“, sagte er auf Englisch mit schwerem Akzent.

Ich versuchte zwar, mich zu wehren, aber es nützte nichts. Ich wurde in eine Wohnung geschleppt und wortlos auf eine blaue Samtcouch geworfen. Während ich noch versuchte, mich wieder aufzurichten, ratterte das Muskelpaket etwas in einer fremden Sprache herunter.

Schließlich gelang es mir, wieder auf die Beine zu kommen, und ich warf einen finsteren Blick auf den Rücken meines Entführers, als derjenige, mit dem er sprach, das Zimmer betrat. Mir stockte der Atem, als ich ihn sah – Drake sah auf eine dunkle, verführerische Art und Weise gut aus, aber dieser Mann war eine lebendig gewordene griechische Statue. Lockige blonde

Haare bis zu den Schultern, klare, strahlend blaue Augen und ein Gesicht, das so schön war, dass ich am liebsten in Tränen ausgebrochen wäre. Auch der übrige Mann war nicht schlecht, obwohl ich eigentlich nur erkennen konnte, dass er ein bisschen größer war als ich, als er mit ausgestreckter Hand auf mich zukam.

„*Cara*, Renaldo hat Sie hoffentlich nicht verletzt? Er wusste nicht, wer Sie sind. Sie müssen ihm seine äußerst schlechten Manieren verzeihen. Wir sind schon zu lange in Paris, und so langsam benimmt er sich wie ein Franzose."

„Eigentlich waren die Franzosen, die ich bisher kennengelernt habe, alle äußerst höflich und zuvorkommend – und sie hatten vor allem Manieren", erwiderte ich würdevoll und zupfte mein Kleid zurecht. Während Drake Hitze und glühende Sinnlichkeit ausstrahlte, war dieser Mann kühl bis ins Mark. In der Wohnung war eine leise Luftbewegung wie von einer teuren Klimaanlage zu spüren, und es war so kalt, dass man beinahe seinen Atem sehen konnte. Das Feuer dieses Drachen war wohl eher kalt, ein blaues Feuer, das einen zum Frieren brachte.

Er ergriff meine Hände und küsste beide Handrücken. Sogar seine Hände waren kühl. Das also war Fiat Blu, der Wyvern der blauen Drachen. Er strahlte Selbstbewusstsein und Macht aus … und ich verstand genau, warum Ophelia mich vor ihm gewarnt hatte. Er wirkte listig und verschlagen.

„Dann hatten Sie Glück, denn wir haben festgestellt, dass Paris eine Stadt voller Barbaren ist", sagte er mit einer Handbewegung auf die Aussicht aus dem Fenster, bevor er mich neben sich auf die Samtcouch zog.

Ich blickte mich rasch um. Die Wohnung war … blau. Alles darin war blau – die Decke, die Wände, der Teppich, die Möbel. Es gab alle möglichen verschiedenen Blautöne, von einem fast schwarzen Tiefdunkelblau bis hin zu einem verwaschenen Hellblau, das mich an einen Frühlingsmorgen erinnerte. Dann wandte ich meine Aufmerksamkeit dem Adonis neben mir zu. „Ich nehme an, Sie sind Fiat Blu?"

Er legte die Hand auf die Brust und verbeugte sich. „Ich bin Sfiatatoio del Fuoco Blu, der Wyvern der blauen Drachen und zu Euren Diensten. Wie kann ich der Gefährtin meines geschätzten Freundes Drake Vireo behilflich sein?"

Ich runzelte die Stirn. „Woher wissen Sie, wer ich bin? Und woher wissen Sie, dass ich Drakes Gefährtin bin, obwohl ich selber nicht die leiseste Absicht habe, es zu sein? Bin ich irgendwie gezeichnet? Habe ich ein großes, rot leuchtendes Neonschild über dem Kopf, auf dem ‚Gefährtin eines Wyvern' steht? Hat es mir jemand auf die Stirn geschrieben?"

Fiat lachte leise. Es klang sexy, war jedoch nicht mit Drakes lockendem Lachen zu vergleichen. „Ich weiß, wer Sie sind, weil ich es mir zur Gewohnheit gemacht habe, die zu beobachten, die mir wichtig sind. Ich habe Sie mit Drake gesehen. Ich habe das Gerücht gehört, Drake habe seine Gefährtin gefunden, eine Amerikanerin, die Hüterin ist. Ich habe auch gehört, dass die Polizei nach dieser Frau sucht und dass Drake sie verloren hat. Eine amerikanische Hüterin steht mit einem Dämon vor meiner Tür. Wer sonst könnte das sein als seine Gefährtin?"

„Oh", sagte ich erleichtert, weil er offensichtlich nicht meine Gedanken gelesen hatte. Ich konnte mich daran erinnern, dass Ophelia mich vor den medialen Fähigkeiten der blauen Drachen gewarnt hatte. „Ja, das klingt logisch."

„Außerdem", fügte Fiat mit einer italienischen Version des gallischen Schulterzuckens hinzu, „habe ich Ihre Gedanken gelesen und mir alle Informationen, die mich interessierten, von dort beschafft."

„Hören Sie sofort damit auf!", schrie ich ihn an und sprang auf. „Hören Sie auf, in meinem Kopf herumzuwühlen. Das erlaube ich nicht!"

„Aber, *cara*", protestierte er und zog mich wieder neben sich auf die Couch. „Es ging ganz leicht. Sie hatten noch nicht einmal Gedankenbarrieren errichtet, und ich nahm an, dass Sie damit einverstanden waren, dass ich Ihre Gedanken las."

„Was ist eine Gedankenbarriere?", fragte ich misstrauisch und rückte ein wenig von ihm ab.

Erneut zuckte er mit den Schultern. „Es sind die Barrieren, die jemand aufbaut, damit nicht jeder Unbefugte in seine Gedanken eindringen kann."

Sofort stellte ich mir eine Steinmauer um mich herum vor, einen Steinmauerring ohne Türen.

„Nein." Fiat schüttelte den Kopf. Er ergriff meine Hand und rieb mit dem Daumen über meine Knöchel. Seine Hände waren so kühl, dass sie die Wärme aus meinen herauszuziehen schienen. „Ich komme trotzdem noch hinein, weil Sie Ihre Gedanken nicht vollständig eingeschlossen haben."

Mist. Er hatte recht. Es war ja kein Dach auf dem Mauerring. Im Geiste erschuf ich mir ein neues Bild und umgab meine Gedanken mit einem hohen Turm, dessen Fensterläden ich öffnen oder schließen konnte. Ich schloss alle und spürte sofort, wie er meine neuen Barrieren testete.

„Es war nicht klug, dass ich Ihnen das gesagt habe." Er lächelte reumütig. Seine Finger rieben immer noch über meine. „Jetzt habe ich mich selber der Freude beraubt, einen so charmanten Geist zu besuchen, aber es ist viel reizvoller, wenn es einem nicht so leicht gemacht wird."

Ich sagte nichts, weil ich fürchtete, die Fensterläden würden aufgehen, wenn ich mich ablenken ließ.

Fiat beugte sich ein wenig näher zu mir, und seine Finger glitten kühl über meine Wange. „So wird die Jagd nämlich erst spannend, *cara*. Wenn die Beute zu schnell aufgibt, dann macht die Jagd keinen Spaß."

Ich installierte noch Eisenstangen vor den Fensterläden, dann entzog ich Fiat meine Hand und sagte: „Könnten wir vielleicht unser Gespräch ohne sexuelle oder jagdtechnische Anspielungen führen? Es war ein langer Tag, und mein Dämon pinkelt draußen in der Gegend herum, deshalb wäre ich Ihnen dankbar, wenn wir den Teil mit der Verführung überspringen könnten."

Er lachte und lehnte sich zurück. Anmutig wie eine Katze schmiegte er sich in die Polster. Erst da fiel mir auf, dass er auch blau gekleidet war, in ein Blau mit einem komplizierten schwarzen Muster auf dem Hemden- und Hosenstoff. „Ich hoffe, Drake weiß zu schätzen, was für eine Gefährtin ihm geschenkt wurde."

„Das bezweifle ich, aber das gehört nicht hierher. Äh … meinen Sie, jemand könnte Jim – das ist mein Hund – vielleicht hereinlassen?"

Fiat kniff die Augen zusammen. Kurz stieß er an meine Gedankenwand. „Warum brauchen Sie Ihren Dämon?"

Ich lächelte. „Sie können mir glauben, ich brauche ihn nicht, er ist einfach nur eine Last."

Erneut stieß er an meine Mauer. „Warum soll ich ihn dann hereinholen?"

Ich lächelte ihn unschuldig an. „Er bringt sich immer in Schwierigkeiten, und mir gefällt einfach der Gedanke nicht, was er alles ohne mich auf der Straße anrichten könnte."

Fiat musterte mich eine Weile schweigend. „Nun gut", sagte er schließlich. „Was geben Sie mir dafür, wenn ich Ihrer Bitte nachkomme?"

Mein Lächeln erlosch. „Mann. Ihr Drachen versteht es aber auch wirklich, aus allem ein Geschäft zu machen. Ich biete Ihnen meine Dankbarkeit, Fiat. Es wäre sehr nett von Ihnen, wenn Sie Jim hereinließen. Reicht Ihnen das?" Sein Gesicht war eine undurchdringliche Maske, aber er sagte nicht Nein. „Können wir dann zum Geschäftlichen kommen? Ich wollte Ihnen einen Vorschlag unterbreiten."

Seine buschigen blonden Augenbrauen hoben sich überrascht. „Geschäft? *Cara,* ich bin ganz Ohr. Bitte, fahren Sie fort."

Ich musste äußerst vorsichtig vorgehen, sonst würde ich am Ende nicht heil aus dieser Drachenhöhle herauskommen. „Ich weiß den Ort, an dem sich ein Objekt befindet, das Drake begehrt. Es ist in Gold gefasst", fügte ich hinzu, um sicherzustellen, dass er mir auch zuhörte. Ich hätte mir gar keine Sorgen zu machen brauchen, denn seine Augen glitzerten sofort vor Gier. Er blickte auf meine Brüste, und seine Nase zuckte. Innerlich stieß ich einen Seufzer aus und zog die Goldkette aus dem Ausschnitt, an der der Jadedrache hing. Fiats Augen verdunkelten sich bei dem Anblick. „Das ist nicht das Objekt, von dem ich gesprochen habe, das ist ein Talisman, der mir geschenkt wurde. Wie Sie sehen können, ist er nicht besonders wertvoll, und es lohnt sich nicht, ihn zu stehlen."

„Der Meinung war Drake vielleicht, aber ich denke nicht so", sagte Fiat mit gefährlich leiser Stimme. Rasch steckte ich den Drachen wieder an seinen Platz zurück. Mir war ein Schauer der Angst über den Rücken gelaufen.

„Der Gegenstand, den ich im Sinn habe, ist wesentlich mehr wert. Man könnte sagen, er ist unbezahlbar."

„Um was handelt es sich?", fragte er. Seine Stimme klang scharf, obwohl sein Körper nichts von seiner Anspannung verriet.

Ich schüttelte den Kopf. „Das kann ich Ihnen nicht sagen. Drake möchte es unbedingt haben, und ich bin die Einzige, die weiß, wo es sich befindet."

„Warum bieten Sie es gerade mir an?", fragte Fiat. Seine Finger zeichneten träge ein Muster auf einem der Kissen nach.

„Warum wollen Sie Ihrem Gefährten einen wertvollen Gegenstand vorenthalten?"

„Ich biete ihn Ihnen an, weil Sie der einzige andere Wyvern hier sind." Fiat erstarrte, und um die Beleidigung zu mildern, fuhr ich hastig fort: „Wichtiger ist jedoch noch, dass ich das Objekt im Besitz von jemandem wissen möchte, der stark genug ist, um Drake davon fernzuhalten. Und soweit ich gehört habe, sind Sie das."

Er neigte zustimmend den Kopf, während seine Finger mit einer sinnlichen Bewegung über das Samtkissen glitten. „Es stimmt, was Sie sagen. Ich besitze sehr viel Macht. Aber ich verstehe trotzdem noch nicht, worauf Sie hinauswollen, und da Sie mir keinen Zugang zu Ihren Gedanken gewähren ...", erneut spürte ich, wie er versuchte einzudringen, „... muss ich Sie bitten, es mir zu erklären."

Ich erhob mich und ging durch den Raum, um die Kunstgegenstände zu bewundern, die Fiat auf Tischen und an den Wänden ausgestellt hatte. Es gab wesentlich weniger Gold als in Drakes Haus, und der Hauptakzent lag eigentlich eher auf alten Gemälden, aber die Einrichtung und die Kunstobjekte verrieten den ernsthaften Sammler. „Ich habe meine eigenen Gründe, Drake den Gegenstand vorzuenthalten. Ich will nur wissen, ob das Objekt bei Ihnen so sicher ist, dass Drake es auf keinen Fall stehlen kann, bevor ich Ihnen sage, wo es sich befindet."

Im Bruchteil einer Sekunde stand ein rasender Wyvern vor mir. Ich trat unwillkürlich einen Schritt zurück, als er sich vorbeugte und zischte: „Du beleidigst mich, Hüterin. Mein Lager ist vor allen Eindringlingen geschützt, ganz gleich, wie mächtig sie sein mögen. Ich bin *il drago blu*. Niemand stiehlt mir, was ich besitze."

„Ich bitte um Verzeihung", sagte ich zerknirscht. Ich wollte auf keinen Fall die einzige Person in ganz Paris verärgern, bei der das Auge vor Drake sicher war. „Ich wollte Sie nicht beleidigen. Sie haben mich bereits überzeugt."

Fiat rückte einen kleinen Gegenstand auf einem Marmorsims gerade. „Und was möchten Sie im Austausch dafür haben?"

Ich lächelte, erfreut darüber, dass ich mich in solch einer starken Verhandlungsposition befand. „Wenn ich Ihnen gesagt habe, wo sich das Objekt befindet, brauche ich Ihre Hilfe, um Paris zu verlassen ... um Frankreich zu verlassen. Die Polizei hat meinen Pass, und ich bin mir zwar sicher, dass sie ihren Irrtum einsehen wird, aber es könnte eine Zeitlang dauern. Dafür, dass Sie dieses Objekt in Gewahrsam nehmen – und Sie müssen mir versprechen, es nie jemand anderem zu geben –, müssten Sie mir meinen Pass besorgen und mir helfen, aus dem Land zu kommen."

Ein berechnender Ausdruck trat in seine Augen. „Ich bin kein Dieb. Um so etwas sollten Sie eher Ihren Gefährten bitten."

Ich holte tief Luft. „Heißt das, Sie können mir nicht helfen, das Land zu verlassen?"

Fiat überlegte einen Moment lang. „Das ist nicht besonders schwierig. Es liegt durchaus in meiner Macht, Ihnen bei Ihrer Flucht zu helfen. Es interessiert mich jedoch, warum Sie nur so wenig erbitten für einen Gegenstand, der Ihrer Meinung nach so ungeheuer wertvoll ist."

Ich zuckte mit den Schultern. „Mehr brauche ich eben nicht."

Er presste die Lippen zusammen. „Das sagen Sie, aber ich glaube, Sie sagen mir nicht die ganze Wahrheit. Ich habe es nicht gerne, wenn man mich zum Narren hält, *cara*, auch nicht, wenn es sich dabei um eine Frau handelt, die ich gerne besitzen würde. Sie kommen hierher und präsentieren mir eine großartige Erklärung, aber Sie schirmen Ihre Gedanken vor mir ab und weigern sich, mir mehr Einzelheiten zu erzählen. Ich bin doch nicht dumm."

Genau in diesem Moment trottete Jim in das Zimmer. Seine Leine zog er hinter sich her. „He, echt nett hier! Ist das Ming Dynastie?"

„Jim", sagte ich warnend, als er auf einen Ebenholztisch zusteuerte, auf dem eine chinesische Vase stand.

Fiat trat auf mich zu, und mein Frühwarnsystem ging los. In einem winzigen Moment hatte sich auf einmal alles verändert, und statt die Oberhand zu haben, fühlte ich mich von Fiat bedroht.

„Vielleicht brauchen Sie ein wenig Zeit, um alles zu überdenken", sagte ich und stellte mich neben Jim. „Es hat ja keine Eile. Ich kann bis morgen … äh … bis morgen Mittag warten. Und jetzt lasse ich Sie allein, damit Sie in aller Ruhe nachdenken können."

„Sie geben mir so viel Zeit, wie ich brauche", antwortete er arrogant. Drachen! Einer wie der andere! „Und dass Sie jetzt gehen, kommt gar nicht in Frage, *cara*. Sie sind hier, in meinem Haus und in meiner Macht. Drake mag ja so dumm gewesen sein, Sie gehen zu lassen, aber ich kann Ihnen versichern, dass ich das nicht tun werde. Und als Erstes werden Sie mir den Talisman übergeben, den Sie tragen."

Es war schlimmer, als ich befürchtet hatte. Der harte Ausdruck in Fiats Augen sagte mir, dass die Zeit für Verhandlungen vorüber war. „Jim?", sagte ich leise und wich zurück.

Jim seufzte. „Soll ich etwa wieder meinen bewährten Seitenschritt machen?"

„Wenn es dir nicht zu viel Mühe macht", erwiderte ich.

„*Cara* …" Fiat kam kopfschüttelnd auf mich zu.

„Wann?", fragte Jim.

„Jetzt!", schrie ich und wirbelte herum, um die Mingvase nach Fiat zu werfen. Mit einem Aufschrei warf er sich nach links, um sie aufzufangen, während Jim und ich nach rechts aus dem Zimmer stürzten und auf den Ausgang zurannten. Der blonde Leibwächter namens Renaldo kam aus einer Seitentür gestolpert, und Jim stürzte sich auf ihn. Ich rannte aus der Wohnung hinaus, wobei ich die ganze Zeit über Jims Namen schrie, eine breite Treppe hinunter. Stimmen riefen mir nach, aber ich blieb nicht stehen. Völlig außer Atem kam ich unten an, und als ich auf die Straße stürzte, drängte sich ein schwarzer Schatten an mir vorbei.

„Manchmal … hast … du … die … blödesten … Ideen", keuchte Jim, während wir die belebte Straße entlangliefen.

„Jetzt … keinen … Streit", keuchte ich zurück und hielt einen Moment lang inne, auf der Suche nach einem Versteck. Ein Blick nach hinten bestätigte meine Befürchtungen – drei Männer, darunter Renaldo, kamen gerade aus dem Haus, um unsere Verfolgung aufzunehmen.

„Hier entlang", schrie Jim und galoppierte auf ein kleines Gebäude mit einem blauweißen Schild zu, auf dem stand „VISITE DES ÉGOUTS DE PARIS".

„Was ist das?", stieß ich hervor.

„Die Kanalisation", antwortete Jim und rannte unter einer Schranke durch, die die Leute davon abhalten sollte, einzutreten, ohne zu bezahlen. Ich rannte zum Drehkreuz, warf dem Mann im Kassenhäuschen ein paar Euromünzen hin und sprang über die Metallstange. Dann sprintete ich hinter Jim her, der mich mit dem Ruf „Treppe!" vor den Stufen hinter der Eingangstür warnte. Wir rasten die Metalltreppe hinunter, wobei das Geschrei hinter uns anzeigte, dass auch Fiats Drachen am Kassenhäuschen vorbeigekommen waren.

„Warum denn gerade die Kanalisation?", rief ich. Mit einer Entschuldigung drängte ich mich an einer vierköpfigen Familie vorbei, die eine ausgestopfte Ratte betrachteten. Ihre Köpfe fuhren erschreckt herum, als Jim antwortete: „Wasser! Das Element der blauen Drachen ist die Luft. Sie hassen Wasser!"

Heftiger Gestank schlug mir entgegen, als ich durch die schwere Metalltür unten an der Treppe trat. Wir befanden uns in einem riesigen Steintunnel, der nur schwach von Deckenlampen erhellt wurde. Der Geruch war unbeschreiblich – lassen Sie sich bloß von niemandem einreden, die Kanalisation von Paris würde nicht stinken; es stimmt einfach nicht –, aber ich hatte kaum Zeit die Nase zu rümpfen, als Jim schon aus einem Tunnel links von mir nach mir rief. Über mir waren in regelmäßigen Abständen Lampen in den Stein eingelassen. In der gewölbten Decke verlief der Länge nach ein riesiges blaues Wasserrohr, von dem einige kleinere Rohre abgingen. Ich hielt mich auf einer Seite, während ich Jim hinterherrannte. Die Mitte des Bodens bestand aus einem Stahlgitter, unter dem ein reißender Fluss zu sehen war – Abwasser.

„Wirklich? Warum hassen sie Wasser?"

„Es ist das entgegengesetzte Element – Wasser und Luft, Feuer und Erde. Eins vernichtet das andere. Jeder Drachensippe ist ein Element zugeordnet", rief Jim über die Schulter.

„Faszinierend", murmelte ich. An einer Biegung blickte ich mich um und sah, dass hinter uns am Tunneleingang einer von Fiats Männern auftauchte. Er erblickte mich und rief jemandem hinter sich etwas zu.

„Was ist denn das?" Ich blieb stehen. In der Kammer, in der wir uns befanden, waren riesige schwarze Holzkugeln … und ich meine wirklich riesig. Eine davon verstopfte beinahe die Öffnung eines Tunnels. Andere, kleinere Kugeln waren an den Wänden angekettet, die kleinste etwa einen Meter hoch, die größte etwa fünf.

„Komm schon, wir haben keine Zeit, die Abwasserkugeln zu bewundern", rief Jim.

„Was ist das denn?", schrie ich trotz Seitenstechen.

„Sie reinigen das Abwasser von Abfall. Ich kann auch den

Stadtführer spielen", sagte Jim. „Oder aber wir entkommen den blauen Drachen. Such es dir aus – wie du willst."

„Entkommen", erwiderte ich. Wir rannten. Und rannten. Und rannten. Mir kam es so vor, als seien wir kilometerweit durch die Kanalisation gelaufen. Wir kamen an Wasserfällen vorbei, an riesigen Maschinen, rutschten über enge Steinpfade, die übersät waren mit verwelkten Blättern und leeren Plastikflaschen, die in den Gittern hängen geblieben waren.

Wieder kamen wir an eine Kreuzung. Jim sprang über ein Metallgeländer, das eigentlich dazu diente, die Leute von dem Tunnel fernzuhalten. Ich sprang (wenn auch nicht ganz so anmutig) hinter dem Dämon her und landete auf einem schmalen Steinvorsprung. Im Gegensatz zu den anderen Tunnels gab es hier kein Gitter über dem Wasser, das mit unglaublicher Geschwindigkeit an uns vorbeiströmte. Hinter mir stieß ein Mann einen triumphierenden Schrei aus.

„Lauf!", rief Jim und lief über ein schmales Holzbrett, das über den offenen Kanal gelegt worden war.

„Machst du Witze! Da gehe ich nicht rüber!" Unschlüssig blieb ich vor dem Brett stehen und drehte mich um. Das musste man Renaldo ja lassen – er war zwar ein ziemlich wuchtiger Mann, aber er war flink auf den Füßen.

„*Merde!*", schrie ich und trat auf die Notbrücke. Renaldo hatte mich schon fast erreicht, als ich am anderen Ufer ankam. Jim versuchte gleich anschließend, das Brett ins Wasser zu schieben, und Renaldo rief etwas, das sich anhörte wie ein italienischer Fluch, als er sich auf die Planke stürzte.

Er verfehlte sie nur knapp und musste hilflos zusehen, wie sie ins Wasser fiel. Völlig außer Atem lehnte ich mich an die Kanalmauer und blickte auf die andere Seite, wo Renaldo auf und ab lief und mir finstere Blicke zuwarf. Er atmete noch nicht einmal besonders angestrengt.

„Was ist los, hast du Angst, du wirst nass?“, spottete ich.

Renaldo knurrte etwas und blickte sich nach einer anderen Möglichkeit um, den Kanal zu überqueren. Aber jedes Mal, wenn er zu nahe ans Wasser kam, zog er sich wieder zurück.

„Hat deine Mutter dir eigentlich gar nichts beigebracht?“, fragte Jim. „Es ist nicht klug, einen Drachen zu verspotten.“

Renaldo hielt mit uns Schritt, während wir den Tunnel entlang rannten. Er schrie uns Drohungen hinterher, als wir in einen Seitentunnel abbogen, in den er uns nicht folgen konnte.

Immer weiter rannten wir durch ein Gewirr von Gängen, manche mit offenen Kanälen, manche mit vergitterten, und schließlich hatte ich jedes Orientierungsgefühl verloren.

Ganz zu schweigen davon, dass ich keine Luft mehr bekam.

„Jim, ich muss mich kurz ausruhen“, keuchte ich, als wir erneut an einer Kreuzung ankamen. Eine Maschine mit großen roten Zahnrädern stand auf einem Gerät, das aussah wie eine Draisine. Dahinter war ein schwarzer Tender angehängt, und beide Wagen standen mit Metallrädern auf Schienen.

„Wir können nicht stehen bleiben, sonst kriegen sie uns“, sagte Jim und kroch unter die Kupplung der beiden Wagen. Ich setzte mich auf den Kupplungsmechanismus und schwang meine müden Beine darüber. „Das ist mir egal. Sie können mich ruhig kriegen. Ich kann nicht mehr. Mein Herz platzt gleich.“

„Nur noch ein kleines Stück“, drängte Jim und krabbelte über ein Geländer, an dem ein Warnschild hing: *Danger! Interdit au Public!* Ich brauchte kein Französisch zu können, um zu wissen, was das bedeutete.

Gerade wollte ich den Mund aufmachen, um etwas zu erwidern, als ich hörte, wie sich in dem Tunnel, aus dem wir gerade gekommen waren, zwei Männer etwas zuriefen. Rasch klappte ich den Mund wieder zu und hievte mich über das Geländer, das mir bis zur Taille reichte. Ich musste einen überraschten

Aufschrei unterdrücken, als ich etwa anderthalb Meter tief fiel. Wir befanden uns in einem kleinen Brunnen, anscheinend eine Art unbenutztes Überlaufmetall, der roten Metallkappe unter unseren Füßen nach zu urteilen.

Leise machten wir uns so flach wie möglich. Weil oben die Maschinen direkt neben uns standen, würden uns Fiats Männer nicht sehen, wenn sie nicht direkt in den Brunnen hineinspähten. Ich schlang meine Arme um Jim und drückte meine Lippen in sein dickes Fell, damit niemand mein heftiges Atmen hörte. Kurz darauf kamen die Männer in den Tunnel und riefen nach Renaldo. Ich wollte es nicht riskieren, mich hinzustellen, um sie sehen zu können, aber obwohl ich kein Wort von dem verstand, was sie sagten – die blauen Drachen schienen hauptsächlich italienischer Abstammung zu sein –, ließ der ärgerliche Tonfall ihrer Stimmen an Deutlichkeit nichts zu wünschen übrig. Sie berieten sich kurz, und dann trennten sie sich, wobei jeder von ihnen einen anderen Bereich des Tunnels durchsuchte.

„Glaubst du, sie kommen zurück?", flüsterte ich Jim ins dicke Pelzohr.

„Lass das, das kitzelt", beschwerte sich Jim und hielt mir den Kopf hin, damit ich sein Ohr rieb. Das tat ich auch. Und kraulte es ihm anschließend, was durchaus seine Zustimmung fand.

„Wir müssen weiter", sagte ich schließlich leise, als ich die Wortfetzen von Touristen vernahm, die sich gegenseitig etwas zuriefen. Der Schall übertrug sich in den Tunnels ohne Kanäle besonders gut.

„Nein! Und ich hatte schon geglaubt, dass wir hierbleiben, bis man dich das Phantom der Kanalisation nennt!"

Ich gab Jim einen Schubs und kletterte mühsam aus dem Brunnen. „Ich bin zu alt für so was. Ich will nach Hause. Soll Drake doch das Auge haben. Was interessiert mich die Welt! Ich will nur noch ein heißes Bad und ein schönes bequemes Bett."

„Wie egoistisch“, sagte Jim und hüpfte leichtfüßig aus dem Brunnen. „Hier entlang.“

Ich drehte mich um. „Ach, bist du jetzt der große Kanalexperte? Wie kommst du darauf, dass es hier hinausgeht?“

Jim trat an eine Ecke und wies mit dem Kopf auf ein blaues Schild, auf dem *Avenue Bosquet* stand. Ein roter Pfeil war darüber angebracht, der auf Metallhaken in der Wand zeigte. „Oh, das führt also zu einem Ausgang?“

„So ist es gedacht.“

Ein paar Touristen kamen vorbei, als ich Jim hinaufschleppte. Allein konnte er nicht hochsteigen, und da ich mich rundheraus weigerte, ihn zu tragen, nahm ich ihn schließlich irgendwie huckepack. Ich kann mir nur vorstellen, was die Leute sich dachten, aber ich hoffe doch sehr, dass das kleine Mädchen mit der Kamera mir einen Abzug von dem Foto schickt, das sie gemacht hat, bevor ich den Kanaldeckel beiseiteschob und erschöpft auf das noch sonnenwarme Pflaster der Avenue Bosquet sank.

„Erinnere mich daran“, sagte ich, als ich meinen Körper vor einem heranfahrenden Auto in Sicherheit brachte. Ich schob den Kanaldeckel wieder zurück und sank zwischen zwei am Straßenrand geparkten Autos auf den Boden. Jim saß auf dem Bürgersteig und beobachtete mich, als ich mühsam nach Luft rang, ohne mich um die neugierigen Blicke der Passanten zu kümmern. „Erinnere mich an diesen Abend, wenn ich jemals wieder auf die schlaue Idee kommen sollte, einen Wyvern in seiner Höhle zu besuchen.“

„Glaubst du, du wärst wirklich so blöd?“, fragte Jim leise.

Ich sank gegen die Stoßstange des Autos hinter mir und schloss die Augen. „Das weiß man nie, Jim. Das weiß man nie.“

15

Dass ich keine Ahnung hatte, wie viele meiner Gedanken Fiat hatte lesen können, bevor ich Barrieren errichten konnte, beschäftigte mich die ganze Zeit über, bis das Taxi uns an der Wohnung von Perdita und Ophelia absetzte. Ich war nicht sicher, ob Fiat hatte erkennen können, bei wem ich wohnte, aber da vor der Tür niemand auf mich wartete, schloss ich auf und sauste ins Badezimmer, um mir den Gestank der Kanalisation abzuwaschen.

Kurz nach neun erschien ich wieder in einer Wolke von Jasmin-Duft, zerkratzt und erschöpft, aber zumindest sauber.

Ich hinterließ Ophelia und Perdita eine Notiz, dass ich zu müde gewesen sei, um an diesem Abend noch ins *G & T* zu kommen, und nachdem ich mit Jim in einem nahe gelegenen Park rasch Gassi gegangen war, kroch ich ins Bett und fiel fast augenblicklich in einen tiefen, traumlosen Schlaf.

Zumindest begann er traumlos.

„Das ist nicht wahr“, sagte ich, als ich in einen Lichtkegel trat. Ich hatte keine Ahnung, wo ich mich befand, nur ein leises Gefühl, dass sich über mir eine hohe Decke wölbte wie in einer gotischen Kathedrale, aber ich wusste ganz genau, dass Drake irgendwo im Halbdunkel stand. Ich wirbelte herum, und plötzlich wurde mir bewusst, dass ich nicht das beige Nachthemd trug, in das er mich früher hineingeträumt hatte. Dieses Mal trug ich ein hautenges rot-schwarzes Flamenco-Kleid, mit Rüschen an den Ärmeln und tief ausgeschnittenem Mieder und einem Rock, der sich bis zu den Oberschenkeln eng anschmiegte und dann erst weit wurde. Das Kleid sah sehr sexy aus, viel gewagter und verführerischer als alles, was ich je getragen hatte.

Die Tangomusik schien aus dem Nichts zu kommen, als Drake, fast völlig in Schwarz gekleidet, in den Lichtkreis trat. Sein schwarzes Satinhemd schimmerte wie flüssiges Ebenholz. Er blieb stehen und streckte die Hand nach mir aus. Ohne nachzudenken, wirbelte ich auf ihn zu, ergriff seine Hand und drehte mich weiter, bis ich eng an ihn geschmiegt dastand, unsere Hände in meinem Rücken verschränkt. Die blutrote Schärpe um seine Taille passte perfekt zu meinem Kleid.

„Ich tanze nicht Tango", sagte ich atemlos.

„Jetzt doch." Seine Stimme war tief und voller erotischer Verheißung, und ein Schauer lief mir über den Rücken.

Ich drehte mich in die andere Richtung, Drake folgte mir, und unsere Körper vollzogen einen sinnlichen Tanz, der keiner Choreographie folgte. Wir tanzten, was der Tango verlangte; sein Körper fragte, meiner antwortete, meine Beine bewegten sich wie von selbst, und mein Fuß glitt liebkosend über seine Wade. Wir bewegten uns gemeinsam in einer sinnlichen Linie in dem Lichtkreis, mein Rock schwang um seine Beine, als wir wortlos tanzten, ohne uns zu berühren, nur einen Atemhauch voneinander getrennt und doch durch unsere Leidenschaft enger verbunden als durch körperlichen Kontakt. Wir drehten uns nach links, nach rechts, unsere Körper begegneten sich und trennten sich wieder. Dabei sahen wir uns unverwandt an, und seine grünen Augen waren voller widersprüchlicher Emotionen, als er mich an sich zog. Dann war der Augenblick wieder vorbei, und wir tanzten erneut durch den Lichtkreis, und unsere Herzen schlugen im selben Takt.

„Warum hast du mich verlassen?", fragte Drake, als er mich elegant über seinen Arm nach hinten bog. „Warum bist du weggelaufen?"

Ich glitt an seinem Schenkel entlang, schob mein Bein durch seine und drehte mich so, dass ich ihm den Rücken zuwandte. Er packte mich am Arm und wirbelte mich herum, bis mir schwindelig wurde, und dann fasste er mich um die Taille und zog mich mit dem Rücken an seine Brust. „Du kennst die Antwort, Drake. Ich brauche mein Handeln vor dir nicht zu rechtfertigen."

Sein Atem war heiß in meinem Nacken. Seltsamerweise hatte ich während unseres Tanzes nichts von seinem Feuer gespürt, aber plötzlich verzehrte es mich, wütete in mir, bis ich merkte, dass ich nicht sein Verlangen spürte, sondern seine Wut. Ich drehte mich zu ihm, rieb meine Brüste an seinem Satinhemd, während wir eine Reihe komplizierter Schritte tanzten, die mir, wären sie real gewesen, mit Sicherheit mindestens einen gebrochenen Knöchel beschert hätten.

„Ich verstehe dich nicht. Ich habe es versucht, aber es ist unmöglich. Ich weiß nicht, was du von mir willst."

Er drehte mich nach außen, und ich wirbelte wieder zu ihm, und er schlang seinen Arm um meine Taille. „Ist es zu viel verlangt, wenn ich die Sicherheit der sterblichen Welt möchte?"

Sein Feuer jagte durch mich hindurch und setzte meine Seele in Brand. Ich öffnete die Arme weit, um es zu ihm zurückfließen zu lassen.

„Ich weiß nicht, wovon du redest, Aisling, aber du spielst ein gefährliches Spiel. Wer beschützt dich?"

Lächelnd machte ich ein paar Tanzschritte um ihn herum und ließ meine Finger über seine rote Schärpe gleiten. „Ich brauche dir gar nichts zu sagen. Wir haben vielleicht eine metaphysische Verbindung und sind im letzten Traum auch zusammengekommen, aber das bedeutet nicht, dass wir zusammengehören."

„Du wirst meine Frage beantworten", grollte Drake, und seine tiefe Stimme vibrierte in mir, bis sie sich mit dem Feuer in mir verbunden hatte und mit weiß glühender Flamme loderte.

Lachend bog ich ihm meinen Körper entgegen, als er sich im Rhythmus der Musik immer fordernder an mich drängte. „Das mag ja dein Traum sein, aber deshalb tue ich noch lange nicht, was du willst."

„Wir sind Gefährten. Du begehrst mich ja sogar jetzt."

„Aber das bedeutet nicht, dass wir es auch tatsächlich tun."

„Willst du dich mir etwa verweigern?", fragte er wütend.

„Nicht verweigern, nur hinauszögern. Und ich muss jetzt weiterschlafen. Ich habe einen anstrengenden Tag vor mir, an dem ich dafür Sorge tragen werde, dass du für die Verbrechen bezahlst, die du begangen hast. Du wirst jetzt vielleicht auch ein wenig schlafen wollen. Ich habe das Gefühl, es könnte nicht schaden."

„Ist das eine Drohung?" Seine Augen glühten.

„Ein Versprechen", flüsterte ich an seinen Lippen.

Fast widerstrebend ging die Musik zu Ende, und ich drehte mich ein letztes Mal um das Bein, das er zwischen meine zwang; dann trat ich zurück. Ich war mir zwar nicht ganz sicher, ob ich einen Tanz beenden konnte, den er eröffnet hatte, aber ich wollte mich nicht mehr in seiner nächtlichen Fantasie aufhalten.

„Gute Nacht, Drake. Danke für den Tanz. Und für das Kleid. Vielleicht können wir ja beim nächsten Mal Rumba tanzen?"

„Es ist noch nicht vorbei, Aisling. Du bist eine Närrin, wenn du das glaubst."

Er hatte nicht ein einziges Mal abgestritten, etwas Schlimmes getan zu haben. Ein Teil von mir wollte bleiben und sich mit ihm auseinandersetzen, damit er zugab, was er getan hatte, und ihm das Versprechen abringen, dass er sich der Polizei stellte; und der andere Teil wollte am liebsten sofort wegrennen.

Stattdessen trieb ich zurück in das Dunkel der Schatten und ließ ihn dort im Licht stehen, eine mysteriöse Gestalt in Schwarz.

Ich würde mich nicht in einen Mörder verlieben. Und wenn es mir das Herz brach.

Als ich aufwachte, klang dieser Entschluss noch nach. Der Wecker auf dem Nachttisch zeigte erst zwei Uhr morgens. Ich schüttelte mein Kissen auf, bis ich es einigermaßen bequem hatte, und lag lange wach, um zu überlegen, wie ich vorgehen sollte. Da schlich auf einmal Perdita mit Zedernholz-Räucherstäbchen ins Zimmer und führte im Schein des Mondes das Reinigungsritual durch. Es war eine seltsam beunruhigende Erfahrung, und ich fragte mich, ob ich noch richtig im Kopf war, sogar die beiden Frauen zu verdächtigen, die mich schützten.

„Also, wir beide müssen miteinander reden."

„Ach du liebe Güte! Bei dem Gedanken läuft mir das Wasser im Mund zusammen!"

Ich nahm ein frisches Schlabberlätzchen, das Ophelia freundlicherweise am Tag zuvor für mich besorgt hatte, und band es um Jims dicken Hals. Wir waren schnell Gassi gegangen – schnell, weil ich immer Angst hatte, jemand könnte mich erkennen. Andererseits wollte ich aber auch nicht, dass Perdita oder Ophelia Jim ausführten, aus Angst, sie könnten dahinterkommen, dass er ein Dämon war. Nach dem Frühstück hatte Ophelia angeboten, für mich Besorgungen zu machen, aber mir fiel erst ein, was sie mir hätte mitbringen können, als sie schon weg war.

Sie hatte mich auch gebeten, mit meinem Ritual zu warten, bis sie wieder zurück war. Ich knirschte zwar mit den Zähnen wegen der Verzögerung, weil ich so schnell wie möglich den Dämon verhören wollte, um die Informationen an die Polizei weiterzugeben, aber ich konnte nicht viel dagegen machen. Sie und Perdita nahmen ein großes Risiko auf sich, indem sie mich aufnahmen, und da war es nur ein kleines Zugeständnis von mir, das Verhör Bafamals um ein paar Stunden zu verschieben.

„Das habe ich eigentlich nicht im wörtlichen Sinn gemeint", sagte Jim giftig, als ich das Schlabberlätzchen zuband.

Ich wischte ihm den Sabber ab. „Du hast doch nichts zwischen den Zähnen hängen, oder? Ich habe gelesen, dass Zahnprobleme bei Hunden auch zu übermäßiger Speichelproduktion führen können. Vielleicht sollten wir mal zum Tierarzt gehen."

„Stattdessen solltest du mir lieber die Zähne putzen. Ein gutes Frauchen putzt ihrem Hund die Zähne. Cécile hat mir erzählt, dass Amélie ihr jeden Abend die Zähne putzt. Sie hat sogar eine besondere Hundezahnbürste. Manche Leute kümmern sich eben um ihre Haustiere."

Die Sonne schien warm auf die Bettkante, auf der ich saß. „Lenk nicht ab. Du bist ein Dämon, kein Haustier. Ich möchte mit dir reden, und ich befehle dir, auf meine Fragen ehrlich zu antworten."

Jim murmelte etwas vor sich hin und blickte weg.

„Was für Kräfte besitzt eine Hüterin noch, außer dass sie sich um Portale kümmert und Dämonen ruft?"

„Alle Kräfte, die sie braucht."

„Das ist keine Antwort", sagte ich streng.

Jim zog einen Schmollmund. „Es ist aber die Wahrheit."

Seufzend versuchte ich es noch einmal. „Zähl mir bitte genau auf, über welche Kräfte eine Hüterin noch verfügt, abgesehen von dem Portal und dem Rufen von Dämonen."

„Sie kann Schutzzauber und Flüche aussprechen, kann die Handlungen von Sterblichen beeinflussen, je nachdem, wie geübt sie ist, und kann andere Geschöpfe der Anderswelt erkennen, ganz gleich, in welcher Gestalt sie daherkommen."

„Na, das war doch nicht so schwer, oder?", sagte ich. „Wie war das mit dem Beeinflussen von Handlungen?"

Jim stieß einen Seufzer aus. „Erinnere mich bei Gelegenheit daran, dass ich mir nächstes Mal einen Dämonenfürsten suche, der sein Handwerk versteht. Das mit dem Beeinflussen von Handlungen ist genauso, wie es klingt – wenn du willst, dass jemand etwas Bestimmtes tut, dann gibst du ihm einfach einen Schubs, und dann tut er es."

„Ach, so wie Löffel verbiegen?"

„Nein, so etwas nicht. Du machst einfach einem anderen klar, dass er genau das tun will, was du willst. In gewisser Weise versetzt du ihm einen Schubs, verstehst du?"

„Ja, irgendwie schon. Und dass ich Geschöpfe der Anderswelt erkenne – das bezieht sich auf Dämonen, ja?"

Jim nickte und begann, sich die Schulter zu lecken.

Ich runzelte die Stirn. „Wenn das so normal ist, warum haben dann beide Wyvern sofort erkannt, dass du ein Dämon bist, während Amélie erst dahintergekommen ist, als ich es ihr gesagt habe? Und Ophelia und Perdita wissen doch auch nicht, wer du bist!"

„Wer hat denn behauptet, das sei normal? Nur die Sterblichen, die die Fähigkeit besitzen, die dunklen Mächte zu beherrschen, können Geschöpfe aus der Anderswelt erkennen. Und dasselbe gilt natürlich auch für die Geschöpfe selbst, wie die Drachen."

„Ach so. Und weil Amélie Heilerin ist und O. und P. Wiccas sind, können sie deine wahre Gestalt nicht erkennen?"

„Ja. Bist du jetzt fertig mit deinen Fragen? Ich möchte mich nämlich langsam mal meiner Körperpflege widmen."

Ich verließ das Zimmer. Eine Zeit lang beschäftigte ich mich damit, eine Liste der Dinge zu erstellen, die ich brauchte, um den Dämon zu rufen. Zwischendurch beobachtete ich Perdita, die ihre Blumen und Kräuter auf dem großen Balkon goss.

„Bist du schon fertig?", fragte sie, als sie ins Zimmer kam. Sie hielt irgendwelche Kräuter in der Hand.

Ich nickte. „Ich glaube, ich muss noch einmal weggehen. Ich

brauche zwei Bücher, die ich nur bei Amélie bekomme, und außerdem die Asche eines toten Mannes."

„Du darfst dich gerne in unserer Bibliothek umschauen", sagte Perdita. „Und Asche eines toten Mannes müsste eigentlich im Arbeitsraum sein."

„Wirklich?" Das überraschte mich. Ich dachte, ich hätte gelesen, dass man sie nur brauchte, wenn man einen Dämon rief. „Danke, ich schaue ... gleich mal nach." Wenn Jim mit seiner Körperpflege fertig war.

Perdita gab die Kräuter, die sie in der Hand hielt, in eine Holzschale. „Dill", erklärte sie und begann sie mit einem Stößel zu zerreiben.

„Fürs Mittagessen?", fragte ich.

Sie runzelte die Stirn. „Nein, Dill ist ein großartiger Schutz gegen Dämonen. Ich dachte, da du ja einen ins Haus holst, sollte ich vielleicht damit die Wohnung schützen. Natürlich nicht den Arbeitsraum."

„Äh ..." Dill schützte gegen Dämonen? Wie sollte ich dann erklären, dass mein Hund auf einmal mein Schlafzimmer nicht mehr verlassen konnte? „Wie funktioniert das?"

„Dämonen hassen den Geruch", antwortete sie. „Sie können es nicht ertragen, sich in der Nähe aufzuhalten."

Die Tür zu meinem Schlafzimmer, die ich einen Spalt aufgelassen hatte, öffnete sich, und mein Dämon auf vier Beinen kam heraus und legte mir seine Leine zu Füßen.

Ich beobachtete ihn einen Moment lang, aber Jim schien der Dill nicht zu stören, den Perdita überall in der Wohnung in kleinen Töpfchen verteilte. Ich bezweifle sogar, dass es ihm überhaupt auffiel. So viel zum Schutz.

„Ich schaue rasch nach, ob du ein bisschen Asche eines toten Mannes hast, und dann verziehe ich mich."

Perdita gab kleine höfliche Laute von sich, um mir zu vermitteln, dass ich sie nicht stören würde. Ich warf Jim einen warnenden Blick zu und ging zurück in mein sonniges Gästezimmer, um den Inhalt des Bücherschranks in Augenschein zu nehmen. Es gab zahlreiche Hexenbücher, ein paar Kräuterbücher, Bücher über Magie und Hexenkunst und so etwas. „Nichts, was ich brauchen könnte", sagte ich zu Jim, der mir gefolgt war. „Aber das überrascht mich auch nicht, weil … Hmmm."

„Warum überrascht es dich nicht?", fragte Jim und rieb sich am Bett. Ich hatte festgestellt, dass Jim es liebte, wenn man ihm den Rücken kratzte.

„Weil sie ja nichts mit dunklen Mächten zu tun haben. Was ist das denn?" Ich zog ein kleines Buch heraus, etwa so groß wie meine Handfläche, das hinter einem größeren Band gesteckt hatte. „Die *Steganographia*. Na, das überrascht mich aber doch."

„Ach, das habe ich gestern schon gesehen", warf Jim abfällig ein. „Aber ich dachte, du zögest das *Liber Juratus* vor. Hast du mich damit nicht gerufen?"

„Doch", erwiderte ich langsam und blätterte das Buch durch. „Es ist merkwürdig, dass Wiccas ein Buch dieser Art besitzen."

„Sie haben doch mit dem Venediger zusammengearbeitet", sagte Jim, der sich immer noch an dem Bett scheuerte. „Meinst du, du könntest mich mal bürsten? Ich möchte gut aussehen, wenn wir Cécile besuchen."

„Der Venediger …" Fast hatte ich vergessen, dass Perdita seine Stellvertreterin gewesen war. „Natürlich, wenn sie für ihn gearbeitet hat, musste sie auch eine Ahnung von den dunklen Mächten haben. Und deshalb haben sie die *Steganographia*."

„Ich glaube wirklich, ich müsste mal gebürstet werden", erklärte Jim mit Nachdruck.

„Hmm? Oh ja, da hast du recht. Du siehst ein bisschen ungepflegt aus." Ich stellte das Buch wieder zurück und betrachtete die verschiedenen Kräutertöpfe auf dem Regal. Keine Asche.

„Komm“, sagte ich zu Jim und ergriff meine Tasche. „Wir beeilen uns. Ich will mich nicht zu lange auf der Straße aufhalten.“

„Ruf doch René an“, schlug Jim vor.

Ich wollte erwidern, dass ich René für etwas so Triviales nicht in Anspruch nehmen wollte, überlegte es mir aber anders. Wenn René mich fuhr, konnte er ein Auge auf die Polizei haben … vorausgesetzt, er war überhaupt bereit, einen Flüchtling durch Paris zu kutschieren. „Vielleicht sollte ich ihn nicht mit hineinziehen.“

„Machst du Witze? Er wäre begeistert“, sagte Jim leise, als ich die Tür öffnete. Ich bedeutete ihm, still zu sein. Dann zog ich die Karte mit Renés Nummer aus der Tasche und fragte Perdita, ob ich einen Freund anrufen dürfe, der mich durch Paris fahren würde. Ich beobachtete sie aus den Augenwinkeln, als ich die Nummer wählte. Wie tief mochte sie wohl in den Geschäften des Venedigers gesteckt haben? Eine Wicca, die ein äußerst zerlesenes Exemplar der *Steganographia* besaß, war eigentlich ein Widerspruch in sich.

So ähnlich wie eine Hüterin, die zugleich Dämonenfürstin war.

Eine Viertelstunde später gingen Jim und ich die Treppe hinunter, um auf Renés Taxi zu warten.

„*Bonjour*“, sagte ich atemlos und stieg ein. Jim sprang so schnell hinter mir her, dass er auf mir landete. „Runter von meinem Schoß!“, schimpfte ich.

„Entschuldigung.“

René drehte sich um und warf mir einen finsteren Blick zu. „Bevor wir losfahren, muss ich Ihnen erst etwas sagen.“

„Äh …“

„Sie meinten am Telefon, Sie wollten mich nicht belästigen, falls ich die Geschichten in der Zeitung über Sie glauben sollte. Ich! Es beleidigt mich, dass Sie so gering von mir denken!“

Ich machte eine beschwichtigende Geste. „René, es tut mir leid, ich wollte Sie auf keinen Fall kränken. Ich dachte nur, ich müsste Ihnen die Möglichkeit geben abzulehnen, wenn es Ihnen unangenehm ist, jemanden herumzufahren, der von der Polizei gesucht wird."

René schnaubte. „Sie haben wohl gar kein Vertrauen zu mir, oder?"

„Doch, natürlich vertraue ich Ihnen. Ich wollte nur nicht, dass Sie in die Angelegenheit hineingezogen werden."

Er machte eine rüde Geste aus dem Fenster, weil hinter uns jemand laut schrie, und wandte sich nach vorne. *„Quand les poules auront des dents."*

„Was?"

Er gab Gas, und Jim und ich wurden in den Sitz gedrückt. „Es bedeutet, wenn Hühner Zähne haben. Das ist dein Satz für heute, und er hat auch etwas mit deinen unberechtigten Sorgen zu tun."

Anscheinend hatte René mir verziehen, wenn er mir einen neuen Satz beibrachte. Ich lächelte und berichtete ihm während der Fahrt, was alles passiert war, seit ich ihn zuletzt gesehen hatte.

„Es ist gut, dass Sie mich angerufen haben. Ich werde mit Argusaugen darüber wachen, dass die Polizei Sie nicht sieht", sagte René, als ich nach einem kurzen Zwischenstopp in einer Tierhandlung, wo ich eine Bürste für Jim gekauft hatte, wieder ins Auto stieg. „Wir schauen vorher, ob die Luft rein ist, und dann kann ich Sie aussteigen lassen und den Wagen um die Ecke parken, ja?"

„Ja, das klingt gut", stimmte ich zu. Und so machten wir es auch – René fuhr ein paar Mal durch Amélies Straße, aber wir bemerkten nichts Auffälliges. Es waren zwar viele Leute unterwegs, aber niemand benahm sich so wie ein Polizist, der verdeckt ermittelt. Schließlich ließ mich René eine Straße weiter aussteigen und folgte mir langsam mit dem Taxi, während ich zurücklief und nach verdächtigen Personen Ausschau hielt.

Als ich zum dritten Mal an Amélies Laden vorbeikam, gab er mir das Zeichen, dass alles in Ordnung sei, und fuhr zu dem vereinbarten Parkplatz ein paar Straßen weiter.

„Operation Amélie startet jetzt", sagte ich leise zu Jim und ging zurück zu *Le Grimoire Toxique*. Vor der Tür blickte ich mich ein letztes Mal um, aber niemand achtete auf uns. „Puh. Sieht so aus, als hätten wir Glück."

Ich öffnete die Tür und spazierte direkt in Inspektor Proust hinein.

16

„Oh, Entschuldigung … Oh, heilige *merde*", sagte ich, als ich erkannte, wer vor mir stand. Einen Moment lang blieb ich überrascht stehen; dann jedoch setzte mein Fluchtinstinkt ein, und ich wollte weglaufen.

Inspektor Proust packte mich am Arm. „Mademoiselle Grey, was für eine freudige Überraschung. Ich habe gerade mit Madame Merllain über Sie gesprochen. Madame hat mir erklärt, sie habe keine Ahnung, wann Sie bei ihr im Laden vorbeikämen, und jetzt sind Sie hier. Welch ein passender Zeitpunkt für Ihren Besuch!"

Das Herz wurde mir schwer bei seinem Anblick. Sein Griff war zwar nicht schmerzhaft, aber äußerst fest. Ich würde mich nur befreien können, wenn ich Jim befahl, ihn anzugreifen, aber ich zögerte noch. Zum einen würde es nicht gut für Amélie aussehen, und zum anderen mochte ich Inspektor Proust irgendwie, auch wenn er mich ins Gefängnis bringen wollte. Zumindest war er immer aufrichtig mir gegenüber gewesen.

„Amélie hat Ihnen die Wahrheit gesagt", erwiderte ich und warf ihr einen kurzen Blick zu. Sie stand mit besorgtem Gesichtsausdruck hinter dem Inspektor. „Sie weiß nichts über meine Pläne. Vermutlich möchten Sie jetzt auch mit mir sprechen?"

„Ja, das wäre sehr angenehm", sagte er und wies mit der freien Hand zur Tür.

Irgendwie fand ich „angenehm" unpassend. Ich warf Jim einen warnenden Blick zu, als wir den Laden verließen. Er zog seine Augenbrauen hoch, schwieg aber.

„Ich bin unschuldig", sagte ich im Plauderton zu Inspektor Proust, während er mit mir den Bürgersteig entlangspazierte. Vermutlich hatte ich höchstens eine Minute Zeit, bevor er mich der Polizei übergab, und deshalb war jetzt der beste Zeitpunkt, um ihm ein paar Fakten mitzuteilen. „Ich habe weder den Venediger noch Madame Deauxville umgebracht. Aber ich weiß, wer beide getötet hat, und ich bin im Begriff, mir Beweise dafür zu verschaffen, damit Sie den Mörder überführen können."

„Es ist Aufgabe der Polizei, Beweise zu sammeln, Mademoiselle, nicht Ihre. Aber ich höre mir gerne Ihre Einfälle in dieser Angelegenheit an. Es interessiert mich sehr, was Sie über Ihre Abenteuer in Monsieur Camus' Haus zu berichten haben." Er legte den Kopf schräg und sah mich an. „Sie haben das Gartenhaus in Brand gesetzt, nicht wahr?"

„Ja, aber das war ein Unfall. Es lag nicht in meiner Absicht. Ich bin nur ein wenig unbedacht mit … äh … mit Streichhölzern umgegangen." Ich bewegte versuchsweise meinen Arm. Er hatte seinen Griff noch nicht gelockert. Jim trottete hinter uns her. Ich kaute nachdenklich auf meiner Unterlippe, als mir einfiel, was Jim mir über meine Kräfte und Fähigkeiten erzählt hatte. Zumindest eine davon käme mir in dieser Situation sehr zupass. Wenn ich es schaffte, Inspektor Prousts Handlungen zu beeinflussen, gelang es mir vielleicht, freizukommen und zu René zu laufen. Ich blickte Inspektor Proust aus den Augenwinkeln an. Er hob seine freie Hand und winkte jemandem, der weiter unten an der Straße geparkt hatte. Jetzt ging es um die Wurst. „Sie wollen mich laufen lassen, nicht wahr?"

Sichtlich verblüfft schaute er mich an. „Wie bitte?"

Ich ballte meine Hände zu Fäusten und öffnete die Tür in meinem Kopf. Die Glut von Drakes Feuer, die anscheinend immer dort war, ignorierte ich und stellte mir stattdessen vor, dass Inspektor Proust mich losließ. „Sie wollen mich loslassen.

Sie wollen mich nicht festhalten. Sie wissen, dass ich unschuldig bin, deshalb gibt es keinen Grund, mich nicht einfach laufen zu lassen."

Misstrauisch blickte er mich aus seinen braunen Augen an. „Mademoiselle, fühlen Sie sich nicht wohl?"

Ich holte tief Luft und sagte so nachdrücklich, wie ich konnte: „Lassen … Sie … mich … los!"

Etwas gab nach, eine Barriere löste sich auf, und dann war sie weg, und auch der Druck von Inspektor Prousts Hand auf meinem Arm war verschwunden. Überrascht merkte ich, dass er mich nicht mehr festhielt. Ich trat einen Schritt zurück und sah ihn dabei an. Er wirkte versonnen, so als dächte er über wichtige Dinge nach. Ein Auto näherte sich uns. Ich entfernte mich schrittweise von Inspektor Proust. Er blinzelte nicht einmal.

„Es funktioniert", hauchte ich und zerrte an Jims Leine. Als der Wagen neben dem Inspektor anhielt, gingen wir rasch in die entgegengesetzte Richtung, wobei wir halb erwarteten, dass die Männer uns verfolgen würden, aber das geschah nicht. Anscheinend hatte der Fahrer gar nicht gemerkt, dass sein Chef mich eben noch in Gewahrsam hatte. „Heureka, es funktioniert! Ich kann die Handlungen anderer beeinflussen! Na, das ist mal eine Fähigkeit, mit der ich etwas anfangen kann. Keine Strafzettel mehr wegen zu schnellem Fahren, kein Warten auf einen Tisch im Restaurant, endlich, endlich etwas Praktisches!"

„Bei Drachen funktioniert es nicht, nur bei Sterblichen", sagte Jim.

„Man kann nicht alles haben", antwortete ich, als wir um die Ecke bogen. Ich hatte vor, mit René noch einmal rasch am Laden vorbeizufahren, um kurz hineinzuspringen und ein Exemplar des Buches zu holen, das ich brauchte. „Warum erwähnst du gerade Drachen?"

„Signora Grey", sagte Renaldo, der aus einem geparkten Auto

gestiegen war und auf einmal vor mir stand. „*Il drago blu* möchte gerne mit Ihnen sprechen."

„Deshalb", sagte Jim.

Ich versetzte ihm einen Stoß. „Hättest du nicht einfach sagen können: ‚He, Aisling, da drüben sitzen Drachen im Auto'?"

„*Il drago* möchte, dass Sie mit uns kommen, Signora", sagte Renaldo lauter und aggressiver.

Ich versuchte noch nicht einmal, seine Gedanken zu beeinflussen, sondern zerrte mir die goldene Kette mit dem Jadedrachen über den Kopf und riss den Talisman von der Kette. „Guck mal, Gold!" Ich schwenkte die goldene Kette vor Renaldos Gesicht. Er sog witternd die Luft ein, und seine Augen leuchteten auf, als er die Kette sah. So fest ich konnte, warf ich sie über ihn hinweg. „Na los, hol sie dir!"

Gold, hatte ich festgestellt, löste bei Drachen eine fast instinktive Reaktion aus – Renaldo jedenfalls wirbelte herum und rannte zu der Stelle, wo die Kette zu Boden gefallen war. Ich rannte in die andere Richtung, zu Amélies Laden, an Inspektor Proust vorbei, der immer noch auf dem Bürgersteig stand und geistesabwesend vor sich hinblickte. Der Fahrer wedelte mit der Hand vor seinem Gesicht herum und beachtete Jim und mich gar nicht. Ich hatte schon fast Amélies Laden erreicht, als plötzlich zwei vertraute Gestalten über die Straße auf mich zukamen.

Es waren Pál und István.

„Weiß eigentlich jeder, dass ich hier bin?", grummelte ich. Meine Gedanken überschlugen sich. Hinter mir hob Renaldo gerade die goldene Kette auf, und von vorne marschierten Pál und István mit grimmigen Mienen auf mich zu.

Ich steckte in der Klemme.

Ich beschloss, dass ich mit Drakes Männern am leichtesten fertig würde, winkte ihnen zu und rief: „Die Männer des blauen

Wyvern versuchen mich zu kidnappen, damit sie Drake mit mir erpressen können!"

Drakes rothaariges Duo erstarrte bei meinen Worten, und ihre Blicke richteten sich auf Renaldo, der ebenfalls stehen blieb, als er die beiden sah.

„Er hat Gold bei sich", fügte ich hinzu.

Das ließen sich Pál und István nicht zweimal sagen. Sie liefen mit leuchtenden Augen an mir vorbei. Renaldo blickte ihnen einen Moment lang entgegen, drehte sich dann um und rannte um sein Leben.

Ich schob Jim in Amélies Laden und folgte meinem Dämon rasch. Ich hatte keine Ahnung, wie lange ich jetzt alle beschäftigt hatte, aber ich hatte nicht vor, zu warten und ihnen zuzuschauen.

„Hallo, Amélie, es tut mir leid, dass ich so viel Unruhe verursache, aber haben Sie zufällig … Oh, zum Teufel, du hast mir gerade noch gefehlt! Was machst du denn hier?" Drake stand in der Tür zu Amélies Laden. Anscheinend war er Pál und István gefolgt, obwohl ich ihn nicht gesehen hatte. Ich löste Jims Leine und fragte Amélie hastig: „Gibt es einen Hinterausgang?"

„Ja", erwiderte sie und wies mit dem Kinn auf den Perlenvorhang, der das Hinterzimmer von dem Ladenlokal abtrennte.

„Jim, greif an!", sagte ich und zeigte hinter mich.

Drake öffnete den Mund, aber Jim beschloss endlich einmal, mir ohne Widerworte zu gehorchen und sprang Drake an, bevor er etwas sagen konnte. Sie gingen beide zu Boden, und man sah nur noch ein Gewirr von Beinen und schwarzes Fell. Ich rannte durch den Perlenvorhang, setzte mit einer Flanke über Bücherkartons und lief geradewegs auf eine Tür zu, auf die ein blaues Pentagramm gemalt war. Halb war ich schon die Gasse entlanggerannt, als ich merkte, dass Jim mir nicht auf den Fersen war. Unschlüssig blieb ich stehen. Sollte ich zurückgehen, um nach ihm zu schauen, oder sollte ich darauf vertrauen, dass er schon auf sich selber aufpassen konnte?

„Verdammt!", fluchte ich, während ich weiter zu der Stelle lief, an der René auf mich wartete. Wenn ich zurücklief, würde ich unweigerlich in Schwierigkeiten geraten, und die Wahrscheinlichkeit, dass Jim auch ohne mich überlebte, war viel größer. Wütend stellte ich fest, dass mir Tränen über die Wangen liefen. Jim konnte ja nicht getötet werden, aber seine Hundegestalt konnte man zerstören. Ich wischte mir über die Wangen, als ich um die Ecke rannte und auf den belebten Parkplatz stieß, den wir als Treffpunkt vereinbart hatten. René lehnte an der Motorhaube seines Wagens und las Zeitung. Ich schrie und winkte, um ihn auf mich aufmerksam zu machen. Er verstand mich anscheinend sofort, denn er wartete erst gar nicht auf eine Erklärung, sondern sprang sofort ins Auto und fuhr auf mich zu. Ich hüpfte auf den Beifahrersitz, und er fuhr mit quietschenden Reifen los.

„Wo ist der kleine Teufelshund?", fragte er.

Ärgerlich wischte ich mir die Tränen weg, die mir immer noch übers Gesicht strömten. „Ich habe Jim gesagt, er solle Drake angreifen, aber anscheinend hat Drake ihm etwas getan, sonst wäre er hinter mir hergekommen. Normalerweise ist er nicht besonders heldenhaft."

Bei dem Gedanken daran, dass Drake Jim etwas getan haben könnte, flossen meine Tränen noch heftiger. Was war ich bloß für ein Feigling, dass ich Jim so im Stich ließ? Er befolgte immer treu alle meine Befehle. Er mochte ja nur ein Dämon sein, aber er war mein Dämon.

„Drake war da?" René stieß einen Pfiff aus. „Dann beginnt ja jetzt eine waghalsige Flucht."

„Nein", befahl ich. „Drehen Sie um."

René blickte mich an, als hätte ich Frösche in meinem Bidet. „Was?"

„Drehen Sie um – wir fahren zurück. Ich kann Jim nicht Drakes Gnade ausliefern. Drake kennt keine Gnade. Er wird Jim quälen. Ich weiß es einfach."

René fuhr langsam, wendete aber nicht. „Sie haben nicht alle Tassen im Schrank", sagte er.

Schniefend blickte ich auf. „Was?"

Er tippte sich an die Stirn. „Sie haben nicht alle Tassen im Schrank. Sie ticken nicht richtig."

„Ach, ich bin verrückt? Ja, ich weiß, aber ich lerne gerade, damit zu leben. Wenden Sie bitte. Ich muss Jim holen."

René tat, was ich gesagt hatte, konnte sich jedoch weitere Kommentare über meine mangelnde Klugheit nicht verkneifen. „Er ist ein kleiner Teufel – Sie haben doch selbst gesagt, dass man ihn nicht verletzen kann."

„Das bedeutet aber nicht, dass Jim nicht fähig ist zu leiden, und ich dulde nicht, dass außer mir jemand meinen Dämon quält. Halten Sie hier. Ich schleiche mich von hinten heran."

„Ich fahre um den Block. Sie warten dann hier auf mich, ja?", erwiderte René. Wir blickten uns um. Niemand war zu sehen.

„Ja." Ich stieg aus dem Auto, schlug die Tür zu und beugte mich zum offenen Fenster hinein, um ihm weitere Instruktionen zu geben. „Fünf Minuten. Wenn ich nicht herauskomme … fahren Sie einfach weiter. Sie können mir doch nicht helfen."

René gab Gas und fuhr winkend davon. „Ich lasse meine Freunde nicht im Stich wie Sie!"

Und damit war er weg. Ich schlich zu Amélies Tür, öffnete sie mit meiner Kreditkarte und ging leise durch das Hinterzimmer zu dem Perlenvorhang zurück.

Amélie stand an der offenen Ladentür und blickte hinaus. Niemand sonst war im Laden. Erschreckt drehte sie sich um, als ich ihren Namen flüsterte.

„Aisling!“, schrie sie leise und schloss rasch die Tür.

Ich trat durch den Perlenvorhang. „Wo ist Jim? Hat Drake ihn mitgenommen? Was hat er mit ihm gemacht? Oh Gott, ich hätte Jim nie mit ihm allein lassen dürfen.“

„Beruhigen Sie sich – Ihrem Dämon ist nichts passiert“, erwiderte Amélie und blickte nervös über ihre Schulter. „Sie müssen gehen. Hier sind Sie nicht sicher. Drake und zwei der grünen Drachen sind draußen. Auch Inspektor Proust ist da, obwohl er irgendwie benommen zu sein scheint.“

„Und wo ist Jim?“, fragte ich und wich wieder hinter den Perlenvorhang zurück.

„Er ist weggelaufen, ich weiß nicht, wohin. Ich dachte, er würde Ihnen folgen. Hier – das werden Sie brauchen. Drake hat es für Sie dagelassen.“

„Danke“, sagte ich und fing den Drachen-Talisman auf, den sie mir zuwarf. „Sollten Sie zufällig Jim sehen, sagen Sie ihm dann bitte, er soll nach Hause kommen? Er weiß, wo das ist. Und danke für alles.“

Ich wartete ihre Antwort gar nicht erst ab und lief hinaus. Ich kam gerade am Ende der Gasse an, als René um die Ecke bog.

„Drake ist auf der Straße und spricht mit zwei Männern im Anzug“, sagte er, als ich die Beifahrertür öffnete. Ich hatte mich noch nicht richtig hingesetzt, als René auch schon losbrauste. „Sie sind von der Polizei. Ich weiß es – sie sehen so aus. Wir müssen sofort weg hier.“

Deprimiert und wütend sank ich auf den Sitz und starrte aus dem Fenster, in der Hoffnung, irgendwo einen dicken schwarzen Neufundländer zu sehen. René warf mir einen fragenden Blick zu, als ich auf seine Fragen nicht antwortete, gab aber schließlich auf und fuhr mich ohne weitere Konversationsversuche zu Ophelias und Perditas Wohnung.

Ich schickte ein kleines Stoßgebet zum Himmel, dass Jim so viel gesunden Menschenverstand haben würde, auch hierher zurückzukehren. Wenn nicht … erschöpft schüttelte ich den Kopf. Ich wagte mir nicht auszumalen, in welche Schwierigkeiten mein Dämon sich bringen konnte, wenn ich nicht auf ihn aufpasste.

Es mochte ja dumm sein, aber mir fehlte der große Tollpatsch.

„Es tut mir so leid, dass du deinen Hund verloren hast, Aisling. Soll ich das Tierheim anrufen? Vielleicht haben sie Jim ja gefunden."

„Nein, ist schon okay", antwortete ich der mitleidigen Ophelia. In der Wohnung angekommen, hatte ich festgestellt, dass Jim leider noch nicht zu Hause war, aber das war eigentlich auch kein Wunder, weil ich ja im Taxi gefahren und Jim zu Fuß unterwegs war.

Drei Stunden später jedoch machte ich mir ernsthaft Sorgen um ihn. Ich lief immerzu auf und ab und machte Ophelia und Perdita wahrscheinlich wahnsinnig, obwohl sie zu höflich waren, etwas zu sagen. Ich fühlte mich furchtbar, hatte Schuldgefühle, weil ich Jim sich selbst überlassen hatte, und kam mir so ausgelaugt und deprimiert vor, als ob eine schreckliche schwarze Wolke über mir schwebte. Die Wohnung, die mir zuerst wie ein heller, freundlicher Zufluchtsort vorgekommen war, wirkte jetzt bedrückend und trüb, wie ein Gefängnis. Perdita und Ophelia hatten angeboten, die Straßen nach Jim abzusuchen, aber ich wusste, das war nicht nötig. Jim war ein cleverer Dämon; wenn er zurückkommen konnte, würde er auch zurückkommen.

„Ich fühle mich so hilflos", sagte ich und blieb stehen, um das aufsteigende Gefühl von Panik und Verzweiflung zu unterdrücken. „Der arme Jim ist ganz allein dort draußen, und wer weiß, welche Gefahren auf ihn lauern! Vielleicht haben ihn ja irgendwelche Hundefänger erwischt! Vielleicht macht ja jemand *101 Dalmatiner* mit ihm!" Ich lief beständig hinter Perdita hin und her, die Pilze zum Abendbrot hackte.

„101 Dalmatiner?", fragte Ophelia.

„Felle", erwiderte Perdita.

Ich rang die Hände. Furcht stieg in mir auf bei dem Gedanken, was Jim alles passieren konnte. „Genau! Jim hat ein so schönes Fell! Vielleicht will jemand es haben. Vielleicht will ihn ja auch jemand als Zuchthund missbrauchen! Obwohl, dagegen hätte er wahrscheinlich gar nichts einzuwenden, aber verdammt noch mal! Er ist mein Hund und hat erst dann Spaß zu haben, wenn ich es sage!"

Ophelia stellte Zimtäpfel auf den Herd und trat um die lange Marmortheke herum auf mich zu. Sie tätschelte mir die Hand, aber das half mir nichts. Im Gegenteil, meine Sorge wurde nur noch größer. „Aisling, du brauchst es nur zu sagen, wenn Perdy oder ich etwas tun können, vielleicht einen Zauberspruch oder etwas dieser Art."

Ich schluckte und rang mir mühsam ein Lächeln ab. „Danke, Ophelia. Das ist sehr großzügig von euch, aber ich fürchte, Zaubersprüche … na ja, das wäre Zeitverschwendung." Wenn schon Perditas Dill als Schutz gegen Dämonen versagte, dann würden ihre Zaubersprüche sicher auch nicht wirksamer sein. „Wir müssen einfach weiter hoffen, dass er schon von selber nach Hause kommen wird."

Sie tätschelte mir den Arm. „Du bist so durcheinander. Vielleicht wäre es am besten, du würdest heute Abend dein Dämonenritual nicht durchführen. Du kannst dich doch gar nicht konzentrieren. Und hattest du nicht gesagt, dass du ein besonderes Buch brauchst?"

„Ja, das ist wahr. Aber ich benutze einfach Perditas. Es ist zwar ein bisschen anders als das, mit dem ich vertraut bin, aber es geht bestimmt auch. Es macht dir doch nichts aus, wenn ich dein Buch benutze, nicht wahr?“, fragte ich Perdita.

Perdita öffnete den Mund, um etwas zu sagen, aber nach einem kurzen Blickwechsel mit Ophelia schüttelte sie den Kopf. „Nein, bitte, benutz es. Ich habe nichts dagegen.“

Entschlossen verdrängte ich meine Angst und Sorge und konzentrierte mich auf die vor mir liegende Aufgabe. „Jetzt ist der günstigste Moment. Wenn ihr beide Zeit habt, rufe ich jetzt den Dämon, stelle ein paar Fragen und schicke ihn wieder zurück. Habt ihr ein Tonbandgerät?“

„Nein, viel besser, wir haben eine digitale Videokamera“, sagte Ophelia und trat zu einem Schrank. „Wir filmen deinen Dämon! Oh, das ist alles so aufregend!“

„Ja, das wäre wundervoll“, erwiderte ich voller Unbehagen. Die beiden Schwestern folgten mir ins Schlafzimmer, wo ich die *Steganographia* aus dem Bücherschrank nahm und durchblätterte. Ich kannte das Buch ein bisschen, da ich vor ein paar Jahren die Übersetzung gelesen und es dekodiert hatte. Ein Teil des Buches war in einem nummerischen Code geschrieben. Ich fand die Symbole des Dämonenfürsten und zog einen Aschekreis aus Papier, das ich verbrannt hatte.

„Ich habe keine Ahnung, ob das ohne die richtige Ausrüstung überhaupt funktioniert“, warnte ich die beiden. Ophelia saß auf dem Bett hinter mir und filmte mich, als ich den Kreis zog. Meine Verzweiflung schnürte mir fast das Herz ab. Warum machte ich mir überhaupt die Mühe? Warum verschwendete ich meine Zeit? Ich würde mich vor Ophelia und Perdita nur lächerlich machen, wenn ich Bafamal nicht rufen konnte. Dann würden sie wissen, dass ich eine Lügnerin war, jemand, der noch nicht einmal die einfachste Botschaft überbringen konnte, ohne alles kaputt zu machen. Ich versagte bei allem und jedem. Selbst Drake fand mich schrecklich.

Ich unterdrückte ein Schluchzen, vollendete den Kreis und zeichnete die zwölf Symbole für Ashtaroth. Als ich schließlich auch die sechs Symbole für Bafamal fertig hatte, wäre ich am liebsten in hysterisches Weinen ausgebrochen. Nur das rote Licht an Ophelias Digitalrekorder, das stetig blinkte, hinderte mich daran.

Mit einer Nadel, die Perdita mir gab, stach ich mir in den Finger und schloss den Kreis mit meinem Blut. Nichts passierte. Die Luft wurde nicht schwerer, wie es bei Jim gewesen war. Ich spürte auch kein Prickeln, als ich die Hand über den Kreis hielt. Es war einfach nur ein Kreis. Stirnrunzelnd konsultierte ich Perditas Buch und versuchte mich daran zu erinnern, wie ich bei Jim vorgegangen war.

„Ist irgendetwas nicht in Ordnung?", fragte Ophelia hinter mir.

„Äh … nein, ich glaube, es stimmt alles", sagte ich und klappte das Buch zu. Ich hatte alles genauso gemacht wie beim ersten Mal. Vielleicht lag es daran, dass Ashtaroth ein anderer Fürst war als Jims früherer Herr. Achselzuckend stand ich auf und rief die vier Himmelsrichtungen an. Dabei hatte ich nicht das Gefühl, dass etwas darauf wartete, gerufen zu werden, sondern verspürte eher eine Furcht, die von allen Seiten auf mich eindrang.

„Ich beschwöre dich, Bafamal, durch die Macht deines Herrn Ashtaroth, auch Anführer der Horde genannt, vor mir ohne Lärm und Entsetzen zu erscheinen. Ich befehle dir, Bafamal, wahrheitsgemäß alle Fragen zu beantworten, die ich dir stelle. Ich befehle dir, Bafamal, mir und meiner Macht zu Willen zu sein. Meine Hand soll dich binden, mein Blut soll dich binden, meine Stimme soll dich binden."

Gerade eben war der Kreis noch leer; in der nächsten Minute schon stand ein gut aussehender blonder Dämon darin und musterte mich prüfend aus rauchgrauen Augen.

Bafamal war erschienen.

17

Seit ich ihn das letzte Mal gesehen hatte, hatte der Dämon sich umgezogen; er trug jetzt eine dunkelrote Hose mit Bügelfalte, ein hellgelbes Hemd und einen azurblauen Schlips. Sehr chic, sehr leuchtende Farben.

„Na, immer noch so modebewusst“, sagte ich und trat einen Schritt zurück.

Er lächelte und machte eine kleine Verbeugung. „Du hast mich gerufen, Herrin?“

Ich ließ mich auf einen Stuhl sinken. Meine Verzweiflung wurde beim Anblick von Bafamal noch größer und erschöpfte mich körperlich. Hinter mir standen Ophelia und Perdita, aber ich konnte sie nicht anschauen, weil ich das Gefühl hatte, der Dämon würde sich meiner Kontrolle entziehen, wenn ich auch nur einen Augenblick lang meine Aufmerksamkeit von ihm abwandte. „Bafamal, ich befehle dir, meine Fragen zu beantworten. Warst du im Haus der sterblichen Aurora Deauxville, als sie getötet wurde?“

Der Dämon lächelte. „Ich hatte das Vergnügen.“

„Warst du auf Geheiß der Person dort, die sie getötet hat?“

„Ja.“

Meine Schultern fielen herab. „Warst du das Werkzeug für den Tod von Aurora Deauxville?“

Bafamal rieb sich die Hände, und das Vergnügen, das sich auf seinem Gesicht malte, verursachte mir Übelkeit. Ich drückte die Hände auf meinen Magen, damit ich mich nicht übergeben musste. „Nein, nicht für den Tod. Aber ich habe die Sterbliche aufgeknüpft. Das hat Spaß gemacht.“

Mein Magen hob sich. Ich biss die Zähne zusammen. „Warst du auch im Haus des Magiers Albert Camus anwesend?"

„Ja."

„Warst du dort auf Geheiß der Person, die ihn getötet hat?"

„Ja."

„Warst du das Werkzeug des Todes von Albert Camus?"

„Nein. Ich habe gehört, dass du später dort Feuer gelegt hast. Sehr stilvoll, Hüterin."

Hinter mir keuchte Ophelia auf. Ich ignorierte den Versuch des Dämons, mich zu provozieren, und kämpfte gegen eine weitere Welle der Übelkeit an. Meine Stimme gehorchte mir kaum noch, als ich fragte: „Wer hat dich gerufen, Bafamal?"

Das Grinsen des Dämons wurde breiter. „Drake Vireo, der grüne Wyvern."

Mein Herz zerbrach in tausend Stücke. Ich wusste, dass Drake schuldig war – das hatte ich gewusst, seitdem ich Bafamal in seinem Haus angetroffen hatte –, aber die Bestätigung dessen zerstörte einen Teil von mir, von dem ich nichts gewusst hatte. Mir wurde schwarz vor Augen. Ich umklammerte die Armlehnen des Stuhls und zwang mich, ganz langsam zu atmen. Wenn ich ohnmächtig wurde, würde ich die Kontrolle über den Dämon verlieren, und das konnte eine Katastrophe auslösen. „Wer hat Aurora Deauxville getötet?"

„Drake Vireo."

Mir war, als drehe jemand ein Messer in meinem Herzen um. „Wer hat Albert Camus getötet?"

„Drake Vireo."

Mir liefen die Tränen über die Wangen. Ich hob die Hand, um sie wegzuwischen, und sah rote Flecken auf meinen Fingern. Ich weinte blutige Tränen. „Wer befahl dir, Aurora und Albert aufzuhängen?"

„Drake Vireo", erwiderte der Dämon fröhlich.

„Warum?“ Meine Stimme klang, als ob zwei Steine aneinandergerieben würden. Mein Mund war so trocken, dass ich kaum schlucken konnte. „Warum hat Drake dich gerufen?“

„Er brauchte meine Hilfe, um die Morde zu begehen und unerkannt zu entkommen.“

Ich schloss die Augen. „Was hat Drake mit dem Instrumentarium von Bael vor?“

Hinter mir fiel etwas aus Glas zu Boden. Hoffentlich war es nur die kleine Vase neben Perdita und nicht die Videokamera.

Bafamal polierte seine Fingernägel an seinem glänzenden gelben Hemd. „Er will die sterbliche Welt beherrschen.“

Es war genug, mehr konnte ich nicht ertragen. Mit jedem Wort wurde mir ein weiteres Stück aus meiner Seele gerissen. Ich biss die Zähne zusammen und zeichnete die Symbole der Auflösung. Der Dämon sagte nichts, sondern grinste nur, als ich die Worte sprach, die ihn wieder zu seinem Ursprung zurückschickten. Beim letzten Befehl verschwand sein Körper, als hätte ich einen Stecker gezogen.

„Ich kann nicht … ich kann nicht …“ Ohne die Schwestern anzusehen, sprang ich auf und raste ins Badezimmer. Ich schaffte es gerade noch bis zur Toilette, bevor ich mich erbrach

Als ich wieder zurückkehrte, stand Ophelia vor Perdita. „Bitte, Perdy, bitte, tu es nicht. Es ist falsch. Du weißt, dass es falsch ist. Du kennst doch die Strafe, die diejenigen erwartet, die die dunklen Mächte rufen.“

„Es tut mir leid, Feelie, aber ich muss es tun. Die Werkzeuge von Bael dürfen nicht leichtfertig verwendet werden. Ich kann nicht zulassen, dass Drake …“

Ophelia machte eine warnende Handbewegung, und Perdita brach mitten im Satz ab.

„Aisling, geht es dir besser?“ Ophelia trat mit ausgestreckten Händen auf mich zu. „Du Ärmste, was für ein schreckliches

Erlebnis. Wusstest du, dass es dein Gefährte war, der den Venediger und diese Frau umgebracht hat?"

Ich sah Perdita an, die mit grimmigem Gesicht hinter ihr stand. „Was kannst du nicht zulassen, das Drake betrifft?"

Perdita wollte etwas sagen, schüttelte dann jedoch den Kopf. „Ich muss mich jetzt fertig machen – ich komme zu spät. Ich muss das *G & T* öffnen. Ich werde …" Sie blieb an der Tür stehen und warf uns einen Blick zu. Ihre Augen waren hart und entschlossen. „Lass uns später darüber reden."

Ich war mir nicht sicher, wen von uns beiden sie angesprochen hatte, aber sie war gegangen, bevor ich fragen konnte. Ophelia legte mir beschwichtigend die Hand auf den Arm. „Du musst Perdy entschuldigen – sie steht seit der Ermordung des Venedigers unter großer Anspannung, und sie … sie war … Na ja, um ehrlich zu sein, sie und Drake Vireo waren … sie waren … Freunde, bevor du kamst."

„Freunde?" Ich blinzelte verwirrt, als mir die Bedeutung aufging. „Ach, du meinst richtige Freunde. Das wusste ich nicht."

„Es tut mir leid. Es war taktlos von mir, so einfach damit herauszuplatzen. Ich wollte nur, dass du verstehst, warum Perdy so durcheinander ist."

Ich nickte und sank auf das Bett. Ich empfand immer noch Verzweiflung, aber die Übelkeit hatte mit dem Verschwinden des Dämons nachgelassen. „Es ist schon in Ordnung. Drake mag ja glauben, dass ich seine Gefährtin bin, aber das bedeutet noch lange nicht, dass ich es auch akzeptieren muss. Und wir sind nicht … zusammen."

Sie blickte mich erleichtert an.

Ich rutschte weiter nach hinten, bis ich mit dem Rücken an der Wand lehnte. „Um deine Frage zu beantworten – ja, ich wusste, dass Drake für die beiden Morde verantwortlich ist. Ich habe Bafamal in seinem Haus gesehen, und es konnte nur einen einzigen Grund geben, warum der Dämon da war. Es war nur ein Schock, jetzt die Bestätigung dafür zu bekommen."

Ophelia kuschelte sich neben mich auf das Bett. Ich schloss die Augen. „Wie schrecklich für dich, von einem Mann, an den du gebunden bist, so getäuscht zu werden. Was willst du denn jetzt tun?"

Ich rieb mir die Schläfen. Kopfschmerzen waren im Anmarsch, und es fiel mir schwer, einen klaren Gedanken zu fassen. „Ich hatte eigentlich vor, die Beweise, die der Dämon mir liefert, der Polizei zu übergeben, aber jetzt bin ich mir nicht mehr so sicher. Er hat nichts gesagt, was man wirklich als Beweis anführen kann, und wenn ich versuchen würde, Inspektor Proust zu erklären, wer Bafamal ist, würde er mich in eine Irrenanstalt sperren."

„Vielleicht fällt dir ja noch etwas ein, wenn du das Video anschaust", bot Ophelia mir an und reichte mir die Kamera. „Ich muss jetzt zu Perdy, aber später können wir beide uns ja zusammensetzen und nach einer Lösung suchen. Es muss doch einen Weg geben, wie man der Polizei klarmachen kann, wer hinter den Morden steckt."

Ich dankte ihr und blieb noch ein paar Minuten still liegen. Dann setzte ich mich auf und schaltete die Videokamera ein. Ich zuckte zusammen, als ich die Stimme des Dämons vernahm.

„Wer hat Aurora Deauxville getötet?"

„Drake Vireo."

Ich schaute mir das gesamte Video an, dann schaltete ich die Kamera aus und dachte über alles nach, was der Dämon gesagt hatte. Irgendetwas hatte er von sich gegeben, das mich irritiert hatte, aber mein müdes, schmerzendes Hirn kam nicht darauf.

„So, sie ist gegangen", sagte Ophelia fünfzehn Minuten später und zog sich einen Lehnstuhl ans Bett. „Sie ist sehr durcheinander, aber sie ist entschlossen, das *G & T* bis nächsten Montag weiter zu betreiben, bis das Testament des Venedigers verlesen wird. Er hat versprochen, ihr den Club zu hinterlassen, als Ausdruck seines Respekts und Anerkennung seiner Schuld ihr gegenüber."

„Seiner Schuld?"

„Perdy hat fast ein Jahr lang für ihn gearbeitet. Sie ist eine sehr mächtige Wicca und hat ihm einiges über die Macht der Göttin beigebracht."

Ich rieb mir die Stirn. Die Kopfschmerzen wurden stärker. „Jetzt bin ich wirklich völlig verwirrt. Ich dachte, der Venediger sei ein Magier gewesen?"

Sie nickte.

„Ist das nicht ein Zauberer? Beherrscht er nicht selber Magie?"

Ophelia runzelte die Stirn. „Gibt es keine Magier, wo du herkommst?"

Ich zuckte mit den Schultern.

„Ich dachte, es gäbe sie überall. Natürlich beherrscht ein Magier Magie, er ist in der Tat ein Meisterzauberer, aber er praktiziert nur dunkle Magie. Du hast vielleicht schon gemerkt, dass Perdy und ich es für unsere Pflicht halten, die Liebe der Göttin denen nahezubringen, die auf dunkle Mächte zurückgreifen, und sie war der Meinung, der Magier könnte von seinem zerstörerischen Weg abgebracht werden, wenn er an das Hexen-Credo glaubte."

„Aber das tat er nicht", warf ich ein.

„Nein, und erst letzte Woche hat sie schließlich einsehen müssen, dass nichts ihn von seinem dunklen Weg abbringen konnte. Deshalb fühlt sie sich auch so schlecht – sie hatte ihre Stelle aufgeben wollen, weil sie nicht mehr für ihn arbeiten wollte, solange er das Böse verkörperte, aber jetzt … jetzt hat sie das Gefühl, wenigstens so lange bleiben zu müssen, bis ein neuer Venediger da ist."

Ich klappte meinen Mund zu, damit ich wenigstens ein bisschen intelligenter aussah. „Der Venediger ist eine … äh …"

„Eine Position in der Anderswelt, ja. Gibt es das bei euch nicht? Nein, natürlich nicht, nicht in den Vereinigten Staaten. Dort ist ja alles demokratisch." Sie lächelte. „Hier machen wir es mehr auf die traditionelle Art. Ein Venediger hat sehr große Macht; er ist in jedem Land der Herrscher der Anderswelt."

„Klingt ein bisschen nach Mafia mit übersinnlichen Kräften."

Sie lachte nicht, wie ich es eigentlich erwartet hatte, sondern blickte mich bekümmert an. „Das ist leider ein äußerst treffender Vergleich. Der Venediger – der gestorben ist – hat Frankreich lange mit eiserner Hand regiert. Niemand forderte ihn heraus, weil er so mächtig war. Diejenigen, die es doch versuchten, taten es kein zweites Mal. Er war ein übler Diktator, und unsere einzige Hoffnung ist, dass eine der Unseren seine Nachfolgerin wird."

Überrascht blickte ich sie an. „Eine Wicca? Eine Wicca kann Venedigerin werden?"

Sie nickte. „Weibliche Venediger sind nicht üblich, aber sie sind auch nicht unbekannt. Man muss nur die anderen Aspiranten aus dem Feld schlagen."

„Wie viele Personen werden sich denn voraussichtlich um den Job bewerben?", fragte ich. Ob Perdita am Ende den Venediger gar nicht wegen seiner Verbundenheit zu Bael weghaben wollte, sondern weil sie scharf auf seine Stellung war … aber das war dumm. Drake hatte den Venediger umgebracht, das hatte Bafamal ja zugegeben.

„Momentan gibt es in Frankreich nur wenige Personen, die die nötige Macht für dieses Amt besitzen."

„Die Wyvern sind mächtig", sagte ich langsam.

„Ja, aber sie sind zu sehr an ihre Sippe gebunden, um jemals Venediger werden zu können."

„Will Perdita …?“ Ich zögerte noch, meine Gedanken in Worte zu fassen. Ich wollte Ophelia mit meiner Frage nicht beleidigen, aber ich musste die Wahrheit wissen. „Hat Perdita denn genug Macht, um die nächste Venedigerin zu werden?“

„Perdy?“ Ophelia zog die Nase kraus, als sie über die Frage nachdachte. „Ja, ich denke schon. Sie ist eine sehr mächtige Wicca. Oh!“ Sie riss die Augen auf und umklammerte meine Hand. „Du glaubst doch nicht, dass sie vorhat, Venedigerin zu werden? Ich wäre selber nie darauf gekommen, aber du könntest recht haben. Eine solche Herausforderung würde ihr gefallen. Ja, vielleicht ist es tatsächlich so.“

Bei mir läuteten sämtliche Alarmglocken. Ophelias Unschuld klang so falsch und künstlich. Warum sollte ich denn denken, dass Perdita gar nicht auf die Idee gekommen war, sich um den Posten als Venedigerin zu bewerben?

Die Antwort darauf war einfach – sie wusste, dass ich Perditas Motiven misstraute, und natürlich würde sie dann die geliebte Schwester decken wollen.

Und mit diesem Gedanken ging mir auf einmal ein Licht auf. Ich sah alles ganz klar vor mir, den ganzen Plan, alle Puzzleteilchen passten zusammen. Diese ständigen wissenden Blicke zwischen den beiden, Perditas Ausgabe der *Steganographia*, Perditas Vorträge über Menschen, die dunkle Mächte benutzten, Ophelia, die mir erzählte, Perdita habe eine Beziehung mit Drake gehabt – all das stand mir deutlich vor Augen, während Ophelia in aufgesetzter Sorge die Hände rang. Auch das, was mich bei Bafamal irritiert hatte, fiel mir auf einmal wieder ein. Drake hatte mir erzählt, Drachen könnten keine Dämonen rufen. Vielleicht hatte er ja gelogen, aber rückblickend war ich eigentlich der Meinung, dass er die Wahrheit gesagt hatte. Das bedeutete, dass jemand anderer Bafamal gerufen haben musste. Ophelia schwatzte immer weiter drauflos, wie wundervoll es wäre, wenn eine Wicca Venedigerin wäre, und ich fragte mich im Stillen, ob sie wohl über die Tatsache Bescheid wusste, dass kein Drache einen Diener aus Abbadon rufen konnte.

„Was willst du jetzt machen?"

Ich zuckte zusammen, als ihre Frage mich aus meinen Gedanken riss. „Wegen Drake?"

Sie nickte.

Ich zog die Beine an und schlang die Arme um die Knie. Ich kannte zwar die Auflösung der Verbrechen, hatte aber bis jetzt noch keine Ahnung, wie ich sie beweisen sollte. „Vermutlich muss ich es mit ihm austragen."

Sie zog scharf die Luft ein und riss überrascht – und vielleicht auch eine Spur erfreut – die blauen Augen auf. „Du willst ihn herausfordern?"

Ich nickte. Herausfordern war ein gutes Wort für das, was ich vorhatte.

„Wie aufregend! Ich war noch nie dabei, wenn ein Wyvern herausgefordert wurde."

„Tja, nun, es gibt für alles ein erstes Mal. Wenn ich ihn herausfordere, kann ich vielleicht die Wahrheit enthüllen."

„Die Wahrheit ist gut", sagte sie nickend. „Hoffentlich kann ich dir helfen. Darf ich deine Sekundantin sein? Perdy ist das bestimmt nicht recht, aber du bist meine Freundin. Ich kann dich nicht im Stich lassen, wenn du etwas so Furchterregendes tun willst, wie einen Wyvern herauszufordern."

Ich runzelte die Stirn. Hatte ich mir unter einer Herausforderung etwas Falsches vorgestellt? „Äh …"

Sie sprang auf und wandte sich dem Schrank mit den Kräutern zu. „Ich muss einen Klarheitszauber über dich legen. Oder nein, vielleicht ist ein Schutzzauber besser?"

„Schutz?", fragte ich besorgt.

„Noch nie hat jemand einen Wyvern herausgefordert und

überlebt", erklärte sie, während sie in den Regalen herumkramte. „Schutz wäre wohl am besten, obwohl Klarheit … Oh, warum ist bloß Perdy nicht hier, um mir zu helfen? Sie würde sofort wissen, was zu tun ist."

„Äh …"

Sie drehte sich um, die Arme voller Kräutergläser, Kerzen und anderer Dinge. „Ich mische dir rasch etwas zusammen, sobald wir vom *G & T* zurück sind."

„Gehen wir ins *G & T*?", fragte ich, nun ernsthaft besorgt. Panik stieg in mir auf. „Was … äh … was hast du denn eigentlich damit gemeint, dass noch niemand es überlebt hat, einen Wyvern herauszufordern? Du meinst, vor langer, langer Zeit, oder?"

„Göttin, nein! Erst letztes Jahr hat jemand einen von den Wyvern herausgefordert – ich glaube, es war Drake, obwohl ich damals gerade meine Mutter besucht habe. Perdy weiß es bestimmt. Sie hat in dieser Zeit noch mit Drake zusammengelebt. Einer der deutschen Magier hatte ihn beschuldigt, einen sehr kostbaren Ring gestohlen zu haben, und ihn herausgefordert. Drake hat ihn natürlich getötet."

„Ach ja?", krächzte ich.

Sie stellte ihre Sachen auf ein Tablett neben dem Bücherschrank. „Das ist bei Drachen so. Es ist einer der Gründe, warum Perdy und ich als Venediger lieber jemanden sehen möchten, der den Wahren Weg geht, damit er der Gewalttätigkeit der Drachen Einhalt gebietet." Sie eilte zur Tür. „Ich ziehe mich nur rasch um. Kannst du in zwanzig Minuten fertig sein?"

Ich nickte, zu verblüfft, um etwas zu sagen. Drake hatte einen Mann getötet, der ihn herausgefordert hatte? Ich stand langsam auf und trat an den Schrank. Dort betrachtete ich das Gesicht, das mir aus dem Spiegel in der Innentür entgegenblickte. Meine Lippen verzogen sich zu einem grimmigen Lächeln. „Raus aus den Kartoffeln, rein in die Kartoffeln, Aisling."

„Hältst du das wirklich für eine gute Idee? Inspektor Proust hat den Club schon einmal geschlossen – wenn er nun doch vorbeikommt?“

„Perdy lässt ihn nicht hinein“, sagte Ophelia und warf ihre goldblonden Locken zurück, als wir auf der Treppe standen, die hinauf in den Club führte.

Ich blickte zur Tür zurück, vor der kein Portier oder Türsteher stand. „Wie will sie ihn daran hindern, hier hereinzukommen?“

„Schutzzauber“, erklärte Ophelia und zog mich am Ärmel. „Hast du ihn nicht gespürt, als wir eingetreten sind? Komm, wir suchen uns einen Tisch und lassen uns von Perdy bei der Wortwahl für deine Herausforderung helfen.“

Ich blickte mich um, während ich Ophelia gehorsam folgte. Es sah genauso aus wie beim letzten Mal – verraucht, voll, leise hämmernde Musik. Und es waren auch keine Wyvern da.

Na ja, fast jedenfalls.

„Cara“, rief Fiat und trat hinter einer Gruppe von Leuten hervor. „Ich hatte gehofft, Sie hier zu treffen.“

Ophelia blieb stehen und warf mir einen neugierigen Blick zu. Ich machte sie miteinander bekannt. „Ein Wort als Warnung, Fiat – wenn Sie oder einer Ihrer Kerle auch nur daran denken, mich zu entführen, schreie ich wie am Spieß. Ich weiß genau, dass das *G & T* neutrales Gebiet ist und jeder, der diese Neutralität verletzt, Schwierigkeiten bekommt.“

Fiat lachte. Seine blauen Augen waren unergründlich. „Ah, *cara*, Sie haben solches Feuer. Sie sind es wirklich wert, die Gefährtin eines Wyvern zu sein. Drake verdient sie gar nicht.“

„Das ist wahr“, erwiderte ich trocken.

„Und was die Regeln von *G & T* angeht …“ Er lächelte. „Wer will mich denn daran hindern, mit Ihnen so zu verfahren, wie es mir beliebt? Der Venediger ist tot, und bisher hat niemand Anspruch auf den Titel erhoben.“

„Wir werden Sie daran hindern", sagte Ophelia plötzlich und stellte sich vor mich. „Aisling ist meine Freundin. Perdy und ich werden Sie davon abhalten, ihr etwas zuleide zu tun."

Fiat blinzelte noch nicht einmal. Er hob mein Kinn mit kühlem Finger und musterte eingehend mein Gesicht. „So entschlossen, so kraftvoll. Aber doch sterblich."

„Sie mag sterblich sein, aber sie fordert Drake Vireo heraus", erklärte Ophelia triumphierend. „Nicht jeder besitzt so viel Mut!"

Um uns herum wurde es auf einmal still.

Respekt malt sich auf Fiats Zügen, als er mich anblickte. „Die Hüterin hat also vor, ihren Gefährten um die Vorherrschaft in der Sippe herauszufordern."

„Nein", erwiderte ich rasch und schüttelte den Kopf. „So ist es nicht …"

„Aber ja, genau so ist es", warf Ophelia ein und sah mich bezwingend an. „Sie wird ihn herausfordern, und wenn er verliert, wird sie an seiner Stelle regieren."

„Aber ich will nicht …"

„Doch, du willst", flüsterte sie mir zu. „So ist das bei einer Herausforderung. Nach außen hin sieht es aus, als ob es lediglich um die Herrschaft über die Sippe ginge, aber in Wirklichkeit muss sich der Verlierer allen Bedingungen des Siegers fügen. Wenn du es zur Bedingung machst, dass Drake sich der Polizei stellt, dann muss er gehorchen, wenn du ihn besiegst."

„Wenn ich ihn besiege", erwiderte ich.

Mit einer Handbewegung tat sie meine Bedenken ab. „Du wirst triumphieren. Perdy und ich sind auf deiner Seite."

Ich überlegte, ob ich ihr sagen sollte, dass ich die Wahrheit über ihre Zwillingsschwester herausgefunden hatte, aber Ophelia hatte sich bereits wieder an Fiat gewandt.

„Wir müssen jetzt die Bedingungen für die Herausforderung

festsetzen", erklärte Ophelia von oben herab. „Wenn Sie uns also bitte entschuldigen wollen."

„Bis später, *cara*", erklärte Fiat. Seine Worte klangen wie ein dunkles Versprechen.

„Nicht, wenn es nach mir geht", murmelte ich unhörbar. Ich wollte ihn lieber nicht offen beleidigen, weil ich langsam begriffen hatte, welch ein Wahnsinn es war, einen Drachen in den Schwanz zu kneifen.

„Hier entlang – Perdy ist hinten im Büro." Ophelia wartete auf mich am Eingang zu einem dunklen Flur, der zu den Toiletten führte. Wir gingen daran vorbei zu zwei ledergepolsterten Türen, von denen jede in ein Büro führte. Eine davon war mit schwarzgelbem Klebeband abgesperrt.

„Das ist das Büro des Venedigers. Perdy sagt, die Polizei habe es versiegelt, aber der Anwalt des Venedigers bemüht sich, ihr Einblick in die Geschäftsunterlagen zu gestatten", sagte Ophelia. Sie öffnete die gegenüberliegende Tür. „Das ist Perdys Büro. Es ist kleiner, aber es ist – oh Göttin, nein!"

Ich blickte auf den Körper, der mitten im Zimmer hing, wobei mir auffiel, dass derjenige, der Perdita getötet hatte, ihre Hände und Füße mit einem groben Strick gebunden hatte. Ihr Körper hing seitwärts, und der Strick war mehrfach um ihre Taille geschlungen worden, bevor er an einem Haken in dem schwarzen Deckenbalken befestigt worden war.

„Der dritte Dämonentod", sagte ich. Den Kreis unter dem Körper, der sich langsam drehte, schaute ich nicht einmal an. Das brauchte ich nicht, ich wusste, was ich dort sehen würde.

Ophelia sank ohnmächtig zu Boden.

18

Ich stand in der Eingangshalle und suchte den Club nach einem vertrauten Gesicht ab, wobei ich mir mehr denn je wünschte, dass Jim bei mir wäre. Ich brauchte jemanden, dem ich vertrauen konnte, jemanden, der nicht nach einem Blick auf die Tote sofort schreiend zur Polizei rennen würde, aber wie sollte ich wissen, wem ich trauen konnte?

Ein Raunen ging plötzlich durch die Menge, und als ich mich umsah, entdecke ich Drake, der mit seiner betörend männlichen Ausstrahlung und Eleganz den Raum betreten hatte, begleitet von István und Pál als eine Art Flügeladjutanten an seiner Seite. Ich zog mich tiefer in das Halbdunkel des nur wenig beleuchteten Entrées zurück, um seinen scharfen Augen zu entgehen. Er war der Letzte, den ich um Hilfe bitten wollte.

Doch während ich noch nach einer verwandten Seele Ausschau hielt, ging wiederum ein Murmeln durch die Menge, als Fiat mit lässiger Eleganz auf Drake zutrat. Die beiden Männer küssten sich auf die Wange, und dann beugte Fiat sich vor, um Drake etwas zuzuflüstern. Mit der Hand wies er vage auf die Stelle, wo ich stand. Drake hob witternd den Kopf. Ich zog mich noch weiter zurück und ging in Perditas Büro.

Ophelia stöhnte, als ich ihr die Wangen klopfte – wie ich es als bewährtes Mittel nur aus der Literatur kannte –, um sie aus ihrer Ohnmacht zu wecken.

„Perdy?", murmelte sie mit flatternden Augenlidern.

„Nein, ich bin es nur", sagte ich. Ich blickte auf, als sich die Tür öffnete. „Und Drake und Fiat, Pál und István, und ich glaube, auch noch Renaldo und ein anderer von Fiats Leibwächtern, obwohl ich nicht alle sehen kann."

Die beiden Wyvern standen stumm auf der Schwelle und starrten offensichtlich überrascht auf Perditas sich langsam um sich selbst drehende Leiche.

„Wer ist hier?", schrie Ophelia und stieß mich zur Seite, als sie sich aufrichten wollte. Sie zeigte mit dem Finger auf Drake, und Tränen rollten ihr über die Wangen. „Er war es! Er hat Perdy umgebracht! Er hat sie umgebracht, ebenso wie die anderen! Er hat meine … meine …" Sie brach in herzzerreißendes Schluchzen aus und schlug die Hände vors Gesicht.

Ich half ihr auf einen Stuhl. Dann blickte ich die beiden Männer an, die in der Tür standen. „Wenn ihr nicht wollt, dass jeder im Club hier hereinkommt, schlage ich vor, ihr stellt eure Männer als Wachen vor die Tür."

Drake nickte seinen Leuten zu, die sofort seiner Aufforderung Folge leisteten. Fiat zögerte ein wenig, aber schließlich schloss er sich Drakes Vorgehensweise an. Ein leises Klicken, mit dem die Tür zuging, war das einzige Geräusch, das sie hinterließen. Ophelia hatte die Hände vors Gesicht geschlagen und schluchzte erbarmungswürdig. Ihr ganzer Körper bebte. Ich kauerte neben ihr und versuchte sie zu trösten, so gut es ging.

Drake ging um Perditas Leiche herum. Ich war überzeugt davon, dass seinen grünen Augen nichts entgehen würde. Fiat lehnte scheinbar unbeteiligt an der Tür, wie um ungebetenen Besuchern den Eintritt zu verwehren, doch seine Augen verrieten ihn. Verwirrt betrachtete er den Tatort; er schien völlig überrascht von dem, was er vor sich sah.

Ich räusperte mich. „Drake, du wurdest beschuldigt, Perdita ermordet zu haben. Hast du es getan?"

Er blickte mich an. „Ebenso wenig, wie ich Aurora oder den Venediger umgebracht habe."

Ich lächelte traurig. Warum hatte ich eigentlich erwartet, eine direkte Antwort von ihm zu bekommen? Ich wandte mich an Fiat. „Sie sind nicht beschuldigt worden, aber Sie waren schon hier, als Ophelia und ich angekommen sind, Sie hätten also Gelegenheit dazu gehabt. Haben Sie sie getötet?"

„Ich töte keine Frauen", erwiderte Fiat steif. Seine Schultern hoben sich abwehrend, als sei ihm die Frage lästig. „Nun ja, jedenfalls nicht oft."

„Wie beruhigend. Kann ich noch eine Frage stellen?"

„Wenn Sie wollen", antwortete Fiat.

Ich erhob mich und schrie: „Warum könnt ihr Drachen eigentlich noch nicht einmal die simpelsten Fragen beantworten?!!"

Ich gebe ja gerne zu, dass ich vielleicht ein bisschen unter Stress gestanden habe, aber war das Grund genug für Drake, mir eine Ohrfeige zu verpassen, als ob ich hysterisch sei?

„Oho! Das wird dir noch leidtun!", knurrte ich, schwang die Fäuste und versetzte Drake einen Schlag auf die Nase. „Mich schlägt niemand ungestraft!", schrie ich, aber da hatte Fiat mich schon gepackt und weggezerrt. Drake betastete vorsichtig seine Nase und starrte überrascht auf das Blut an seinen Fingerspitzen.

„An deiner Stelle", sagte Fiat mir leise ins Ohr, „würde ich jetzt schnell verschwinden."

Drakes Wutgebrüll ließ die Fenster im Zimmer erbeben. Und alle vier Leibwächter stürmten ins Zimmer, als er auf mich losging.

Ich wartete gar nicht erst ab, was er zu dem Thema zu sagen hatte, sondern nahm schleunigst die Beine in die Hand. An den Männern vorbei, den Flur entlang, in das Büro des Venedigers, ohne mich darum zu kümmern, dass ich das Absperrband zerriss. Im allerletzten Moment schloss ich die Tür ab.

Drake brauchte keine fünf Sekunden, um sie einzutreten. Ich

wich vor ihm zurück, als er auf mich zukam. Die Tür hatte er hinter sich geschlossen.

„Hör mal", sagte ich und hob die Hände, „ich weiß, dass du jetzt ein bisschen sauer bist, aber …"

Er war über mir, bevor ich schreien konnte. Er riss mich in die Arme, und einen strahlenden, kristallinen Augenblick lang blickte ich tief in Drakes grüne Augen und erblickte den Drachen darin.

Mein Widerstand zerschmolz in einem heißen Strom der Leidenschaft.

Ich öffnete den Mund, um Drake daran zu erinnern, dass er mich nicht töten konnte, ohne sich selbst umzubringen, aber es war nicht der Tod, den Drake im Sinn hatte. Er presste seine Lippen auf meine, und ohne auf eine Aufforderung zu warten, drang seine Zunge in meinen Mund ein und ergriff von mir Besitz. Ich versuchte mich zu wehren, um ihm klarzumachen, dass ich mich ihm nie mehr hingeben würde.

„Ich gebe mich dir nicht hin", sagte ich an seinen Lippen, packte sein dunkelgrünes Hemd und riss es ihm buchstäblich vom Körper. „Du kannst mich umwerben, mich verführen, aber du wirst mich nie wieder zu einer Unterwerfung zwingen. Was im Traum passiert ist, war eine Fantasie, eine Einbildung. Das hier ist wirklich, und es verläuft zu meinen Bedingungen."

Knurrend packte er meine Oberschenkel und hob mich hoch, bis meine Beine um seine Hüfte lagen. Ich griff in seine Haare und zog ihn zu mir, während wir uns leidenschaftlich küssten. Er schmeckte scharf und heiß, als ob er Drachenblut getrunken hätte. Er drückte meinen Rücken an die kühle Holzvertäfelung der Wand, und seine Zähne knabberten an meiner zarten Haut, als er sein Gesicht zwischen meinen Brüsten verbarg.

„Gold", hauchte er, während er mir mit der Zunge über die Brust fuhr, und ich besaß gerade noch so viel Geistesgegenwart, um an das Auge zu denken, das im Futter meines Büstenhalters steckte.

„Nein! Nicht hier!“, schrie ich, als sein Kopf sich tiefer zwischen meine Brüste senkte. Er hob den Kopf, den Drachen-Talisman zwischen den Zähnen. Ich schob ihn wieder in meinen Ausschnitt und bot ihm als Ersatz meine Lippen. Das Verlangen in seinen Augen ließ mich erschauern.

Er schob mein Kleid hoch, und seine Finger glitten heiß und hart über meine Oberschenkel. Ich wand mich, als sie in mich eindrangen, mich neckten und lockten, und schlug ihm die Fingernägel in den Rücken, als das Verlangen mich zu verzehren begann.

„Du bist mein“, stieß er hervor.

„Keineswegs. Aber du, du bist mein, mein, mein.“ Ich packte ihn am Schopf und bog mich ihm entgegen. Ich musste ihn in mir spüren, seine Hitze, sein Feuer, seinen Hunger. Meine Seele brannte nach seiner Berührung, mein Körper weinte Tränen der Lust, die nur er trocknen konnte.

„Mein“, knurrte er und drückte mich an die Wand, als er in mich eindrang und mich so berührte, wie kein sterblicher Mann es vermochte. Sein Feuer raste durch mich hindurch, als ich mich an ihn presste und die Feuerwellen, die um uns herum wirbelten, willkommen hieß, bis wir gemeinsam in einem Funkenregen explodierten. Drake öffnete weit die Augen, als die Ekstase ihn überwältigte, und einen Moment lang, einen atemlosen, endlosen Moment lang schimmerte seine Gestalt zwischen Drake, dem Mann, und Drake, dem Drachen. Er drückte seine Lippen auf mein Schlüsselbein, und ich zuckte in seinen Armen, weil sein Feuer heiß auf meiner Haut brannte. Ich schmiegte mich an ihn, und ein weiterer Höhepunkt schlug über mir zusammen, während er einen Triumphschrei ausstieß.

„Wir sind krank“, sagte ich später, als ich wieder zu Atem gekommen war und mich von ihm gelöst hatte.

„Krank?“

Ich brachte mein Mohnblumenkleid wieder in Ordnung. „Wie würdest du es denn sonst bezeichnen, wenn man auf eine Leiche so reagiert?“

Seine Augen glitten heiß über meinen Körper. „Ich würde es schicksalhaft nennen. Es war unvermeidlich, dass wir uns wieder paaren.“

Ich strich über die Falten in meinem Kleid. „Also, ich würde es anders nennen, aber das behalte ich lieber für mich.“

Er hob das Hemd auf, das ich ihm vom Leib gerissen hatte. Glücklicherweise waren nicht alle Knöpfe abgegangen. „Ich nehme an, das bedeutet, dass du mich liebst.“

Ich starrte ihn fassungslos an. „Wovon redest du da? Nicht im Entferntesten, Drache!“

Er zog eine ebenholzschwarze Augenbraue hoch, während er sich umdrehte, um auch noch seine Krawatte aufzuheben. Ich zuckte zusammen, als ich die Kratzspuren sah, die meine Fingernägel auf seinem Rücken hinterlassen hatten.

„Du hast doch gesagt, Sex hast du nur mit Männern, die du liebst. Im letzten Traum hast du mich abgewiesen, also musst du mich jetzt wohl lieben.“

Ich errötete. „Was eben passiert ist, war die Ausnahme von der Regel. Es war eine rein physische Reaktion auf den Schock, weil ich Perditas Leiche gefunden habe. Angesichts des Todes bestätigt sich das Leben und so weiter. Ich bin sicher, dass Psychologen einen Namen dafür haben.“

Drake schlüpfte in sein Hemd. „Ich auch – Verlangen. Es hatte nichts mit Perdita zu tun, sondern nur mit unserer Verbindung.“

Ich wandte den Blick ab, weil ich den wissenden (das heißt selbstgefälligen männlichen) Ausdruck in seinen Augen nicht ertragen konnte. „Au! Was zum Teufel?“ Ich betastete die Stelle an meinem Schlüsselbein, an der er mich so heftig geküsst hatte. Es war dieselbe Stelle, die auch in meinem ersten Traum so gebrannt hatte. Die Haut war hier äußerst empfindlich, aber die Stelle war so weit oben, dass ich sie nicht sehen konnte. Ich warf Drake, der gerade sein Hemd in die Hose steckte, einen finsteren Blick zu. „Hast du mich da gebissen? Bist du vielleicht auch noch ein Vampir?"

Er schloss die Gürtelschnalle und blickte mich an. „Wir haben uns vereinigt. Ich habe dich markiert. Es war kein Biss."

„Du hast mich markiert?", erwiderte ich ungläubig und drehte mich um, um nachzuschauen, ob der Venediger irgendwo einen Spiegel hatte. Schließlich entdeckte ich einen beim Kramen in der obersten Schreibtischschublade. „Du hast mich markiert wie ein Wäschestück? Oder wie eine Kuh mit einem Brandzeichen? Oh, mein Gott, das stimmt ja tatsächlich! Au! Das tut weh!"

Er nahm mir den Spiegel ab und berührte sanft die Brandwunde an der rechten Seite meines Schlüsselbeins. Es war ein Dreieck mit gebogenen Rändern, um die sich eine Linie schlang, so ähnlich wie der Drachenschwanz an meinem Aquamanile. „Es wird heilen."

Ich stieß ihn weg. „Mehr hast du dazu nicht zu sagen? Es wird heilen? Ich laufe mit einem großen Brandzeichen auf dem Schlüsselbein herum, und du sagst lediglich, es wird heilen? Na, vielen Dank, Drake. Wenn es dir nichts ausmacht, würde ich jetzt gerne wieder in das andere Zimmer zurückkehren, wo sich mittlerweile sicher alle wundern, was wir hier treiben."

„Niemand wundert sich", erwiderte Drake so arrogant, dass es mich in den Fingern juckte. Er packte mich, als ich hinausstürmen wollte, und verhinderte so, dass ich in István und einen von Fiats Männern, die im Flur standen, hineinlief. István grinste, wandte aber das Gesicht ab, als ich ihm einen vernichtenden

Blick zuwarf. In der offenen Tür zu Perditas Büro stand Ophelia, umklammerte eine Schachtel Papiertücher und sah gebannt zu, wie Fiat und Renaldo Perditas Leiche auf eine Decke auf ihren Schreibtisch legten. Drake grollte leise in mein Ohr: „Aisling, wir müssen dringend miteinander reden."

Ich riss mich von ihm los. „Was wir gerade getan haben, ändert nichts, Drache. Überhaupt nichts! Es gibt nichts, worüber wir sprechen müssten", erklärte ich mit lauter Stimme und trat zu Ophelia. Ich legte meinen Arm um sie. „Geht's wieder?"

Ihre Wangen waren noch nass, und ihr Kinn bebte, aber es gelang ihr zu nicken. Sie ergriff meinen Ärmel und blickte mich mit schmerzerfüllten Augen an. „Bitte, Aisling, lass ihn nicht davonkommen. Lass nicht zu, dass er noch jemanden tötet."

„Sei unbesorgt", sagte ich und warf Drake einen Blick zu, an dem er sicher die nächsten Tage zu knabbern haben würde. „Die Person, die Perdita getötet hat, wird bestraft werden. Das schwöre ich dir."

„Danke", flüsterte sie und begann erneut zu schluchzen.

„Wir werden natürlich die Polizei nicht über diesen Vorfall unterrichten", sagte Fiat, als Renaldo eine Decke über Perditas Körper legte. „Wir werden uns selber darum kümmern."

„Einverstanden", erwiderte Drake.

„Nicht einverstanden", erklärte ich und trat zu den beiden Männern, die sich gegenseitig mit argwöhnischen Blicken maßen. „Wir können keinen Mord vor der Polizei geheim halten – sie muss davon erfahren. Ich möchte nur noch einen Tag Zeit haben, um den Beweis zu beschaffen, der den Mörder überführt. Dann nehmen wir Kontakt zur Polizei auf und erzählen ihr alles." Ich betastete das brennende Mal auf meinem Schlüsselbein. „Na ja, fast alles."

Fiat erstarrte, als er meine Handbewegung sah. Er kniff die Augen zusammen. „Ihr habt euch gerade vereinigt?"

Ich ballte die Faust, damit mir meine Hand nicht ausrutschte. Normalerweise bin ich nicht gewalttätig, aber die letzten Tage hätten auch dem reinsten aller Heiligen mächtig zugesetzt. „Ich glaube, noch hat dich nicht jeder im Club gehört. Vielleicht solltest du ein Mikrofon benutzen, damit die gesamte Anderswelt von den intimen Einzelheiten meines Sexlebens erfährt."

Fiats Lippen zuckten. Drake blickte gelangweilt.

„Du hast mich falsch verstanden", sagte Fiat. „Ich bin nicht überrascht, dass ihr euch im Nebenzimmer gepaart habt – Drachen suchen in emotional heftigen Situationen ihren Gefährten. Mich überrascht nur, dass ihr das nicht vorher schon getan habt. Wenn ich das gewusst hätte, als du in meiner Wohnung warst, hätte ich doppelt so gut aufgepasst, dass du mir nicht entwischst."

„Du warst in seiner Wohnung?", fragte Drake mit samtweicher Stimme. Mir lief ein Schauer über den Rücken. „Wann war das?"

„Das geht dich nichts an. Viel wichtiger ist die Frage, was wir mit Perdita bis morgen machen?"

Ophelia stöhnte leise. Sie klammerte sich schluchzend an einen der blauen Drachen, der ihr tröstend den Rücken tätschelte.

„Es tut mir leid, Ophelia, ich möchte nicht pietätlos sein, aber es ist Sommer, und wenn wir kein Eis oder so etwas nehmen, dann … es wird zu riechen anfangen."

Fiat sagte etwas, das ich nicht verstand, zu Drake. Drake antwortete in derselben Sprache. Beide wandten sich mir zu.

„Was ist los?", fragte ich sie und blickte von einem zum anderen.

„Wir sind der Meinung, dass du recht hast", sagte Drake. Er hob den Kopf, und Pál blickte ihn an. „Mir gehört hier in der Nähe eine Metzgerei mit einem großen Kühlraum. Dorthin können wir die Tote bringen, bis sie der Polizei übergeben wird."

Pál nickte und griff zu seinem Handy, als er aus dem Zimmer ging.

„Du hast eine Metzgerei?“, fragte ich erstaunt. „Unterscheidet sich das nicht doch etwas von Gold und Edelsteinen?

Drake grinste mich an, und mir wurden die Knie weich. „Ich mag gerne Fleisch“, erwiderte er.

„Kein Wunder, dass es Jim bei dir so gut gefallen hat.“ Ein scharfer kurzer Schmerz durchbohrte mich bei dem Gedanken an meinen kleinen Schwarzpelzdämon. Ich unterdrückte das Verlangen, mich an Drakes Brust zu schmiegen und ein bisschen zu weinen, und konzentrierte mich stattdessen auf den nächsten Schritt. „Ich bringe Ophelia nach Hause.“

„Nein“, heulte sie und putzte sich die Nase am Hemd des blauen Drachen. „Das geht nicht! Noch nicht! Du musst erst …“ Sie warf Drake einen vielsagenden Blick zu.

„Ach so, ja. Äh, Ophelia und ich müssen rasch etwas unter vier Augen besprechen. Weiberkram“, erklärte ich, ergriff sie am Arm und schob sie aus der Tür.

„Danke, Aisling“, flüsterte Ophelia, als wir den Flur hinuntergingen. „Ich weiß, du meintest es ernst, als du geschworen hast, dass Drake für den Mord an Perdita bezahlen wird.“

„Ich brauche dich, um den Wortlaut der Herausforderung zu verfassen. Meinst du, du bist dazu in der Lage?“

Sie putzte sich die Nase. „Ja. Wenn es um Gerechtigkeit für die arme Perdy geht, kann ich alles.“

„Gut.“ Ich blieb an der Damentoilette stehen und verzog das Gesicht. „Ich muss mich … äh … rasch ein bisschen frisch machen. Ich bin gleich wieder da. Setz dich schon mal hin und fang mit der Herausforderung an.“

Sie nickte, und ich eilte in die Toilette, wobei ich mich fragte, ob meine Zeit in Paris wohl noch seltsamer werden könnte.

Warum hatte ich überhaupt gefragt?

„Ja, sieh mal einer an!", ertönte eine vertraute Stimme neben Ophelia, als ich mich wieder zu ihr an den Tisch gesellte, an den sie sich gesetzt hatte. „He! Das ist ja eine Drachenmarkierung auf deiner Brust. Warum hast du denn nicht auf mich gewartet, bevor du dich mit Drake eingelassen hast?"

„Jim!", schrie ich und stürzte zu der großen schwarzen Gestalt, die sich an Ophelias Bein geschmiegt hatte und sich kraulen ließ. Ich schlang meine Arme um ihn und vergewisserte mich rasch, dass er noch heil war. „Geht es dir gut? Was ist passiert? Wo warst du? Ich habe mir solche Sorgen um dich gemacht! Warum riechst du wie ein Komposthaufen?"

„Das ist *Parfum de Mülleimer*, und ich freue mich auch, dich zu sehen. Könntest du jetzt vielleicht aufhören, mich zu würgen? Bitte!"

Ich ließ ihn los und zog mir einen Stuhl heran. Ophelia lächelte uns mit feuchtem Blick an. „Ich freue mich so, dass dein Dämon wieder da ist."

Ich klappte den Mund zu, als mir klar wurde, was sie gerade gesagt hatte. „Ihr wusstet über Jim Bescheid? Von Anfang an?"

„Ja, natürlich wussten wir es. Meinst du, wir hätten nicht gemerkt, dass ein Dämon in unserem Haus ist?" Sie schüttelte den Kopf und schnalzte mit der Zunge. „Perdita hat es zuerst gemerkt, aber da du so an ihm gehangen hast, wollten wir nicht, dass du ihn wegschickst."

„Es tut mir leid, dass ich euch so getäuscht habe, aber Jim klebt irgendwie an mir, und da habe ich gedacht, es könnte nicht schaden, wenn ich einfach nicht erwähne, dass er ein Dämon ist."

„Das ist die offizielle Version", erklärte Jim Ophelia in vertraulichem Tonfall. „In Wahrheit ist sie völlig verrückt nach mir."

„Ich freue mich zwar schrecklich, dich zu sehen", sagte ich und wuschelte ihm über den Kopf, „aber das hindert mich nicht daran, dir Schweigen zu befehlen. Also, wo warst du, und warum riechst du wie ein Müllhaufen?"

„Die Männer des blauen Drachen hatten mich gesehen, als Drake mich aus dem Laden geworfen hat. Sie verfolgten mich, als ich wegrannte. Es sind Spurensucher, weißt du, und ich brauchte den halben Tag, um sie abzuschütteln. Am Schluss landete ich in einem Mülleimer hinter einem Restaurant und dachte, ich könnte erst noch eine Kleinigkeit zu mir nehmen, bevor ich nach Hause komme."

„Ruf mich bitte das nächste Mal an und sag Bescheid, wo du bist", erwiderte ich, merkte aber selber, wie bescheuert sich das anhörte.

Jim rollte mit den Augen.

„Gut. Nachdem nun der verlorene Dämon wieder da ist, können wir ja zum geschäftlichen Teil übergehen." Rasch erzählte ich Jim, was in den letzten Stunden passiert war.

„Ich habe schon einen groben Entwurf für die Herausforderung gemacht", sagte Ophelia und schob mir ein Blatt Papier zu. „Ich bin mir allerdings bei dem Wortlaut nicht ganz sicher ..." Tränen traten ihr in die Augen, und ihre Unterlippe bebte. „Perdy hätte es natürlich ganz genau gewusst, aber ich nicht."

Ich drückte beruhigend ihre Hand, während ich den Text überflog.

„Hast du es dir in etwa so vorgestellt?", fragte sie zweifelnd.

„Es ist genau richtig. Ich brauche kein Wort mehr zu ändern. Du hast alles gesagt, was ich sagen wollte. Und – wie geht es jetzt weiter?"

Sie betupfte ihre Augen und schluckte tapfer die Tränen hinunter. „Du musst es möglichst vielen Mitgliedern der Anderswelt ankündigen. Ich würde vorschlagen, du benutzt das Mikrofon."

Ich warf einen Blick auf den rot beleuchteten Bereich des

Saals, wo normalerweise Musiker auftraten. An diesem Abend kam die Musik vom Band, aber die Sound-Ausrüstung vom letzten Auftritt stand noch da. Und nun betraten auch Drake und Fiat den Raum; Fiat unnachahmlich lässig und Drake so sexy und vollendet in seinem kraftvoll tänzelnden Schritt, dass ich beiden am liebsten Beifall gespendet hätte.

„Sieht so aus, als seien alle versammelt. Ich gehe zum Mikro."

„Ich auch, ich auch", bettelte Jim und tanzte aufgeregt herum. Ich schnitt ein Gesicht, was er als Zustimmung interpretierte. Wie der Blitz schoss er durch das Lokal und sprang auf einen Stuhl mit hoher Lehne vor dem Mikrofon.

Vorsichtig bahnte ich mir ebenfalls einen Weg durch die Menge, wobei ich mich nach rechts und links bei den Leuten entschuldigte, die Jim angerempelt hatte. Als ich zum Bühnenbereich kam, hatte Jim gerade herausgefunden, wie man das schnurlose Mikrofon einschaltete.

„Meine Damen und Herren, Drachen, Zauberer, Wiccas, Feen, Dämonenkollegen und Bürger von Abbadon und der Anderswelt, willkommen in der Goetie-und-Theurgie-Starlight-Lounge. Meine erste Darbietung ist der zeitlose Klassiker von den Oak Ridge Boys – ‚Elvira'!"

Er begann zu singen. Ich entriss ihm das Mikro. Die Stille im Raum war überwältigend, und ich blickte in ein Meer erstaunter Gesichter. „Äh … Hallo. Sie müssen meinen Dämon entschuldigen, er ist ein bisschen albern, weil er in einem Mülleimer zu Abend gespeist hat. Äh. Für diejenigen unter Ihnen, die mich nicht kennen – und das werden die meisten sein –, mein Name ist Aisling Grey."

Ein paar Leute gaben Laute der Überraschung von sich, als sie meinen Namen hörten. Nervös blickte ich in die Runde. „Ich … äh … ich habe etwas anzukündigen – wenn Sie mir also bitte einen Moment Ihre Aufmerksamkeit schenken würden." Ich glättete das zerknüllte Blatt Papier und warf Drake einen Blick zu. Er lehnte an der Wand, einen Drink in der Hand. „In Übereinstimmung mit den Gesetzen der Anderswelt fordere ich, Aisling Grey, Hüterin der Portale von Abbadon, hiermit meinen Gefährten heraus, Drake Vireo, den Wyvern der grünen Drachen."

Dieses Mal ging ein lautes Keuchen durch das gesamte Lokal. Ich wartete erst gar nicht ab, bis aufgeregte Kommentare einsetzten, sondern redete unbeirrt weiter. Allerdings bereitete es mir große Sorgen, dass Drake völlig unbeeindruckt schien. Warum sah er so gelangweilt aus, obwohl ich ihn gerade zum Kampf um die Herrschaft über die Sippe herausgefordert hatte? Hielt er mich für so schwach und ahnungslos? Na ja, okay, vielleicht war ich das ja, aber ich fand es schon sehr beleidigend, dass er allen demonstrierte, wie wenig Angst er vor dem bevorstehenden Kampf hatte. „Ich fordere dich, Drake Vireo, auf, mich morgen beim Zenit des Mondes hier zu treffen, zu einem Kampf Körper gegen Körper. Sollte meine Macht sich als stärker erweisen, wirst du dich sofort der Polizei stellen und gestehen, dass du Aurora Deauxville, Albert Camus und Perdita Dawkins ermordet hast. Was hast du dazu zu sagen?"

Drake antwortete nicht sofort, was auch gut war, da die Leute im Saal aufgeregt miteinander zu debattieren begonnen hatten, wobei manche Drakes Unschuld vertraten, andere bissige und grobe Kommentare darüber abgaben, wie ich wohl meinen Körper im Kampf einsetzen würde, und wieder andere bereits Wetten abschlossen. Schließlich trat Drake vor. Seine Augen waren so dunkel, dass sie fast schwarz wirkten. „Ich, Drake Vireo, Wyvern der Sippe der grünen Drachen, nehme deine Herausforderung zum Kampf Körper gegen Körper an. Ich willige in deine Bedingungen ein und sage dir meine eigenen: Sollte meine Macht sich als stärker erweisen, wirst du dich dem Urteil nach dem Willen der grünen Drachen beugen."

Seine Worte überraschten mich, da ich angenommen hatte, er würde von mir verlangen, dass ich das Versteck des Auges von Luzifer preisgeben sollte, statt mich der Bestrafung zu stellen, die seine Sippe für jemanden vorsah, der ihren geliebten Wyvern herausforderte. Ich hatte keine Lust, darüber nachzudenken, woraus diese Strafe wohl bestehen mochte – solange sie nicht tödlich war, würde ich sie ja wahrscheinlich überleben.

„Was hast du dazu zu sagen?“, fragte Drake abschließend.

„Ich willige in deine Bedingungen ein“, erwiderte ich und warf den Leuten, die sich um Drake drängten, um ihm ihre Unterstützung zu versichern, einen vorwurfsvollen Blick zu.

Ophelia, Jim und ich standen ziemlich allein da.

„Danke“, sagte Ophelia, in deren Augen schon wieder Tränen standen. „Ich hole nur rasch meine Sachen, und dann können wir nach Hause gehen.“

Sie verschwand in der Menge. Jim blickte mich interessiert an. „Glaubst du, du kannst Drake schlagen?“

„Machst du Witze? Selbst mit dem Auge von Luzifer könnte ich das nicht.“

Jim dachte kurz nach. „Dann ist es aber ein bisschen komisch, dass du ihn herausforderst, oder?“

„Nein, eigentlich nicht. Die Herausforderung dient doch nur dazu, den Mörder der Öffentlichkeit zu präsentieren. Und ich habe Anlass zu der Hoffnung, dass genau das passiert.“

Jim schüttelte seinen schwarzen Kopf. „Ich glaube, er hat dich um den Verstand gevögelt, Aisling. Damit Drake die Morde zugibt, musst du ihn besiegen.“

„Das wäre so, wenn Drake die Morde tatsächlich begangen hätte“, sagte ich und kniff ihn in die Schulter. „Aber da er unschuldig ist, ist dieser Punkt hinfällig. Komm, mein Dämon, Ophelia wartet. Es dauert noch eine Weile, bevor wir ins Bett kommen.“

19

Als Jim und ich vom Gassigehen zurückkamen, saß Ophelia an dem kleinen, blau-weiß gekachelten Küchentisch und schluchzte in ihre Teetasse.

„Oh, Ophelia, nicht“, sagte ich hilflos.

Jim stand witternd in der Tür. „Ein Dämon war hier. Bafamal?“

„Ja, ich habe ihn gerufen, um ihm Fragen wegen der Morde zu stellen.“ Ich beugte mich zu Ophelia hinunter. „Komm, ich gieße dir eine Tasse von diesem wundervollen Tee ein, den du dir gemacht hast. Und dann packen wir dich ins Bett.“

„Es ist nicht fair“, sagte sie schniefend. „Perdy hatte noch so viel vor. Alle haben sie gemocht … alle, außer Drake. Er hat sie abgewiesen, nachdem er gemerkt hatte, dass sie für ihn nicht zaubern wollte. Er hat sie hinausgeworfen. Er ist böse, Aisling, sehr böse. Ich weiß, dass er dein Gefährte ist, aber du solltest die Wahrheit über ihn wissen, bevor du dich an ihn bindest.“

„Ich kenne die Wahrheit über ihn. Warum sollte ich ihn sonst öffentlich herausfordern?“, fragte ich unschuldig.

Jim hustete, und ich trat ihm auf die Pfote.

„Du bist so gut zu mir“, schniefte Ophelia. „Du weißt ja gar nicht, wie tröstlich es für mich ist, dass du um Gerechtigkeit für Perdita kämpfst. Ich habe noch nicht einmal halb so viel Macht wie sie. Ich hätte gar keine Chance gegen Drake – aber du, du bist eine mächtige Hüterin, seine Gefährtin, jemand, den er nicht zerstören kann. Du kannst ihn besiegen und ihn zwingen, die Morde zuzugeben.“ Sie schauerte und rieb sich über die

Arme. „Er ist so furchterregend, seine Augen sind so dunkel und kalt. Ich weiß gar nicht, wie du es in seiner Nähe ausgehalten hast.“

Drake? Kalt? Dunkel? Mein umwerfend sinnlicher Flammenwerfer mit den leuchtenden Augen? „Mmm. Du brauchst dir ja jetzt keine Sorgen mehr zu machen. Du solltest lieber an die Zukunft denken.“

„Die Zukunft?“, fragte sie und nahm die Tasse Tee, die ich ihr reichte.

„Ja, nun, wahrscheinlich werde ich hierbleiben müssen, wenn ich erst einmal Wyvern der grünen Drachen bin. Kann eine Frau überhaupt Wyvern sein? Wäre ich dann eine Wyverness?“

„Eine Wyvernette?“, warf Jim ein. „Oder wie wäre es mit Wyvernina?“

Ich warf meinem Dämon einen tadelnden Blick zu. „Geh ins Bett, Jim.“

„Ja“, erwiderte Ophelia, als Jim das Zimmer verlassen hatte. „Eine Frau kann durchaus Wyvern sein – bei den roten Drachen ist eine Frau eine Wyvern –, aber ich hatte angenommen, dass du nach Hause zurückwolltest, wenn alles überstanden ist.“

„Nach Hause?“, sagte ich und lächelte strahlend. „Warum sollte ich denn als Kurierin arbeiten, wenn ich die Möglichkeit habe, eine Drachensippe zu regieren? Ich könnte mir sogar vorstellen, auch das Amt als Venedigerin anzutreten.“

„Was?“ Ophelia verschluckte sich an ihrem Tee. Ich klopfte ihr auf den Rücken. Dann setzte ich mich und schenkte mir ebenfalls Tee ein.

„Du willst Venedigerin werden? Aber … aber …“

„Ja, ich weiß zwar, dass die Wyvern zu sehr an ihre Sippen gebunden sind, um Venediger sein zu können, aber deshalb wäre ich ja gerade perfekt für den Job. Ich habe keine Bindung an die grünen Drachen, deshalb könnte ich beides gut machen.“ Ich pustete in meinen Tee, bevor ich einen Schluck trank. „Es sei denn, du wüsstest einen Grund, aus dem das nicht ginge?"

Sie senkte den Blick. „Nein, es gibt keinen Grund. Ich dachte nur – erst hast du dich so angehört, als wolltest du auf keinen Fall ein Wyvern sein, und jetzt redest du sogar von der größten Verantwortung ..."

„Die Idee kam mir gerade so", erwiderte ich mit strahlendem Lächeln, das keineswegs echt war. „Und dafür muss ich mich ebenfalls bei dir bedanken. Wenn du nicht erwähnt hättest, dass Perdita gerne Venedigerin geworden wäre, wäre ich nie darauf gekommen."

„Perdita ...", sagte Ophelia mit bebenden Lippen.

Ich stand auf und stellte die Tassen ins Spülbecken. „Es tut mir leid – das war grausam von mir. Lass uns zu Bett gehen. Du hast einen schlimmen Tag hinter dir."

Sie ließ sich von mir in ihr Schlafzimmer bringen. Dann schloss ich die Wohnungstür ab, schaltete das Licht aus und eilte in mein Zimmer, wo Jim mitten im Bett lag. „Das wurde aber auch Zeit! Ich hatte schon geglaubt, du würdest die Heulsuse nie los!"

„Schscht! Sie kann dich hören!"

„Nein, die Wände sind dick. Drake ist also unschuldig. Verrätst du mir auch, wer die Deauxville, den Venediger und Perdy umgebracht hat?"

Ich schob meinen Dämon beiseite, damit ich mich auch aufs Bett setzen konnte. „Das ist nicht schwer. Nur den Beweis dafür zu bekommen, wird schwierig sein."

Jim schaute mich einen Moment lang an, dann kletterte er aus dem Bett und legte sich auf die Decken, die ich ihm als Lager bereitet hatte. „Du würdest mir nicht zufällig ein paar Hundert Euro leihen?"

Ich zeigte auf die Wand, und er wandte sich gehorsam ab, damit ich in das Nachthemd schlüpfen konnte, das Perdita mir geliehen hatte. „Du wirst nicht auf mich wetten. Auch nicht gegen mich. Überhaupt nicht. Verstanden?"

Jim schnaubte beleidigt und legte sich hin. „Du gönnst einem auch gar keinen Spaß. Ich wette, du bestehst sogar darauf, dass Drake ein Kondom benutzt."

Trotz des aufregenden Tages hatte ich Schwierigkeiten einzuschlafen, und es gelang mir erst gegen drei Uhr morgens. Ich hatte eigentlich fast damit gerechnet, dass Drake kommen und mich im Traum verführen würde, aber das tat er nicht. Einmal wachte ich auf, und mein Körper zuckte noch von den Überresten eines anderen Traums, aber dann wurde ich ganz ruhig, weil jemand warm in meinem Rücken lag. Ein Arm ruhte schwer über meinem Bauch, und leiser Atem blies durch die Haare in meinem Nacken. Ich schlief wieder ein, nicht sicher, ob dies ein Traum war oder nur eine Fantasie, die mein Kopf sich zurechtgelegt hatte, um mich in Sicherheit zu wiegen.

Als ich aufwachte, war ich allein und musste feststellen, dass Ophelia in der Nacht entführt worden war.

„Wie konnte ich mich nur so irren!", sagte ich zu Jim und lief ruhelos durch die Wohnung. „Wie konnte ich nur so blöd sein! Ophelia hat gar nichts getan. Sie hat nur versucht, Perdita zu schützen. Wie bin ich auf den Gedanken gekommen, dass sie einen dreifachen Mord begangen haben könnte?"

„Ich war ebenfalls davon überzeugt", erwiderte Jim. „Es sind doch immer die Süßen, Unschuldigen, vor denen du dich in Acht nehmen musst."

„Na ja, auf jeden Fall ist wegen meiner Dummheit diese süße Unschuld jetzt in den Fängen einer bösen Person. Bist du sicher, dass es in ihrem Zimmer nach Bafamal gerochen hat?"

„Absolut. Baffie und ich kennen uns schon lange. Er war ganz bestimmt da."

„So ein Mist! Das macht meinen ganzen schönen Plan zunichte. Wie soll ich beweisen, dass sie die Morde begangen hat, wenn sie gekidnappt wurde?"

Jim trottete zu der Wasserschüssel, die ich ihm hingestellt hatte. „Du hast mir noch gar nicht erklärt, wann genau du darauf gekommen bist, dass Drake unschuldig ist."

„Mein Gespräch mit Bafamal hatte damit zu tun. Und etwas, das Ophelia gesagt hat", erwiderte ich zerstreut, während ich aus dem Fenster auf einen regnerischen Junitag in Paris blickte.

„Und was hat sie gesagt?"

„Dass Perdita Drakes Freundin gewesen sei."

Jim zog die Augenbrauen hoch. „Hast du ihr denn nicht geglaubt? Schätzchen, ich brauche dir doch hier nichts über den Sexualtrieb von Drachen zu erzählen, oder?"

„Sei nicht albern", wehrte ich ab. „Ich weiß natürlich, dass Drake auch vor mir Freundinnen hatte, aber ich weiß zufällig, dass Perdita nicht dazu gehörte."

„Ach, tatsächlich? Und wie kommst du darauf?"

„An dem Abend, als ich sie kennenlernte, machte sie eine Bemerkung darüber, dass Drachen in sexueller Hinsicht anders wären. Aber das sind sie nicht, und das hätte sie gewusst, wenn sie mit Drake geschlafen hätte."

„Dann ist also nichts dran an dem ganzen Gerede, dass Drachen besonders gut ausgestattet sind?", fragte Jim lüstern.

Ich warf ihm einen strengen Blick zu. „Das habe ich nicht gesagt. Ich habe nur gesagt, dass bei ihm in der Lendengegend nichts ungewöhnlich ist."

Ich ignorierte Jims spöttische Reaktion und überlegte. „Wer würde Ophelia kidnappen wollen? Und warum? Und wie hole ich sie am besten zurück?"

„Wer sagt denn, dass du sie retten sollst? Schließlich bist du nicht der einsame Ranger, und ich bin mit Sicherheit kein Tonto, auch wenn ich ein extrem cooler Typ bin."

„Ich habe sie in diese Lage gebracht, und ich muss ihr auch wieder da heraushelfen", erwiderte ich störrisch.

„Dann ruf die Polizei."

„Das kann ich doch nicht! Selbst wenn ich woanders unterschlüpfen könnte, meine Fingerabdrücke sind überall hier in der Wohnung, und man würde mir sofort unterstellen, dass ich sie. entführt habe. Außerdem glaube ich nicht, dass es sich um eine normale Entführung handelt. Bafamal war in ihrem Zimmer – also muss jemand aus der Anderswelt den Dämon benutzt haben, um sie zu entführen."

„Blöd, dass du Baffie nicht selber fragen kannst, aber er steht wahrscheinlich noch unter der Macht desjenigen, der ihn ursprünglich gerufen hat."

„Ich könnte ja mal probieren, ob ich ihn rufen kann, aber ich bezweifle es. Wer auch immer Bafamal benutzt hat, wird auf keinen Fall so blöd sein, ihn gehen zu lassen, damit andere ihm Fragen stellen können." Nachdenklich ging ich auf und ab. „Ich könnte natürlich einen Privatdetektiv engagieren ... Nein, ich kenne ja gar keinen, und außerdem habe ich nicht genug Geld. Vielleicht sollte ich einen von Fiats Männern anheuern? Du hast doch gesagt, dass sie gute Spurensucher sind. Vielleicht könnten sie ja ihre Spur verfolgen ..."

„Da müsstest du aber eine Menge funkelnder Schätze haben, um sie dazu zu bringen."

„Mist!" Wütend trat ich im Vorbeigehen gegen den hübschen, altehrwürdigen Armsessel. „Okay, wie findest du das? Ich bitte Drake, sie für mich zu finden. Er ist clever, er kennt genügend Leute in Paris, und ich könnte wetten, auch alle Orte, an denen man ein Entführungsopfer verstecken könnte."

„Und er ist derjenige, den du offiziell herausgefordert hast, was bedeutet, dass du bis zu Beginn des Wettkampfes keine Verbindung zu ihm aufnehmen darfst."

„Ist das eine echte Regel, oder willst du mich nur ärgern?", fragte ich.

„Würde ich das jemals tun?"

„Jederzeit. Na gut ... lass mal überlegen ... und wenn du ihrer Spur folgen würdest ...?"

„Ich bin doch kein Bluthund!", protestierte Jim.

„Aber du bist ein Hund. Du kannst doch Witterung aufnehmen, oder nicht?"

Er warf mir einen vernichtenden Blick zu. „In Paris? In einer Großstadt mit Millionen von Gerüchen? Nein."

Ich dachte einen Moment lang nach. „Und wenn ich einen anderen Dämon rufe? Könnte ich ihm befehlen, sie für mich zu suchen?"

„Wenn ein Dämon sie entführt hat, nicht. Ich habe dir doch gesagt, dass du langsam mal die Regeln lernen musst. Wir können uns nicht gegenseitig bekämpfen, das haben die Dämonenfürsten so festgelegt. Nur ein Dämon, der zu keiner Legion gehört, könnte einen anderen Dämon verpfeifen, und die Dämonen, die nicht zu einer Legion gehören, sind so wie ich, bevor du mich gerufen hast: ausgestoßen und machtlos."

Ich weigerte mich aufzugeben. Die Schuld lastete zu schwer auf mir. Ich hatte Ophelia in diese Situation gebracht, und meinetwegen war sie entführt worden.

Jim sah mir eine Weile zu, wie ich auf und ab lief. Schließlich sagte er verächtlich: „Ihr Sterblichen macht es euch immer schwer. Ich sollte dir eigentlich nicht helfen, und wahrscheinlich werfen sie mich deshalb aus der Gewerkschaft, aber hast du eigentlich mal daran gedacht, dass zwischen deinen Brüsten einer der mächtigsten Magneten aller Zeiten steckt?"

Meine Hand fuhr zu meiner Brust. „Das Auge? Was ist damit?

Amélie hat gesagt, man könne es nur in Verbindung mit den beiden anderen Teilen des Instrumentariums benutzen."

Jim verzog gequält das Gesicht. „Sie hat lediglich gesagt, man könne damit Bael nicht die Macht entziehen. Aber das Auge besitzt durchaus eigene Kraft. Das musst du doch gespürt haben."

Ich berührte den Stein durch den dünnen Stoff des Kleides und meines Büstenhalters. Er strahlte tatsächlich eine gewisse Wärme aus, aber ich hatte angenommen, dass sie von meinem Körper stammte. Jetzt jedoch stellte ich fest, dass das angenehme Gefühl nichts mit mir zu tun hatte, sondern nur mit der Energie des Magnets. „Äh … ja, klar habe ich das gemerkt. Natürlich. Hältst du mich für blöde? Also, was kann der Stein tun?"

„Du bist die Hüterin – du müsstest es wissen." Erbost machte ich eine Schneidebewegung mit den Fingern. Jim verstand die Anspielung und fuhr eilig fort: „Wofür ist der Stein berühmt?"

Ich dachte nach. „Er ist eines der drei magischen Teile oder Werkzeuge von Bael."

„Und was macht man damit?"

„Abgesehen davon, dass man die Welt damit zerstören kann, zapft man Baels Macht an."

„Genau. Und wer ist derjenige, der dir sagen kann, was Bafamal mit Ophelia machen sollte?"

Ich blinzelte. „Äh …"

„Sein Dämonenfürst! Ein Dämon kann einen anderen Dämon nicht verraten, weil sie beide Diener sind, aber ein Dämonenfürst ist an diese Regel nicht gebunden. Jetzt streng dich doch mal ein bisschen an, Aisling, schließlich kann ich dir nicht ständig helfen – ich habe Wichtigeres zu tun."

„Wie deine Genitalien zu lecken?"

„Genau."

„Kannst du mir trotzdem noch einen Hinweis geben? Ich weiß

zwar, dass Ashtaroth Bafamals Herr ist, aber das Auge zieht doch die Macht Baels an."

Jim seufzte. „Wer ist der oberste Fürst von Abbadon? Wer ist der Big Daddy der Anderswelt?"

Es dauerte eine Weile, aber schließlich kapierte ich. „Bael. Du meinst also, ich kann den Stein benutzen, um Bael zu rufen, damit er Bafamal zwingt, die Wahrheit zu sagen?"

„Die Kandidatin hat hundert Punkte."

Ich setzte mich. „Es gibt nur ein Problem."

Jim spitzte die Ohren. „Ach, wirklich? Ich fand die Sache eigentlich ziemlich wasserdicht. Und was wäre das?"

Ich begann zu lachen. Es war alles so lächerlich. „Du schlägst vor, dass ich, die Person, die den einzigen Dämon gerufen hat, der aus der Hölle geflogen ist, den mächtigsten Dämonenfürsten überhaupt rufe und ihn nett bitte, für mich herauszufinden, was der Dämon eines anderen Fürsten mit Ophelia gemacht hat?"

Jim verzog das Gesicht. „Wenn du es so darstellst, dann klingt es tatsächlich ein bisschen problematisch."

Seufzend stand ich auf und trat ans Telefon, um die mittlerweile schon vertraute Nummer zu wählen. „Leider habe ich keine andere Wahl. Hallo, René, ich bin's, Aisling. Hast du Lust auf einen aufregenden Abend? Ich habe das Gefühl, ich brauche einen Leibwächter, und da du es mir gestern angeboten hast, würde ich dein Angebot gerne annehmen."

„Ja, natürlich. Ich will dich gerne beschützen. Ich bin ein sehr gefährlicher Typ, weißt du. Mit mir legt sich niemand an. Bevor ich geheiratet habe, hat man mich Rambo genannt. Wann soll ich bei dir sein?"

Ich legte die Hand über die Sprechmuschel. „Um wie viel Uhr erreicht der Mond seinen Zenit?"

Jim warf sich auf den Rücken. „Was bin ich, ein wandelndes Lexikon? Willst du mir nicht lieber den Bauch kraulen?"

„Der nächste Dämon, den ich rufe, wird sich überschlagen, um mir zu helfen", warnte ich ihn. „René?", sagte ich in den Hörer. „Um elf heute Abend am Jardin du Luxembourg, Südeingang. Es könnte einige Stunden dauern, ist das in Ordnung?"

„*Oui*. Äh ... was wird denn da passieren?"

„Ach, nicht viel. Nur einen Wyvern herausfordern, einen Dämonenfürsten rufen und herausfinden, wer die Morde begangen hat. Bring deine Pistole mit", sagte ich und legte auf.

„Was hast du denn vor?", fragte Jim und folgte mir ins Schlafzimmer.

„Ich muss lesen. Halt den Mund, wenn du nicht irgendwelche dämonischen Einsichten darüber hast, wo Ophelia sich befinden könnte."

Ich nahm die *Steganographia* aus dem Regal und setzte mich, um über Dämonen nachzulesen.

Vier Stunden später warf ich das Buch angewidert zur Seite.

„Sag nichts – der Butler war es, und du hast auf die verführerische Nachbarin gesetzt?"

Seufzend schlüpfte ich in meine Sandalen und trat an den Schrank, um meine spärliche Garderobe nach etwas Passendem für den Abend zu durchforsten. „Ich wünschte, es wäre so einfach. Ich habe alle Abschnitte über Dämonen gelesen, und ich verstehe einfach nicht, wie ein Dämon, den ich gerufen habe, lügen konnte, obwohl ich ihm befohlen habe, meine Fragen ehrlich zu beantworten."

„Das ist ja auch unmöglich", sagte Jim, stand auf und schüttelte sich. „Ich kann dich nur anlügen, wenn du es mir befiehlst."

Ich entschied mich für meinen frisch gereinigten Leinenanzug. Es war das würdevollste Outfit, das ich besaß. „Bist du sicher, dass es keinen anderen Weg gibt? Keinen Umstand, der dir erlauben würde zu lügen? Bafamal hat gelogen, als er sagte, dass Drake die Morde begangen hat. Ich weiß es einfach. Ich hätte sonst nicht mit ihm ...“ Ich machte eine vage Handbewegung, um anzudeuten, was ich meinte. „Ich hätte doch das Böse in ihm gespürt, meinst du nicht?“

„Du meinst, während du den Drachen geritten hast? Hehehe.“

Drohend schwenkte ich eine Sandale. „Ich glaube, ich muss dir mal den Mund mit Seife auswaschen. Ich meine es ernst. Dieser ganze Hüterinnenkram ist einfach zu neu für mich. Manchmal bezweifle ich aber, ob ich wirklich ein glückliches Händchen bewiesen habe.“

„Manchmal?“, echote Jim. „Wie zum Beispiel, als du Inspektor Proust ins La-la-Land geschickt hast?“

„Ich habe bei ihm im Büro angerufen, als du weg warst. Der Polizist am Telefon hat mir gesagt, es gehe ihm gut, also kann das mit der Beeinflussung seiner Gedanken nicht allzu schlimm gewesen sein.“

„Und was war damit, als du einfach in die Höhle eines rivalisierenden Drachen marschiert bist und einen Magnetstein dabei hattest, für dessen Besitz dieser Drache dich hätte umbringen können? Oder wie war das mit dem Dämon, der dich angelogen hat?“

„Manchmal kann ich dich nicht ausstehen“, sagte ich steif. „Beantworte lieber meine Frage – hätte ich es gespürt, wenn Drake die Morde begangen hätte?“

Jim zuckte mit den Schultern. „Das hängt davon ab, wie eng ihr miteinander verbunden seid.“

„Wir sind überhaupt nicht miteinander verbunden. So eine kleine lustvolle Affäre ist doch nicht bindend.“ Jim murmelte etwas vor sich hin. Ich knöpfte meine Tunika zu und fuhr mir mit dem Kamm durch die Haare. „Ich muss eben einfach davon ausgehen, dass Bafamal gelogen hat.“

Jim schüttelte den Kopf. „Wenn du mir eine Frage stellen

würdest, könnte ich zwar die Wahrheit ein bisschen verändern, aber nicht direkt lügen."

Ich blickte auf die Uhr, schlüpfte in meine Sandalen und ergriff meine Tasche. „Ich verstehe nicht ... Ach, komm, wir fahren zu Amélie. Wir haben noch ein paar Stunden Zeit, und sie kann mir wahrscheinlich weiterhelfen."

„Hal-lo! Du bist wohl nicht ganz dicht, Schwester! Du weißt ganz genau, dass alle ihren Laden beobachten, in der Hoffnung, dass du wieder auftauchst. Ich möchte ja schrecklich gerne meine süße Cécile wiedersehen, aber ich kann durchaus darauf verzichten, schon wieder vor den blauen Brüdern wegzulaufen."

Ich lächelte leicht und öffnete die Wohnungstür. „Deshalb gehe ich ja auch nicht in den Laden, sondern du, meine kleine Brieftaube."

„Feuer von Abbadon, was bin ich eigentlich? Dein Sklave?", stöhnte Jim und folgte mir.

Eine Stunde später traf ich mich mit Amélie an der Südseite des Jardin du Luxembourg, einem der wenigen Parks, in denen Hunde zugelassen sind. Jim und Cécile begleiteten sie.

„Niemand ist mir gefolgt", sagte Amélie statt einer Begrüßung. „Wir sind dreimal umgestiegen und durch den Laden einer Freundin gegangen, um auf die Hintergasse zu kommen. Es konnte mir gar keiner folgen."

Ich umarmte sie und setzte mich mit ihr auf eine Bank.

„Äh, Cécile und ich gehen ein bisschen zu einem tollen Stinkfleck, den ich gestern entdeckt habe", sagte Jim und schubste Cécile zu den Sträuchern am Rand.

„Geht nicht zu weit weg – es kann sein, dass wir schnell hier verschwinden müssen", warnte ich ihn. Zu Amélie gewandt sagte ich: „Wie komme ich eigentlich auf die Idee, dass wir bald miteinander verwandt sind?"

Lachend schüttelte sie den Kopf. „Ich muss zugeben, dass

ich es zuerst auch äußerst beunruhigend fand, aber mittlerweile habe ich begriffen, dass der Dämon gar kein wirklicher Dämon ist, *n'est-ce pas*? Und Cécile scheint er zu gefallen, also mische ich mich nicht ein."

„Mmm. Und wenn ich Paris eines Tages verlassen muss, dann habe ich einen schmollenden, verliebten Dämon im Gepäck."

„Verlassen? Oh, dann haben Sie also die Probleme gelöst, die Sie gequält haben?"

„Noch nicht, aber ich hoffe, es ist bald so weit. Sie haben wahrscheinlich von meiner Herausforderung gehört?"

Amélie lächelte mich mitleidig an. „Ja. Ich finde, das war nicht sehr klug von Ihnen."

Ich fühlte mich plötzlich wie eine Schülerin, die zum Direktor gerufen wird. Verlegen blickte ich auf meine Hände im Schoß. „Äh … na ja, ich hatte so einen Plan, verstehen Sie? Ich dachte, ich stelle den Mörder bloß, wenn ich Drake herausfordere und verliere. Aber jetzt ist mir meine Hauptverdächtige auf einmal abhanden gekommen, weil sie sich von einem Dämon namens Bafamal hat kidnappen lassen, und niemand weiß, wo sie ist oder wie ich sie finden kann. Drake kann ich nicht um Hilfe bitten, weil es gegen irgendwelche Regeln verstößt, mit der Person zu sprechen, die man herausgefordert hat, und Fiat traue ich nicht weiter, als ich spucken kann, aber selbst wenn – ich hätte gar nicht genug Gold, das ich ihm anbieten könnte, damit er seine Männer auf ihre Spur setzt. All das bedeutet, ich muss auf Plan B zurückgreifen, was ich ehrlich gesagt lieber nicht tun würde."

Amélie warf mir einen seltsamen Blick zu. „Das war aber jetzt eine Menge Text."

Ich seufzte. „Ja, in den letzten Tagen hat sich auch eine Menge angesammelt."

„Ophelia Dawkins ist gekidnappt worden?"

„Irgendwann gestern Nacht. Als wir zu Bett gingen, war sie

noch da, und heute Morgen war sie weg. Jim hat gesagt, in ihrem Zimmer stinke es nach Bafamal, und das kann nur bedeuten, dass der Dämon da war und sie entführt hat."

Amélie warf mir einen Blick zu. „Sie denken sehr linear, nicht wahr?"

Ich lächelte erfreut. „Ich versuche es jedenfalls."

Sie schüttelte den Kopf. „Das wird Ihnen aber nichts nützen. Bevor Sie Ihre Rolle als Hüterin übernehmen können, werden Sie sich das noch abgewöhnen müssen. Eine Hüterin sieht das Mögliche, nicht die lineare Abfolge. Sie müssen sich davon lösen, die Dinge so arrangieren zu wollen, wie sie zu dem passen, was Sie wissen, und stattdessen müssen Sie alle Möglichkeiten in Betracht ziehen, die es gibt."

„Das klingt sehr nach Quantenphysik", sagte ich ziemlich misstrauisch.

Sie zuckte mit der Schulter. „Quantentheorie ist nur eine weitere Methode, mit der Menschen ordnen wollen, was nicht geordnet werden kann."

„Aha. Ich war schlecht in diesem Fach, deshalb wäre es mir lieber, Sie würden etwas sagen, was ich verstehe. Sie haben keine Ahnung, wer ein Interesse daran haben könnte, Ophelia zu entführen? Oder wohin man sie gebracht haben könnte?"

Amélie schüttelte den Kopf. „Sie sehen es nicht, und doch befindet es sich direkt vor Ihren Augen. Haben Sie Ihren Talisman noch?"

„Ja, klar." Ich zog ihn hervor.

Sie nahm ihn in die Hand und hielt mir die Handfläche hin, auf der er lag. Langsam schloss sie die Finger darum, dann hob sie die andere Hand, die ebenfalls geschlossen war. „Nun, sagen Sie mir, in welcher Hand befindet sich der Talisman?"

Ich deutete auf ihre linke Hand, in der ich den Talisman zuletzt gesehen hatte. Sie öffnete sie. Sie war leer.

„Äh … dann haben Sie ihn in die andere Hand geschoben, obwohl ich nicht genau weiß wie, weil Sie beide Hände nicht bewegt haben …“

Sie öffnete die rechte Hand. Sie war ebenfalls leer.

„Und jetzt“, sagte sie und tippte mir an die Stirn. „Schließen Sie die Augen und öffnen Sie sich all Ihren Fähigkeiten. Sagen Sie mir, wo der Talisman ist.“

Ich kam mir ein bisschen albern vor, dieses Spiel mitten in einem belebten Park zu spielen, aber ich spürte, dass sie mir etwas Wichtiges zeigen wollte, und da ich allein bisher nicht so gut zurechtgekommen war, ließ ich mich bereitwillig darauf ein. Ich schloss die Augen, verdrängte alle Geräusche und Ablenkungen um mich herum und öffnete die magische Tür in meinem Innern. Ich stellte mir den Talisman vor, dachte daran, wie er sich anfühlte, spürte die Linien der warmen Jade unter meinen Fingern.

Dann öffnete ich die Augen wieder. Ich wusste, wo er war. „Er ist in meiner Hand“, sagte ich, blinzelnd vor Überraschung. Und tatsächlich, der Talisman lag in meiner Hand.

„Wie … Ich verstehe nicht. Er war die ganze Zeit da, aber ich konnte ihn nicht sehen oder spüren?“

„Das liegt daran, dass Sie nicht alle Möglichkeiten bedacht haben, nur die, die Sie für rational nachvollziehbar hielten. Um eine große Hüterin zu werden – und ich bin sicher, dass Sie die Fähigkeiten dazu besitzen –, müssen Sie lernen, nicht nur das zu sehen, was Sie scheinbar genau wissen, sondern auch das, was möglich sein könnte.“

Ich dachte ein paar Sekunden lang nach. „Sie meinen also, ich sollte auch die Möglichkeit in Betracht ziehen, dass Ophelia vielleicht gar nicht gekidnappt wurde?“

Amélie blickte mich nur stumm an.

„Wenn das der Fall ist, würde das bedeuten, dass sie aus eigenem Antrieb verschwunden ist.“

Sie zog eine Augenbraue hoch.

„Und das würde auch bedeuten, wenn Bafamal tatsächlich in ihrem Schlafzimmer war, dann deshalb, weil …“ Ich bekam Gänsehaut. „Weil sie ihn gerufen hat. Und wenn das so ist, konnte ich ihn gar nicht rufen, als ich glaubte, es zu tun. Ach, heilige *grenouilles* – deshalb konnte er mich auch anlügen! Sie hat ihn gerufen, bevor ich es konnte, und hat ihm wahrscheinlich gesagt, was er tun und sagen sollte, nachdem er angeblich von mir gerufen worden ist.“ Ich stand auf und blickte Amélie an. „Deshalb fühlte der Kreis sich auch so anders an! Deshalb war mir gestern den ganzen Tag lang übel – es lag nicht an meiner Trauer, weil Jim verschwunden war –, Bafamal war die ganze Zeit über anwesend. Ich habe die Anwesenheit dieses Dämons gespürt!“

Ich wirbelte herum und reckte die Faust mit dem Talisman. Plötzlich kam ich mir um mindestens hundert Pfund leichter vor. „Ich habe mich nicht geirrt! Ich war nicht blöde! Ich hatte recht mit Ophelia! Sie ist tatsächlich eine Mörderin, hurra!“

„Es ist sehr seltsam, was Sie da feiern“, bemerkte Amélie mit trockenem Lächeln.

Grinsend setzte ich mich wieder. „Ich weiß, aber es gibt mir ein besseres Gefühl zu wissen, dass ich mich in ihr nicht getäuscht habe. Ich habe mich bei so vielen anderen Dingen geirrt. Aber wahrscheinlich sollte ich wirklich noch nicht feiern. Zuerst muss ich sie noch aufspüren und sie dazu bringen, vor so vielen Zeugen zu gestehen, dass Inspektor Proust etwas gegen sie in der Hand hat.“

Lächelnd ließ Amélie ihre Blicke über den Park schweifen. Es dämmerte bereits, aber der Regen hatte schon vor einiger Zeit aufgehört, und die weiche, warme Sommerluft lockte die Leute ins Grüne.

„Das wird eine lange Nacht“, sagte ich seufzend.

„Die kürzeste des Jahres."

Ich rechnete rasch nach. „Oh ja, das stimmt, heute ist Sommersonnenwende. Mittsommernacht."

„Und wir haben Vollmond", fügte Amélie hinzu. Sie warf mir einen seltsamen Blick zu. „Sie haben sich die Nacht Ihrer Herausforderung gut ausgesucht."

„Reiner Zufall. Ich hatte es nicht so geplant. Ophelia hat mich dazu gedrängt."

Sie schüttelte den Kopf. „Sie beziehen schon wieder nicht alles in Ihre Gedanken ein, meine liebe Freundin. Aber kommen Sie, wir haben viel zu tun, wenn wir für die Aufgaben, denen Sie sich stellen wollen, gerüstet sein wollen."

Ich stand auf. „Wir? Ich möchte nicht, dass Sie meinetwegen in Schwierigkeiten geraten ..."

„Wir gehen nicht zurück in meinen Laden", sagte sie, steckte zwei Finger in den Mund und stieß einen schrillen Pfiff aus. „Wir haben alles, was wir brauchen, hier."

Im Gebüsch neben uns raschelte es, und dann tauchte, ein wenig steifbeinig, Cécile auf. Jim folgte ihr und redete jammernd auf sie ein. „Aber Baby, es kann doch funktionieren. Ich lege mich auf den Rücken, und du senkst dich – oh, hi. Es ist nicht so, wie du denkst!"

Ich kniff die Augen zusammen und warf ihm einen scharfen Blick zu. „Ich kann nur sagen, du stehst kurz vor dem Eingriff mit der Schere, Dämon."

Jim besaß immerhin so viel Anstand, erschreckt das Gesicht zu verziehen, aber mich täuschte er nicht damit. Ich behielt ihn im Auge, als wir durch den Jardin du Luxembourg spazierten, während Amélie mir einen Vortrag über die Unsinnigkeit linearen Denkens hielt und mir eine kurze Einführung in die Geschichte der Anderswelt gab.

„Das ist alles faszinierend", sagte ich eine Stunde und etliche

Kilometer später, „aber praktisch anwendbar ist es eigentlich nicht, wenn Sie wissen, was ich meine. Ich hatte gehofft, Sie würden mir Schutzzauber beibringen oder mir erklären, wie man einen Dämonenfürsten anzapft, so etwas in der Art."

„Einen Dämonenfürsten?", fragte sie und blieb stehen. „Wozu wollen Sie das denn wissen?"

„Äh ... na ja, vielleicht muss ich einen rufen."

„Welchen?", fragte sie.

„Bael", erwiderte ich. Der Name wollte mir kaum über die Lippen.

Sie erschauerte und ging rasch weiter, als ob sie sich von dieser unangenehmen Vorstellung befreien wollte. „Nein. So dumm sind Sie nicht. Sie würden nicht versuchen, den mächtigsten aller Fürsten in Abbadon zu binden. Sie kennen ja noch nicht einmal das gesamte Ausmaß Ihrer Fähigkeiten. Es ist unmöglich. Sie beherrschen ja noch nicht einmal die kleinen Mächte. Sie machen bestimmt Witze."

„Jetzt bauen Sie mich aber nicht gerade auf", sagte ich und trottete mit hängendem Kopf neben ihr her. Mein Magen hatte sich wie eine Dörrpflaume zusammengezogen. Eine sehr runzelige Dörrpflaume. Mit einem verfaulten Kern.

„Das ist überhaupt nicht komisch!", rief Amélie plötzlich laut und mit vorwurfsvoller Stimme und warf mir einen Blick zu, der meinen Magen noch mehr zusammenschrumpfen ließ. „Sie haben einen Wyvern herausgefordert! Sie planen, einen Dämonenfürsten zu rufen! Das ist doch keine Kleinigkeit, die Sie da vorhaben – Sie könnten dabei draufgehen!"

Ich machte eine besänftigende Handbewegung und schob sie weiter. Um uns herum blieben die Leute stehen und schauten sie an, und ich wollte auf keinen Fall Aufmerksamkeit erregen, schließlich war mein Foto in sämtlichen Zeitungen erschienen. „Ich wollte nicht leichtfertig klingen. Ich nehme die Sache mit

Bael sehr ernst, wirklich sehr ernst. Aber über die Herausforderung brauchen Sie sich keine Gedanken zu machen – das ist nur ein Vorwand, um Ophelia vor Zeugen zu einem Geständnis zu bringen. Drake ist es bestimmt egal, wenn ich die Herausforderung wieder zurücknehme."

Sie starrte mich an, als ob ich nicht mehr ganz bei Trost sei. „Das können Sie nicht machen!"

„Natürlich kann ich das!"

Sie schüttelte vehement den Kopf. „Nein, das können Sie nicht. Das steht in den Regeln – wenn die Herausforderung erst einmal ausgesprochen ist, muss sie auch bis zum Ende durchgeführt werden. Einer muss der Sieger sein und einer der Verlierer."

Ich zuckte mit den Schultern. „Ich weigere mich einfach zu kämpfen und lasse ihn gewinnen. Ich wollte sowieso die Unterlegene sein, um Ophelia zum Geständnis zu zwingen. Und wenn sie sich weigert, muss ich ein wenig mit Bael plaudern, damit sie ihre Schuld zugibt."

Amélie blieb stehen, holte tief Luft, packte mich am Arm und zwang mich, sie anzusehen. „Sie verstehen das nicht", sagte sie langsam. „Nach den Regeln des *au-delà* muss die Herausforderung durchgekämpft werden. Entweder Sie kämpfen, oder Ihr Gegner zerstört Sie. Das ist das Gesetz."

Ich schüttelte den Kopf. „Er kann mich nicht zerstören. Das würde bedeuten, dass er sich selbst tötet."

Amélie blickte mich an. „Ja, genau."

Furcht stieg in mir auf. „Das würde er nicht tun. Er würde sich weigern. Er ist ja nicht dumm. Wegen einer so kleinen Formalität würde er sich nicht selber umbringen …"

Sie seufzte erneut. „Sie verstehen es nicht, obwohl ich Ihnen unsere Geschichte erzählt habe. Die Gesetze, die das *au-delà* regieren, können Sie nicht brechen. Entweder akzeptieren Sie

sie, oder Sie gehören nicht zu unserer Welt. Drake ist ins *au-delà* hineingeboren; er ist unsterblich. Er kennt die Gesetze und beugt sich ihnen, auch wenn es seine Vernichtung bedeutet. Sie müssen gegen ihn kämpfen."

„Oh Gott", sagte ich und wieder zog sich mir der Magen zusammen. „Was habe ich bloß getan!"

„Dieser Vorwurf richtet sich gegen Sie selbst", sagte Amélie bitter und ging weiter. „Dafür weiß ich auch keinen Rat."

Aber auch wenn sie mir keinen Rat geben konnte, so hatte sie doch eine Meinung dazu. In der nächsten Stunde erzählte Amélie mir bis ins kleinste Detail, wie blöde mein Plan war, aber als dann schließlich der Mond rund und schön am blauschwarzen Himmel stand, hatte ich genug gehört. Ich blickte auf meine Armbanduhr und winkte Jim, damit er aufhörte, vor Cécile Süßholz zu raspeln. „Es tut mir leid, Amélie, aber ich kann nichts machen. Ich danke Ihnen für Ihre Hilfe, die Warnungen und Informationen, die Sie mir gegeben haben, aber es gibt leider keinen Ausweg aus dieser Situation. Ophelia hat uns genau dort, wo sie uns haben wollte – nämlich machtlos. Von der gerechten Bestrafung für ihre Taten einmal abgesehen, kann ich nicht zulassen, dass Drake oder ich für die Morde büßen, die sie begangen hat. Also muss ich tun, was ich tun muss. Und wenn Sie mich jetzt entschuldigen wollen, ich muss zum Südeingang. Dort wartet mein Freund René auf mich. Er hat versprochen, mir heute Nacht Rückendeckung zu geben."

„Und ich kann Sie nicht davon überzeugen, dass es Wahnsinn ist, was Sie vorhaben?" Amélie blickte mich sorgenvoll an.

Ich drückte leicht ihre Hände. „Nein. Aber ich danke Ihnen vielmals."

Sie straffte die Schultern und schlug den Weg zum Südeingang ein. „Nun gut, dann gebe ich Ihnen auch Rückendeckung."

„Das müssen Sie nicht …", sagte ich zögernd. Ich wollte sie

nicht noch mehr in die Sache hineinziehen, aber es tat doch gut, sie auf meiner Seite zu wissen.

„Natürlich muss ich das nicht. Aber ich möchte gerne. Es wird … interessant sein. Cécile? Komm, *ma petite*."

„Ich habe das dumpfe Gefühl, interessant wird es nicht gerade werden", seufzte ich.

Ich hasse es, wenn ich in diesen Dingen recht habe.

20

Als wir im *G & T* ankamen, gab es nur noch Stehplätze. Wir hatten gewartet, bis René einen Parkplatz gefunden hatte, bevor wir zum Club gingen, aber wir sahen schon von Weitem, dass eine größere Menge aus allen Himmelsrichtungen in das Gebäude hineinströmte.

Ich kam mir vor wie ein soeben in einer Stadt neu eingetroffener Scharfschütze, als ich mit meinen Begleitern die Straße hinunterging: René voraus, mit seiner kleinen .38er, die er in die Tasche seiner braunen Lederjacke gesteckt hatte, Amélie und Jim rechts und links von mir. Cécile hatten wir in Renés Taxi gelassen.

„Ich verstehe immer noch nicht, warum Drake ein echter Drache sein soll“, beschwerte sich René. Wir hatten ihm alles erzählt, und zu meiner Überraschung hatte er die Tatsachen, mit denen ich mich immer noch schwer tat, erstaunlich schnell akzeptiert. „Er kommt mir so menschlich vor.“

„Heutzutage treten die meisten Wesen in menschlicher Gestalt auf“, erklärte Amélie. „Manche sind sogar schon so lange menschlich, dass sie sich gar nicht mehr in ihre ursprüngliche Form zurückverwandeln können.“

Im Geist nahm ich mir vor, Drake bei nächster Gelegenheit zu fragen, ob er in seiner Menschengestalt feststeckte. Nicht, dass es mir etwas ausmachte – ich war nur neugierig. Diesen eher einfältigen Gedanken schob ich jedoch schnell beiseite, als wir uns dem Club näherten.

„Ich bin selbstbewusst“, sagte ich leise zu mir und schob eine

Hand in meine Hosentasche, um das Auge von Luzifer zu betasten, das ich dort hineingesteckt hatte. „Ich bin ein Profi. Ich habe Macht. Ich schaffe das."

„Mit sich selbst zu reden ist ein Zeichen für psychische Instabilität", sagte Jim.

Ich warf ihm einen düsteren Blick zu.

„Ich versuche doch nur, die Stimmung ein bisschen aufzulockern."

Wie beim letzten Mal begannen die Leute zu tuscheln, als ich vorbeiging.

„Weißt du", sagte Jim und blickte von Seite zu Seite: „Ich fände das ja richtig cool, wenn ich nicht das ungute Gefühl hätte, dass wir am Ende alle tot sind."

„Noch so eine Bemerkung, und ich schicke dich allein los", hauchte ich.

Wir gingen die Treppe zum Club hinauf und ließen die vielen Leute hinter uns. An der Tür wurden wir von einem unsichtbaren Netz, das vor die Tür gespannt zu sein schien, aufgehalten.

„Was ist das?", fragte ich und tippte dagegen. Das Netz hielt ein paar Sekunden lang stand und ließ mich dann zögernd eintreten. Es war, als ob ich mich durch eine dichte Luftmasse kämpfen musste.

Auch René und Amélie drangen ohne allzu große Schwierigkeiten hindurch. „Es ist ein starker Schutzzauber, der alle Geschöpfe Abbadons draußen halten soll."

Ich blickte zurück zur Tür. Jim stand immer noch dort, zusammen mit fünfzig oder sechzig Leuten. „Jim?", rief ich.

Er versuchte, einen Schritt nach vorn zu machen. Für den Bruchteil einer Sekunde glühte ein kompliziert verschlungenes Symbol schwarz auf und verschwand dann wieder.

Jim schüttelte den Kopf. „Es lässt mich nicht hinein."

Ich ging wieder hinaus, wobei ich dieses Mal keinen Widerstand verspürte. „Warte, ich helfe dir. Wenn ich von hinten schiebe, bekommen wir dich vielleicht hinein. Ich brauche dich da drinnen."

Als ich wieder auf die Tür zutrat, spürte ich die Macht des Schutzzaubers erneut.

„Es wird wohl nicht funktionieren", meinte Jim. Sein Körper wurde verzerrt, als ob er gegen eine Glasscheibe gedrückt würde. „Au. Aua."

„Ach, um Himmels willen", murmelte ich und blickte ungehalten auf die Tür. „Für so etwas habe ich jetzt wirklich keine Zeit."

Ich zog das Auge aus der Tasche, hielt es vor die Tür und stellte mir im Geist einen Riss im Schutzzauber vor. Der Magnet wurde heiß in meiner Hand und zog gleichzeitig Drakes Feuer aus mir heraus. Ich vereinigte die beiden Flammen und richtete sie auf die Tür, während ich Jim hindurchschob. Es gab einen Donnerschlag, und dann waren wir drin.

Amélie starrte mich entsetzt an. „Aisling … eigentlich hätten Sie nicht … eigentlich hätten Sie das nicht tun können. Der Schutzzauber war ungeheuer stark!"

Vor der Tür wurde es bei ihren Worten totenstill, und mir standen die Haare zu Berge bei den Blicken, mit denen mich die Leute bedachten. So hatte man wahrscheinlich auch die Hexen angesehen, kurz bevor sie auf dem Scheiterhaufen verbrannt wurden.

„Das war nur zum Aufwärmen, Leute", sagte ich mit schwachem Lächeln, um die Situation zu entschärfen.

„Klar, jetzt fühlt sich jeder besser", murmelte Jim.

„Kommt, wir wollen es hinter uns bringen. Je schneller sich alle auf Ophelia konzentrieren können, desto schneller vergessen sie mich." Ich marschierte hinein, und meine kleine Mannschaft folgte mir.

Innen war es brechend voll, aber immer noch strömten Leute in den Club. Wir drängten uns durch bis zur Tanzfläche, die abgesperrt worden war. In einer Ecke stand Drake mit Pál und István. Alle drei trugen knielange, dunkelgrüne Seidentuniken und schwarze enge Hosen. Drakes Tunika war auf der Brust mit einem schwarz-goldenen Drachen bestickt. Er sah unglaublich gut und unglaublich gefährlich aus. Ich blieb am Rand der Tanzfläche stehen und blickte mich um.

Ophelia war nirgendwo zu sehen.

Drake hob witternd den Kopf, seine Augen glitzerten schwarz vor Erwartung. Mir war sofort klar, dass er wusste, dass ich mehr als nur den Talisman bei mir hatte. „Du kommst, um mich herauszufordern, Hüterin?"

Ich trat zwei Schritte vor und sprach die formellen Worte, die Amélie mir beigebracht hatte. „Ich komme, dich herauszufordern. Wer sind deine Sekundanten?"

Pál und István traten vor. „Pál Eszes von den grünen Drachen, auch genannt der Weise, und István Vadas von den grünen Drachen, auch genannt der Jäger. Benenne deine Sekundanten, Hüterin."

Oh, oh. Eigentlich hatte ja Ophelia meine Sekundantin sein sollen. „Hmm … kurze Unterbrechung." Ich drehte mich zu René und Amélie. „Kinder, das wird vermutlich ein bisschen unangenehm hier. Also sucht euch lieber einen Platz, von dem aus ihr gut zuschauen könnt. Jim wird mein Sekundant sein."

Amélie schüttelte den Kopf. „Ein Dämon kann kein Sekundant sein. Es wäre mir eine große Ehre, Ihnen zu Diensten zu sein."

René nickte. „Mir auch. Ich verstehe zwar nicht alles, aber ich weiß, dass Sie mich brauchen."

„Ihr seid einfach die Besten", sagte ich und drückte ihnen die Hand. Dann wandte ich mich wieder an Drake. „Das Team Aisling besteht aus René Lesueur, Taxifahrer, und Amélie Merllain, Heilerin."

„Ich bin das Maskottchen", erklärte Jim und drängte sich vor. „Wir rufen alle ‚Aisling vor' …"

„Danke, das reicht." Mein Blick brachte Jim zum Schweigen.

Ich hätte schwören können, dass Drakes Mundwinkel zuckten, als er sich vor mir verneigte. „Du bist die Herausforderin, Hüterin; mit welchen Mitteln willst du mir von Körper zu Körper begegnen, um deine Überlegenheit zu beweisen und die Herrschaft über die grünen Drachen zu übernehmen?"

Auf eine Geste von mir trat René vor und hielt mir eine dunkelblaue Segeltuchtasche hin. Ich zog eine Sisalscheibe mit Metall heraus und hielt sie hoch, damit alle sie sehen konnten. „Ich, Aisling Grey, fordere dich, Drake Vireo, zu einer Partie Darts heraus. Dem Sieger gehört alles."

Die Menge hielt den Atem an, zumindest ein oder zwei Sekunden. Dann begannen alle, gleichzeitig zu reden.

Drake stürmte auf mich zu. Seine Augen waren dunkel vor Zorn. „Was machst du da?", fragte er leise, als er dicht vor mir stand. „Warum machst du das? Warum machst du mich zum Gespött aller Leute?"

Ich drückte die Dartscheibe an meine Brust. „Ich mache dich nicht zum Gespött, Drake. Das ist das Einzige, was mir eingefallen ist."

„Du hast dich einverstanden erklärt, Körper gegen Körper mit mir zu kämpfen. Traditionell ist damit tatsächlich ein Zweikampf gemeint. Was du vorschlägst, ist kein Kampf, sondern ein Spiel."

Meine Blicke glitten liebkosend über seinen Körper. „Ich bin nicht blöd, Drake. Ich habe nicht vor, körperlich gegen dich zu kämpfen. Ich habe ja noch nicht einmal genug Muskeln, um Armdrücken zu machen. Möglicherweise könnte ich dich mit

Selbstverteidigungsübungen schachmatt setzen, aber Jan, mein Lehrer, hat mir beigebracht, sie nur in lebensbedrohlichen Situationen einzusetzen, und du kannst mich nicht töten."

Er ballte die Fäuste und beugte sich dicht zu mir. „Was du vorhast, ist lächerlich. Ich habe dir doch gesagt, dass ich ein Experte im Dartspiel bin. Du wirst verlieren."

„Ich weiß", flüsterte ich. „Und ich wäre dir sehr dankbar, wenn du daran denken würdest, wenn deine Sippe sich eine Bestrafung für mich ausdenkt."

„Warum tust du das?", fragte er noch einmal. Er sah schon nicht mehr ganz so wütend aus.

„Es ist Teil eines Plans", sagte ich. Am liebsten hätte ich ihn geküsst. „Keine Sorge – es wird schnell vorbei sein. Ich kann nicht gut werfen. Darf der Herausforderer eigentlich den Herausgeforderten küssen?"

„Nein", erwiderte er überrascht. „Auf gar keinen Fall. Was für ein Plan?"

„Nur so ein Plan. Du wirst es sehen, wenn wir hier fertig sind. Also, viel Glück. Ich meine, *bonne chance*." Ich streckte meine Hand aus. Er blickte einen Moment lang darauf, dann schüttelte er sie so vorsichtig, als sei sie aus Glas.

Alle sahen zu, als ich René die Dartscheibe gab. Er hängte sie an die Wand und zog die billigen blauen und gelben Pfeile aus der Tasche. István warf Drake einen ungläubigen Blick zu, bevor er zögernd die gelben Pfeile entgegennahm.

„Okay, wie sollen wir es spielen? Der Erste, der die Mitte trifft, hat gewonnen?"

Drake verdrehte die Augen, dann packte er mich und zog mich an seine breite Drachenbrust. „Du bist unmöglich", murmelte er, bevor sich seine Lippen auf meine senkten. Sein Kuss war ebenso leidenschaftlich wie kurz, und bevor ich einen klaren Gedanken fassen konnte, war er schon wieder vorbei. Es dauerte einen Moment lang, bis ich begriff, dass das dumpf dröhnende Rauschen nicht das Blut in meinen Ohren war, sondern dass der ganze Club lachte und applaudierte.

„Wir spielen 501“, verkündete Drake, ohne auf die johlende Menge zu achten. Er erklärte kurz die Regeln, zeigte mir, wie man einen Dartpfeil warf und gestattete mir sogar zwei Übungswürfe, bevor wir mit dem eigentlichen Spiel anfingen.

„Na, das ging ja schnell“, sagte Jim, als Drake mich in Rekordzeit besiegt hatte. Meine Punktzahl hatte noch bei 400 gelegen, als er schon bei null angekommen war. „Tut mir leid für István. Meinst du, er nimmt dir deinen wilden Wurf übel?“

Ich blickte zu István, der sich schützend die Hand vor den Schritt gelegt hatte. Die wirklich wichtigen Teile hatte ich verfehlt, allerdings nur knapp. Er warf mir einen mürrischen Blick zu, und ich verzog das Gesicht. „Ich hoffe nicht. Und ich hoffe, er darf bei der Wahl der Strafe nicht mitreden.“

Pál trat vor und gebot mit einer Hand Schweigen. Die Zuschauer verstummten, als er die Stimme erhob. „Nach den Gesetzen der Anderswelt hat Drake Vireo die Herausforderung angenommen und sich als Sieger erwiesen. Die Bedingungen der Herausforderung sehen vor, dass die Hüterin, auch bekannt als Aisling Grey, die Strafe der grünen Drachen annimmt.“ Er drehte sich zu Drake um. István trat humpelnd vor und grinste schadenfroh.

In diesem Moment beschloss ich, dass István als Erster entlassen werden würde, sollte ich jemals rechtmäßig Drakes Gefährtin werden.

Drake trat ebenfalls vor. „Die Strafe wird vertagt, bis die Sippe die Angelegenheit besprochen hat. Die Herausforderung wurde erfüllt.“

Er blickte mich an. Ich steckte die Hand in die Tasche und betastete den Magnet, während ich mich zum Publikum umdrehte.

Wenn mein Plan nicht funktionierte, musste ich das tun, wovor ich mich am meisten fürchtete – Bael rufen. „Drake hat recht, die Herausforderung wurde erfüllt. Er wird sich nicht der Polizei stellen, um die drei Morde zu gestehen, die die Reputation der Anderswelt befleckt haben. Aber selbst wenn er verloren hätte, hätte er keinen Grund dazu, da er dieser Verbrechen nicht schuldig ist."

„Sie werden von der Polizei gesucht", rief ein großer Schwarzer mit schwerem Akzent. „Sie sind diejenige, die uns im *au-delà* so viel Schwierigkeiten bereitet hat. Warum stellen Sie sich nicht der Polizei?"

Ich zog meine Augenbrauen hoch. „Weil ich ebenfalls unschuldig bin."

„Und ich sage, du lügst", rief eine Frauenstimme aus dem Hintergrund.

Lächelnd ließ ich den Magnet los und atmete erleichtert auf. Ich hatte damit gerechnet, dass Ophelia sich die Herausforderung nicht entgehen lassen wollte. Die Zuschauer vor mir gerieten in Bewegung und bildeten eine Gasse. Eine schwarz gekleidete blonde Frau schritt mit hoch erhobenem Kopf auf mich zu.

Die sie sehen konnten, schrien vor Entsetzen, und ihr Anblick verursachte auch mir Gänsehaut.

Es war Perdita.

„Du bist – du bist doch tot", stammelte ich. Mir standen die Haare zu Berge. Verwirrt wandte ich mich an Drake. „Sie war doch tot, nicht wahr? Das haben wir doch alle gesehen!"

Drake nickte und ließ Perdita nicht aus den Augen. Er hatte wieder diesen gelangweilten Gesichtsausdruck, den ich mittlerweile als Warnzeichen kannte. „Sie hatte vermutlich nur alles so arrangiert, damit wir es glaubten."

„Das ist ja wohl die Untertreibung des Jahres", sagte ich und blickte Perdita an. „Warum hast du so getan, als seist du tot?"

Lachend wirbelte Perdita mit ausgestreckten Armen herum, um allen zu zeigen, wie lebendig sie war. „Ich? Man hat mich betäubt, sodass es aussah, als sei ich tot, aber ihr könnt ja alle sehen, dass es mir gut geht. Dein Plan, die Morde meiner Dienerin Ophelia anzulasten, ist fehlgeschlagen. Jetzt wird jeder die Wahrheit hören, dass du den Venediger und Aurora Deauxville umgebracht hast, um deinem Herrn Bael zu dienen. Jeder in der Anderswelt wird erfahren, dass du über sie mithilfe des Instrumentariums von Bael regieren wolltest."

Ich starrte sie an. „Was? Ophelia war deine Dienerin? Du hast doch gesagt, sie sei deine Schwester!"

Perdita lachte. „Jeder hier weiß, dass Ophelia meine Doppelgängerin ist, meine Dienerin, die ich rufen kann, wann ich will." Sie wandte sich an die Menge. „Habe ich recht?"

Alle nickten. „Na, so ein Mist!", sagte ich zu Jim. „Wusstest du, dass Ophelia ihre Doppelgängerin ist?"

Nachdenklich schüttelte er den Kopf. „Nein, aber ich bin auch nicht mehr so auf dem Laufenden, seit man mir meine Kräfte genommen hat."

Ich blickte zu Amélie. „Eine Doppelgängerin?"

Sie zuckte mit den Schultern. „Ich dachte, du wüsstest das."

„Nein, das wusste ich nicht."

„Seht ihr, sie leugnet die Wahrheit gar nicht", fuhr Perdita fort. „Sie wagt es nicht, ihren dunklen Herrn zu leugnen, und sie versucht auch nicht abzustreiten, dass sich eines der Bael'schen Objekte in diesem Moment in ihrem Besitz befindet. Wollt ihr euch wirklich von dieser Dienerin Abbadons regieren lassen? Wollt ihr zulassen, dass sie die Anderswelt zerstört? Darf sie ohne Bestrafung töten?"

Die Menge grollte und rückte langsam vor. Voller Panik blickte ich zu Drake. Er stand ein paar Meter von mir entfernt, die Arme vor der Brust verschränkt, und beobachtete mich reglos.

„Das ist nicht die Wahrheit", schrie ich. „Ich diene niemandem, und ich will auch niemanden beherrschen. Ich will nur mein Aquamanile zurück, und ich will, dass der Mörder von Madame Deauxville und dem Venediger gefasst wird, damit ich nach Hause zurückkehren kann. Perdita hat sie ermordet. Sie hat den Dämon Bafamal gerufen, damit er ihr hilft, die Morde zu begehen. Damit wollte sie verschleiern, dass sie sich in Wirklichkeit die Kräfte von Bael aneignen wollte. Ihre Doppelgängerschwester hat sie benutzt, damit sie ihr ein Alibi gab. Sie hat versucht, Drake die Morde in die Schuhe zu schieben, weil sie wusste, dass er zwei der kostbaren Stücke besitzt, und sie ist diejenige, die die sterbliche Welt zerstören wird, wenn es ihr gelingt, ihren bösen Plan durchzuführen. Perdita ist diejenige, die versucht, der gerechten Strafe zu entgehen."

„Lügen!", kreischte Perdita. „Hört nicht auf ihre Lügen – sie hat keine Beweise für ihre wilden Anschuldigungen. Wir müssen sie jetzt ergreifen und mit dem Werkzeug der Macht, das sich in ihrem Besitz befindet, zerstören, bevor sie uns zerstört. Wir müssen sie aufhalten."

„In einem Punkt hast du recht", sagte ich zu Perdita und zog den Magnetstein aus der Tasche. „Das Auge von Luzifer befindet sich tatsächlich in meinem Besitz. Alles andere jedoch ist reine Erfindung von dir. Und ich kann es auf ganz einfache Art beweisen." Ich wartete, bis alle mir ihre Aufmerksamkeit schenkten. Dann hob ich den Magnet. „Was haltet ihr davon, wenn ich Bael rufe und ihn frage, wer von uns beiden für ihn gearbeitet hat?"

Perdita schrie auf und sprang auf mich zu. Wie aus dem Nichts tauchte Bafamal in seinem glänzenden Anzug auf. Jim bellte und stürzte sich auf ihn. Ich stach einen Dartpfeil in Perditas Arm, als sie nach mir greifen wollte, und wir stürzten beide zu Boden. Auf einmal war auch Ophelia da, von Perdita gerufen, und die Umstehenden drängten ebenfalls auf uns zu. Ich versuchte,

Perdita außer Gefecht zu setzen, und hielt den Magnet fest umklammert. Ophelia riss mich so heftig an den Haaren, dass mir die Tränen in die Augen schossen. Ich versetzte Perdita einen Fausthieb aufs Kinn, und sie zerrte an meinem Arm, damit ich den Magnet losließ. Hinter uns wälzten sich Jim und Bafamal knurrend am Boden.

René zog seinen Revolver und gab ein paar Schüsse in die Luft ab. „Sofort aufhören, oder ich schieße!"

Der schwere Deckenleuchter über ihm krachte herunter und begrub ihn unter sich.

„Hilf René", schrie ich Amélie zu, die sofort zu ihm eilte.

„Willst du mir nicht endlich helfen?", wütete ich gegen Drake, während ich versuchte, mich aus Ophelias Griff zu befreien, die immer noch meine Haare gepackt hielt. Perdita trat mich in die Kniekehle, und ich rammte ihr das Knie in den Bauch. Ophelia hängte sich über meinen Rücken und gellte mir ins Ohr.

Drake legte den Kopf schräg und betrachtete die Szene. „Was gibst du mir dafür, wenn ich dir helfe?"

Perdita schlug mich aufs Auge, Ophelia biss mir ins Ohr. Ich trat nach beiden und stieß die Tür in meinem Kopf auf, um mich richtig zur Wehr setzen zu können. Der Magnet wurde heiß in meiner Hand, und beide Frauen ließen von mir ab und schlugen sich die Hände vors Gesicht. Ich richtete mich auf und stellte mich triumphierend vor sie. Blut lief mir aus Nase und Mund, ein Auge schwoll bereits zu, meine Tunika war zerrissen, ich war völlig außer Atem und hatte das Gefühl, dass sich ein Schneidezahn gelockert hatte, aber ich hatte es geschafft.

Noch immer keuchend bückte ich mich und zog einen Kreis. Ich wandte mich nach Osten. „Hüterin der Türme des Ostens, ich rufe dich, bewache diesen Kreis."

„Nein!", schrie Perdita und kniete sich hin. „Nein, lasst das nicht zu!"

„Hüterin der Türme des Südens, ich rufe dich, bewache diesen Kreis."

„Haltet sie auf! Jemand muss sie aufhalten!" Perdita war jetzt wieder auf die Beine gekommen, aber als sie sich auf mich stürzen wollte, hielt ich ihr den Magnetstein entgegen.

„Hüterin der Türme des Westens, ich rufe dich, bewache diesen Kreis."

„Ophelia! Halte sie auf!"

Ophelia kroch auf mich zu. Ich schwenkte den Magnet, und sie brach zusammen.

„Hüterin der Türme des Nordens, ich rufe dich, bewache diesen Kreis."

Mit einem markerschütternden Schrei verschwand Bafamal in einer dicken, ölig schwarzen Rauchwolke.

Dann nahm ich all meinen Mut zusammen. „Ich beschwöre dich, Bael, Fürst aller Legionen von Abbadon."

„Sie wird uns allen den Tod bringen", schrie Perdita. Erneut versuchte sie, sich auf mich zu stürzen, aber der Magnet hielt sie in Schach. „Haltet sie auf. Lasst nicht zu, dass sie die Worte sagt!"

Amélie trat zu mir. Sie war kreidebleich und wollte mich warnen, aber ich konnte nicht aufhören.

„Ich rufe dich, Bael, jetzt vor mir zu erscheinen." Die Luft in dem Kreis wurde dicker.

„Nein! Er wird mich töten! Niemand durfte es wissen! Er wird mich mitnehmen! Aufhören, du musst aufhören!" Perdita lag schluchzend auf den Knien und flehte mich an. „Tu mir das nicht an!"

„Ich befehle dir, Bael, Herr von Abbadon, kraft meiner Macht mir zu Willen zu sein." Die Luft in dem Kreis schimmerte, und ein leises Heulen wie vor einem Sturm erfüllte den Club. Wie hypnotisiert sahen alle Anwesenden zu.

Perdita starrte mich voller Entsetzen an. „Bitte! Ich flehe dich an! Ich bin verloren!“

„Aisling“, sagte Drake und trat auf mich zu. „Bist du sicher, dass du das willst?“

„Ich habe keine Wahl“, sagte ich und blickte auf die Frau zu meinen Füßen. Die Luft im Kreis waberte, als ob sich etwas bildete, und das Heulen wurde immer lauter. Mein Magen zog sich zusammen, und mir war übel vor Angst. „Sonst gibt sie ihre Schuld nicht zu. Meine Hand soll dich binden, mein Blut soll dich binden, meine Stimme soll dich …“

„Ich gestehe!“, kreischte Perdita. Sie erhob sich mühsam. „Ich gestehe alles, aber hol ihn nicht hierher! Er nimmt mich mit, und ich werde in alle Ewigkeit verdammt sein! Ich gestehe, bitte, ich gestehe!“

„Du gestehst vor allen Anwesenden deine Schuld? Du gestehst, Aurora Deauxville und den Venediger ermordet zu haben? Du gestehst, die Verbrechen so arrangiert zu haben, dass der Verdacht auf Drake und mich fiel? Du gestehst, dich an den Dämonenfürsten Bael gebunden zu haben, dem du die Werkzeuge der Macht bringen wolltest?“

„Ja, ja, ich gestehe alles. Ich habe den Verdacht auf Drake gelenkt, um die Polizei in die Irre zu führen. Ich gestehe. Ich gestehe …“ Sie brach hysterisch schluchzend zusammen.

„Ich gebe dich frei, Bael, durch meine Hand, mein Blut und meine Stimme, du sollst in dein Reich zurückkehren.“

Ich rieb ein bisschen von dem Blut, das den Kreis schloss, weg. Das Heulen wurde noch lauter, und alle brachen in Laute des Entsetzens aus und hielten sich die Ohren zu. Die Luft zuckte, als wehre sie sich gegen meinen Willen, und einen schrecklichen Moment lang fürchtete ich, nicht stark genug zu sein, um Bael zurückzuschicken, aber der Magnet brannte heiß in meiner Hand und verlieh mir seine Macht. Mit einem schrecklichen Geräusch, das sich anhörte wie das Wimmern von tausend gequälten Seelen, endete schließlich das Heulen, und die Luft in dem Kreis wurde langsam wieder normal. Perdita hatte sich wie ein Fötus zusammengerollt und schaukelte hin und her, während sie immer wieder in kindlichem Singsang wiederholte: „Ich gestehe, ich gestehe."

Ich trat zu Drake und trat ihm mit aller Kraft auf den Fuß. Fest. „Was ich dir gebe, wenn du mir hilfst? Was ich dir gebe?"

Er grinste mich so sinnlich an, dass meine Unterwäsche schmolz. „Ich habe nie daran gezweifelt, dass du sie besiegst. Du bist meine Gefährtin und konntest gar nicht anders."

Ich drohte ihm mit dem Finger. „Du bist viel zu arrogant. Ich sage mich hiermit offiziell als deine Gefährtin von dir los. Geh weg. Ich will dich nie wieder sehen. Außer vielleicht heute Nacht. Nackt. Bei dir. Aber danach nie wieder."

Ich drehte mich wieder zu den Leuten um. Sie drängten sich um René und hatten ihn aufgerichtet; sein Kopf war zwar blutig, aber er schien okay zu sein. Amélie kümmerte sich um ihn und wies die Umstehenden an, ihr Wasser und heilende Kräuter zu bringen.

Drakes Männer stellten Perdita auf die Beine. Sie hing schlaff zwischen ihnen und fuchtelte unablässig mit den Händen. Ich trat zu ihr, um mit ihr zu sprechen, aber Pál schüttelte den Kopf. Ich verstand, warum, als ich ihre Augen sah. Sie waren wahnsinnig, völlig wahnsinnig. Meine Drohung, Bael zu rufen, hatte sie um den Verstand gebracht.

Fröstelnd schlang ich die Arme um mich. Die Macht des Auges bereitete mir Angst, ebenso wie die Erkenntnis, was ich einem anderen menschlichen Wesen damit angetan hatte.

Drake legte mir den Arm um die Hüfte. Nur kurz widerstand ich dem Verlangen, mich an ihn zu schmiegen, dann gab ich nach und ließ mich von seinem Feuer wärmen. Seine Stimme glitt weich wie Seide über meine Haut. „Du bist nicht verantwortlich für ihren Wahnsinn. Schon lange, bevor du hierherkamst, hatte sie diesen Weg genommen. Sie war schon wahnsinnig, als sie die Morde begangen hat."

„Ja, aber … aber ich habe ihr Angst eingejagt, als ich Bael gerufen habe."

„Sie hat Bael ihre Seele verkauft, um sehr mächtig zu werden. Sie hat diese Entscheidung getroffen, nicht du. Der Preis, den sie nun dafür bezahlt, hat nichts mit dir zu tun."

Es waren freundliche Worte, und sie klangen auch plausibel, aber meine Schuldgefühle konnten sie mir nicht nehmen.

„Was willst du mit ihr machen?", fragte Amélie und wies mit dem Kopf auf die zusammengesunkene Gestalt.

Ich blickte über die Menge, die sich langsam zerstreute. „Ich weiß nicht – aber diese Entscheidung liegt auch nicht bei mir, nicht wahr? Warum gehen denn alle? Ihr gehört doch zur Anderswelt, nicht ich. Ihr müsst entscheiden, was mit ihr passiert."

Amélie lächelte traurig. „Du hast diejenige besiegt, die Venedigerin geworden wäre. Und nach unserem Gesetz macht dich das zur rechtmäßigen …"

„Nein!", schrie ich und wich zurück. „Es ist schlimm genug, dass ich Hüterin, Ex-Gefährtin eines Wyvern und Dämonenherrin bin. Venediger werde ich nicht auch noch! Jim, ich befehle dir, mach mir den Weg frei. Ich will hier raus, bevor noch etwas passiert!"

EPILOG

„Soll ich dich auf der Stelle kastrieren?"

„Ganz ruhig!" Jim blähte seine Hundenüstern und ließ von dem überreich geschnitzten Lehnstuhl ab. „Ich habe mich doch nur gekratzt, weil es mich gejuckt hat!"

„Du hast dich in den letzten Tagen ganz schön danebenbenommen. Du hast zwei Kissen und eine Ecke meines Bettes missbraucht sowie den Staubsauger, den das Mädchen beim Putzen des Badezimmers vor der Tür abgestellt hatte. Drake hat ausgesprochen schöne Möbel. Ich bin sicher, er will auch, dass es dabei bleibt."

Jim wälzte sich auf dem Boden. „Mein Herz bricht, und du gönnst mir noch nicht einmal ein bisschen Spaß mit einem Stuhlbein. Na gut. Dann ist es eben so. Du kannst mich von meiner süßen Cécile losreißen, aber ich werde sie nie vergessen. Unsere Liebe wird durch alle sterblichen Zeiten andauern!"

Ich tätschelte Jims Kopf. „Ich habe nicht gesagt, dass wir nie mehr zurückkommen – ich habe nur darauf hingewiesen, dass ich nach Hause muss, um meinem Onkel alles zu erklären. Und ohne dich gehe ich nicht. Also hör auf, so eine Schnute zu ziehen."

„Wenn ich sterbe, erscheine ich dir als Geist."

„Du kannst nicht sterben, Dummerchen." Ich ging über den dicken Teppich in Drakes Arbeitszimmer und betrachtete das Bildnis, das über dem monströsen Mahagonischreibtisch an der Wand hing. Es war nur die Skizze einer sitzenden Frau, die eine Vase in der Hand hielt, aber die Linien waren so perfekt ausgeführt, als ob sie von einem Meister stammten.

„Gefällt dir mein da Vinci?"

Drakes Stimme hüllte mich in einen warmen Kokon von Gefühlen, die ich lieber nicht ergründen wollte. Lächelnd betrachtete ich das Bild. „Ein da Vinci. Ich hätte es wissen müssen."

Mein Herz schlug schneller, als ich mich zu ihm umdrehte und seinen männlich geschmeidigen Körper mit meinen Blicken verschlang. „Du kannst ihn haben, im Austausch für das Auge von Luzifer, das …", er hob den Kopf und witterte, „… zwischen deinen schönen Brüsten steckt."

Ich zog die Augenbrauen hoch. „Du gibst mir einen da Vinci für den Magnetstein? Einen echten da Vinci? So echt wie Leonardo?"

„Ja, er ist echt. Es ist eine Gemäldeskizze. Ich habe ihn nach dem Zweiten Weltkrieg in Deutschland entdeckt."

Ich lächelte frech. „Du würdest tatsächlich so etwas Wertvolles gegen einen einfachen Stein tauschen, der in minderwertiges Gold gefasst ist?"

„Ja." Seine Augen wurden dunkel. Er stand so dicht vor mir, dass ich seinen scharfen Drachengeruch riechen konnte, aber er berührte mich nicht.

Ich seufzte. Mein Körper war zwar anderer Meinung, aber es war das Beste für uns beide, wenn wir Abstand zueinander hielten. Wir hatten keine gemeinsame Zukunft, obwohl er das nicht so sah. Ich hatte jedenfalls meine Entscheidung getroffen. Ich nahm den Magnetstein aus meinem Büstenhalter und schloss einen Moment lang noch einmal meine Finger um ihn, bevor ich ihn Drake in die offene Hand drückte.

Überrascht blickte er darauf, als ob er gar nicht damit gerechnet hätte, dass ich ihn hergab. Der dumme Mann, was hatte er denn geglaubt, wem ich den Stein sonst hätte anvertrauen können?

„Willst du handeln?"

„Nein. Ich will ihn dir schenken."

Und schon verschwand der Magnet in seiner Faust, und ein kleiner Schauer lief durch seinen Körper, bevor er sich wieder in der Gewalt hatte. „Warum?"

„Du bist der Einzige, der ihn sicher verwahrt."

„Jetzt habe ich alle drei Teile des Instrumentariums, denn du weißt ja, dass ich dir das Aquamanile nicht zurückgebe. Wie willst du mich daran hindern, sie zu benutzen?"

„Das kann ich nicht. Aber du wirst sie nicht benutzen. Ich mag zwar nicht deine Gefährtin sein, aber ich weiß genug von dir, auch, dass du bereits alle Macht hast, die du willst und brauchst. Also gebe ich dir das Auge von Luzifer. Wenn du alle drei Stücke unten in deiner Höhle versteckst, wird niemand sie jemals benutzen können."

„Da hast du recht", sagte Drake und trat näher. Seine Finger glitten sanft über mein Kinn, und sein Daumen streichelte meine Unterlippe. Ich biss die Zähne zusammen, um dem Verlangen zu widerstehen, an seinem Finger zu saugen. „Aber nur in einer Hinsicht – ich brauche nicht mehr Macht. Die Werkzeuge der Macht sind bei mir sicher aufgehoben. In Bezug auf die anderen Dinge hast du nicht recht."

„Wirklich?" Ich wich einen Schritt zurück. Es war besser, wenn zwischen uns ein bisschen Abstand war. „Du glaubst wohl immer noch, dass ich deine Gefährtin bin?"

„Du bist meine Gefährtin. Daran kannst du nichts ändern. Aber das habe ich nicht gemeint."

Fragend hob ich die Augenbrauen.

Er lächelte. „Meine Höhle ist nicht hier unten. Das ist nur ein Safe. Ich habe gar keine Höhle in Paris. Eines Tages, wenn du mich sehr nett bittest, werde ich dir zeigen, wie eine wahre Drachenhöhle aussieht."

„Ich fliege heute Nachmittag nach Hause", sagte ich und rückte noch ein wenig weiter von ihm ab. „Mein Onkel ist immer noch sauer auf mich, aber als du Inspektor Proust Perdita ausgeliefert hast, musst du ihm irgendwas gesagt haben – auf jeden Fall hat er Onkel Damian angerufen und ihm erklärt, dass er sich in mir geirrt habe. Er hat ihm auch gesagt, dass das Aquamanile für immer verschwunden sei. Onkel Damian war zwar nicht besonders glücklich darüber, aber wozu gibt es schließlich Versicherungen, habe ich ihm gesagt."

„Das war nicht alles, was sie gesagt hat", warf Jim ein. „Sie ist förmlich zu Kreuze gekrochen und hat ihm erklärt, sie würde alles tun, was er wolle, jeden Job übernehmen, wenn er sie bloß nicht entlassen würde. Es war wirklich jämmerlich, wie sie sich bei ihm eingeschleimt hat. Man sollte doch meinen, dass eine Hüterin ein bisschen mehr Würde ..."

„Noch ein Wort, und du bist ein Eunuch."

Jim schwieg.

Ich wandte mich zum Gehen, aber meine Füße bewegten sich wie von selber zu Drake. Ein Mädchen hat ja schließlich auch Anspruch auf einen Abschiedskuss.

„Lebwohl", hauchte ich und streifte seinen Mund mit meinen Lippen.

„Es ist nicht vorbei", erwiderte Drake leise. „Du bist meine Gefährtin. Du bist eine Hüterin. Du kannst das Schicksal nicht zurückweisen."

„Ich bestimme mein Schicksal selbst", sagte ich und wand mich aus seinen Armen. Ich war ruhig. Ich war selbstbewusst. Ich war ein Profi. „Bis dann also."

Er stand da und schaute mir nach, als ich aus seinem Arbeitszimmer, seinem Haus und seinem Leben verschwand.

„Feuer von Abbadon, war das alles? ‚Ich bestimme mein Schicksal selbst'? Mann, als ich mich von Cécile verabschiedet habe, da hat sie bittere Tränen geweint, und du sagst nur ‚Ich bestimme mein Schicksal selbst'!"

Ich verdrehte die Augen und ging zu Renés Taxi.

„Du hast ihn noch nicht mal richtig geküsst. Ich habe nicht das kleinste bisschen Zunge gesehen, und ich habe euch genau beobachtet. René, sie hat gerade Drake das Auge gegeben und ist mit dem lahmsten Satz, den eine Frau je zu einem Mann gesagt hat, gegangen. Sie hat sich noch nicht mal richtig von ihm verabschiedet. Sie hat nur gesagt ‚Ich bestimme mein Schicksal selbst' und ist gegangen. Was soll das denn heißen? ‚Ich bestimme mein Schicksal selbst'? Mixt man es zusammen wie einen Milchshake? He. Ich habe Hunger. Können wir irgendwo anhalten und was zu essen kaufen, bevor wir zum Flughafen fahren? Du musst mich vernünftig ernähren, sonst wird mein Fell stumpf. Oh Mann, ich hoffe bloß, dass meine nächste Hüterin mehr von ihrem Job versteht. Es ist ganz schön mühsam, dass ich dir ständig vorkauen muss, was du zu tun hast …"

DANKSAGUNG

Ein Buch schreibt man niemals völlig allein, und deshalb möchte ich Patty Woodwell dafür danken, dass sie ihr Adlerauge auf die französischen Textstellen in diesem Buch gerichtet hat. Danken möchte ich auch den wundervollen Leuten bei NAL: meiner witzigen Lektorin Laura Cifelli, der Cheflektorin Claire Zion, die das Buch in Lauras Abwesenheit gelesen hat, und der Verlegerin Kara Welsh, die es mir ermöglicht hat, mit dieser Serie etwas Neues zu versuchen. Und ich möchte Christine Feehan danken, für ihre Freundschaft, ihre Unterstützung und weil sie mich zu einem Karaoke singenden Dämon in Gestalt eines Neufundländers inspiriert hat.